La promesse des Gélinas

TOME 1

Adèle

De la même auteure pour la jeunesse :

L'heure de lecture, 4e année, Caractère, 2014
Mon père Marco – Ma fille Flavie, Bayard Canada, 2013
Ma grand-mère Gaby – Ma petite-fille Flavie, Bayard Canada, 2011
Mon papa-poule, ERPI, 2011
Edwin le fabuleux, Caractère, 2010
Le secret d'Elliot, Caractère, 2010
Les aventures de Jules Cousteau, Caractère, 2010
Une fin de semaine mouvementée, Caractère, 2010
Angèle et ses amis, Caractère, 2009
Échange de soccer, Caractère, 2009
Léo-Bobos, ERPI, 2009
Mademoiselle Insectarium, Caractère, 2009
Mon prof Marcel – Mon élève Théo, Bayard Canada, 2009
Roméo et Romy, Caractère, 2009
Mon frère Théo – Ma sœur Flavie, Bayard Canada, 2007

FRANCE LORRAIN

La promesse des Gélinas

TOME 1

Adèle

Guy Saint-Jean
ÉDITEUR

Guy Saint-Jean Éditeur
4490, rue Garand
Laval (Québec) Canada H7L 5Z6
450 663-1777
info@saint-jeanediteur.com
saint-jeanediteur.com

· · · · · · · · · · · · · · · · ·

Données de catalogage avant publication disponibles à Bibliothèque et Archives nationales du Québec et à Bibliothèque et Archives Canada

· · · · · · · · · · · · · · · · ·

Nous reconnaissons l'aide financière du gouvernement du Canada ainsi que celle de la SODEC pour nos activités d'édition. Nous remercions le Conseil des arts du Canada de l'aide accordée à notre programme de publication.

Financé par le gouvernement du Canada | Canada   SODEC Québec   Conseil des Arts du Canada   Canada Council for the Arts

Gouvernement du Québec — Programme de crédit d'impôt pour l'édition de livres — Gestion SODEC

Édition : Isabelle Longpré
Révision : Audrey Faille
Correction d'épreuves : Corinne de Vailly
Conception graphique et mise en pages : Christiane Séguin
Illustration de la page couverture : Talisman illustration design - Alain Fréchette

Dépôt légal — Bibliothèque et Archives nationales du Québec, Bibliothèque et Archives Canada, 2015

ISBN : 978-2-89455-952-9
ISBN ePub : 978-2-89455-953-6
ISBN PDF : 978-2-89455-954-3

Imprimé et relié au Canada
7ᵉ impression, mars 2020

Guy Saint-Jean Éditeur est membre de
l'Association nationale des éditeurs de livres (ANEL).

À mes chers parents Ginette et Jean-Paul
qui m'ont fait découvrir ce village des
Laurentides, été après été,

À mon mari Alain pour son soutien constant
et son amour et à mes enfants Émile et Camille
que j'aime inconditionnellement.

Ils ne sont plus que trois à se bercer sur
la galerie de leur maison. Trois vieux qui se
balancent à l'unisson en haut de la côte Boisée,
à Sainte-Cécile. La vie est simple dans le
village. Les événements du passé semblent
effacés des mémoires. Pourtant, ils ne
sont plus que trois...

Village de Sainte-Cécile
Hautes-Laurentides

Chaque printemps, Sainte-Cécile émerge de son engourdissement lorsque les propriétaires de chalets d'été prennent d'assaut les rives du lac Mauve. Berlines de luxe, roulottes et bateaux bouleversent le quotidien des habitants, tout de même heureux de savoir que les prochains mois permettront de renflouer leurs coffres. Dans un décor de lacs et de montagnes, la petite municipalité s'étend sur une distance de plusieurs milles dans les Hautes-Laurentides. À son extrémité nord, l'étroite rivière Pot-au-feu la sépare de sa voisine, la paroisse Saint-Damien. La peinture s'écaille sur les rampes extérieures de la grosse maison grise des trois vieux. Avec le temps, les bardeaux du toit se sont défraîchis. La vue imprenable sur leurs champs leur procure toujours une immense satisfaction. Au loin, ils aperçoivent même un coin du lac Mauve. Le trio d'aînés est connu dans tout le village et ses environs. La maison des Gélinas, l'histoire des Gélinas, la promesse des Gélinas. Surtout la promesse.

— C'est vrai, cette histoire-là ?

— Pas une mère ne demanderait ça à ses enfants, voyons donc !

— Moi, je l'ai toujours su.

Lorsque les vacanciers s'arrêtent pour acheter du sucre du pays ou de la crème fraîche, plusieurs piquent un brin de jasette avec les aînés Gélinas. Ils sont sévèrement avertis par les autres villageois, protecteurs des trois vieux:

— Il ne faut pas trop en parler. Mais c'est vrai.

— C'est le passé, tout ça. Laissez faire les commérages.

Rose Gélinas et ses enfants étaient arrivés en 1914 à Sainte-Cécile. Une simple coupure de journal, rapportée de l'école par Florie, avait poussé la mère de famille à s'exiler, à partir du village de Terrebonne, pour ne plus entendre les médisances.

Les gouvernements canadiens et québécois offrent aux citoyens, désireux d'avoir une terre à eux, la possibilité de mettre en valeur un bout de terrain variant de 50 à 100 acres. Différentes localités sont admissibles. De plus, pour tous les colons, le gouvernement canadien offre une somme de 200 $ pour s'établir sur une terre défrichable. Le colon a tout juste quatre ans pour en cultiver le dixième, se construire une maison et devenir alors le propriétaire légitime de l'endroit.

Le mouvement de colonisation, amorcé vers 1868 par le curé Labelle, avait pour ambition de préserver la souche canadienne-française en ouvrant les terres situées au nord de Saint-Jérôme. Le saint homme avait une seule et unique mission: « Placer un colon à la place de chaque arbre des cantons du Nord ». Rose avait tergiversé quelques jours avant de prendre sa décision.

— Ça ne peut pas être pire que vivre ici où tout le monde médit sur notre compte. À plus de cent cinquante milles au nord, personne ne nous connaîtra, ne saura que j'ai marié un sans-cœur. Ça va être bon pour les enfants, ça. Oui, ça va être bon, avait pensé la petite femme replète pour se convaincre du bien-fondé de sa décision.

Village de cinq cents habitants, Sainte-Cécile se targuait alors d'être le joyau des Hautes-Laurentides. Situés sur le chemin Des Fondateurs, l'église et le presbytère du curé Latraverse côtoyaient l'atelier du ferblantier-forgeron Henry Stromph. Seul anglophone du village, le moustachu travaillait le fer-blanc avec une technique importée de son pays natal, la Grande-Bretagne. Ses seaux avec leur poignée de broche, ses girouettes parfaitement conçues en faisaient un commerçant apprécié de tous, malgré son fort accent et son air malcommode. Juste en face de l'église, le magasin général ouvrait sept jours sur sept. Gérald Marquis et sa femme Louisette géraient le commerce avec leurs garçons.

— Trois grands innocents! pensaient les villageois, en les voyant affaler à longueur de journée sur la galerie en été, faisant semblant de travailler pour plutôt préparer des coups pendables et des blagues de mauvais goût.

Un peu plus loin, au coin du chemin Des Fondateurs et du rang Leclerc se trouvait le nouveau bureau de poste, fierté de Sainte-Cécile. Pas juste un petit comptoir postal au fond d'un commerce. Le jeune maître des lieux, Rosaire Barnabé, était arrivé du village voisin de Labelle pour s'établir avec sa jeune épouse et leurs jumeaux peu après son ouverture.

— Là, on est un vrai village, presque une ville! se vantait exagérément Gérald Marquis.

Déçu par l'arrivée de Rose et de sa famille, l'homme ne se gênait pas pour dire à tous sa façon de penser. Il profitait de l'affluence au magasin général, suivant la messe du dimanche, pour vilipender la mère de famille. Les gens se pressaient à ce rendez-vous dominical, curieux de connaître les derniers potins.

— Comment ça se fait qu'une femme arrive ici toute seule avec ses enfants pour se construire une maison ? Elle va nous voler nos terres, puis ce n'est même pas une famille du coin. Moi, ça m'enrage des affaires de même !

— En plus, elle n'a pas de mari. C'est croche, cette histoire-là !

Et puis le temps avait passé. Huit longues années pendant lesquelles la maladie sournoise avait envahi le corps, l'âme torturée de la mère de famille. Elle s'était alors reposée sur les épaules de son aînée, Florie. Avec courage, la jeune fille avait endossé le rôle de tutrice pour ses frères et sa sœur. Convaincue que le départ de son mari Antoine Gélinas avait ruiné leur vie à tous, la femme de trente-sept ans leur avait fait promettre « l'impromettable » :

— Bon, je sais que je vais mourir bientôt. Je vous aime, tous les quatre, et je veux pas vous voir souffrir comme moi. Vous devez me faire une promesse. Puissiez-vous tous avoir la force, le courage de la tenir jusqu'à votre dernier soupir… Promettez-le-moi. Promettez-moi de ne jamais vous marier, de ne jamais choisir d'époux ou d'épouse qui risque de vous abandonner, de vous briser le cœur, ni d'avoir d'enfants. Je ne peux pas quitter cette terre sans ce serment, avait insisté Rose à bout de souffle sur son lit de mort.

Les enfants ne se regardèrent pas, émus par le caractère solennel du moment. Tous acquiescèrent en silence, retenant des larmes, étouffant des sanglots. Personne ne parlait de cet homme qui avait gâché le début de leur existence. Leur père, Antoine Gélinas, un rêveur, les avait quittés à la naissance de Laurent. Aux dires de Rose, il ne faisait que crayonner à longueur de journée, espérant toujours vendre ses dessins dans les foires commerciales. Sa fuite avait fait de leur mère une femme emmurée dans une tristesse incommensurable.

— Je promets, maman.

— Je promets, maman.

— Moi aussi, maman.

— Oui, promis.

Pour abréger sa souffrance, les frères et sœurs étaient prêts à tout. Dans la nuit froide de décembre 1922, le murmure qui suivit permit à Rose Gélinas de quitter la vie avec un mince sourire de soulagement. Pour Florie, Édouard, Adèle et Laurent, cette promesse arrachée sur le lit de mort de leur mère aura toutefois des conséquences désastreuses. Florie, l'aînée, avait dix-neuf ans. Édouard venait d'avoir quinze ans. Depuis près d'un an, il s'occupait de leur cheptel à plein temps. La fougueuse Adèle travaillait de toutes ses forces à l'école pour devenir *quelqu'une* !

— Tu vas voir, Florie, je vais te donner tout mon salaire quand je vais travailler. On va enfin être riches, disait-elle naïvement du haut de ses douze ans.

Quant à Laurent, le benjamin de neuf ans d'une timidité maladive, il rêvait du jour où il quitterait l'enfer scolaire !

— Maintenant que maman est… morte, je peux arrêter l'école, Florie ?

— Pas encore. Mais d'ici quelques années, oui, mon Laurent !

CHAPITRE 1

Décembre 1930

—Mon Dieu que ça m'enrage. Il me prend pour qui ? Je suis une journaliste. Puis une bonne à part ça !

Adèle Gélinas marchait de long en large dans sa chambre à l'étage. Elle s'épivardait sans arrêt depuis une vingtaine de minutes. Depuis que sa sœur Florie lui avait remis la lettre en fait. Sa longue jupe noire frôlait le plancher de grosses lattes d'érable ; elle croisa les bras sur sa poitrine en frissonnant. Jolie jeune femme au caractère explosif, ses traits réguliers se déformaient sous le coup de la colère.

— Je suis aussi bien de rester enfermée ici un moment parce que je vais énerver les autres.

Ils habitaient tous les quatre dans la grande maison familiale. Florie, l'aînée, régnait avec ses lois et ses exigences sur ses cadets. Édouard et Laurent n'éprouvaient guère de difficultés à se plier à ses demandes, contrairement à Adèle qui cherchait à s'émanciper de cette grande sœur trop cinglante. À la mort de Rose, elle avait persuadé Florie de la laisser continuer l'école pour qu'elle puisse avoir un travail et ainsi contribuer aux comptes de la maisonnée. Mais avant toute chose, la jeune journaliste désirait être autonome, pouvoir gagner sa vie sans être à la merci de quiconque. La dépendance de sa mère à l'endroit de son père l'avait marquée pour toujours.

— Je ne veux pas être fermière, craindre les mauvaises récoltes, les animaux malades... Non, moi, je vais écrire et gagner ma vie sans aide.

À vingt ans, elle était fière de son parcours qui l'avait menée à sa profession de journaliste. Être employée par un journal sérieux comme *Le Courrier* de Saint-Jovite lui permettait de s'évader quelques fois par année de l'emprise de sa sœur. Lorsque Adèle constatait le peu d'ambition de cette dernière ou des autres femmes du village, elle mettait encore plus d'ardeur au travail. Elle deviendrait une journaliste réputée malgré le fait qu'elle soit une des seules femmes de la province à exercer ce métier. Il y avait bien eu Robertine Barry, décédée en 1910. Les deux femmes avaient en commun une fougue et une passion de l'écriture. Avant sa mort, la journaliste avait publié plus d'une centaine d'articles touchant le monde de l'éducation, la vie des paysannes et plusieurs autres thématiques. Pour l'instant, les yeux noisette d'Adèle pétillaient d'exaspération. Les propos dans la lettre froissée qu'elle tenait à la main l'indignaient profondément.

— Tu parles d'un mal élevé! S'il pense qu'il va me bâillonner parce que je suis une femme! Mon texte était parfait.

Elle marmonnait à voix haute en tempêtant contre l'injustice. Comme une manie, elle tournait le jonc de sa mère enfilé sur la fine chaîne en or qu'elle portait au cou. Le seul bijou qu'elle possédait. Adèle fronça ses épais sourcils. S'assoyant sur le petit banc rond de sa coiffeuse, la jeune femme ouvrit et ferma les deux petits tiroirs du meuble pour y ranger sa brosse et ses épingles à cheveux. Dans ces moments difficiles, elle aurait tant souhaité avoir les conseils d'un parent.

— Je ne peux pas croire que ce nouveau rédacteur me demande de changer la moitié de mon article sur la vente d'enfants en Allemagne. Pourtant, je n'y relate que la vérité. Il n'aime pas le lien que j'en fais avec la pauvreté de nos régions. Monsieur ne veut pas en parler! Ça ne fait pas vendre des journaux, en plus d'offusquer les lecteurs, à son avis!

Adèle écrivait toujours des articles percutants sur les sujets qu'on lui proposait. Derrière son dos, les habitants de Sainte-Cécile se moquaient d'elle en parlant de ses idées de grandeur. Pourtant, plus les gens médisaient, plus elle désirait faire ses preuves. Au sortir de la messe, le dimanche, elle gardait la tête haute, saluait quelques villageois pour quitter en vitesse le parvis de l'église. Parfois, le regard errant sur les terres entourant la ferme familiale, Adèle s'imaginait vivre de son écriture dans la grande ville de Montréal. Son premier article, *Au pilori!*, était paru dans *Le Courrier* au début de l'année 1928:

Le cinéma Rex de Saint-Jérôme a été rasé par un terrible incendie lors de la dernière séance de la soirée du 19 janvier. Lors de cette catastrophe, le gérant de l'établissement, monsieur Bernard Bérubé, a choisi de sauver les recettes de la journée, plutôt que de porter secours à une dizaine de jeunes enfants coincés dans l'escalier. Ces victimes entre 8 et 12 ans ont toutes péri dans ce qui se révèle être la pire tragédie du village. Des accusations seront portées contre...

Depuis ce temps, le vieux rédacteur en chef du journal, Edmond Tremblay, lui faisait de plus en plus confiance. Chaque mois, il lui confiait deux ou trois sujets variés. La jeune femme jeta un regard par la fenêtre en pensant à l'homme âgé au corps décharné. La lettre qu'elle venait de recevoir ne la surprenait qu'à moitié, puisque lors de ses deux dernières visites à son bureau, monsieur Tremblay lui avait paru épuisé, à bout de souffle.

— J'espère qu'il guérira, marmonna Adèle en pensant affectueusement au vieil homme. Sa chevelure bouclée touchait ses fines épaules. N'ayant aucun désir de se conformer au chignon strict de la campagne, elle dégageait son visage avec un simple bandeau de tissu noir glissé derrière ses oreilles.

Le long hiver québécois semblait bien installé. Le ciel était bas et la neige risquait de tomber d'un moment à l'autre. Les terres étaient déjà ensevelies sous deux pieds de neige, ce qui rendait les déplacements compliqués pour tous. Cette neige lui donna envie de se blottir dans son lit pour lire un peu. Adèle se pencha plutôt dans l'alcôve qui protégeait sa fenêtre pour soulever son rideau de dentelle écrue. Elle s'appuya sur le bord. Elle voyait à peine les lumières de l'hôtel de Marc-Joseph Caron et celles du ferblantier en bas de la côte Boisée. Monsieur Stromph travaillait toujours bien tard. Veuf depuis dix ans, l'homme n'avait de comptes à rendre à personne puisque sa femme Mary et lui n'avaient jamais eu de descendants.

— Je vais le relire, mon texte, pour voir si monsieur le rédacteur a raison. Je peux être objective quand même !

Des quatre enfants de Rose Gélinas, née Dupuis, Adèle était sans contredit la plus entêtée et la plus ambitieuse. Comme son père Antoine Gélinas, l'artiste en elle prenait toute la place. L'écriture la sauverait d'une vie sans nuances, puisque la promesse faite à sa mère le jour de sa mort allait pour toujours conditionner son existence. Adèle se dévouait intensément à sa passion. Son aînée Florie acceptait de bonne grâce l'argent versé par le journal, sans toutefois comprendre ce besoin de reconnaissance. Lorsque sa sœur parlait du bonheur de créer un texte, elle avait l'impression de réentendre les longues tirades de son père tentant de convaincre sa mère Rose, qu'un jour, il deviendrait riche.

— Tu devrais te contenter d'être une bonne fermière, une bonne femme de maison ! lui disait-elle sèchement.

Pourtant, même avant la mort de Rose, sa cadette avait une propension à voir grand.

— Je pourrais voler dans un avion ? Qui dit que je ne peux pas devenir médecin, hein, Florie ? Je ne veux pas rester à la ferme tous les jours pour cueillir des légumes et m'occuper des animaux. Ne te fâche pas, ma Florie, je serai toujours à vos côtés pour vous aider, mais j'ai des rêves et des buts différents, c'est tout.

Délaissant sa lecture un instant, Adèle chercha distraitement ses vêtements de travail. Elle lança son texte et la lettre sur son lit, puis inspira à fond pour calmer son tourment.

— Je suis triste du départ de monsieur Tremblay. Mais que son remplaçant exige des dizaines de corrections sans jamais m'avoir consultée… Tout ça pour quelques dollars du feuillet !

Sachant que les journalistes masculins pouvaient gagner jusqu'à huit dollars de la page, Adèle avait pris la décision d'insister auprès de monsieur Tremblay pour recevoir une augmentation.

— Je me vois mal demander une hausse à son remplaçant. Surtout que je ne l'aime déjà pas, ce Jérôme Sénéchal !

La jeune femme observa son image renfrognée dans le miroir au-dessus de sa coiffeuse en érable. Son reflet ne lui plut qu'à moitié : ses cheveux bruns étaient trop échevelés ; sa bouche était un peu trop charnue ; ses grands yeux, trop écartés. Elle grimaça et replaça les mèches qui s'étaient échappées de son bandeau.

— Bon là, ça va faire ! Je vais réfléchir à ce que je peux faire avec ça, mais en attendant, je dois aider Florie avec le souper ; les hommes vont arriver dans moins d'une heure. Elle va encore me dire que mon travail au journal prend tout mon temps.

En pensant à sa grande sœur et à son caractère impétueux, Adèle enleva sa belle jupe et enfila rapidement sa robe de maison usée à la corde. Toujours coquette, elle ceinturait sa taille menue afin de rendre sa tenue un peu plus appréciable. Un dernier coup de peigne dans ses boucles rebelles, puis elle ouvrit la porte à toute volée. Sa chambre faisait face à celle de son frère Édouard de l'autre côté de la cage d'escalier. En faisant tout pour paraître calme et sereine, elle agrippa la rampe d'une main solide avant de s'aventurer dans l'escalier de bois clair. Elle descendit en vitesse en prenant soin d'éviter l'avant-dernière marche qui ne tenait qu'à un clou !

— Heureusement que les garçons ont prévu la réparer ce soir ! On va finir par se casser le cou !

Son frère Édouard, âgé de vingt-trois ans, serait toujours son préféré. Ensemble, ils avaient fait les quatre cents coups avant la mort de leur mère. Maintenant qu'il la dépassait d'un demi-pied, elle n'arrivait plus à avoir le dessus lorsqu'ils se chamaillaient. Néanmoins, les discussions qu'ils avaient, lorsque les deux autres s'éclipsaient pour la nuit, lui permettaient de ne pas désespérer complètement à la pensée de vivre toute sa vie en compagnie de ses deux frères et de sa sœur. Calme et posé, Édouard permettait à Adèle d'obtenir une opinion franche sur les sujets qu'elle abordait avec lui. Le plus jeune, Laurent, lui, donnait l'impression parfois d'être resté marqué par la mort de leur mère. Peu bavard, son malaise se ressentait lorsqu'il se trouvait ailleurs que dans les champs ou la grange. Florie avait une telle emprise sur lui que, parfois, Adèle souhaitait une rébellion de la part de l'adolescent.

— Il serait temps qu'il lui dise, à Florie, qu'il n'est plus un enfant ! Mais ça fait son affaire d'avoir l'attention de notre sœur.

Il a juste à dire qu'il mangerait bien un bon gâteau aux épices ou un ragoût de boudin pour qu'on soit obligées de cuisiner toute la journée!

La neige gorgée d'eau tombait maintenant du ciel et la jeune femme savoura la chaleur du rez-de-chaussée. Le poêle de fonte dans le coin de la cuisine chauffait à fond, mais la maison était grande et il ne fournissait pas lors des gros froids de l'hiver. Souvent, au petit matin, même si Florie s'était levée fréquemment pour l'entretenir, il n'était pas rare que les chambres du haut se transforment en glacière. Adèle s'appuya contre le cadre de porte de la cuisine quelques secondes pour observer sa grande sœur, penchée sur le comptoir. Accrochés à la grosse poutre de bois au-dessus de sa tête se trouvaient cinq paniers d'osier qui servaient pour le jardin. De chaque côté, Adèle avait pendu un gros bouquet de fleurs sauvages aux couleurs délavées par le temps. Parfois, l'un de ses frères y mettait une salopette à sécher ce qui faisait ronchonner l'aînée qui n'aimait pas les traîneries. Florie jetait des coups d'œil indifférents par la fenêtre au-dessus de l'évier. Ce paysage enneigé ne l'émouvait plus depuis longtemps; sous cette couverture blanche se cachaient des mois de travail douloureux. Les deux sœurs étaient on ne peut plus différentes. Si Adèle était grande et mince, son aînée s'était beaucoup épaissie depuis la mort de leur mère. À tout juste vingt-sept ans, ses cheveux de jais présentaient déjà quelques mèches blanches. Jour après jour, Florie enroulait sa chevelure en un beigne ultra serré sur la nuque. Ses hanches semblaient parfaites pour enfanter, ce qui ne serait jamais le cas. Encore plus que ses frères et sœur, Florie avait vu sa mère dépérir après le départ de son père. Alors âgée de dix ans, elle avait dû la remplacer peu à peu dans toutes les tâches et abandonner l'école. Pour elle, il n'était pas question de briser la promesse faite à Rose. Le mariage, les enfants ne faisaient pas partie de son avenir. Ses épaules rondes étaient légèrement penchées vers l'avant. Adèle sourit avec affection en remarquant les grosses pantoufles beiges qu'elle avait aux pieds. Sa sœur avait toujours les orteils gelés l'hiver. Elle chuchota avec un sourire dans la voix :

— Me voilà, ma Florie.

Le visage sérieux, Florie se retourna :

— Veux-tu bien me dire ce que tu faisais ? Il nous reste la pâte à rouler, puis les pommes à éplucher et à couper. La table n'est pas mise et…

— J'ai juste pris le temps de lire la lettre du journal que tu avais mise dans ma chambre. Je peux te dire que ça ne fait pas mon affaire ! s'exclama Adèle en enfilant son tablier blanc qu'elle noua à la taille.

Elle s'installa aux côtés de sa sœur en soupirant. Florie déposa son torchon sur le comptoir, se tourna vers Adèle :

— Bon, qu'est-ce qu'il y a encore ? Tu vas pas aller te plaindre une autre fois ! Ils vont finir par trouver quelqu'un de moins *chialeux* pour écrire à ta place, maugréa Florie d'un ton perfide. Un homme, tiens ! Crois pas que tu es irremplaçable, ma sœur…

L'économe à la main, Florie fit voler l'ustensile dans les airs comme une menace. Adèle perdit aussitôt sa bonne humeur déjà fragile et arracha brusquement l'instrument des mains de sa sœur. Même si elle la dépassait d'un bon cinq pouces, l'autre semblait toujours avoir le dessus.

— Tu sauras, Florie, que si on ne dit jamais rien, on va rester pris avec notre petit bonheur puis c'est tout ! Ça fait que…

— Mais ton petit bonheur accompagné du chèque du journal, il fait bien notre affaire, coupa sèchement Florie. C'est même la seule raison pour laquelle j'accepte que tu ailles à Saint-Jovite deux fois par mois. Alors chaque fois que tu chicanes, tu attires le malheur. Ton patron va se rendre compte qu'avoir une femme parmi ses journalistes, c'est pas mal trop compliqué. Avec tes idées de grandeur...

Sa phrase resta en suspens, mais Adèle accueillit le reproche avec hargne. Ses yeux noisette pétillaient de colère et elle mordit ses lèvres de crainte de trop parler. Peine perdue, elle éclata :

— Florie, bon sang, c'est toi qui m'as offert la machine à écrire à Noël il y a deux ans ! Tu disais que puisque j'aimais ça écrire, ça pourrait m'être utile. Maintenant que je m'en sers tous les jours, que ça nous rapporte de l'argent, tu voudrais que je reste tranquille dans mon coin lorsque mon nouveau patron menace mon travail ? Tu sais bien que je ne suis pas du genre à m'écraser. En plus, continua-t-elle en faisant voler les épluchures de pommes, mes idées de grandeur, comme tu dis, nous permettent de nous payer de petits luxes de temps en temps ! Si tu trouves que je me plains trop, bien je te parlerai plus de rien. Mais tu sauras que tout ce que je fais, je le fais pour nous quatre. Pareil comme toi puis nos frères. Il y a une chose de sûre, ce n'est pas parce que je suis une femme que je vais me laisser marcher sur les pieds, ça non ! C'est pas vrai que je vais finir ma vie malheureuse et frustrée comme...

Florie, qui avait commencé à rouler sa pâte sur la grosse table de cuisine, se retourna avec rage. Sa face étroite, au petit menton pointu comme celui de sa sœur, rougit instantanément.

— Ne le dis pas, menaça-t-elle. Ne le dis surtout pas !

Sa voix claqua au moment où leur frère Édouard ouvrait la porte de côté avec vigueur. Le vent froid ne prit qu'une seconde pour s'infiltrer dans la cuisine. Adèle soupira profondément. La diversion était la bienvenue parce que Florie et elle ne s'entendraient jamais sur la vie ou le semblant de vie de leur mère. Pour Adèle, le manque de détermination de celle-ci après le départ de son père signifiait un signe évident de faiblesse. Florie, elle, défendait sa mère bec et ongles en énumérant tous les sacrifices que Rose avait faits pour permettre à ses quatre enfants d'avoir tout de même une enfance adéquate. Lorsqu'elle avait donné un ultimatum à son mari, Rose s'attendait à ce que ce dernier se cherche un travail sérieux dans une usine. À la place, il s'était empressé de déguerpir, disant que la vie avec elle brimait tous ses instincts de créateur. Les deux sœurs n'en étaient pas à une dispute près à ce sujet. Bien sûr, Adèle admettait que la décision prise par Rose de quitter son village maternel avec sa progéniture avait dû lui demander une certaine dose de courage, mais tout ce qui s'en était suivi, son retrait de la vie, son état de dépendance sur ses deux aînés ne méritaient pas que sa sœur l'idéalise comme elle le faisait. Préférant se taire, elle reporta son attention sur son grand frère, qui avait le visage rougi par le froid. Édouard, un homme élancé aux traits sérieux, plissa un peu ses yeux bleu foncé afin d'évaluer l'atmosphère de la cuisine. Ses membres engourdis picotaient en dégelant lentement.

— Brrrr…

En attendant que le sang recommence à circuler en lui, Édouard observait ses deux sœurs dont les corps tendus traduisaient la discorde. Encore! Les enfants Gélinas consacraient surtout leur énergie à l'élevage de bétail pour leur alimentation annuelle et la production laitière. Peu bavard, Édouard sourit à ses sœurs en faisant mine de ne pas s'apercevoir de la froideur dans la pièce. Depuis la mort de sa mère, il avait perdu son côté enjoué, et prenait très au sérieux son rôle de fermier, pourvoyeur principal de la famille. Il ne sortait jamais prendre un coup avec les autres jeunes du village. Sa belle face burinée par le soleil et le grand air faisait pourtant l'envie de la gent féminine. Toutes les jeunes filles célibataires espéraient le voir « accrocher son fanal » à leur porte. En vain. Quelques minutes après son arrivée, le battant s'ouvrit de nouveau sur le visage à peine sorti de l'enfance de Laurent, le benjamin de dix-sept ans.

— Mosus qu'il fait frette, tabarouette !

Incapable de rester fâchée très longtemps, Florie profita de cette diversion et le débarrassa de son lourd parka. Laurent était l'enfant qu'elle n'aurait jamais. Tout son amour maternel s'était jeté sur lui. Elle en prenait soin avec bonté et affection. Loin de s'en plaindre, le garçon profitait sans vergogne de la préférence de sa grande sœur. Elle déposa ses bottes pleines de neige proche du poêle imitée par Édouard. D'un signe de la tête, Florie fit comprendre à sa sœur qu'elle mettait un terme à leur conversation.

— Allez vous décrasser un peu avant de manger, dit l'aînée. Adèle, grouille, on n'a pas fini.

Une fois la vaisselle terminée, Adèle attendit avec impatience que sa sœur parte dans sa chambre sous l'escalier pour s'approcher d'Édouard. Assis au salon dans sa berceuse, sa tasse de café posé sur le dessus du piano muet depuis la mort de leur mère, il bourrait consciencieusement sa première pipe de la soirée. Le journal posé sur la table à ses côtés montrait une photographie de Lena Bernstein, une jeune aviatrice franco-russe à son retour à Paris après une tentative ratée de vol vers l'Extrême-Orient. L'année précédente, elle avait traversé la Méditerranée, devenant ainsi la deuxième pilote seulement à réussir cet exploit. Adèle avait lu l'article le matin et avait fantasmé sur la vie fascinante de cette jeune femme. Celles qui suivaient leur voie la fascinaient et lui donnaient envie de poursuivre son rêve.

— Enfin la paix !

Même si Édouard se levait à l'aube, il était toujours le dernier au lit. Pas avant neuf heures. Il aimait le moment où seuls les craquements et les tremblements de la maison lui tenaient compagnie. Il restait dans sa chaise berçante, le visage tourné vers la grande fenêtre du salon. Parfois, une carriole passait au loin sur la côte Boisée, mais la plupart du temps, il ne faisait que sommeiller après une lecture exhaustive des nouvelles les plus intéressantes. Depuis quelques semaines, ces précieux instants lui permettaient de songer à ses grands projets pour la ferme.

— Bon sang que je suis bien…, soupira le jeune homme avant de tirer une longue bouffée de sa pipe.

Laurent et lui avaient solidifié les marches de l'escalier une bonne partie de la soirée. Il ferma les yeux de contentement. Son beau visage sérieux se détendit. Adèle hésita sur le seuil du salon, humant l'odeur poivrée de la pipe. Elle ne voyait que le dos de son frère entre le cuir tressé de la chaise, mais sentait bien la tension se relâcher de son corps.

— Ses exploits sont extraordinaires, n'est-ce pas ? questionna-t-elle en pointant le journal.

— Je n'ai pas encore lu l'article et je sens que je ne pourrai pas le faire tout de suite…, ronchonna son frère.

Il tourna son regard impatient vers elle. Ses cheveux bruns retombaient sur son front. Il déposa sa pipe dans le cendrier sur la table à ses côtés et attendit, sans dire un mot.

— Hum... Édouard, je peux te demander un service ?

Adèle s'avança vers lui pour être certaine que Florie n'entendrait pas. Sa chambre se trouvait juste à la sortie du salon. À l'étage, Laurent était déjà couché, épuisé par la longue journée ainsi que la nuit d'avant qu'il avait passée auprès d'un cheval qui tardait à se remettre d'une vilaine blessure à une patte. Ils avaient peu d'animaux, mais ceux qu'ils avaient étaient traités avec douceur et attention. Constatant l'agacement de son frère, la jeune femme précipita ses paroles :

— J'aurais besoin d'aller à Saint-Jovite demain ou au plus tard mardi. Tu penses que tu pourrais m'y accompagner ?

Le jeune homme prit une longue gorgée de son café, le regard absent. Il se tourna de nouveau vers sa sœur appuyée au chambranle. Son visage était maintenant sérieux et sa question aussi :

— J'imagine que ce serait mieux que Florie ne soit pas au courant de tes projets, hein Adèle ?

— ...

Piteuse, Adèle ne répondit pas. Généralement complices, le frère et la sœur s'entendaient sur presque tout, sauf la relation avec leur aînée. Édouard, patient et tolérant, ne se préoccupait pas des commentaires parfois déplaisants de Florie. Il ne les entendait plus, capable de s'évader dans ses pensées chaque fois que le ton de sa sœur devenait intransigeant. Il savait que, au fond, elle désirait seulement leur bonheur. Il l'avait vue, mois après mois, s'occuper d'eux alors que Rose n'était plus que l'ombre d'elle-même. Par contre, les discussions entre les deux sœurs tournaient souvent en querelles pénibles pour tous. Édouard se redressa un peu sur sa chaise.

— Je dois aller dans ce coin-là après le déjeuner demain pour voir une couple de vaches à vendre. Je t'embarque. Mais je t'avertis, tu t'arranges avec Florie, je ne veux rien savoir. Ça finit toujours en chicane, vos affaires.

Satisfaite, la jeune femme lui fit un large sourire et un signe de la main qui ne le rassura qu'à moitié. Même si personne n'osait lui dire, Adèle avait le caractère fougueux de leur père Antoine. Fonceuse, capricieuse, indépendante. Elle avait beau être menue et délicate, le mot *fragilité* ne s'appliquait guère à sa personnalité. Édouard était las de servir de tampon entre les sœurs.

— Je te promets de ne pas te mêler à ça. Merci, Édouard.

Adèle plaqua un bec sonore sur la joue de son frère aîné et remonta à sa chambre le pied léger. Gagné! Elle s'arrangerait pour que sa sœur ne sache rien. Florie ressemblait de plus en plus à leur mère Rose: sans ambition, sans passion. Deux sœurs, deux opposés qui discutaient souvent en parallèle sans parvenir à s'entendre.

Le lendemain, le duo quitta tôt dans l'avant-midi en ayant au préalable fait la promesse de revenir bien à temps pour le souper. Le soleil brillait malgré un froid mordant. Leurs pas crissaient dans la neige. Adèle soupira de soulagement en s'assoyant aux côtés de son frère. Elle lui sourit franchement. Son petit minois rougi par l'air glacial se contractait de plaisir.

— Enfin! J'ai eu peur que Florie me trouve une autre tâche pour m'empêcher de partir. Tu as vu comme elle tournait autour de moi?

Édouard ne répondit pas. Mystic, leur jument, attendait patiemment le moment du départ.

— Hue! la bête, hue!

28

Chaque absence de la ferme était appréciée par la jeune journaliste. Elle étouffait sous le joug de sa sœur. Parfois, les signes de sa bonté réapparaissaient sous la forme du gâteau préféré d'un de ses frères ou la soupe au chou que Adèle affectionnait particulièrement. Lorsque Florie chantonnait dans la cuisine, ils savaient que la journée serait bonne. Mais c'était de plus en plus rare, comme si sa joie de vivre s'éteignait à petit feu. Au milieu de la côte Boisée, la voix de son frère sortit Adèle de ses pensées :

— On va arrêter à l'hôtel deux minutes, il faut que je voie Marc-Joseph.

La brunette retint un geste impatient. Son cerveau tournait à toute vitesse depuis la veille. La rencontre de l'après-midi serait déterminante pour la suite de sa carrière. Un sourire moqueur sur ses lèvres pleines, Adèle songea qu'elle avait bien fait de ne pas prévenir Jérôme Sénéchal de son arrivée. Ce nouveau venu au journal verrait que la campagnarde ne donnait pas sa place.

— Dépêche, Édouard, je t'en prie, j'ai vraiment hâte d'arriver au journal.

Édouard fit un geste pour tempérer son agitation.

— J'en ai pour dix minutes maximum. Je pense que tu vas survivre.

Depuis plusieurs années, son meilleur ami, Marc-Joseph Caron, s'occupait de l'hôtel de Sainte-Cécile avec entrain. Il avait quitté l'école avant d'avoir treize ans afin de donner un coup de main à son père, veuf et malade. Puis, lorsque celui-ci était décédé, quatre ans auparavant, c'était avec vigueur qu'il avait pris la relève. L'hôtel du village était sa passion, sa vie. L'établissement comptait une dizaine de chambrettes, une salle à manger respectable en plus d'un salon chaleureux.

Les voyageurs n'y passaient qu'une nuit ou deux, le village de Sainte-Cécile n'ayant pas les attraits touristiques de Saint-Jovite ou de Saint-Sauveur plus au sud. La sœur de Marc-Joseph se nommait Josette. À seize ans, c'était une bonne fille à qui il tardait de trouver un mari. Elle détestait se lever à l'aube pour prendre soin des clients. Elle n'avait pas l'intention d'être femme de chambre encore bien des années. Avec son petit visage rond et sa bonne humeur contagieuse, il y avait fort à parier que les candidats ne manqueraient pas. Elle étira le cou dans l'espoir que Laurent soit aussi présent. Le timide adolescent ferait bien son affaire comme fiancé.

— Salut Josette…

— Salut Édouard! Allo Adèle! Vous êtes seuls?

— Oui, nous allons à Saint-Jovite.

— Ah bon, répondit l'adolescente en se renfrognant.

Derrière son comptoir, Marc-Joseph leva sa tête rousse. Il sourit en voyant la jeune femme aux côtés d'Édouard. La sœur de son ami rayonnait comme d'habitude. Pour lui, la femme idéale ressemblait depuis toujours à Adèle. Il ne se rappelait plus à quel moment son cœur s'était mis à battre plus fort en sa présence, mais il ne voyait qu'elle. Il gardait espoir de pouvoir la fréquenter bientôt. Il s'était donné jusqu'à l'été pour faire sa demande. Le grand rouquin perdait tous ses moyens lorsqu'elle se trouvait devant lui.

— Eh bien! De la belle visite ce matin!

— Bonjour Marco.

Adèle le considérait comme un frère. Ils se connaissaient depuis si longtemps. Le jeune homme l'observait avec affection. Souvent, il avait envie d'aborder avec son ami les rumeurs d'une promesse faite à leur mère. Une certaine pudeur l'empêchait de le faire. De toute manière, ça ne devait être que des potins de village. Les gens de Sainte-Cécile n'avaient jamais accepté l'arrivée de Rose Gélinas dans leur coin. Une seule fois, Édouard avait laissé sous-entendre que la mort de leur mère avait changé bien des choses pour eux. Florie, qui avait maintenant près de trente ans, avait déjà coiffé sainte Catherine. En souriant, le jeune homme contourna son comptoir et s'approcha en vitesse, fier d'avoir sur le dos sa plus belle chemise de lin :

— Quel bon vent vous amène ? Tiens, donne-moi ton manteau, Adèle, dit-il en tendant une main prévenante.

Il la regarda avec insistance, provoquant aussitôt l'agacement de son amie.

— Non, je le garde, on ne fait que passer, t'occupe pas de moi.

Goguenard, Édouard regardait la scène avec bonne humeur. Il trouvait toujours comique de voir son ami perdre tous ses moyens en présence de sa petite sœur. Mais le regard noir d'Adèle lui rappela qu'il devait faire plus d'une heure trente de route en sa compagnie et qu'il valait mieux detourner l'attention de Marc-Joseph. En tordant son chapeau dans ses larges mains, Édouard marmonna entre ses dents :

— Je voulais vérifier un détail pour le projet dont je t'ai parlé la semaine passée.

— Hein... pardon ?

Marc-Joseph ne l'écoutait pas vraiment, et Adèle planta ses mains sur ses hanches en attente de précisions. Embêté, son frère regrettait d'être venu avec elle. Pour l'instant, il voulait garder son rêve secret. Quel idiot ! À la suite de longues réflexions, Édouard envisageait l'ouverture d'une beurrerie, au village de Sainte-Cécile. La première beurrerie des Hautes-Laurentides se situerait sur la terre des Gélinas. Pour y parvenir, il avait besoin des conseils de son ami, habitué à gérer de gros budgets. Édouard rêvait de sa beurrerie le soir sur sa berceuse. Puisqu'il n'aurait pas de famille, aussi bien mettre toute son énergie dans une réalisation d'envergure. Pour l'instant, personne n'était au courant, à l'exception de son ami. Marc-Joseph avait semblé enthousiaste lorsqu'il lui en avait parlé la semaine passée. Mais pour l'instant, ses yeux brillants ne semblaient voir que sa sœur à quelques pas derrière lui. Édouard se retourna et repoussa affectueusement le bras d'Adèle.

— Dans le fond, tu peux aller m'attendre dans la carriole, Adèle, je n'en ai pas pour longtemps. Un mot à dire à Marc-Joseph et je te rejoins aussitôt.

Cette dernière hésita, prise entre son désir d'en entendre plus sur le secret des deux hommes et son besoin de fuir le regard énamouré de Marc-Joseph. Finalement, après quelques secondes, elle haussa ses fines épaules, reposa son chapeau en feutre mauve sur ses boucles. Elle leva un index moralisateur :

— C'est bon, mais dépêche, veux-tu ! Je n'ai pas envie de revenir à la nuit tombée et de me retrouver bombardée de questions par Florie. On lui a promis de rentrer pour la traite de cinq heures. À bientôt, Marco.

Le jeune homme lui sourit, mais elle était déjà partie. Piteux, l'hôtelier emmena son ami dans son bureau derrière le comptoir de l'hôtel. La grande bâtisse de bois grise aux larges fenêtres rectangulaires était construite depuis plus de trente ans. De son côté, la jeune femme ouvrit la lourde porte, se dépêchant de se glisser à l'extérieur pour éviter de refroidir l'entrée de l'hôtel. Les gens de Sainte-Cécile se pressaient maintenant sur le chemin Des Fondateurs, surpris par le vent glacial de cet avant-midi de décembre. Ils passaient en vitesse devant la forge et l'église. Tête baissée, ils fonçaient en direction de leur but sans s'attarder. Malgré l'habitude, personne ne s'endurcissait à la morsure de l'hiver sur la peau dénudée. Certains enroulaient leur foulard autour de leur tête jusqu'au cou. On ne voyait que les yeux plissés cherchant à trouver refuge le plus rapidement possible. Adèle s'empressa de se glisser sur le siège de cuir raidi. Enfouie sous une grosse couverture de laine, elle frottait ses mains l'une contre l'autre lorsque son frère la rejoignit cinq minutes plus tard.

— J'espère que tu n'es pas trop gelée, Adèle !

Espérant éviter les questions, il ne put réprimer une grimace de dépit lorsqu'à peine assis, il dut subir l'assaut de sa sœur qui le questionna avec curiosité.

— C'est quoi, votre projet, mon Édouard ? Est-ce que ça a un rapport avec tes déplacements fréquents à Montréal ? Parce que si tu penses que je n'ai pas remarqué ! Mais ne t'en fais pas, continua sa sœur d'un ton rieur, je n'ai rien dit à Florie. C'est déjà bien assez qu'elle soit sur mon dos… elle n'est pas pour t'achaler, toi aussi !

Hésitant à se confier, son frère fit un vague signe de la main avant de se mettre en chemin. Il n'était pas prêt à s'ouvrir pour le moment. Il espérait que son ami saurait tenir sa langue, ce qui l'inquiétait un peu. En siégeant à la réception de l'hôtel du village jour après jour, le jeune homme entendait des confidences qu'il avait bien de la misère à respecter. Faisant taire son inquiétude, Édouard sourit distraitement à sa sœur de nouveau perdue dans ses pensées.

— Ce n'est rien. Juste de la paperasse à faire pour la ferme.

— Ah bon.

Satisfait de son silence, Édouard repensa à ses dernières lectures dans *La Terre de chez nous*. De plus en plus de fermiers abandonnaient la culture des céréales ou des légumes pour se consacrer à l'élevage laitier. Dans moins d'un an, le jeune homme voulait tout mettre en branle. Pour ce faire, il devrait avoir un plan précis pour éviter les angoisses de Florie.

— Qu'est-ce que tu vas faire au journal, Adèle ? Monsieur Tremblay t'a convoquée ? demanda-t-il lorsque le village de Saint-Jovite apparut au loin.

Sa sœur lui jeta un regard nerveux avant de chuchoter.

— Non, non. Pas tout à fait. On a chacun nos secrets, mon Édouard, dit-elle en lui faisant un clin d'œil.

Voilà presque deux heures qu'ils avaient quitté l'hôtel de Sainte-Cécile. Plus au sud, l'air ne semblait pas aussi mordant, le soleil maintenant haut dans le ciel réussissait presque à réchauffer les gens. Édouard déposa sa sœur à quelques minutes des bureaux du journal à Saint-Jovite. Elle préférait marcher un peu pour faire passer son inquiétude. Les deux bottines noires plantées dans la fine couche de neige sur le trottoir, elle se pencha contre la portière de la carriole en souriant malgré son agitation intérieure.

— Tu viens me reprendre à quelle heure, Édouard ?

Son frère jeta un coup d'œil sur sa montre. Sainte-Cécile était à près d'une trentaine de milles de Saint-Jovite. En hiver, il devait prendre toutes ses précautions dès que la noirceur tombait.

— Si je suis de retour vers deux heures et demie, ça t'ira ? Parce qu'après, je crains que la neige nous tombe encore dessus. Il faut absolument que je sois revenu pour la traite puisque Laurent s'occupe encore de Clochette qui risque de vêler d'ici demain. Avec les deux dernières nuits qu'il a passées, je pense qu'il mérite un peu de repos.

Adèle fit montre d'une confiance qu'elle était loin de ressentir. Retenant son chapeau de feutre d'une main, elle souffla un bec de l'autre.

— Oui, oui, ne t'en fais pas, j'aurai réglé mon problème sans aucun doute. Je t'attendrai devant les bureaux du journal alors. À tantôt !

Elle lui sourit d'un air coquin et fit un clin d'œil affectueux. Lorsque la carriole s'éloigna, elle resta quelques instants sur le trottoir. Étourdie par le brouhaha inhabituel du gros village, Adèle demeura figée quelques minutes, complètement dépourvue. Depuis un an, les premières pistes de ski de fond du mont Tremblant avaient été inaugurées. Des experts-conseillers avaient aidé à l'aménagement des pistes et voilà que cet hiver, la municipalité de Saint-Jovite organisait les premières compétitions de glisse sur cette majestueuse montagne, joyau des Laurentides. Suivant une nouvelle mode apparue au début de l'année, plusieurs skieurs de fond avaient pris le train tôt le matin à Montréal avant de descendre dans un village des Hautes-Laurentides. Ils revenaient ensuite en skis à travers les bois et les montagnes. Quatre jeunes hommes dans la vingtaine passèrent devant elle, skis aux pieds. Narquois, ils lui firent un signe de la tête qui fit rougir Adèle. La jeune femme suivit ensuite du regard un couple transportant deux lourds équipements de ski.

« Comme ils sont chanceux, pensa la jeune femme en observant les sportifs quelques instants. Bon, Adèle, assez rêvé ! Pour l'instant, tu dois te concentrer sur ta carrière, non pas sur les plaisirs de l'hiver ! »

Les routes de la localité, contrairement à celles de Sainte-Cécile, étaient bordées de trottoirs. Plusieurs grandes maisons de Saint-Jovite munies de galeries couvertes trônaient en bordure de la route. Depuis quelques années, les villages au sud de Sainte-Cécile, tels que Sainte-Agathe, Saint-Faustin, Saint-Jovite, étaient considérés comme des lieux de rencontre de la haute bourgeoisie. Anglophones et francophones s'y côtoyaient paisiblement. Adèle marchait d'un pas décidé. Sa longue silhouette attirait le regard des hommes qui la croisaient. Perdue dans ses pensées, Adèle ne remarquait rien. Seul le cinéma, en face de l'église du village, la faisait rêvasser. À Sainte-Cécile, leur curé acceptait à contrecœur qu'il y ait un bar à l'hôtel de Marc-Joseph et, en plus, seulement si le consommateur mangeait sur place. En chaire, il décriait fréquemment ces lieux de perdition qui encourageaient des comportements ou des idées impurs chez ces jeunes âmes influençables.

« Alors avant que le curé Latraverse accepte de voir un cinéma dans notre village…, songea la jeune femme. Bon, allez, Adèle, un peu de courage. »

Après quelques minutes de marche rapide, la jeune journaliste arriva enfin devant l'édifice à trois étages en briques rouges. L'enseigne en grosses lettres blanches annonçait *Le Courrier*, juste au-dessus de l'escalier principal entouré de deux énormes érables dénudés. Chaque fois qu'elle y mettait les pieds, Adèle sentait la fierté l'envahir. Aujourd'hui, la lourde porte de bois représentait le dernier rempart entre Adèle et son but : faire reconnaître son travail à sa juste valeur. Après une courte hésitation, elle inspira à fond, lissa son manteau brun et pénétra à l'intérieur des locaux. Elle s'arrêta en haut des marches, toujours impressionnée par le décorum du hall d'entrée. La jolie brune prit quelques secondes avant de s'approcher de la secrétaire qui la regardait avec sévérité derrière son bureau. Ses petits yeux cachés derrière des lunettes de métal se posèrent sur elle avec impatience. Comme à chacune de ses visites, Adèle vit bien que la femme faisait comme si elle ignorait qui elle était.

— Mademoiselle ?

Le ton hautain horripila la jeune femme et un nuage sombre passa sur son visage de prime abord souriant. Elle prit tout son temps pour répondre à la secrétaire.

— Madame, j'aimerais rencontrer le... monsieur Jérôme Sénéchal, dit Adèle en mettant le plus de fermeté possible dans sa voix.

— Vous avez rendez-vous avec le rédacteur en chef ? questionna âprement Églantine Voynaud en jaugeant la jeune femme de haut en bas.

Se traitant d'imbécile, Adèle s'aperçut aussitôt de sa naïveté. Elle avait cru que le rédacteur allait la recevoir sans rendez-vous. Dans ses vêtements élimés, du lourd manteau aux bottines qu'elle portait, elle était consciente de l'image qu'elle présentait. Désemparée, elle regarda autour d'elle et vit une jeune femme, sensiblement du même âge qu'elle, l'observer avec intérêt. Assise sur une chaise bien droite adossée au mur, cette dernière avait posé son sac de cuir à ses pieds. C'était une jeune femme blonde au visage rond et lumineux. Le sourire encourageant de cette inconnue redonna confiance à la journaliste qui se retourna vers la secrétaire. Elle se pencha donc vers la femme à l'allure suffisante et précisa en plantant ses mains fines sur le bureau ordonné :

— Oui, le rédacteur en chef. Je n'ai pas de rendez-vous, mais je suis partie tôt ce matin de chez moi dans le village de Sainte-Cécile. J'ai donc fait près de deux heures de route et j'imagine que monsieur Sénéchal pourra certainement trouver quelques minutes à me consacrer. Pouvez-vous le lui demander, ma chère dame ?

Le bruit des chevaux dans la rue empêcha la secrétaire de répondre, mais son regard en disait long sur son état d'esprit. Sa robe chic, son délicat collier de perles roses et ses ongles vernis de rouge étaient en opposition totale avec le style campagnard d'Adèle. Mais ce qu'elle manquait en richesse, la jeune femme le gagnait en confiance au fur et à mesure qu'elle sentait le mépris de l'autre. Elle baissa la tête et sortit la lettre reçue de monsieur Sénéchal de son sac en bandoulière. Elle la tendit vivement vers la secrétaire et donna son nom froidement :

— Je suis Adèle Gélinas, journaliste pour votre journal. Je suis déjà venue rencontrer monsieur Tremblay. Vous vous en souvenez peut-être ? demanda-t-elle en haussant le ton.

Sans attendre la réponse, elle poursuivit de plus en plus sûre d'elle :

— Pouvez-vous dire au nouveau rédacteur en chef que je viens discuter de la lettre qu'il m'a envoyée ?

Adèle fit son plus beau sourire à la femme qui se leva sèchement. Ces jeunesses qui se présentaient ici ne faisaient qu'alourdir sa tâche. Elles se disaient toutes journalistes, auteures, écrivaines alors que la plupart ne savaient guère aligner plus de cinq mots.

— Je serais très surprise qu'il accepte, répondit-elle. C'est un homme très occupé et il n'a guère de temps à perdre. Je peux bien allez voir si vous y tenez tant. Vous êtes ?…

Adèle inspira en retenant un geste d'agacement avant de répondre avec froideur :

— Mademoiselle Adèle Gélinas, de Sainte-Cécile. Insistez, s'il vous plaît, pour une seule minute. Une minute, réitérat-elle, cela me suffira, merci.

Prise de cours, Églantine Voynaud haussa les épaules et s'éloigna dans un long corridor où étaient accrochées les meilleures *unes* depuis la création du journal dix ans plus tôt. Adèle replaça la lettre dans son sac et, son manteau sur le bras, alla s'asseoir aux côtés de la jeune femme blonde qui la dévisageait maintenant sans plus aucune timidité. Clémentine Lortie avait vingt ans elle aussi. C'était une femme qui devait mesurer à peine cinq pieds. Malgré ce corps enfantin, son visage rond dégageait une certaine maturité. Sa robe marine était de bien meilleure qualité que celle d'Adèle et, à ses côtés, une paire de gants de cuir noir dénotait une certaine richesse. Néanmoins, le sourire était on ne peut plus convivial. La jeune blonde se tortilla avec gêne. Ses joues rosirent et elle chuchota en se penchant près de l'épaule de l'autre :

— Alors vous êtes donc la vraie Adèle Gélinas ?

Adèle sourit fièrement et replaça une boucle indocile derrière son oreille. Elle était consciente du regard envieux que lui lançait sa voisine. Peu de jeunes femmes pouvaient se targuer d'avoir l'occasion d'écrire pour un journal sérieux. Elle éclata d'un rire franc :

— Oui, la vraie ! Mais vous me connaissez ?

Clémentine rougit avant de hocher la tête. Puis, elle se mit à monologuer sur le fait qu'elle rêvait depuis deux ans d'écrire de vrais articles pour le journal *Le Courrier*. Sous l'égide de monsieur Tremblay, elle n'avait réussi qu'à obtenir l'écriture d'une recette de cuisine une fois par mois.

— J'ai beau y mettre tout mon cœur, dit-elle sur le ton de la confidence, une recette reste une recette ! Je ne peux pas réinventer le monde en cassant des œufs !

La jeune femme fit une moue enfantine et croisa ses bras sur sa petite poitrine. Sa jambe gauche, croisée sur la droite, se mit à gigoter de haut en bas avec impatience.

— J'espère vraiment obtenir une première chance maintenant que nous avons changé de rédacteur en chef. Je prie chaque soir depuis un mois. Oh ! mais je prie aussi pour le rétablissement de monsieur Tremblay bien sûr !

Elle éclata d'un rire d'une force étonnante chez une petite femme comme elle. La secrétaire qui revenait dans le corridor austère fit un signe impatient de la main, puis s'avança d'un pas décidé vers les jeunes femmes qui l'ignoraient maintenant volontairement.

— Au fait, je m'appelle Clémentine Lortie.

La blonde tendit une main minuscule à sa voisine.

— Mademoiselle Lortie, coupa la secrétaire rudement, le rédacteur en chef vous attend. Il n'a que très peu de temps à vous consacrer, il a une réunion importante dans une heure. Mais comme vous aviez pris rendez-vous…

Laissant sa phrase en suspens, elle se tourna sèchement pour s'éloigner vers son bureau et dit de son ton le plus revêche :

— Quant à vous, mademoiselle….

— Gélinas, Adèle Gélinas…

La secrétaire continua de parler sans s'arrêter de marcher.

— … il n'aura pas plus de cinq minutes, si mademoiselle Lortie ne prend pas tout son temps évidemment. Bon, j'ai du travail et j'ai assez perdu de temps. C'est le dernier bureau à gauche, au fond du corridor.

Sur ses paroles glaciales, elle reprit place sur sa chaise bien droite, les deux mains parfaitement manucurées se posant aussitôt sur les touches de sa dactylo. Clémentine se leva en souriant avant de suivre la directive de la secrétaire hautaine. Elle se retourna en faisant un clin d'œil comique à sa nouvelle amie qui resta stoïque sur sa chaise et se perdit dans l'observation des murs blancs et du gros crucifix derrière le bureau de la secrétaire. Le visage de Clémentine trahissait une certaine nervosité.

— Je ferai très vite, je vous le promets, lui dit-elle en souriant alors que deux jolies fossettes apparaissaient dans ses joues rondes.

Effectivement, en moins de dix minutes, Clémentine revint à ses côtés, la mine basse. Elle se laissa tomber sur la chaise à côté d'Adèle. Son visage morose en disait long sur le résultat de son entretien. Elle haussa ses sourcils presque transparents et dit d'un ton sarcastique :

— Bonne chance ! Si vous pensez que la secrétaire est une chienne de garde, attendez de voir notre nouveau patron !

— C'est à ce point ? interrogea Adèle avec inquiétude.

Passant une main tremblante dans sa chevelure indomptable, elle inspira à fond pour se calmer. Elle prit tout de même son sac et se leva doucement. Aurait-elle fait tout ce chemin pour rien ?

— Oui, répondit enfin Clémentine qui ramassait aussi ses affaires. C'est à ce point ! Je me suis sentie comme une enfant de dix ans. Dites donc, vous retournez à Sainte-Cécile par le train du soir ? demanda-t-elle avec curiosité.

— Non, mon frère revient me chercher dans deux heures. Il avait à faire au village de Saint-Faustin. Vous désirez peut-être qu'on vous ramène ?

Adèle se faisait un plaisir d'ignorer la secrétaire impatiente qui se dandinait quelques pas devant elle afin de lui répéter le lieu du bureau. La blonde rougit en secouant vivement la tête.

— Non, non, mon frère viendra aussi me chercher. Mais je me disais… Si vous voulez, je vous attends et ensuite on peut manger ou boire un café ensemble ? Cela vous dit ? On pourra ainsi échanger sur nos pauvres vies de journalistes incomprises ! Même si, dans mon cas, je n'arrive même pas à obtenir la chance d'écrire un vrai article, se plaignit sa nouvelle amie. Car, semble-t-il, je n'ai pas fait mes preuves… Ça fait juste un an et demi que je rédige des recettes, mois après mois !

Clémentine fit un large sourire narquois qui fit froncer les sourcils de la secrétaire qui piochait du bout de son talon pour presser Adèle. Celle-ci prit tout de même le temps d'acquiescer avec enthousiasme à la demande de Clémentine.

— Avec plaisir ! Attendez-moi, alors.

Un coup frappé à la porte entrouverte du bureau de Jérôme Sénéchal afin de manifester sa présence transforma la vie d'Adèle. Avant même de rencontrer l'homme, Adèle fut envoûtée par la voix. Profonde et enrouée, cette voix la fit vibrer au plus profond de son être.

— Entrez, mademoiselle Gélinas.

Adèle pénétra dans le bureau du rédacteur d'un pas hésitant. Son cœur voulait sortir de sa poitrine. Elle le souhaitait gros, laid, vieux, pour que seule la voix la fasse frémir. Elle n'arrivait pas à fixer son regard sur l'homme assis derrière l'énorme bureau d'érable de monsieur Tremblay. Par la grande fenêtre derrière lui, elle entraperçut le clocher de l'église. Elle pria en silence afin d'avoir les résultats escomptés, puis reporta son attention pour la première fois sur son nouveau patron qui s'était reculé dans son gros fauteuil de cuir noir. Jérôme Sénéchal avait environ trente ans. Sa mâchoire trop carrée, ses sourcils trop fournis, sa bouche trop grande formaient un étrange portrait. Mais sa prestance et son charisme indéniables paralysèrent Adèle, figée près de la porte refermée. Hypnotisée par les mains puissantes, elle l'imaginait sans peine flattant sa chevelure ou, pis encore, son corps tout entier. Rougissante de honte, elle parvint à chasser de telles idées inconvenantes. Vêtu d'un costume noir et d'une chemise écrue, l'homme croisa les bras et attendit. Ses cheveux blonds contrastaient avec ses yeux bleu foncé qui fixaient Adèle. Comme le malaise s'intensifiait, elle ramena son attention sur la raison de sa présence au journal. Après une grande inspiration, elle sortit la lettre de son sac. Sans avoir le temps de parler, elle vit l'homme se lever, passer au-devant de son bureau pour lui tendre la main. Il n'avait pas une forte carrure, mais une silhouette mince et masculine. Elle s'appuya contre le dossier d'une chaise devant elle. L'odeur musquée qui accompagna le mouvement du rédacteur en chef lui donna envie de fermer les yeux pour se laisser aller contre lui. Elle regarda la main tendue et décida de ne pas la saisir. Elle fit néanmoins un signe de tête distant en le toisant avec froideur. Affronter pour mieux contrôler la situation.

— Mademoiselle… Gélinas, enchanté de faire votre connaissance, commença-t-il d'un ton sérieux. Je ne vous connais pas, mais j'ai beaucoup entendu parler de vous… en bien, évidemment !

— Monsieur…

Sa voix la fit de nouveau frissonner. Il saisit sa main sans son accord, la garda un peu trop longtemps dans la sienne, puis croisa les bras sur sa poitrine. Adèle sentait la sueur couler entre ses seins. Il se dégageait de l'homme un air d'autorité inconfortable pour Adèle. Aisance et réussite sociale définissaient Jérôme Sénéchal. Rien de comparable avec le côté réconfortant de Marc-Joseph, ou celui bon enfant de monsieur Tremblay. Elle se sentait idiote, incapable de prononcer une parole digne de son statut. Elle n'avait jamais ressenti une telle faiblesse dans les jambes en présence d'un homme de son village. Elle avait la conviction que le rouge qui lui montait au visage ne passait pas inaperçu auprès de l'homme. Il semblait même y prendre grand plaisir. Indécise, elle s'assit donc sur le bout de sa chaise et commença à parler sans le regarder, les yeux posés sur le sol gris à ses pieds.

— Monsieur Sénéchal, je suis journaliste…

La voix envoûtante coupa son discours tout préparé. Jérôme Sénéchal leva la main bien haut et elle remarqua aussitôt qu'il n'était pas marié. Incapable de réfléchir correctement, Adèle attendit que son rédacteur en chef complète sa pensée.

— Je sais très bien qui vous êtes, mademoiselle Gélinas. Ce que je ne sais pas, c'est pourquoi vous avez tant insisté pour me rencontrer aujourd'hui, sans prendre rendez-vous d'abord. Vous comprendrez que depuis mon arrivée, il y a moins de quatre semaines, je me suis attaqué à la lourde tâche de remonter ce journal qui battait de l'aile. Je ne suis pas parti de la grande ville pour prendre du bon temps.

— Bien… bien sûr. Seulement, je…

— Vous ?…

L'homme la regarda, puis jeta des coups d'œil sur une pile de papiers qui devaient attendre sa signature ou une consultation. Avait-il remarqué la moiteur de la main d'Adèle lorsqu'il l'avait prise dans la sienne ? Se doutait-il du battement anormalement élevé de son cœur depuis qu'elle avait senti son parfum discret ? Jérôme Sénéchal était auparavant journaliste pour un quotidien de Saint-Jérôme. Lorsque l'occasion s'était présentée au début du mois de novembre, il avait sauté sur le poste de rédacteur en chef pour *Le Courrier*. Son but ultime était de réussir à obtenir un poste semblable dans un grand journal montréalais. Il fit un signe de la main pour l'encourager à parler.

— Je voudrais vous faire part de mon… ma contrariété à propos des corrections sur mon dernier article. Je pense que vous n'avez guère saisi mon propos, car le sujet touche assurément la population de la région. Peut-être désirez-vous plus d'explications ? De plus, il me semble qu'après deux ans à écrire pour *Le Courrier*, on pourrait envisager que je reçoive une augmentation. Mon salaire pour un feuillet est resté le même, ajouta-t-elle sur un ton maladroit.

— Mademoiselle Gélinas, je ne réfute pas que vous écrivez très bien... pour une femme. Votre dernier texte manque toutefois d'objectivité. Vous avez laissé vos émotions féminines envahir votre écriture. Dommage. Parler de la vente d'enfants en Allemagne en mentionnant que cette pratique s'approche de ce qui se fait chez nous, c'est exagérer la situation. Si vous désirez que je publie votre article, vous n'avez pas le choix. C'est à prendre ou à laisser. Quant à votre deuxième point... une augmentation? Impossible. Si je vous offrais le même salaire que mes journalistes masculins, cela provoquerait une révolte et avec raison. Après tout, les femmes n'ont aucune famille à leur charge et tout le fardeau du budget repose sur les épaules de leur mari. Alors si vous n'avez rien de plus à ajouter à votre argumentaire, mademoiselle...

La jeune femme resta figée sur place, les yeux grands ouverts sur l'homme qui, maintenant, l'agaçait prodigieusement. Le ton condescendant qu'il employait, les mots recherchés qu'ils utilisaient, tout semblait destiné à la faire sentir inférieure. Elle redressa son torse, pencha la tête vers la droite pour replacer son chapeau sur ses boucles. Jérôme Sénéchal, de nouveau assis, repoussa de la main un gros agenda et s'avança sur son bureau. Il laissa effrontément ses yeux descendre le long du corps d'Adèle, en s'attardant sur ses courbes généreuses. Les deux s'affrontèrent ensuite du regard pendant de longues secondes, puis Adèle recula sur sa chaise, vaincue.

— Il y a autre chose, mademoiselle?

Comme s'il s'adressait à une enfant, l'homme reprit lentement de sa voix grave:

— Écoutez-moi bien. Toutes les femmes journalistes reçoivent un montant qui est très juste...

— Mais...

— Il n'y a pas de *mais* qui tienne. Vous n'êtes pas encore Robertine Barry ! Si vous n'êtes pas satisfaite de vos conditions d'emploi, vous n'avez qu'à vous trouver un mari et cela réglera votre problème. Vous ne devez pas manquer de soupirants pour accrocher leur fanal comme c'est l'habitude en campagne. Maintenant, si vous voulez bien me laisser, j'ai une tonne de travail important à faire avancer et je n'ai pas de temps à perdre avec de telles insignifiances. Votre article sera publié comme je l'ai annoté, que cela vous plaise ou pas.

Insultée, la jeune femme prit quelques secondes à réaliser qu'elle venait de recevoir son congé final. Les paroles glaciales de Jérôme Sénéchal lui rappelèrent qu'elle n'était qu'une femme qui tentait de se frayer un passage dans un monde typiquement masculin. Elle se leva avec grâce et plaça ses paumes directement sur le bureau de son employeur, toute pudeur envolée. Penchée légèrement au-dessus de ses *importants* papiers, sa poitrine tendant le tissu de sa robe verte, elle dit d'une voix ferme :

— Je vous suis reconnaissante de m'avoir si bien reçue. Je saurai maintenant qui remercier lorsque je recevrai mes cinq dollars pour récompenser mon travail... lorsque je les recevrai, bien sûr ! Monsieur.

Sans un mot de plus, la jeune femme claqua les talons en se retournant et laissa son directeur plus amusé qu'offusqué par son impolitesse. Élevé par une mère aimante qui n'avait aucune once d'autorité, Jérôme Sénéchal était l'unique enfant — adopté — d'un couple de commerçants de l'ouest de Montréal. Dès sa plus jeune enfance, il avait obtenu tout ce qu'il désirait. D'abord parce que ses parents, soucieux de le rendre heureux, ne pouvaient rien lui refuser; ensuite, les années passant, parce que son charme faisait basculer toutes les convictions des gens qu'il rencontrait dans le cadre de son travail de journaliste. Lorsqu'il s'était mis en tête de devenir rédacteur en chef, ses collègues n'avaient pas pensé un instant qu'il échouerait. Son père, aujourd'hui décédé, lui avait toujours montré que la fermeté et l'ambition étaient le chemin à suivre pour réussir dans la vie. Lorsque Jérôme voyait une jeune femme aussi déterminée qu'Adèle, il trouvait presque dommage qu'elle ne soit pas un homme! Avoir cette ambition et ne pas pouvoir en faire quelque chose d'extraordinaire, c'était une désolation. Il resta longtemps assis à son bureau, à fumer quelques cigarettes, sans travailler. Il avait envie de lui donner sa chance. Une vraie chance. Il prit note de questionner monsieur Tremblay sur cette petite furie. Elle avait un charme campagnard loin de lui déplaire avec sa chevelure ondulée et ses grands yeux noisette. Il décida de la rappeler prochainement, question de tenter de mieux la connaître, sur le plan personnel. Prenant son agenda sur le coin de son bureau, il tourna les pages jusqu'à une date ultérieure qu'il entoura de rouge.

— C'est ici, ma jolie Adèle Gélinas, que vous verrez votre vie chambouler!

CHAPITRE 2

Rencontres déterminantes

Adèle traversa le corridor, passant à toute vitesse devant la secrétaire indifférente. Elle fit un signe de la main à Clémentine qui se leva d'un bond, et les deux jeunes femmes sortirent de l'établissement sans plus attendre. Adèle mesurait au moins huit pouces de plus que la blonde et marchait rapidement. Toute à ses enjambées énergiques, elle ne remarqua pas que l'autre courait à ses côtés. Celle-ci n'osa dire un mot avant le bout de la rue. La colère de sa nouvelle amie déformait les traits réguliers de son visage. Mais finalement, elle hoqueta d'une voix essoufflée:

— Al... Alors, Adèle? Si je comprends bien...

— Quel rustre! explosa Adèle. Non, mais je ne peux pas croire que c'est lui qui est responsable de tous les journalistes! Il m'a parlé comme si... je n'en reviens pas!

Elle reprit sa marche d'un pas furieux, le chapeau à peine attaché sous le menton. Les voitures à moteur et à chevaux se côtoyaient paisiblement dans la rue Principale. Elles frôlaient les jeunes femmes avec lenteur, car de légers flocons virevoltaient dans l'air. Le soleil plombant rendait le trottoir glissant, et les bottines usées d'Adèle résistaient peu à cette neige qui tombait. Clémentine, à bout de souffle, accrocha la brune par la manche de son manteau et lui souffla avec timidité:

— Vous… ouf… vous pourriez marcher moins vite, Adèle ?

— Quoi ?

Adèle se retourna vers sa nouvelle amie et éclata d'un rire libérateur en la voyant, chapeau de travers, manteau tout ouvert, haletant péniblement. Clémentine avait la taille d'une enfant de douze ans, mais le corps bien formé d'une femme de vingt ans. Les hommes qui passaient près d'elles leur jetaient des regards séduits. Mais aucune des deux n'en avait cure. Adèle se rapprocha en secouant la tête, son petit minois éclairé par un sourire affectueux.

— Je suis vraiment désolée, rigola-t-elle. Il m'a tellement mise en colère que j'ai oublié de respirer ! Bon, allons-y ! En arrivant au village avec mon frère, nous avons croisé un petit restaurant juste au bout de la rue Principale. On doit bien y servir quelque chose pour nous remonter le moral !

Elle lui tendit le bras et les deux harmonisèrent enfin leurs pas jusqu'à *La petite place*. Elles grimpèrent les quatre marches en coin et pénétrèrent à l'intérieur du petit restaurant chaleureux. Les deux jeunes femmes furent heureuses de la belle flambée qui les accueillit au fond de la salle à manger. Souriantes, elles déposèrent leurs sacs près d'une petite table ronde. Adèle sentait ses orteils dégeler, signe qu'elle devait absolument investir dans un couvre-chaussure dès son arrivée au village. Après avoir donné leur commande, les jeunes femmes se penchèrent l'une vers l'autre pour chuchoter comme si elles se connaissaient depuis toujours. Adèle était encore toute chamboulée de sa rencontre avec Jérôme Sénéchal pour de multiples raisons. Elle aurait aimé défendre son article, mais l'homme l'avait tant impressionnée qu'elle n'avait pu que balbutier quelques commentaires incohérents. Tout ce chemin pour rester muette lorsque ça comptait. Clémentine mit sa main sur la sienne en souriant gentiment en constatant que l'autre ne décolérait pas.

— Vous auriez dû entendre toutes ses justifications… non, vraiment, j'ai presque envie de le laisser tomber, de ne plus rien lui envoyer. Pourtant, cet article-ci me semblait un des meilleurs que j'ai pondus. Vous saviez que dans certains pays d'Europe, plus précisément en Allemagne, il y a une augmentation croissante de la vente d'enfants depuis les cinq dernières années ?

Sans attendre de réponse, Adèle continua :

— Il y a des parents, dans le besoin, qui en sont réduits à vendre leurs propres enfants. Parfois, aussi jeunes que trois ou quatre ans !

— Oh !

— Ils les annoncent dans le journal local comme des animaux, vantant leurs mérites et leurs qualités. Petit garçon de quatre ans, en pleine forme. Deviendra un homme fort et puissant pour vous aider dans vos champs. Vous imaginez ?

Clémentine recula sur sa chaise, la main devant la bouche. Élevée au sein d'une famille aisée, elle connaissait peu les laideurs du monde, hors des murs de sa maison. Son père, un homme d'affaires talentueux, gérait la carrière de grenats de Labelle, et sa mère prenait soin de leurs sept enfants.

— Qu'en est-il de la police ? Car ils ont bien une police en Europe aussi, non ? s'informa-t-elle naïvement.

Adèle acquiesça avant de prendre une longue gorgée de café bien bouillant. Tout ce qu'elle avait pu s'offrir avec les dix sous laissés par sa sœur. Elle avait bien un peu d'argent de côté, mais c'était dans un coffre sous son lit. Elle ne l'utiliserait que le jour où elle irait vivre dans la grande ville.

— Oui, bien sûr. La police tente de faire de son mieux et

avertit les parents malfaisants. Mais vous savez, il y a toujours moyen de contourner les lois.

— Je ne comprends pas pourquoi le rédacteur en chef refuse votre article. Il énonce les faits, n'est-ce pas ?

Les yeux d'Adèle prirent aussitôt une teinte plus foncée en se rappelant son entretien.

— Il dit que je suis trop émotive dans mon texte. Il a biffé toute la partie où je fais le parallèle avec certains villages du Québec où les habitants sont tellement pauvres que les enfants vont à l'école une journée sur deux, car ils doivent se partager une paire de bottes. Selon lui, cela n'est pas bénéfique pour les lecteurs et ne servirait qu'à les offusquer. Pourtant, je n'écris pas que les villageois québécois vendent aussi leurs enfants, je fais juste un lien avec la misère en milieu rural. Enfin, s'il publie mon article, il va enlever toute la partie qui touche au Québec et ne conserver que l'histoire de la vente en Allemagne.

— Oh… je suis désolée, Adèle. Je…

— Ne vous en faites pas. J'ai un caractère assez solide pour affronter de nouveau monsieur Sénéchal !

Prenant une nouvelle gorgée de son café, maintenant tiède, elle se retourna vers la jeune blonde avec un sourire d'excuse. Elle avait pris toute la place dans la conversation.

— À votre tour, racontez-moi votre rencontre avec notre patron !

Clémentine se renfrogna aussitôt en songeant à ces cinq pénibles minutes. Depuis un an et demi, elle croyait avoir fait ses preuves. Bien sûr, écrire des recettes n'était pas sorcier. Mais que faisait-il de son professionnalisme : ses textes remis dans les délais prescrits ; des recettes sans erreurs ; ses réponses rapides aux commentaires et aux questions des lectrices ? Elle mangea sa soupe et son troisième pain beurré avec délice.

Adèle sourit en se demandant comment une si petite personne pouvait engloutir autant de nourriture en si peu de temps!

— J'aurais aimé qu'il me donne ma chance, conclut-elle en soupirant. Au moins, mes parents croient en moi! Je me sens tellement soutenue par ma famille. Et vous? Est-ce que vos parents sont d'accord avec votre choix de carrière? Je ne sais pas si vous êtes comme moi, mais ma mère n'arrête pas de me donner des conseils! On dirait qu'elle a toujours voulu faire ce métier, elle aussi! dit-elle en riant.

Adèle posa un long regard sur le visage radieux de sa camarade. Elle soupira avec lassitude en constatant leurs différences. Se rapprochant pour faire sa confidence, elle souffla d'une petite voix:

— C'est que je n'ai plus de parents, ma pauvre Clémentine. Bénissez votre chance!

— Oh... je m'excuse, Adèle. Je...

Clémentine mit ses mains délicates sur sa bouche.

— Je suis vraiment désolée, Adèle. Je ne savais pas...

— Ne vous en faites pas. J'ai tout de même une grande sœur poule et deux frères. Et quand je dis *poule*, je veux dire VRAIMENT poule!

Adèle éclata de rire pour alléger l'atmosphère.

— Florie a bien accepté que je vienne ici avec mon frère Édouard, mais elle ignore la raison de mon excursion. Pour elle, le fait que je sois journaliste est déjà une réussite en soi. Mon choix de carrière ne la dérange pas, tant que je donne un coup de main pour les tâches à la ferme. Dès que je mentionne le fait que j'aimerais voyager pour écrire ou avoir plus de responsabilités au journal, alors là, c'est une autre histoire!

Clémentine fit la moue et lança joyeusement le poing levé dans les airs:

— À nous de montrer à tous notre fabuleux talent alors. Ils n'ont qu'à bien se tenir !

Durant le voyage de retour, pendant qu'Adèle s'insurgeait contre les injustices vécues par les femmes journalistes de ce monde, Édouard l'écoutait distraitement. Il repensait à sa rencontre avec la nouvelle amie de sa sœur. Édouard avait remarqué la face ronde et pâle, éclairée par deux immenses yeux pairs. Ses lèvres, un peu trop charnues, souriaient et montraient une série de petites dents parfaites. Son chapeau noir faisait ressortir le teint de porcelaine de la jeune femme et il avait senti une attirance spontanée envers elle. Clémentine, elle, avait rougi en faisant une petite révérence au jeune homme à la chevelure un peu plus foncée que celle de son amie. Ils étaient restés soudés les yeux dans les yeux quelques secondes, avant qu'Adèle ne s'interposât en riant. « Quel vent de fraîcheur, cette Clémentine ! pensait maintenant Édouard avec chaleur. Dommage que je ne puisse la revoir. » Conscient des sacrifices qu'il devait faire, il avait appris à vivre en rencontrant des femmes lors de ses visites à Montréal. Il subvenait ainsi à certains désirs naturels sans renier sa promesse. Lors de ses confessions, il s'en ouvrait à demi-mot au curé Latraverse qui lui dictait alors une pénitence qu'il s'empressait d'exécuter, tout en sachant qu'il récidiverait à sa prochaine tournée dans la métropole. La jeune Clémentine cadrait parfaitement avec ses goûts. Petite, délicate avec un fort caractère. Édouard laissa échapper un long soupir sans s'en apercevoir.

— Mon Dieu, ta visite au village a été si mal que ça ? se moqua Adèle en lui donnant un coup dans les côtes.

Édouard lui jeta un regard surpris. Il avait presque oublié que sa sœur se trouvait à ses côtés.

— Hein, non, non, je rêvassais, c'est tout !

— Je vois bien ça. Veux-tu bien me dire ce qui te rend nostalgique de même ?

— Rien, rien.

Détournant la tête vers la gauche, Édouard revit le moment où sa sœur et Clémentine avaient tourné le coin de la rue, alors qu'il arrêtait la carriole devant les bureaux du journal. Mystic avait trotté jusqu'à la devanture de l'édifice, puis s'était immobilisée en hennissant. Clémentine avait suivi son amie et avait insisté avec coquetterie :

— Vous me présentez ? Je verrai s'il est aussi silencieux que vous me l'avez dit.

En s'avançant vers la voiture, Adèle avait chuchoté en délaissant le vouvoiement sans s'en apercevoir.

— Ne t'en fais pas s'il ne te répond pas : il est assez réservé et n'aime pas beaucoup rencontrer de nouvelles personnes.

— Je saurai bien me tenir, ne t'en fais pas !

Édouard avait froncé les sourcils en entendant Adèle. Il se sentait comme un enfant de deux ans sermonné par sa mère. La blondeur de Clémentine, aperçue au bas de son chapeau de velours noir, l'avait immédiatement attiré. Pourtant, il avait feint la plus complète indifférence. Adèle avait fait rapidement les présentations d'usage.

— Édouard, je te présente Clémentine Lortie. Clémentine, voici mon frère Édouard.

— Enchanté, monsieur.

— De même, mademoiselle.

Des regards soutenus s'étaient échangés avant que le frère et la sœur ne reprennent la route. En repensant à cette rencontre, une chaleur intense pénétra encore Édouard malgré le froid et il sentit tout de suite la distance qu'il devait mettre entre eux. Il avait donc pressé sa sœur pour quitter au plus vite le village de Saint-Jovite. Pour le frère et la sœur, cette journée froide du mois de décembre 1930 se révéleraient le début d'une suite de bouleversements hors de leur contrôle...

Le mois qui suivit la rencontre entre Adèle et Jérôme Sénéchal fut peu occupé à la ferme. Les labeurs agricoles ralentirent en raison de la neige qui empêchait toute réparation extérieure. Ses frères s'occupaient surtout de tâches mineures, laissant aux deux sœurs le travail à la cuisine. Adèle eut donc le temps de peaufiner trois autres articles en respectant les nouvelles balises imposées par son rédacteur en chef. Souvent, elle restait assise de longues minutes, l'esprit en déroute en pensant à l'homme blond qui lui avait fait tant d'effet. Les journées passant, le souvenir devint plus vague et la jeune femme ne croyait pas ressentir de nouveau un tel bouleversement lors de leur prochaine rencontre. Même si le son de sa voix l'avait remplie de frissons, Adèle se sermonnait d'avoir réagi comme une adolescente. Il n'avait qu'à bien se tenir : dans un avenir rapproché, elle allait lui montrer qu'elle n'était pas qu'une petite journaliste de campagne. Le vingt-trois décembre, elle avait reçu une lettre de Clémentine à laquelle elle s'était empressée de répondre. Les deux nouvelles amies échangèrent des vœux en se promettant une rencontre sous peu. Dès que Florie lui laissait un moment de liberté, Adèle grimpait dans sa chambre et pointait son crayon sur ses feuilles pour améliorer sans cesse des textes qu'elle jugeait imparfaits. Elle n'utilisait que rarement sa machine à écrire, car le bruit du claquement des touches sur sa feuille la déconcentrait. Un soir de la fin janvier, Florie déposa devant elle une enveloppe ayant le sceau du journal. Surprise, Adèle lorgna l'enveloppe sur la table et lui dit:

— Pourquoi tu attends au soir pour me remettre cette lettre, Florie? Tu dois bien l'avoir depuis ce matin, non?

Le visage de Florie s'assombrit aussitôt devant le ton agacé de sa sœur. Avec humeur, elle planta ses mains sur ses larges hanches.

— Tu penses que j'ai juste ça à faire, moi, m'occuper de tes messages? Tu sauras que je l'ai oubliée dans mon tablier et que c'est juste en l'enlevant que je m'en suis rendu compte. Maudit caractère de cochon! continua-t-elle de mauvaise foi.

Adèle allait répliquer lorsqu'elle vit le froncement de sourcils de Laurent, assis dans le coin de la cuisine. Son cadet vivait très mal chacune de leurs disputes. Chaque fois qu'elles se produisaient, il se dépêchait de quitter la pièce et même la maison, s'il le pouvait. Elle ravala donc ses paroles, en touchant affectueusement le bras dodu de sa sœur.

— C'est correct, voyons, Florie.

Laurent poussa un soupir de soulagement lorsque Florie s'éloigna vers sa chambre en chantonnant. Ouf, tempête évitée! Avec impatience, Adèle déchira l'enveloppe sans délicatesse et, à la lecture de la lettre, se mit aussitôt à rougir. Laurent ne disait pas un mot, mais l'observait avec attention, alors elle se crut obligée de s'expliquer:

— C'est mon… le rédacteur en chef du journal, dit-elle en tendant la lettre au-devant d'elle. Il vient ici à la fin de la semaine et il veut me rencontrer. Bien… c'est ça.

Laurent fit un signe de tête puis demanda après un long silence inconfortable pour sa sœur :

— Mais pourquoi tu as l'air tout à l'envers de même ? Ça ne te tente pas ?

Adèle eut envie de répondre à son frère qu'il pourrait faire comme d'habitude, se taire et être dans son monde. Mais elle répliqua plutôt vivement en faisant mine de secouer des graines de pain imaginaires sur le coin de la table.

— De quoi tu parles ? C'est juste qu'il fait chaud sans bon sens dans la cuisine. Florie vient de remplir le poêle. Je ne sais pas comment tu fais pour rester là. En tout cas, moi, je vais monter me coucher.

— Bonne nuit, alors.

Un bec sur la joue de son frère, un salut à Édouard assis au salon et la jeune femme grimpa en courant l'escalier pour monter à l'étage. Laurent rêvassa quelques instants après son départ. Parfois, le soir, il pensait à son père, disparu depuis si longtemps. Même s'il le détestait, sans l'avoir connu, il se prenait à imaginer que son paternel arrivait à Sainte-Cécile dans l'espoir d'enfin découvrir son petit dernier, qu'il n'avait côtoyé que quelques semaines. Laurent avait gardé un cœur naïf, comme un enfant. En soupirant avec lassitude, il étira son corps massif pour se retirer lui aussi dans sa chambre à l'étage.

— Bonne nuit, Édouard.

— Bonne nuit, Laurent.

La porte fermée, Adèle s'assit sur son lit, la lettre contre son cœur qui battait à tout rompre. Elle en reprit la lecture, encore et encore en murmurant chaque syllabe d'une voix chavirée.

Chère mademoiselle Gélinas,
Notre dernière rencontre m'a donné envie de vous offrir de nouvelles possibilités. Comme vous semblez disposée à revoir votre façon d'écrire, je vous propose une rencontre, vendredi le 30 janvier à 19 h. Je serai à l'hôtel de votre village et vous y attendrai.
Bien à vous,
Jérôme S.

« Veux-tu bien me dire ce qu'il vient faire ici, à Sainte-Cécile ? C'est gênant, ça. J'aurais bien pu le rejoindre à Saint-Jovite. Des plans pour qu'il rencontre Florie. Oh ! mon doux ! Il ne manquerait plus rien que ça ! »

Adèle secoua la lettre devant son visage enflammé. Plein de questions explosaient dans son cerveau. Pourquoi se rendait-il ici ? Comment s'habillerait-elle alors que ses trois seules robes étaient usées à la corde ? Qu'est-ce qu'elle dirait à sa sœur, à Marc-Joseph qui assisterait en plus à la rencontre ? Surtout, comment attendrait-elle trois jours ? Trois jours avant de revoir Jérôme Sénéchal. Se traitant d'idiote, elle se dépêcha d'enfiler sa jaquette pour la nuit et après une hésitation, elle enfouit la lettre sous son oreiller sur lequel elle déposa sa tête remplie d'appréhension.

⬥─✦─⬥

— Bonjour monsieur. Je suis désolée de mon retard, un imprévu m'a retenue à la maison.

Bien campé sur ses jambes écartées, l'homme la toisait avec intérêt. Jérôme Sénéchal avait fait le trajet en train de Saint-Jovite à Labelle. Marc-Joseph était allé le chercher à la gare sans se douter de la relation trouble entre cet homme et sa souhaitée promise. Un client inconnu en janvier n'était pas coutume. Le rédacteur en chef fut ravi de constater qu'il ne s'était pas fait d'idée. Un mois après leur première rencontre, Adèle lui semblait encore fort captivante. Son impétuosité, sa colère la lui avaient rendue immensément attirante. Les mêmes détails le séduisirent : le corps élancé, le petit visage au menton pointu, les pommettes hautes et rougies par le froid. Pour une rare fois, sa chevelure brune était enroulée en un chignon sévère. Florie l'avait coiffée en l'assurant que les cheveux libres sur ses épaules faisaient beaucoup moins professionnel ! Adèle avait souri à sa sœur, le cœur en émoi. De chaque côté de son visage étroit, deux longues mèches glissaient sur le haut de sa poitrine. Celle-ci se soulevait d'ailleurs à un rythme accéléré après sa marche de trente minutes. Sa taille fine donnait envie à l'homme d'y poser les mains. Conscient d'être impoli, il s'avança, la main tendue.

— Mademoiselle Gélinas, toujours aussi charmante ! Très joli chapeau, ajouta-t-il en faisant un clin d'œil effronté.

Adèle, glacée par sa marche, sentit aussitôt une chaleur inconfortable gagner son corps. Mordillant sa lèvre, elle resta figée, incapable de faire un pas dans sa direction. Jérôme s'empara donc de sa main gantée et la garda un peu trop longtemps dans la sienne, la faisant rougir. Sous le regard interrogateur de Marc-Joseph, derrière son comptoir, elle se dégagea avec vigueur, provoquant aussitôt un large sourire sur les lèvres du rédacteur en chef. Le son rauque de sa voix la perturbait autant que lors de leur première rencontre. Il y avait quelque chose de profondément voluptueux dans son ton qui faisait frémir son intérieur. Elle enleva ses gants de cuir, les mains tremblantes. Après un salut discret à Marc-Joseph, figé, elle se retourna vers Jérôme Sénéchal. Mettant ses émotions de côté, elle lui sourit avec froideur.

— Cessez de dire des bêtises, vous êtes mon employeur, pour l'amour du ciel, grogna-t-elle en prenant toutefois soin d'enlever le chapeau vert et de le poser sur le banc à ses côtés.

— Ce qui ne m'empêche pas d'apprécier une jolie femme !

— Je vous en prie.

Après quelques minutes de silence pesant, elle leva la tête et plongea ses yeux dans ceux de Jérôme debout à ses côtés.

— Vous désiriez me rencontrer pour discuter ? Vous avez mentionné de nouveaux sujets. J'aimerais d'abord vous entendre sur le dernier article que je vous ai envoyé. Il me semble avoir respecté vos consignes dans l'écriture de ce dernier, n'est-ce pas ?

Jérôme souriait, conscient de l'effet de sa présence sur la jeune journaliste. Même si cette femme avait un certain talent, il se devait de la mettre à sa main et s'assurer que sa vision transparaisse dans les écrits de tous ses journalistes, pas seulement de celle-ci. Par contre, Adèle était la seule qu'il prenait la peine de rencontrer pour discuter. Pour les autres, une simple lettre avec quelques annotations avait suffi. Derrière eux, le regard tendu de Marc-Joseph accompagnait tous leurs gestes et paroles. L'hôtelier n'aimait pas cette relation toute en nuances entre les deux. Le visage soucieux, vibrant de la jeune femme n'augurait rien de bon pour la suite. Il faisait mine de lire des papiers sur son pupitre d'accueil, alors qu'il ne perdait pas une minute de la conversation. Se verrait-il voler sa flamme, sous son nez en plus ? Il prit aussitôt la décision de demander à veiller chez Adèle dès le lendemain soir. Il ne vit pas sa sœur Josette passer devant le couple en les dévisageant. Elle marcha vers l'escalier qui montait aux chambres, déçue de ne pas entendre la conversation. Il ne se passait tellement rien à Sainte-Cécile au cours de l'hiver, que la jeune fille de seize ans avait bien envie d'un potin croustillant à se mettre sous la dent. D'autant plus qu'elle ne cessait de taquiner son frère sur ses intentions à l'endroit de la jeune femme. On dirait bien qu'il risquait d'avoir de la compétition. En plus, cette façon que l'homme avait de regarder Adèle devait la mettre dans tous ses états. Si Adèle n'était pas intéressée, elle lui demanderait de le lui présenter ! Amusée par cette perspective, elle grimpa l'escalier en sautillant.

— Alors ? Vous n'avez pas fait tout ce chemin pour visiter Sainte-Cécile, j'imagine ? Que puis-je faire pour vous ?

La jeune journaliste attendait avec impatience la réponse à sa question en ayant le goût de taper du talon comme une gamine empressée. Mais elle se retint, car cet homme restait son patron, malgré son air railleur. Elle avait eu du mal à convaincre sa sœur de la laisser sortir dès la vaisselle terminée.

— Peux-tu au moins étendre les serviettes dans la cuisine d'été ? Il me semble que c'est la moindre des choses !

— Florie, tu m'avais dit que je pourrais partir. Je vais être en retard, bon sang !

Il avait fallu qu'elle se fâche en lui disant qu'après tout, elle était presque majeure, donc libre de ses actes, et qu'elle reviendrait rapidement pour s'acquitter des corvées. Elle avait ensuite claqué la porte et, tout compte fait, ne se sentait pas du tout pressée de retourner à la ferme pour affronter le regard sombre de Florie. Elle fixa de nouveau le rédacteur en chef avec insistance.

— Alors, reprit-elle en plongeant son regard vibrant dans le sien, vous l'aimez, mon nouvel article ? Il me semble que je...

— Mademoiselle Gélinas, coupa-t-il, disons qu'il y a des... modifications importantes à y apporter. Je me suis dit que nous pourrions les étudier ensemble. Je vous donnerai ma vision de mon journal pour que vos prochains textes correspondent davantage à mes attentes.

Adèle sentit la colère monter en elle. SON journal, SES attentes ! Elle pointa son long manteau à capuche gris, ses bottines en cuir noir et son écharpe assortie avant de dire :

— Vous m'avez fait faire tout ce chemin par un tel froid pour me parler des modifications à faire à mes textes ? Vous pensez peut-être que j'écris parce que je n'ai rien d'autre à faire ? Que je suis au service de...

Adèle arrêta sec de parler, car Marc-Joseph, derrière son comptoir, secouait vivement la tête avec de grands signes de la main. Avec une grimace, il posa son index sur sa bouche. La jeune femme rougit, mal à l'aise tout d'un coup. Elle oubliait que Jérôme Sénéchal était son patron, que cela lui plaise ou non. Dans la salle à manger adjacente, une jeune serveuse ramassait avec lassitude les verres vides et les cendriers pleins. Debout depuis l'aube, elle n'aspirait qu'à aller dormir. Ses yeux se posèrent sur le couple et elle regarda son patron avec curiosité. Marc-Joseph haussa les épaules et lui fit signe de quitter la pièce. Il s'occuperait du duo s'il s'avisait de manger quelque chose. Heureuse, la serveuse quitta la pièce sur la pointe des pieds afin de ne pas déranger la conversation.

— Vous disiez, mademoiselle Gélinas ? s'informa Jérôme d'un ton affable.

Elle inspira profondément, reprit la parole après quelques instants en faisant mine d'être repentante.

— Monsieur, je m'excuse de mon emportement. Vous comprendrez que, depuis deux ans environ, mes textes ont satisfait pleinement monsieur Tremblay. Il m'apparaît donc étonnant que ce ne soit plus le cas. Par contre...

Adèle ferma les yeux pour se donner le courage de continuer. Elle étira son dos pour atteindre sa taille optimale et continua sèchement :

— Il est évident que je ne peux refuser de discuter de mes articles avec vous, n'est-ce pas ? Vous désirez vous y mettre dès maintenant ? Il me semble qu'il est un peu tard pour commencer à travailler mes textes, mais c'est votre décision.

Adèle tripotait nerveusement la ceinture marine à sa taille dans l'attente d'une réponse. L'atmosphère était lourde de non-dits et le regard bleu de Jérôme se posa sur son visage enflammé pour descendre jusqu'à sa poitrine un peu trop voluptueuse qui se soulevait à un rythme plus rapide que la normale. Elle avait l'impression d'être nue sous ce regard impertinent. Même Marc-Joseph, de loin, ressentait la tension sensuelle entre les deux. Il continuait de fouiller dans sa pile de papiers en se demandant quoi faire pour aider Adèle et, surtout, l'éloigner de cette présence dérangeante. Il n'aimait pas du tout les coups d'œil échangés. Soucieux de sa fougueuse amie, il voulait s'interposer avant que les choses n'aillent trop loin, que des paroles déplacées ne soient prononcées. Il s'avança donc près du couple qui se défiait du regard et s'inséra dans la discussion, embarrassé par son rôle :

— Je peux... vous suggérer de passer à la salle à manger ? offrit-il en allongeant le bras pour toucher l'épaule d'Adèle.

Adèle tourna vers lui un regard flamboyant. Marc-Joseph comprit à cet instant que s'il voulait avoir la moindre chance de fréquenter Adèle, il devait la prendre au plus vite. Ce nouvel homme élégant et cultivé faisait déjà frémir la jeune femme. Il cadrait parfaitement avec ses rêves de grandeur.

Jérôme jeta un regard sévère sur Marc-Joseph qui les dérangeait ainsi. Il passa une main dans sa tignasse blonde, et avança encore plus près d'Adèle qui recula aussitôt de quelques pas jusqu'à la porte d'entrée qu'elle mourait d'envie d'ouvrir pour s'éclipser. Il agrippa fermement son coude avant de dire d'un ton léger en ignorant le grand roux :

— Plutôt, reprenons cette discussion demain matin vers neuf heures, qu'en pensez-vous, mademoiselle Gélinas ? Car ce soir, je ne crois pas que nous pourrons en venir à quelque chose d'utile, vous me semblez un peu trop...

— Trop ? demanda-t-elle.

Adèle s'arracha à la contemplation du foyer pour se tourner vers l'homme. Ses yeux passèrent nerveusement de Jérôme à Marc-Joseph planté stupidement à ses côtés. Après quelques secondes, Jérôme Sénéchal posa de nouveau sa main contre la sienne pour vérifier si le trouble ressenti allait de nouveau faire surface.

— Trop ?..., murmura Adèle en se tournant vers son ami, cherchant un appui.

Marc-Joseph, figé sur place, crispait ses larges mains. Il avait l'impression de manquer d'air pour les raisons inverses de son amie. Bouleversée, celle-ci respirait profondément afin de se calmer. Ils formaient un drôle de trio, vibrant d'émotion. Adèle qui se croyait complètement immunisée au charme masculin ! Si sa sœur la découvrait ainsi, elle l'enfermerait pour l'éternité. Enfin, le rédacteur en chef répondit d'un ton calme :

— Trop lasse peut-être ? Ou c'est moi qui le suis après ce voyage. Peu importe, nous n'arriverons effectivement à rien ce soir. Je monte donc à ma chambre et je vous attends sans faute demain matin. Bonne nuit, très chère.

Sans espérer de réponse officielle, il quitta le couple figé. Penaude, la jeune femme évita le regard interrogateur de Marc-Joseph. Sa fougue lui avait encore fait faire des gaffes et elle serait contrainte de revenir perdre son temps à l'hôtel le lendemain. Sachant fort bien qu'il était mieux qu'elle ne voie pas cet homme trop souvent, elle expira bruyamment.

— Zut! lança-t-elle en reprenant son chapeau. Zut de zut! Me voilà quitte pour m'obstiner de nouveau avec Florie demain matin.

Se détrompant sur les raisons de sa colère, son ami la consola d'une gentille tape sur le bras qui ne fit que l'énerver davantage.

— Florie va m'arracher la tête quand elle va savoir que je dois encore m'absenter quelques heures. Peut-être que je ferais mieux de cesser ma collaboration avec le journal...

— Bien sûr que non! clama son ami en la fixant l'air sérieux. Tu adores ça.

— Oui, tu as raison. En fait, j'adorais ça du temps de monsieur Tremblay. Avec lui par contre...

— Donne-toi le temps de comprendre ses demandes, Adèle. Attends-moi ici, je vais chercher Josette et je te raccompagne, marmonna Marc-Joseph avant de quitter la réception pour monter réveiller sa sœur cadette endormie sous les toits.

Adèle eut un pincement de culpabilité, mais de très courte durée. Elle profitait lamentablement de l'affection de son ami. En plus, elle obligeait Josette à se relever. Mais juste la pensée de monter la côte Boisée jusqu'à la ferme lui enlevait toute envie de discussion. Josette arriva en traînant les pieds, puis lança un regard noir vers Adèle qui haussa les épaules.

— Il aurait été plus convenable d'avoir quelqu'un pour

nous accompagner, s'excusa Marc-Joseph, mais je ne peux pas vraiment réveiller une autre employée que Josette.

Rougissant, il lui tendit son manteau.

— Tu sais bien que tu es un des seuls en qui j'ai confiance, tu es comme un frère ! De plus, Florie et les voisins sont couchés à cette heure-ci...

Marc-Joseph garda un peu d'espoir, malgré les paroles d'Adèle. Il tenta de rouler le plus lentement possible jusqu'à la ferme, espérant étirer leur conversation. Lorsqu'ils arrivèrent devant l'entrée de la maison, elle posa sa main sur son bras en souriant gentiment.

— Laisse-moi ici, je vais marcher. Je ne veux pas réveiller tout le monde. Merci.

Adèle planta un baiser sec sur la joue de son ami, qui mit quelques secondes à réagir. Mais poussé par la confiance engendrée par son geste, il l'arrêta par le capuchon :

— Euh... Adèle ?

— Hum ?...

— Je... me... me demandais si...

La jeune femme se retourna vers son ami en fronçant les sourcils. Gelée et fatiguée, elle lui fit signe de se dépêcher :

— ... je pouvais venir veiller demain soir ? déballa-t-il d'un coup.

Heureusement, la noirceur de la nuit cachait son visage écarlate. Ennuyée par la question qu'elle avait tout fait pour retarder, Adèle s'en voulut d'avoir été si gentille. Elle secoua vivement la tête.

— Je ne peux pas, tu le sais certainement, Marc-Joseph. Ma mère...

— Alors c'est vrai ? coupa-t-il nerveusement. Vous avez vraiment promis à votre mère de ne jamais vous marier ?

Incrédule, il se pencha au-dessus du siège du passager pour se rapprocher de la jeune femme. Adèle fixa le visage chaleureux de son ami et elle se dit que de toute façon, rien ne la faisait frémir chez ce grand jeune homme maladroit, alors aussi bien lui permettre tout de suite de chercher ailleurs pour trouver une bonne femme à marier.

— C'est vrai. Je ne me marierai jamais, Marc-Joseph, mais sache que je serai toujours ton amie. À bientôt et merci.

Sur ces paroles, elle s'élança dans le chemin avec l'urgent besoin de s'asseoir devant la chaleur du poêle pour réfléchir aux événements de sa soirée. Pourquoi Jérôme Sénéchal la troublait-il ainsi? L'attrait physique seul ne suffisait pas. Était-ce parce qu'il venait de la grande ville? Elle imaginait sans peine toutes les soirées mondaines, les lancements de livres auxquels il avait pu participer.

«Je me demande bien ce qui lui a pris de venir s'enterrer ici, dans les Hautes-Laurentides... Il doit avoir quelques secrets dans son placard!»

CHAPITRE 3

Précisions

— Mademoiselle Gélinas, je suis heureux de vous revoir.

Adèle avait passé tant de temps à choisir sa tenue ce matin-là qu'elle arriva tout juste à l'heure pour son rendez-vous. Le choix restreint de sa garde-robe ne l'avait guère aidée. Elle avait essayé deux fois chacune de ses trois robes et ses deux jupes. Le regard appréciateur que lui lança l'homme était assez pour lui faire oublier les minutes dépensées à se mettre à son avantage. Sa longue jupe bleu nuit, sa jolie blouse blanche en dentelle boutonnée jusqu'au cou et le ruban doré dans ses cheveux charmèrent le rédacteur en chef. Il s'agissait de son ensemble le plus chic, celui qu'elle mettait à Noël. Marc-Joseph sentit de nouveau la jalousie l'envahir en étant un témoin impuissant de cet échange de regards. Il s'avança en vitesse pour devancer le rédacteur et s'approprier le manteau usé d'Adèle qui tentait de le cacher à la vue de Jérôme. Elle s'empressa donc de le mettre dans les bras de son ami. Jérôme lui sourit, s'attarda un court moment sur le corps svelte de la jeune femme. Il se dit qu'il passerait bien quelques nuits à réchauffer cette tigresse, même s'il connaissait la pruderie des villageoises. Pour l'instant, il reporta plutôt son attention sur la jeune femme qui avait les deux mains croisées devant elle, un air frondeur sur le visage.

— Je n'avais pas vraiment le choix de revenir, n'est-ce pas, si j'ai bien compris hier soir !

— Ne le prenez pas ainsi, mademoiselle Gélinas. Venez, allons nous installer près de l'âtre, si vous le voulez bien.

Elle ignora sa main, s'assoyant avant lui sur une des deux chaises en cuir devant le foyer. Surpris par son impertinence, Jérôme éclata d'un rire franc qui agressa Adèle. Elle s'assombrit encore plus et retint un geste d'impatience lorsque Marc-Joseph s'approcha presque en courant pour prendre leur commande. Il ouvrit la bouche, mais Adèle ne le laissa pas parler :

— Laisse-nous donc, je t'en prie. Nous sommes occupés, tu ne vois pas ?

Son ami stoppa net son élan, blessé par son ton acide. Il recula de quelques pas avant de retourner derrière son comptoir. Sa lourde silhouette penchée culpabilisa la jeune femme qui lui fit un sourire d'excuse lorsqu'il se retourna. Pendant quelques secondes, Jérôme le regarda en souriant puis sortit un paquet de sa poche. Il prit tout son temps avant de porter une cigarette à sa bouche. Adèle était hypnotisée par ses gestes et s'aperçut en rougissant qu'elle fixait les lèvres pleines de Jérôme :

— Votre amoureux est dépité, je crois bien ! dit-il d'un ton moqueur. Une cigarette ?

De nouveau ce ton de voix, cet éclat de rire. Adèle respira profondément pour se calmer. D'une part, elle avait envie de l'étrangler ; de l'autre, elle était fâchée contre son ami qui se donnait ainsi en spectacle. Elle déposa ses gants et son chapeau sur la chaise à côté d'elle et plongea son regard dans celui de son patron. Pour la première fois, Adèle pensa à ce que devait être l'amour physique avec un homme. Elle se sentait envahie par une envie folle de le toucher, de ces envies qui n'arrivaient jamais au moment opportun, de ces envies que personne ne pouvait réprimer sans douleur. Avec l'impression d'étouffer, Adèle se redressa avec fierté et dit sèchement pour contredire ses pensées :

— Un, ce n'est pas mon amoureux et deux, ma vie privée ne vous regarde pas. Ensuite, je ne fume pas. Merci. Maintenant, pouvons-nous passer au sujet qui nous préoccupe, je vous prie ? J'ai apporté les trois articles que je voulais vous envoyer pour le mois prochain.

Elle sortit de son sac de cuir un ensemble de feuillets et les étala sur la table entre eux, en prenant soin de ne pas toucher sa main. Après une profonde inspiration, elle prononça à toute vitesse :

Voici le premier… Il s'agit de… Eh bien, vous savez, cette riche femme de… je crois qu'elle habite Sainte-Agathe maintenant, mais…

Sans l'interrompre, Jérôme la laissait parler, s'emmêler dans ses idées. Elle laissa sa phrase en suspens dans l'attente d'un commentaire méprisant ou acerbe. Elle patienta cinq secondes, mais seul un faible signe de tête lui intima de continuer. En ce matin de fin de semaine, l'hôtel était désert et pendant quelques instants, leurs échanges prirent toute la place. Le couple s'était penché vers l'avant au-dessus de la table ronde.

— Lisez donc mon article, ainsi, vous pourrez me dire ce que vous en pensez puisque vous êtes si difficile, dit-elle effrontément.

Pendant que l'homme se concentrait, Adèle repassa son texte dans sa tête et se remit en question. Il lui semblait trop long, trop court, trop émotif, trop naïf ! Le genre de texte qu'il n'aimerait pas, elle en était certaine. Cet homme faisait d'elle une enfant, incapable de penser clairement.

Madame Stillman gagne en cour

De mémoire, cela ne s'est jamais vu ! Madame Stillman, ancienne résidente de Saint-Jérôme, a obtenu gain de cause après une longue bataille judiciaire. Elle divorce donc de son mari, M. James Stillman, président de la National City Bank. La femme de 51 ans, après 10 ans de combat, se remet assez rapidement puisqu'elle prendra un nouvel époux, un jeune homme de 31 ans. Cet homme, Fowler Mc Cormick, est un millionnaire, apparenté à la famille Rockfeller, ce qui n'est pas peu dire, n'est-ce pas ? Espérons que ses arrières soient bien couverts !

Jérôme soupira en relevant la tête. Il regarda Adèle avec impatience :

— Vous êtes meilleure que ce texte, commença-t-il. Mon journal n'a pas besoin de nouvelles mondaines. Je sais bien que c'est la rubrique qui vous était attribuée du temps de monsieur Tremblay. Par contre, si vous désirez écrire pour moi, il devra y avoir des changements. Parlez des vraies nouvelles. Des potins et des commérages, ce n'est pas de ce que je veux pour *Le Courrier*. Les pages féminines qui vous sont allouées peuvent être différentes de ce qu'elles étaient. Vous pourriez lire certains articles écrits par des femmes célèbres comme Andrée Viollis. Ses écrits sont publiés dans *Le Petit Parisien* qui a le plus gros tirage en France.

Le regard de Jérôme était chaleureux, en contradiction avec ses paroles plutôt dures. Adèle resta figée quelques minutes. Elle ignorait totalement qui était la journaliste qu'il venait de citer. La France... Il croyait vraiment que les journaux d'outre-mer se rendaient jusqu'aux Hautes-Laurentides ? Elle lui jeta une œillade meurtrière. Elle avait envie de reprendre son deuxième texte qu'elle savait sensiblement dans le même ton que le premier. Trop tard, le jeune homme commença sa lecture. Elle laissa planer son regard au-dessus de sa tête blonde et sursauta lorsqu'il reprit le texte à voix haute.

À L'Annonciation, Arthur Nantel a été assassiné par balle à l'arrière de sa boutique. Sa femme, Maria Jolicœur, et son amant, Édouard Thomas, ont été accusés du sordide meurtre. Elle sera acquittée, mais rejetée par la population alors que monsieur Thomas, lui, est condamné à mort. L'homme devrait mourir par pendaison à Mont-Laurier au cours de la prochaine annee... N'eut-il pas été plus avisé de trouver une solution moins macabre ?

Adèle rougit en entendant ce qu'elle avait écrit. L'impression que c'était d'une banalité telle lui donna envie de se lever et de fuir les lieux. Jérôme fit un geste de la main vers Josette afin d'avoir un autre café. Adèle secoua la tête. Elle avait honte de son article qui lui semblait effectivement bien futile. Inspirant profondément, elle décida de mettre son orgueil de côté. Après tout, cet homme pouvait l'aider à atteindre ses buts.

— Alors, dites-moi ce que vous désirez, je vais tenter de vous satisfaire, dit-elle tout bas.

Ses paroles firent sourire l'homme qui aspira une longue bouffée de cigarette. Pendant plusieurs minutes, aucun des deux ne parla guère. Marc-Joseph ne perdait rien de la situation et il repoussa rudement sa sœur qui chuchota à son oreille en passant près de lui :

— Je crois que ta belle Adèle t'échappe, mon Marco !

— Laisse-moi tranquille !

Adèle sortit de sa torpeur avec gêne. Comme son vis-à-vis ne semblait pas décidé à lui répondre, elle extirpa de son sac son dernier article. Hésitante, elle le tendit à son voisin.

— Finalement, je crois que de mes trois textes, seul celui-ci pourrait peut-être vous intéresser. Mais encore... Vous êtes assez capricieux, il me semble !

— Mais non, simplement talentueux, se vanta-t-il avant d'éclater de rire.

— La modestie ne vous étouffe guère !

— La modestie ne sert à rien lorsque vous avez du talent, ma chère Adèle.

Il regarda Josette qui s'était assise sur un banc et bayait aux corneilles. Les yeux de la jeune femme se promenaient de l'un à l'autre avec ennui. La neige avait recommencé à tomber mais Sainte-Cécile ne recevait pas de touristes comme les gros villages plus au sud. Ici, pas de ski ou d'auberges campagnardes à la mode. Seuls des visiteurs en transit pour l'Abitibi s'arrêtaient à l'occasion. Jérôme reporta son attention sur le texte qu'elle lui présentait.

Monsieur Jean-Guy Girard, professeur éminent, assure que le système scolaire français ne forme que des... incompétents. En effet, selon lui, l'enseignement de la France est très en retard sur celui des pays étrangers. Pour 90 % de la population, il y a l'école communale et seuls 10 % de privilégiés fréquentent les classes élémentaires d'un collège et d'un lycée. Il constate que la plupart des étudiants français quittent l'école à 13 ans, ouvent ignares. Alors, qu'en est-il de l'enseignement ici, au Québec, où le retard par rapport à la France est marqué ?

Le bâtonnier du Québec est d'accord avec monsieur Girard et considère que le gouvernement doit tout faire pour accroître les compétences des étudiants issus du cours primaire supérieur.

Il faut en venir à former autre chose que des grands parleurs tout juste bons à ramper devant le pouvoir.

La journaliste attendit quelques secondes pour être certaine que l'homme ait fini, puis elle intervint nerveusement.

— Je sais qu'il n'est pas parfait, mais je crois que c'est un bon article. Ce professeur a prononcé des conférences partout au Québec depuis quelques mois et ses propos sont...

Jérôme posa de nouveau sa main sur celle d'Adèle qui recula précipitamment sur sa chaise. Faisant mine de ne rien voir de l'inconfort dans lequel ses gestes plongeaient la journaliste, Jérôme sortit une plume noire de son veston et se pencha sur le texte. Il se mit à annoter, à entourer des mots sur la page. Pendant quelques secondes, Adèle hésita, puis elle se pencha aussi. Elle sentait le regard pesant de Marc-Joseph sur son dos et tenta d'ignorer son malaise. De chuchotement en chuchotement, la discussion entre les deux devint de plus en plus passionnée, la tension dans les épaules d'Adèle se relâcha un peu. Un soulagement l'envahit en constatant que son idée n'était pas mauvaise, loin de là.

— Vous voyez, mademoiselle, votre article ne manque que d'un peu de polissage pour m'accommoder! Je ne suis pas si difficile...

— Hum... un peu quand même!

Pour la première fois depuis leur rencontre, elle lui sourit sans émoi. Lorsque son frère Laurent pénétra dans l'hôtel, quinze minutes plus tard, il s'attarda dans l'entrée afin de trouver sa grande sœur. Florie l'avait envoyé la chercher puisqu'il venait au marché Marquis. Josette se précipita vers lui.

— Bonjour, Laurent. Je suis contente de te voir.

Le visage de l'adolescente rougit en espérant un regard affectueux. Mais Laurent n'avait aucune idée de l'attrait qu'il avait auprès de Josette.

— Bonjour, Josette. Ma sœur est ici, je crois ?

— Oui, oui. Mais reste un peu jaser avec moi avant.

— En fait, je suis pressé. Une autre fois peut-être.

Josette fit la moue avant de pointer le fond de la salle à manger. Laurent siffla entre ses dents en voyant les têtes blonde et brune penchées l'une sur l'autre.

« Heureusement que c'est pas Florie qui est venue la chercher, pensa-t-il. On aurait eu du *chialage* pour des jours ! Je me demande ce qu'elle penserait de ce nouveau patron pas mal différent du vieux monsieur Tremblay ! »

Il claqua ses grosses bottes ensemble, s'avança en raclant sa gorge pour attirer l'attention de sa sœur qui lui tournait le dos. Jérôme qui l'aperçut en premier recula sa chaise, puis pointa le jeune homme tout près du fauteuil d'Adèle.

— Votre idée est passionnante, mademoiselle, mais je crois que ce monsieur désire vous parler.

Avec ennui, elle tourna la tête croyant que Marc-Joseph s'était de nouveau faufilé jusqu'à elle. Une rougeur diffuse monta à ses joues devant le regard indécis de son jeune frère.

— Bien, qu'est-ce que tu fais là, Laurent ?

— Florie m'a demandé de te ramener. Je suis allé chercher les moules à pain en étain que Stromph lui a faits. Puis, elle trouve que c'est long sans bon sang, ton rendez-vous, et fait dire qu'il y a plein d'affaires à s'occuper à la ferme.

Adèle ferma les yeux de honte. Ses pommettes rougirent encore plus. À la pensée que Florie aurait pu venir dans sa robe fleurie usée, qu'elle portait tous les jours de la semaine, elle eut un petit hoquet de panique. Jetant un regard derrière Laurent, elle respira plus aisément en constatant qu'il était seul. Ramassant ses papiers, elle se leva en vitesse, tourna son visage vers Jérôme qui se leva aussi. Les deux hommes se serrèrent la main lorsqu'elle les présenta à regret l'un à l'autre. Dans le regard de Laurent, une curiosité enfantine fit sourire son vis-à-vis. Pour ajouter à la confusion, Jérôme s'approcha à quelques pouces de la jeune femme, l'aida à mettre son manteau et replaça son chapeau sur ses boucles. Des gestes beaucoup trop familiers pour des étrangers, mais Laurent, avec sa candeur, n'y voyait rien de mal. Il trouvait juste que c'était impressionnant qu'un homme de la ville vienne jusqu'à Sainte-Cécile pour rencontrer sa sœur. Elle devenait vraiment importante! Par contre, Marc-Joseph sentit une irritation l'envahir en constatant une fois de plus la complicité qui s'établissait entre les deux. Le rejet vécu la veille se faisait encore plus intense.

— Je crois que notre rencontre fut tout de même très profitable, mademoiselle Gélinas. Je vous attendrai au bureau du journal, la semaine prochaine, disons mardi le 10 février?

Adèle cessa d'enfiler ses gants et leva ses yeux sérieux sur lui. Un hochement de la tête presque imperceptible lui répondit, puis elle demanda en hésitant:

— En fait... je crois que nous avons fait le tour, n'est-ce pas? J'ai compris vos désirs, ne vous en faites pas.

— Mais il ne s'agit pas juste de cela, mademoiselle Gélinas, dit-il. Je tiens à vous présenter deux autres sujets sur lesquels vous pourriez vous pencher. Il m'apparaît sans équivoque que ce sont des thématiques qui vous troubleront assez pour vous donner le goût d'écrire. De prime abord, c'était la raison de ma visite dans votre charmant village. Le manque de temps nous obligera donc à reprendre cette discussion dans quelques jours. Je crois qu'on vous attend à la maison…

Adèle hésita, mais elle voyait bien que son frère s'impatientait à quelques pas. Elle n'avait donc pas le temps de tergiverser, alors elle hocha la tête, se demandant ce que Florie aurait à dire de ce nouveau déplacement.

— Je prendrai le train à Labelle mardi prochain. À bientôt, monsieur Sénéchal, conclut-elle en prenant soin de ne pas s'approcher ou de lui tendre la main.

Jérôme sourit et précisa:

— Je ferai réserver une chambre à l'hôtel Saint-Jovite pour que vous puissiez vous y reposer en fin de journée et peut-être y dormir si notre réunion se prolonge.

— Pas question!

L'objection de la jeune femme claqua dans la pièce quasi déserte et les quelques personnes présentes la regardèrent toutes avec curiosité. Jérôme, très conscient de l'effet qu'il faisait à Adèle, s'approcha et chuchota effrontément à son oreille:

— Je ne vous ai pas demandé de coucher avec moi, mademoiselle, juste de travailler avec moi!

Honteuse de ses pensées impures, des images érotiques venant à son esprit, Adèle acquiesça, referma vivement son manteau et sans un regard ni pour Jérôme ni pour le pauvre Marc-Joseph, elle rejoignit son frère qui ouvrit la lourde porte de l'hôtel.

— Il a l'air… différent, ton nouveau patron.

— Oui, répondit simplement Adèle peu désireuse de s'étendre sur le sujet. Allons-y.

En arrivant à la ferme, elle se dépêcha de se changer pour aller donner un coup de main à Édouard, aux prises avec un agneau qui venait de naître, mais qui n'arrivait pas à téter. Les idées lancinantes qui lui venaient en tête la rendaient dans un état proche de la panique. Les deux mains dans le foin, elle réussissait au moins à faire le vide.

— Mais qu'est-ce qui m'a pris d'accepter ?

Le matin du rendez-vous vint trop vite au goût d'Adèle. Des dizaines de fois depuis leur rencontre, elle avait eu envie de passer à l'hôtel de Marco pour téléphoner au journal afin d'aviser qu'elle ne pourrait s'y rendre. Mais en ce froid matin d'hiver, les traits tendus, elle regardait les aiguilles de son cadran avec anxiété. Son train partait dans moins d'une heure trente et elle n'était pas prête.

— La jupe ou la robe ? Oh, zut…

Elle serait obligée de sauter le déjeuner, faute de quoi elle raterait son train. Au prix du billet, il ne manquerait plus que ça ! Elle voyait son pécule diminuer à chaque déplacement à Saint-Jovite mais n'avait pas l'intention de demander un sou à Florie. Enfin prête, même si sa tenue ne lui plaisait qu'à moitié, elle jeta un dernier coup d'œil à sa chambre pour s'assurer qu'elle laissait tout en ordre puis se dirigea vers l'escalier en vitesse. Dans son énervement, la jeune femme dû s'accrocher à la rampe pour éviter de tomber et sa sœur, qui passait au pied de l'escalier, secoua la tête en plissant le front.

— Mon doux, Adèle, tu es donc bien énervée ! Des plans pour te tuer. C'est juste un journal, tu sauras, il n'y a pas de raison de mourir pour ça !

— De quoi tu parles, Florie ? J'ai juste sauté une marche !

— Oui, oui… c'est ça !

Elle retourna dans la cuisine en gardant le même air renfrogné qu'elle avait depuis la veille. Cette idée aussi de coucher à l'extérieur de la ferme ! Ça ne se faisait pas pour une femme célibataire de dormir à l'hôtel. Le monde de Sainte-Cécile allait penser puis dire toutes sortes d'affaires. Déjà qu'Adèle faisait jaser tout le village — en commençant par cette commère de Louisette Marquis !

— On dirait bien que votre Adèle veut sortir du village ! imitait Florie en parlant d'un ton perché comme la marchande.

Ses frères et sa sœur la trouvaient hilarante lorsqu'elle se moquait de la grosse femme. Mais pour l'occasion, comme il s'agissait de potins concernant sa famille, l'aînée des Gélinas n'entendait pas à rire. Même le ferblantier Stromph avait passé une remarque à Laurent, l'autre matin :

— *My God, ton* sœur se promène beaucoup ! Elle va devenir *un grand* journaliste un jour !

— Euh… peut-être, avait répondu Laurent, ignorant si l'autre parlait sérieusement.

Depuis hier soir, depuis qu'Adèle avait enfin eu le courage de lui dire qu'elle devrait rester à l'hôtel de Saint-Jovite, Florie ruminait de sombres pensées. Son inquiétude l'avait empêchée de dormir. Si quelque chose arrivait à l'un des siens, elle en mourrait. Ses frères et sa sœur représentaient sa vie. Elle réfléchit tout haut en attendant que sa cadette se montre le bout du nez :

— Je comprends pas pourquoi elle a besoin d'aller à l'hôtel. Il me semble qu'écrire trois, quatre lignes comme elle fait chaque semaine, ça ne demande pas deux jours de son temps. Non, à mon avis, il y a quelque chose d'autre en dessous de ça.

Je m'en vais lui parler, à ce Jérôme Sénéchal ! Ça doit être un de ces pervers de la ville…

— Bien non, tu ne vas pas lui parler, riposta affectueusement Adèle qui s'avança pour appuyer sa tête contre l'épaule dodue de sa grande sœur qui ne l'avait pas vue arriver dans la cuisine.

Elle la força à se retourner vers elle :

— Florie, est-ce que je t'ai déjà manqué de respect ? Humiliée ? Gênée devant les gens de Sainte-Cécile ? Menti ?

Son aînée secoua la tête en riant et en se reculant vers l'évier pour le frotter. Lorsqu'elle souriait, Adèle revoyait toute la bonté de sa mère dans ses traits un peu rustres. Alors son émotion remontait comme lorsqu'elle était petite et qu'elle voulait plaire à cette maman si faible et si fragile. Dans la grande cuisine, le poêle fonctionnait sans arrêt, et Florie se dépêcha de poser deux grosses tranches de pain sur le dessus. Sa sœur allait lui passer sur le corps avant de sortir de la maison sans manger !

— Viens t'asseoir avec moi, Florie, j'ai juste une minute, mais je veux que tu m'écoutes.

— Une minute ? Comment ça, une minute ? Je t'ai préparé un gruau bien chaud avec du sirop d'érable puis deux *toasts*. T'es pas pour partir le ventre vide.

— Florie, tais-toi et viens t'asseoir !

Reprenant son air boudeur, la femme s'avança de sa démarche lourde et s'effondra sans délicatesse sur la chaise de bois. Elle vint pour ouvrir la bouche, mais sa sœur la devança en posant son index sur ses lèvres pincées l'une contre l'autre :

— Écoute bien, ma Florie. J'ai vingt ans et envie de faire de grandes choses de ma vie. Comme toi, Édouard et Laurent, une famille ne peut faire partie de mes plans. Je m'en désole évidemment, mais je ne vais pas me morfondre pour le restant de mes jours en pensant à ce qui aurait pu être s'il n'y avait pas eu cette promesse faite à maman.

Ce qu'Adèle ne disait pas, c'est qu'elle ne voulait pas devenir comme sa sœur : une vieille femme avant l'âge ; triste et aigrie de savoir que le sacrifice que sa mère leur avait demandé l'empêcherait de vivre une vie heureuse et complète. Les moments de douceur de Florie se faisaient de plus en plus rares. Parfois, lorsqu'elle ne la regardait pas, Adèle voyait sur ses traits toute la détresse, la solitude qui l'envahissaient. En les quittant, son père Antoine avait tué la jeunesse de sa sœur, l'obligeant à prendre des obligations trop lourdes pour elle.

— J'ai l'impression que monsieur Sénéchal est prêt à me donner plus de responsabilités dans *Le Courrier* et tu sais à quel point j'en rêve. Je veux écrire et voyager de par le monde…

— Mais ce sont que les hommes journalistes qui le font, Adèle, pas les femmes…, objecta Florie.

Adèle se releva brusquement, lissa sa robe bourgogne. Elle tourna le pain sur le poêle pour cacher son irritation. Cette manière de s'écraser devant les hommes, devant le clergé l'avait toujours dérangée. S'il n'en tenait qu'à elle, ses visites au confessionnal se feraient avec parcimonie, mais respectueuse des désirs de Florie, elle ne pouvait y mettre fin. Elle se trouvait quelques péchés mineurs pour satisfaire le curé Latraverse. Par contre, pour son métier, elle n'allait pas abdiquer devant les incessantes inquiétudes de son aînée.

— Justement, il est temps que ça change et comme je n'ai rien d'autre qui me retient à Sainte-Cécile…

— Merci bien, coupa Florie, le visage crispé de chagrin.

Adèle s'empressa de se rasseoir, de lui baiser la main qu'elle tint ensuite fermement dans la sienne.

— Tu sais ce que je veux dire, Florie. Vous serez toujours là pour moi et je serai toujours là pour vous tous. Par contre, j'ai envie de faire que ce sacrifice demandé par maman...

— Mais...

— ... me permette au moins de réaliser mes autres rêves. Alors si je dois prendre le train et dormir à Saint-Jovite une nuit pour avancer vers mon objectif, eh bien c'est cela que je vais faire. Si mon patron me demande de m'y rendre une fois par semaine, je le ferai aussi. J'aime mieux t'avertir, je ne serai pas fermière toute ma vie, ma Florie !

Pendant quelques minutes, les deux sœurs se jaugèrent avec le même entêtement dans les yeux. C'est finalement Florie qui baissa la tête et qui se leva pour serrer sa sœur dans ses lourds bras. Bien calée contre cette poitrine voluptueuse, Adèle se dit qu'elle n'avait guere envie de quitter le nid, mais qu'elle n'avait pas le choix non plus si elle désirait s'épanouir. En jetant un regard las par la fenêtre, elle se dit que Sainte-Cécile ne lui offrirait guère l'occasion de s'évader de cet ennui quotidien. Les lourds flocons qui tombaient du ciel couvraient les champs. Elle aperçut au loin la petite cabane du père Claveau, avec de la neige jusque sous les fenêtres. Florie étendit une large couche de beurre sur les rôties un peu trop grillées, puis les glissa dans un sac brun qu'elle tendit à sa sœur fébrile.

— Tiens, prends ça au moins. Tu es maigre comme un clou, ç'a pas de bon sens ! Morte, tu n'écriras pas grand nouvelles !

Adèle agrippa le sac en riant et engloutit un grand verre de lait frais. Le plancher du salon qui craquait annonça l'arrivée d'un de ses frères, venu la chercher pour la mener à la gare à l'autre bout du village.

— Et voilà ! J'ai commencé à déjeuner. Je t'aime, ma Florie, je reviens demain vers la fin de l'après-midi. Ne t'inquiète pas,

veux-tu ! Surtout, attends-moi pour préparer le souper, j'y
tiens !

Avant que Florie ne se mette à lancer une tonne de recommandations, Adèle suivit Laurent qui s'empara en soupirant de son sac de voyage près de la porte. Édouard et lui avaient tiré à pile ou face, et le voilà encore pris pour voyager sa sœur. En refermant la porte de la maison derrière elle, Adèle sentit l'émotion l'envahir. Humant l'air rempli de rosée du matin, elle envoya la main à son frère Édouard qui sortait de la grange en tenant les rênes d'un cheval noir. Il grimpa dessus pour aller voir les clôtures près du lac Mauve. Pendant l'hiver, les dégâts étaient souvent importants et l'évaluation du travail à accomplir lui demanderait une bonne partie de la matinée.

Lorsque Laurent déposa sa sœur devant la gare, Adèle était agitée comme une enfant à la veille de Noël. Ses yeux allaient de gauche à droite, elle accrocha le bas de sa robe dans la porte de la carriole. La nouvelle gare de Labelle, érigée en 1924, avait remplacé celle inaugurée en 1893, sans la présence de son plus fervent défenseur, le curé Labelle, décédé en 1891. Un large portrait du saint homme trônait d'ailleurs au-dessus de la porte. Tétanisée par le bruit des cloches et des sifflets des locomotives, Adèle tenta d'ignorer les signaux d'alarme que son cerveau lui envoyait. Elle trépignait d'impatience à l'idée de revoir Jérôme Sénéchal. Malgré ses promesses à Florie, elle savait que s'il la touchait de nouveau, elle ne garantissait pas sa retenue. Agacé, Laurent la regarda.

— Bon Dieu, Adèle, as-tu fini de grouiller de même !
grogna-t-il avant de sortir pour lui apporter son sac.

— Arrête donc, je ne fais rien. Je ne veux pas manquer mon train, c'est tout.

— Bien non, toi, la carriole n'est même pas arrêtée que tu sautes dans la rue. Des plans pour te faire tuer!

Adèle leva la tête vers son cadet avec une moue moqueuse.

— N'exagère pas quand même! Il n'y a même pas de voitures de mon côté. Je vois mal comment je peux me faire tuer! Si un piéton me roule dessus, je devrais m'en sortir! ricana-t-elle.

Laurent essaya de garder son sérieux, mais avec sa sœur qui le frappait dans les côtes, c'était impossible. Il repoussa sa main en riant.

— Bon, allez, prends ton sac et va voir ton amou… euh, ton patron, je veux dire!

Adèle lui lança un regard noir, prit le sac de cuir avec colère et marcha vers la porte de la gare. Elle se retourna et revint vers la carriole avant que Laurent ne reparte. Se penchant au-dessus de la porte, elle l'avertit:

— Arrête tes niaiseries et commence pas à faire des blagues de même devant Florie. Elle se fait déjà assez d'idées, des plans pour qu'elle m'enferme dans ma chambre jusqu'à ma mort. Tu m'as bien comprise, Laurent Gélinas?

Son air dur rappelait à Laurent ses jeunes années lorsqu'elle s'occupait de lui et essayait de l'empêcher de faire des bêtises. Il lui fit un clin d'œil moqueur et sa grosse face ronde s'illumina lorsqu'il lui fit une dernière blague avant de lancer Mystic sur la route.

— Ne vous inquiétez, je serai muet comme une tombe, madame Sénéchal!

Adèle fronça les sourcils. Quel idiot! Elle regarda la carriole s'éloigner et la main de son frère sortit sur le côté pour la saluer. Quarante-cinq minutes plus tard, lorsqu'elle arriva devant le bureau de mademoiselle Églantine, celle-ci pointa le corridor derrière elle sans se donner la peine de se lever.

— Il vous attend. Bonne journée.

Adèle resta figée quelques secondes. Elle redressa ses fines épaules et marcha lentement jusqu'au bureau du rédacteur en tenant son sac de cuir contre son ventre. La plaque avec le nom de Jérôme Sénéchal était nouvellement accrochée au mur. Elle passa une main sur celle-ci, les yeux fixés sur la porte close. Lorsqu'elle s'aperçut que la secrétaire s'était retournée pour la regarder, elle sortit de sa torpeur et s'empressa de cogner un coup sec.

— Entrez!

Elle inspira profondément et entra dans la pièce éclairée par la lumière du jour qui pénétrait à flots par la grande fenêtre derrière le bureau. Au moment où elle revit le rédacteur en chef, Adèle sut qu'elle trahirait sa promesse. Elle enleva son manteau doucement, chercha où le déposer. Son corps mince était mis en valeur par la longue robe de coton froissé bourgogne. Très distingué, ce vêtement conçu par sa sœur était pourvue d'une rangée de petits boutons noirs du cou à la taille. Elle avait chaud, aurait eu envie d'en détacher quelques-uns. Des boucles indociles s'échappaient de son chignon. Sans dire un mot, Jérôme pointa une chaise près du mur. Il remarqua la chaleur de son regard lorsqu'elle le dévisageait même si sa nervosité était évidente.

«La matinée s'annonce fort plaisante», songea-t-il en posant un gros dossier sur le bureau.

À la ferme, Florie s'inquiétait sans arrêt depuis le départ de la carriole. Pendant qu'elle pelait ses patates, son cerveau roulait à cent milles à l'heure. Si Adèle décidait de partir pour la grande ville ? Si elle voulait travailler à temps plein au journal ? Si elle s'émancipait et oubliait sa promesse ? Si, si, si ! Lorsque les pommes de terre furent épluchées, elle enchaîna avec des carottes, des betteraves et finit avec un gros bac rempli de pommes ramollies. Après un automne et un hiver passés dans la cave, les fruits et les légumes n'étaient plus de la première fraîcheur. Mais peu importe, rien ne se perdait chez les Gélinas. Près de trente minutes après son départ pour la gare, la femme vit enfin la carriole tourner dans leur entrée enneigée. Laurent dirigea le cheval vers la grange, referma la porte derrière lui. Florie rongea son frein pendant qu'il détachait la jument et lui donnait à boire. Elle passait son temps à regarder par la fenêtre au-dessus de l'évier.

— Allez, Laurent, dépêche-toi donc un peu. Je veux tout savoir ! marmonna-t-elle. Ah non, par exemple ! Ne t'avise pas d'aller à l'étable avant de venir me voir ! Si tu t'accroches les pieds dans les stalles, je ne te reverrai pas avant ce soir.

Comme s'il l'avait entendue, son jeune frère claqua la porte de la grange derrière la voiture et marcha lentement vers le côté de la grande maison grise. Ses grosses bottes laissaient de profondes traces dans la neige fraîche. Il grimpa les marches deux par deux et sursauta lorsque sa sœur l'apostropha, à peine le pied dans la cuisine :

— Alors ?

— Bon sang, Florie, tu m'as fait peur. Pourquoi te caches-tu derrière la porte de même ?

Le jeune homme se secoua tel un chiot et les gros flocons accrochés à ses cheveux tombèrent sur le plancher de bois.

Son large visage rougi par l'air glacial grimaça en voyant l'air de sa sœur. Il aurait dû rester dans l'étable ! C'était tellement plus calme.

— Je ne suis pas cachée, je t'attends. Puis ? répéta-t-elle en tordant son linge de table.

Laurent n'avait jamais vu sa sœur ainsi, le visage crispé par l'anxiété. Elle en devenait presque laide tant ses traits étaient déformés. Il se défit de son lourd manteau.

— Puis quoi, Florie ? De quoi tu parles ?

Florie soupira d'exaspération. Des fois, le benjamin ne comprenait pas vite.

— Tu fais exprès ou quoi ? Elle était comment, Adèle ?

Laurent secoua la tête, un air d'incompréhension passant dans ses yeux bruns. Il zieuta la bouilloire sur le gros poêle dans l'espoir de faire comprendre à Florie qu'il prendrait bien un café bouillant. L'odeur de la tarte à la farlouche dans le four lui mit l'eau à la bouche.

— Hein ? Adèle ? Bien… comme d'habitude !

— C'est vrai ? Pas énervée ou stressée ?

— Euh…

Il continua à se dévêtir, mais Florie ne l'entendait pas ainsi. Elle agrippa son bras et le poussa vers la chaise berçante près du poêle.

— Viens te réchauffer, puis raconte-moi tout. Je veux tout savoir.

Laurent n'en croyait pas ses oreilles. Sa sœur devenait folle ! Il vint pour répliquer, mais le regard de son aînée vibrant d'inquiétude l'arrêta. Il s'écrasa lourdement sur la chaise, et se rendit de nouveau compte qu'il aurait été mieux de ne pas revenir à la maison avant la fin du jour. Florie marchait devant lui comme un lion en cage. Il souffla fort avec une exaspération évidente. Il faisait toujours tout pour tempérer ses humeurs, se sentait presque responsable de son bonheur. Depuis qu'il était tout petit, lorsqu'une dispute arrivait, Laurent compensait par un comportement irréprochable. Mais parfois, elle l'énervait tellement qu'il voulait lui crier après.

— Mosus, si j'avais su que tu jouerais à la police, Florie, j'aurais pris des notes! dit-il finalement après quinze minutes d'interrogatoire. Je m'en venais juste prendre une tasse de café pour me réchauffer, moi. Bon, je peux y aller là? Édouard doit m'attendre pour réparer le hangar à bois. À moins que tu ne préfères que je reste jaser avec toi toute la journée?

Florie fronça ses épais sourcils, prit un air innocent et lissa son chignon parfaitement tiré. Son visage était celui d'une femme plus vieille. Déjà des ridules ténues entouraient sa bouche fine. Sous ses yeux soucieux, des ombres témoignaient de son manque de sommeil. Elle se faisait tant de soucis pour sa fratrie que les ravages du temps avaient déjà commencé à l'affecter. Le départ de son père Antoine, le décès de sa mère Rose l'avaient remplie d'amertume et de souffrance. L'amour qu'elle ressentait pour ses cadets était viscéral. Elle lui pressa donc gentiment l'épaule avant qu'il ne se lève:

— Bien voyons, prends pas ça de même! Certain que tu peux y aller. Je voulais juste des petites nouvelles. C'est pas vous autres qui êtes pognés ici à longueur d'année! Il y a juste moi qui ne bouge pas de cette maison...

Soulagé, Laurent se leva, prit une dernière gorgée de café qu'elle lui avait enfin servi et remit son manteau et son casque de poil. Il vint pour sortir lorsque Florie demanda d'un ton innocent en touillant sa crème de patates un peu trop vite:

— Puis lui, ce Jérôme Sénéchal, c'est un autre vieux bonhomme comme son ancien patron, j'imagine?

— Oh non! Il est pas mal plus jeune. Je dirais trente, trente-cinq ans pas plus. Il a l'air d'un vrai monsieur de la ville à part ça. Distingué, puis beau parleur!

Il claqua la porte sur ses dernières paroles, ne vit pas la figure décomposée de sa sœur. Florie marcha vers la table de cuisine et s'écrasa sur une chaise droite. La femme voyait clairement le danger s'approcher de sa famille. Elle le ressentait au plus profond de son être, chaque fois qu'elle regardait sa sœur perdue dans ses pensées. Un homme élégant et instruit, pour une jeune fille naïve de la campagne: le pire scénario que Florie pouvait imaginer. Elle pria en fixant le ciel bleu et sentit une étrange pression s'installer dans son corps. Laurent s'éloigna sans se douter de la commotion qu'il venait de créer par ses propos. Heureux comme chaque fois qu'il se dirigeait vers l'étable ou le champ, il se mit à siffler dans l'air glacial. Son visage rond s'épanouit à la pensée de la journée qui s'annonçait.

— ÉDOUARD? ÉDOUARD?

— Ici...

Laurent s'attendait à aller derrière la maison où se trouvait le hangar, mais pourtant la voix de son frère parvint plutôt du fond de l'étable, alors Laurent dirigea sa silhouette massive dans cette direction. Il fit un geste de recul en voyant son frère couché près d'une grosse truie qui soufflait péniblement. Laurent ne pensa même pas à rire devant le caractère cocasse de la situation. Édouard, le manteau grand ouvert, était allongé dans le foin près de l'énorme abreuvoir en ciment qu'ils avaient construit pour l'hiver. Le plus jeune s'accroupit aux côtés de son frère dont le visage était crispé par l'inquiétude.

— Qu'est-ce qu'elle a, Doucette? demanda Laurent en flattant la croupe de la bête.

— Je ne sais pas trop. Je l'ai trouvée de même tantôt. Elle a de la misère à respirer. J'essaie de la tourner pour voir si elle est blessée, mais elle est grosse en Saint-Ciboire !

— Attends, je vais t'aider, pousse-toi un peu.

De peine et de misère, les deux frères réussirent à faire tourner la bête qui grogna de mécontentement. Doucette, une truie plus très jeune, faisait partie de leur famille depuis presque dix ans. Chaque année, elle leur donnait une dizaine de gorets qui finissaient en jambon et en rôtis. Mais Doucette, elle, avait toujours la vie sauve parce que c'était la première bête dont ils avaient fait l'acquisition après la mort de Rose, et les deux hommes avaient décidé de l'épargner, année après année. Toutefois, le temps semblait venu pour elle de quitter cette Terre.

— On fait venir le vétérinaire ? demanda Laurent avec hésitation.

Les frais liés à une telle visite faisaient toujours ronchonner Florie, responsable des comptes dans la famille. Indécis, Édouard secoua la tête. Il passa une main affectueuse sur le groin de la bête qui le regardait de ses petits yeux porcins à demi fermés. Elle savait bien que sa fin arrivait. Son souffle court, ses frémissements n'en étaient que des témoins évidents.

— Ça ne vaut pas la peine. Elle ne fera pas la journée, à mon avis. Notre Doucette est rendue au bout de sa vie.

Il flatta le gros corps rose et se releva avec résignation. Son visage laissait paraître son chagrin. Ses traits fatigués, ses yeux légèrement embués… Même si ça faisait partie de la vie dans la ferme, cette fois-ci, il aurait plus de misère à abattre la bête. Laurent, du haut de ses dix-sept ans, faisait tout pour paraître fort et indifférent. Mais son regard, qui semblait toujours un peu étonné, se remplit tout de même de larmes alors il se détourna pour sortir en vitesse. Leur Doucette semblait être là depuis toujours. Le matin, parfois, lorsqu'il n'y avait personne dans l'étable, il s'amusait à lui faire la conversation. Il avait toujours l'impression qu'elle le comprenait. À son avis, les cochons étaient plus intelligents que bien des êtres humains! Le dos tourné, évitant ainsi de montrer sa tristesse, il s'adressa à son frère avant de s'éloigner.

— Bon, fais ce que tu dois faire; moi, je vais au bout du champ. Je vais avertir Florie pour qu'elle se prépare à la cuisine.

Édouard s'avança vers son jeune frère et le retint par le bras. Les deux jeunes hommes se regardèrent longuement, le même abattement au fond du cœur.

— Elle ne souffrira pas, Laurent. Je vais m'en assurer.

— Je sais. Je te connais, Édouard. Je reviens dans pas long pour t'aider.

À son retour vers la fin de l'avant-midi, la truie était morte. Laurent figea quelques secondes, mais se reprit en voyant son frère calme et résigné. Au moins, il lui avait évité cette tâche pénible. Il n'aurait pu planter son couteau dans la chair de la bête. Les deux hommes suspendirent l'énorme carcasse de cinq cents livres pour la saigner. Florie, arrivée aussitôt que Laurent l'avait avisée, se préparait à recueillir les morceaux de viande dépecée en jambons, en jarrets et en diverses autres pièces. Le tonneau rempli de saumure salée était prêt. Encore une fois, la mauvaise humeur de l'aînée teintait l'atmosphère. Elle critiquait sans arrêt l'absence d'Adèle sur qui elle ne pourrait compter pour toutes les tâches à accomplir.

— Voir si je m'attendais à cuisiner autant de viande au mois de février! Ça me tente-tu, vous pensez, de passer ma journée à faire du saindoux puis de la saucisse ? Puis Adèle qui n'est même pas là ! Édouard, tu ne penses pas qu'on devrait aller la chercher pour…

Édouard arrêta son geste avec le couteau dans le corps de la truie et fixa sa sœur. Elle se recroquevilla un peu sous son regard intransigeant.

— Laisse Adèle, on peut s'en passer jusqu'à demain.

— On sait bien, marmonna Florie en se reculant jusqu'au mur de la grange, c'est pas toi qui vas cuisiner tout ce gras-là sans aide !

Généralement, vers le début de décembre, les femmes des campagnes faisaient fondre la graisse de porc pour la transformer en saindoux. L'odeur était alors tellement forte que toutes les fenêtres restaient ouvertes le plus longtemps possible. Sinon, une odeur nauséabonde s'installait pour plusieurs jours. Les mains enfouies dans ses poches de manteau, Florie s'éclipsa en maugréant pendant que ses deux frères continuaient leur ouvrage. Ils en avaient pour une bonne partie de la soirée à dépecer Doucette, et la femme avait bien d'autres tâches à s'acquitter. Sa courte marche entre la grange et la maison lui rafraîchit les idées. Elle soupira avec lassitude :

— En tout cas, j'attends le retour d'Adèle pour faire la saucisse. Je hais ça faire ça toute seule.

Tard en soirée, Florie fit tout de même cuire le foie et hacha une partie de la viande pour préparer sa chair à saucisses. Elle plaça ensuite la viande préparée dans les poches de coton qui étaient dans le coin de la cuisine, puis elle lava et relava les intestins. Sa hargne s'amplifiait à mesure que la fatigue s'installait dans son corps.

— Quand je pense que mademoiselle se prélasse à Saint-Jovite pendant que, moi, je dois faire tout ce travail seule.

Elle et ses grands projets ! Il me semble qu'on a en masse de travail ici sans chercher à se distraire ailleurs, murmura injustement Florie en prenant soin que ses deux frères, qui fumaient au salon, ne l'entendent pas. Sa rancœur grondait envers sa sœur ambitieuse, son père absent... mais jamais envers sa mère Rose qui, pourtant, lui avait volé la plus belle partie de sa vie de femme.

CHAPITRE 4

Passion avec un grand P

La journée d'Adèle s'écoulait à grande vitesse. Passionnée, survoltée, pas une minute elle n'avait pensé à la ferme. Si elle pouvait imaginer la rancœur de sa sœur, sa visite ne serait pas aussi captivante. En prenant connaissance des projets proposés par Jérôme, elle réalisait qu'enfin le vent tournait en sa faveur. Cet homme la charmait avec ses idées et son vocabulaire recherché. À quelques reprises, il avait retenu un sourire devant les expressions de sa vis-à-vis.

— On pourrait peut-être prendre une pause, j'ai la langue à terre !

— Bien sûr, mademoiselle !

Bien calée dans sa chaise près du bureau du rédacteur en chef, la journaliste s'imaginait le sourire sur le visage de Florie lorsqu'elle mentionnerait l'argent que lui feraient gagner ces nouveaux écrits. Elle allait peut-être avoir la chance de vivre ses rêves. Pendant des heures, sans même penser à s'arrêter pour manger, le duo avait travaillé sur une série d'articles pour la saison estivale. À certains moments, le regard de Jérôme s'attardait sur la figure enthousiaste de la jeune femme. Il se retenait de lui caresser le visage. « Pas encore, pensa-t-il, mais ça ne saurait tarder. » De temps en temps, il allumait une cigarette et en profitait, pour l'observer à loisir. Son regard se voilait à demi, sa voix prenait un ton encore plus rauque sans que son interlocutrice ne s'en rende compte. Car Adèle, tout à son bonheur, prenait ses aises et se laissait aller à rêver sans s'apercevoir des attentions dirigées vers elle. Ses yeux brillèrent d'une excitation mal contenue lorsqu'elle mit sa main fine sur le bras de Jérôme Sénéchal.

⚜

— Vous croyez vraiment que je pourrais m'occuper du cahier spécial pour les femmes du mois d'août ? lui demanda-t-elle fébrilement. Parce que je sais que je peux y arriver, je n'ai même pas…

Assise en face de lui au restaurant de l'hôtel où sa chambre était réservée, Adèle pinça les lèvres pour se taire. Quand apprendrait-elle à avoir un peu de retenue ? Elle tourna sa coupe vide dans sa main pour cacher son embarras. Pourtant, son vis-à-vis ne semblait pas s'en offusquer, au contraire, il éclata d'un rire profond avant de faire signe au serveur.

— Apportez-nous deux verres de vin rouge corsé.

— Non… j'ai assez bu ce soir. Je préfère une tisane bien chaude, merci.

— Bon, deux tisanes alors. Merci.

Jérôme retint un nouveau sourire avant de plonger ses yeux bleus dans ceux d'Adèle qui frissonna. Il souriait gentiment et la fossette dans son menton se creusa encore plus. Ses cheveux étaient un peu longs, la jeune femme rougit en s'imaginant y passer la main. Elle était loin des sentiments qu'elle éprouvait au contact de Marc-Joseph. Ce qu'elle ressentait dans le bas de son corps, ce qu'elle imaginait faire si elle perdait le contrôle... Rien de comparable avec le chaste baiser qu'elle avait donné à son ami. L'homme se pencha vers elle pour répondre :

— Je ne vois pas qui est mieux placé pour le faire. C'est déjà une innovation à Saint-Jovite que de penser insérer un tel encart dans le journal de la rentrée. De toute manière, je n'ai pas d'autre journaliste féminine sous la main. Par contre, c'est beaucoup de travail pour une seule personne, mais si vous pensez être capable de fournir les textes dans les délais... Il vous faudra vous déplacer plus souvent à Saint-Jovite. Est-ce que ça représente un inconvénient ?

Adèle réfléchit longuement avant de répondre. Bien sûr, le coût de ces déplacements plus fréquents n'étaient pas négligeables. Elle devrait piger dans ses économies, mais d'un autre côté, elle recevrait un salaire plus élevé pour compenser. Elle pourrait tenter d'embarquer avec d'autres villageois qui faisaient la route entre les deux villages pour éviter à ses frères de la conduire à Labelle lorsque ce serait possible. Au moins, elle éviterait ainsi des déplacements inopportuns à Laurent et à Édouard.

— Mademoiselle Gélinas ? s'enquit le rédacteur.

— Oh, je pourrai me rendre à Saint-Jovite au besoin. Par contre...

Adèle avait une idée en tête, mais elle ne savait pas comment aborder la question avec lui. S'il se moquait de son manque de confiance ? L'hôtel où elle allait passer la nuit ne payait pas de mine de l'extérieur, mais l'entrée et le restaurant y étaient chaleureux et rassurants. La brunette s'imaginait facilement voyager partout au Québec et même à l'étranger, dans des hôtels encore plus spacieux. Son regard se posait sur les quelques convives autour d'eux. Plusieurs hommes seuls et deux autres couples en plus du leur. Adèle savourait chaque seconde de cette journée. Juste de s'éloigner de Sainte-Cécile, de Florie lui faisaient tellement de bien. Elle chassa un sentiment de culpabilité. Pas maintenant. Pour l'instant, son attention se fixait sur ses buts, ses désirs à elle. Ses pensées s'égarèrent en pensant à leur duo. Est-ce que les autres supposaient qu'ils étaient mariés ? Est-ce que les femmes présentes la jalousaient d'être avec un homme aussi...

— Mademoiselle Gélinas ?

Surprise, elle manqua de s'étouffer en prenant une gorgée d'eau pour se donner une contenance. Puis, elle le fixa longuement avant de répondre.

— Oui, je réfléchissais à votre proposition, mentit-elle avec aplomb. Votre offre amènera bien sûr son lot de paroli dans mon village.

— Paroli ? demanda curieusement Jérôme.

Frustrée de constater que son langage n'était pas toujours au même niveau que le sien, Adèle fit un signe brusque de la main :

— Du commérage, si vous préférez.

— Et cela vous effraie ?

— Il y a longtemps que je ne me laisse plus atteindre par les cancans que je suscite, répondit-elle sèchement, les yeux dans le vague. Vous vous rappelez sûrement la première fois que nous nous sommes rencontrés, il y avait une jeune femme qui avait aussi rendez-vous avec vous. Clémentine Lortie, continua Adèle d'un ton plus doux.

Jérôme fit un effort pour détourner son regard du corps attirant dans la robe rouge. Il hocha la tête en prenant une bouchée de son ragoût de porc à l'érable. Consciente de l'effet qu'elle faisait, la jeune femme replaça son châle crocheté sur ses épaules pour dissimuler le haut de sa poitrine. Elle continua à parler, cette fois avec assurance :

— Donc cette jeune femme désirait aussi, si je ne m'abuse, écrire pour le journal. Vous croyez qu'elle pourrait m'aider pour la recherche, l'écriture de certains articles ? Il me semble qu'elle avait de bonnes idées et à deux, le contenu serait encore plus fourni. Nous pourrions nous rencontrer chez moi ou même aux bureaux du journal si vous préférez.

— Hum… je me demande si elle possède l'expertise pour une telle tâche.

— Je pense que oui. Nous avons beaucoup parlé, c'est une jeune femme instruite qui semble avoir une belle écoute. Je pourrais la guider évidemment.

L'idée lui trottait dans la tête depuis le début de la journée. Au pire, la réponse serait négative ! L'alcool lui enlevait son inhibition. Peu habituée à boire, elle sentait sa réserve diminuer et se dit qu'elle aurait mieux fait d'arrêter après un verre. Délaissant sa coupe, elle sirota une gorgée de sa tisane à la menthe en laissant son regard errer dans la salle à manger. L'attente d'une réponse lui paraissait interminable. Jérôme planta ses yeux dans les siens. En entendant sa voix suave, elle se sut perdue. La promesse faite à sa mère n'était plus qu'une simple parole prononcée dans un moment de grande tristesse. Si cet homme la frôlait de nouveau, son serment éclaterait en morceaux. Elle avait envie qu'il la touche, qu'il l'embrasse, qu'il caresse son corps en entier.

— Lorsque vous me regardez ainsi, Adèle — vous permettez que je vous appelle par votre prénom ? —, je vous donnerais le bon Dieu sans confession, commença-t-il en souriant gentiment. Vous n'avez qu'à le demander et vous l'aurez. Si cette… Clémentine peut vous aider, je n'ai pas de problème à accepter. Vous pourriez vous rencontrer une ou deux fois par mois, me fournir les textes au fur et à mesure que vous les écrivez. On parle d'une dizaine de feuillets de mille cinq cents mots environ.

— Vous me laissez libre de choisir les sujets? continua Adèle de plus en plus frondeuse, étourdie par le pouvoir qu'elle avait sur le rédacteur en chef.

Avec insolence, elle prit une lampée de son vin et laissa le liquide vermeil glisser dans sa gorge. Elle se sentait femme pour la première fois de sa vie.

— Oui, avec un droit de regard évidemment.

— C'est-à-dire?

— C'est-à-dire, jolie demoiselle, que je suis encore responsable de ce journal et de ses écrits pour l'instant.

Adèle se renfrogna un peu, mais se reprit en pensant à l'argent et à la bonne nouvelle qu'elle apporterait le lendemain à la ferme. Jérôme lui tendit la main au-dessus de la table:

— Alors? Marché conclu?

— Marché conclu.

Adèle hocha la tête, s'empressa de finir sa tarte aux pommes et caramel avant que Jérôme Sénéchal ne change d'idée. Ses désirs les plus fous se concrétisaient, alors que Florie ne cessait de lui dire qu'une femme journaliste, ça n'existait pas. Pourtant, elle le sentait au plus profond d'elle-même: elle serait la prochaine Robertine Barry ou Eva Circé-Côté.

— Je vais lui prouver, murmura-t-elle pour elle-même en se levant aux côtés de Jérôme.

La jeune femme accompagna le rédacteur en chef vers la porte de l'hôtel. Un peu chancelante, Adèle hésita avant de lui tendre la main. Encore une fois, il la garda longtemps dans la sienne, attira même la jeune femme jusqu'à lui. Caché par le muret entre l'entrée et le couloir menant aux chambres du rez-de-chaussée, il la poussa contre le mur pour s'approcher à quelques pouces de sa bouche.

— Si je ne me retenais pas, Adèle, j'irais vous reconduire jusqu'à votre chambre. Par contre, ce serait peut-être trop dangereux, n'est-ce pas ? Vous n'ignorez pas les sensations que vous me faites vivre, j'en suis sûr.

— Je... je...

Adèle respirait par à-coups, la tension revint dans ses épaules. Ses joues étaient cramoisies, des mèches de cheveux bruns s'échappaient de son chignon sur sa nuque. Elle passa sa langue sur ses lèvres, qui ne lui avaient jamais paru aussi sèches, et réussit tout juste à secouer la tête. Elle tira fort pour retirer sa main et s'éloigna vers la gauche en titubant. N'ayant jamais bu autant de vin, elle ignorait qu'elle sentirait ses genoux fléchir ainsi. Un regard langoureux démentit ses paroles froides.

— Bonne soirée, monsieur Sénéchal. Je vous recontacte dans deux semaines avec les premiers textes. Merci pour votre appui, réussit-elle à balbutier.

Elle s'éloigna le plus dignement possible malgré son émoi, pour aller chercher sa clé au comptoir. Elle sentit le regard brûlant dans son dos. Sans un coup d'œil, elle monta à sa chambre et soupira lorsqu'enfin, à mi-chemin dans l'escalier, elle entendit la porte de l'hôtel se refermer derrière l'homme.

⊰✕⊱

— Coucou, Florie, me voici ! Avec une bonne nouvelle à part ça !

À peine le pied dans la grande cuisine, Adèle retomba sur

terre. Même si Édouard lui avait raconté la perte de Doucette et avait tenté de la préparer à la mauvaise humeur de sa sœur, elle ne s'attendait pas à être reçue ainsi.

— Bon, il était temps que tu te décides à revenir, on a tout plein de manger à faire ! Je ne suis pas pour m'occuper de tout sans aide ici, mautadine ! Je n'ai pas arrêté deux minutes depuis hier, moi. Je sais bien que tu as des projets en ville, mais il faudrait pas que tu exagères ! Le travail va pas se faire tout seul, puis, moi, je rajeunis pas, tu sauras !

Adèle déposa son sac, prit le temps d'accrocher son manteau et son chapeau sur le mur, puis elle s'approcha pour embrasser sa grande sœur, le corps tendu comme un arc. Elle l'empoigna par le cou et planta un baiser sonore sur sa joue fraîche.

— Bonjour à toi aussi, ma jeune et belle Florie ! dit-elle affectueusement pour détendre l'atmosphère.

— Oui, oui, c'est ça, répondit sèchement sa sœur sans se retourner. Bonjour. Bon, on a assez perdu de temps, va te changer, on va faire de la saucisse.

Adèle la regarda longuement avec peine, puis elle se détourna et monta à l'étage. Dans de tels moments, elle se demandait si sa vie aurait été différente si sa mère avait vécu plus longtemps. Son miroir lui renvoyait l'image de son visage déçu. Le décor discret de sa chambre n'avait rien de comparable avec le mobilier de l'hôtel de Saint-Jovite. Mais le bonheur de retrouver son lit la fit sourire de satisfaction. Allongée pendant quelques minutes sur son couvre-lit crème, elle laissa son regard voguer sur le plafond à la peinture défraîchie et pensa aux instants passés avec son rédacteur en chef.

— Je dois me reprendre, ma foi du bon Dieu. J'ai fait une promesse à ma mère. Qu'est-ce qui me prend, bon sang ?

Pourtant, le feu lui vint de nouveau aux joues comme si l'homme se trouvait près d'elle. Impossible d'ignorer le frémissement dans son corps lorsqu'elle songeait à Jérôme Sénéchal.

« Si seulement j'avais quelqu'un avec qui partager ma joie de pouvoir enfin écrire comme une vraie journaliste », pensa-t-elle.

Le souvenir du sourire rayonnant de Clémentine lui revint en mémoire et elle se promit de l'appeler dès le lendemain matin. Elle se sauverait de la ferme en prétextant une course au village. En enfilant sa vieille robe de coton gris, la jeune femme se désola de devoir reprendre aussi vite le train-train quotidien. Elle aurait eu envie de rester couchée sur son lit à rêvasser toute la journée. Jérôme lui avait parlé d'une soirée mondaine à laquelle il avait participé l'année précédente pour le lancement du recueil de poésie d'Alfred Desrochers. À l'écouter parler de l'œuvre *À l'ombre de l'Orford*, Adèle s'était imaginée tout le gratin montréalais dans une même pièce : Claude-Henri Grignon, Jovette-Alice Bernier... tous ces auteurs et pamphlétaires qu'elle rêvait de fréquenter. Après quelques minutes, elle s'admonesta tout bas, consciente de son égoïsme.

« Arrête de t'apitoyer, pensa-t-elle. Au moins, toi, tu as un métier que tu aimes, tu ne fais pas juste la fermière jour après jour. Puis, quand tu vas parler de l'argent à Florie, tu vas voir qu'elle va le retrouver, son sourire, peut-être même un peu d'écoute... »

Elle glissa ses pieds dans ses vieilles godasses et, en passant devant son miroir, se dit que c'était une chance que le rédacteur en chef ne la voie pas ainsi. Elle était loin de l'image élégante de la journaliste cultivée et professionnelle qu'elle désirait projeter. Adèle tira la langue à son reflet, se dépêchant de rejoindre Florie. Pendant près d'une heure, les deux sœurs travaillèrent côte à côte sans dire un mot. Malgré sa bonne volonté, Adèle sentait sa colère bouillir et au bout d'un moment, elle explosa en laissant tomber violemment sa grosse cuillère de bois dans le fond de l'évier.

— Tu pourrais au moins me demander comment ma journée d'hier s'est passée, Florie, bon sang ! Je n'en reviens pas comment tu es de mauvaise foi avec moi. Mon travail rapporte tout de même bien un montant d'argent sur lequel tu ne craches pas ! J'en garde juste une infime partie et je te remets tout le reste. Qu'est-ce qui te déplaît autant, ma foi du bon Dieu ?

Florie déposa à son tour son couteau sur la table de bois et plongea un regard rempli de frustration sur sa sœur. Côte à côte, les deux femmes se dévisageaient avec rage. Bien que la plus jeune dépassât son aînée de plusieurs pouces, elle n'avait pas du tout l'impression d'avoir le dessus.

— Écoute-moi bien, ma fille. Je m'en vais te le dire, c'est quoi le problème. Moi, pendant que tu te prélasses dans des hôtels, je m'épuise toute la journée pour...

— Me prélasse ? coupa Adèle incapable d'attendre. Non, mais qu'est-ce qui te prend, Florie ? On dirait que tout ce qui peut me rendre heureuse te rend enragée ! C'est normal, ça ? C'est comme ça que maman a fait lorsque...

— Laisse notre mère en dehors de ça ! Au moins, elle, elle ne cherchait pas à sortir de la maison en toute occasion. Non, elle...

— ... elle se morfondait à longueur de journée pendant que nous faisions tout pour la rendre heureuse. C'est comme ça que tu veux être, Florie ? Bien, je suis désolée, mais j'ai déjà donné! Pas question de recommencer à vivre sur la pointe des pieds en faisant attention de ne pas déranger. Moi, je veux vivre, tu comprends, Florie? J'ai passé tout mon jeune temps à craindre d'être heureuse. Je me disais qu'un jour, je pourrais peut-être rêver. Eh bien, je t'avertis: pour moi, maintenant c'est le moment de rêver et personne, je dis bien PERSONNE, ne m'en empêchera! Surtout pas le fantôme d'une mère qui m'a fait promettre la solitude parce qu'elle avait choisi un imbécile comme mari et père pour ses enfants!

Adèle éclata en sanglots et, aussitôt, sa grande sœur laissa tout pour la prendre dans ses bras. Elle ne résistait pas à la peine de ses frères et sœur. Son cœur fondait à la vue de la détresse de sa cadette. Depuis toujours, elle se montrait dure pour s'assurer qu'ils suivent la ligne de conduite prévue, mais au plus profond d'elle-même, elle ne souhaitait que leur bonheur, au détriment du sien, s'il le fallait. Lui tapotant le dos, elle susurra:

— Chut, chut... ma belle. Mets-toi pas tout à l'envers de même, voyons donc. Chut... On va s'arranger, tu sais bien. Je sais que tu fais ça pour nous tous.

Toute la tension accumulée dans le corps d'Adèle s'échappa dans le confort de l'étreinte fraternelle. Elle renifla bruyamment et leva un visage rougi et bouffi vers son aînée. Florie, toute colère envolée, lui essuya les joues en lui souriant affectueusement. Sentant l'accalmie, Adèle en profita pour annoncer le montant qu'elle allait recevoir pour ses prochains textes parce qu'elle savait que ce chiffre ferait une différence énorme dans le budget familial. En l'entendant, Florie la repoussa au bout de ses bras dodus en ouvrant de grands yeux, puis lui fit répéter le montant. Elle la regarda avec incrédulité:

— Tu vas gagner soixante-quinze piastres pour écrire des affaires dans un journal ? Es-tu sérieuse, toi là ?

— Je te le dis, Florie. Jérôme dit que j'ai beaucoup de talent et il ne me confie rien de moins que l'encart spécial pour les femmes dans le numéro de la rentrée. Cela ne s'est jamais vu, un tel cahier spécial. D'après lui, les femmes de la campagne sont pas mal en retard par rapport à la ville. Il y a plein de magazines féminins qui viennent de l'étranger qui sont achetés par les femmes de Montréal. Ici, ça ne se rend pas encore, mais avec ce numéro dans le journal, Jérôme espère bien créer un intérêt. Tu t'imagines la responsabilité qu'il me donne ?

— Ouin...

Florie regarda le visage enfiévré de sa sœur. Cet homme-là semblait avoir beaucoup de pouvoir sur sa sœur. En plus, elle l'appelait déjà par son prénom. Elle tenta de faire taire le petit signal d'alarme qui s'infiltrait dans sa tête. Passant une main affectueuse sur les boucles brunes d'Adèle, elle soupira légèrement :

— Bien c'est parfait alors. Si tu ne négliges pas tes tâches ici, évidemment !

— Évidemment, ma Floflo, évidemment ! sourit Adèle, satisfaite d'avoir ainsi gagné la partie.

— Bon, alors c'est bien beau tout ça, mais il serait temps de finir nos saucisses. Je te dis qu'elle nous en donne de l'ouvrage imprévu, notre grosse Doucette.

La chicane entre les deux fut bientôt oubliée. Les sœurs se remirent au travail en papotant joyeusement. Même si le nom de Jérôme Sénéchal revenait souvent dans la conversation, Florie avait beau scruter le visage de sa sœur, rien ne laissait présager qu'il y avait autre chose entre les deux qu'une relation de travail. Mais elle ne baisserait pas sa vigilance et au moindre soupçon, elle allait régler ça assez vite. C'est bien beau écrire pour le journal, mais pas question qu'Adèle trahisse sa promesse.

Au souper, les discussions allèrent bon train, les deux sœurs enfin revenues à une bonne entente. Les betteraves et les oignons dans l'huile accompagnaient la sauce aux œufs et les patates. Adèle était hilare en écoutant les dernières péripéties de leur voisin, le père Claveau, qui ne passait pas une semaine sans essayer une invention. Édouard, un fin narrateur pour ses sœurs et son frère, racontait comment leur voisin s'était mis en tête d'atteler ses deux chiens à un genre de traîneau maison.

— Il a demandé à Henry Stromph de lui fabriquer une sorte d'attelage en acier chromé. Là, beau temps, mauvais temps, depuis une semaine, il sort à sept heures tous les matins avec Noiraud et Blaire. Une fois sur deux, on le ramasse dans le fossé parce que les chiens ne sont pas assez forts pour le tirer, rigola-t-il.

— Mon Dieu !

— Pourquoi il ne s'achète pas un cheval comme tout le monde ?

— Il dit que c'est bien trop cher pour rien.

— Pour rien, pour rien... en attendant, il passe pour un innocent partout dans la région !

Adèle imaginait très bien le vieil homme à la longue barbe blanche sur son traîneau. Petite, elle avait longtemps cru que le père Claveau était en fait le père Noël. Elle se cachait derrière sa mère ou sa sœur sur le perron de l'église le dimanche pour l'observer sans se faire voir. Parfois, il lui faisait un clin d'œil moqueur et elle sursautait. D'autres jours, il semblait perdu dans ses pensées et ne voyait rien ni personne. Sa minuscule maison, au milieu de la côte Boisée, était la plus près de la leur. Lorsque l'homme était arrivé au village, quarante ans auparavant, toutes les commères des environs avaient tenté d'en savoir plus. Mais le père Claveau s'était hâté de se bâtir une cabane en bois rond, puis il avait défriché son petit lopin de terre, juste assez grand pour y planter quelques légumes. Satisfait de ses conditions, il avait mis la main sur trois vaches et deux cochons. Le mystère qui planait autour du passé de cet homme revenait parfois hanter la communauté. Il venait au magasin général de temps en temps faire un brin de jasette avec les habitants. Certains croyaient que c'était un prêtre défroqué qui cachait peut-être un terrible secret. Alors qu'à son arrivée, on l'appelait Maurice Claveau, de fil en aiguille, son prénom était disparu des conversations pour laisser place au père Claveau. Parfois, il venait emprunter un outil aux jeunes Gélinas, mais Florie ne se gênait pas pour le regarder de haut. Un drôle d'hurluberlu de même, elle s'en méfiait comme d'une teigne.

— Je l'ai toujours dit que ça ne tournait pas rond dans sa tête, au bonhomme! Un jour, il va lui arriver un accident à force d'imaginer des inventions de même!

⊰⊱

Un incendie majeur a dévasté l'église du village de Lavigne (paroisse de Saint-Damien)

Pendant la nuit du 8 au 9 avril, l'église centenaire est passée au feu. L'incendie a détruit la belle église en l'espace de quelques heures. C'est un fermier qui se rendait à Labelle à l'aurore qui a donné l'alerte. Pour l'instant, les causes de l'incendie sont inconnues. L'enquête des pompiers sera longue selon nos sources.

— C'est vraiment triste, cette histoire-là, murmura Adèle en bayant aux corneilles.

Elle se mordait nerveusement les lèvres et sirotait son café, les yeux encore pleins de sommeil. Les journées lui semblaient si longues et les nuits si courtes depuis son retour de Saint-Jovite. Florie se pencha sur son épaule pour voir le journal.

— Mais la mort d'Emma Albani est bien pire, répliqua-t-elle. Tu imagines, on ne pourra plus jamais la voir chanter.

Marie-Louise-Emma-Cécile Lajeunesse, de son nom de naissance, avait été une des sopranos les plus célèbres de la dernière décennie et, surtout, la première cantatrice canadienne à devenir une célébrité internationale. Mais pour l'instant, Adèle n'avait guère envie de s'attarder sur cette nouvelle, malgré les tentatives de sa sœur.

— On s'entend, Florie, que les chances que nous allions la voir chanter étaient déjà assez minces non ?

— On sait jamais, Adèle. Si elle était venue dans les Laurentides, rien ne dit que je n'aurais pas acheté un billet, tu sauras !

Adèle ne fit que jeter un regard ironique à sa sœur qui n'aurait jamais fait un tel achat, elle le savait bien. Ce matin, elles attendaient la visite de Clémentine Lortie autour de neuf heures. Pendant qu'elle tentait de lire *Le Courrier*, Adèle essayait d'ignorer le bruit exagéré que faisait Florie afin de montrer sa désapprobation à l'égard de cette visite. Tous les prétextes étaient bons pour lui chercher noise. Même la mort de la célèbre chanteuse, alors qu'elle ne l'aimait pas tant que ça. Finalement, Florie n'y tint plus, déposa son torchon et interrogea sa sœur avec humeur :

— Pourquoi elle vient cette… Clémentine encore ?

— Oh Florie, zut !

— J'ai toujours bien le droit de savoir qui va passer deux jours dans ma maison à se faire servir !

Adèle échappa un soupir d'exaspération. Depuis deux semaines, ça devait faire trois fois qu'elle expliquait le projet à sa sœur. Parfois, elle lui tombait tellement sur les nerfs qu'elle avait presque envie de prendre une chambre à Saint-Jovite pour ne revenir que les fins de semaine. Au moins, Florie aurait une bonne raison de râler. Refermant sa robe de chambre sur son corps, elle se leva et se dirigea à pas lents vers sa chambre :

— Ça fait trois fois que je te l'explique, Florie. Ma foi, tu fais exprès ou quoi ? Il me semble que ce n'est pas compliqué : on va commencer à rédiger notre spécial pour le journal du mois d'août !

— Ce que je ne comprends pas, c'est pourquoi vous faites ça maintenant. Le mois d'août, c'est encore loin. On a tout plein de travail à faire ici et, toi, tu vas t'enfermer des jours pour écrire. Tu sais bien que c'est le plus gros temps de l'année à la ferme. Puis ton frère qui disparaît des journées entières à Montréal sans trop nous dire ce qu'il y fait… En tout cas, on dira ce qu'on voudra, mais…

Adèle ne l'écoutait plus. Elle était presque à la porte de sa chambre lorsque Édouard revint de la grange. Il haussa les sourcils en voyant sa grande sœur parler toute seule et sa cadette qui s'éloignait. En tournant en haut de l'escalier, elle lui fit un signe de tête pour signifier son irritation. Édouard hésita à enlever son parka et sa casquette de feutre. Il allait être pris pour écouter Florie se plaindre. Pas d'issue encore une fois. La chaleur réconfortante du gros poêle ne suffisait pas à amoindrir son agacement. Contre son comptoir en bois dur, l'aînée de la fratrie roulait sa pâte en bougonnant sans arrêt. L'ambiance à la ferme depuis quelques semaines était si souvent lourde, qu'il ne rêvait lui aussi que du moment où il pourrait s'éloigner pour quelque temps.

« Elle devient de plus en plus comme maman, pensa-t-il. Amère et malcommode ».

Pourtant, pas une fois Adèle n'avait manqué à l'appel quand était venu le temps d'aider à la ferme. Cuisson des repas, aide à la traite, lavage et, depuis quelques jours, préparation du fournil en vue de la saison chaude. Alors lorsque Florie tenta de le prendre de nouveau à témoin, Édouard la rabroua immédiatement avec exaspération tout en se délestant de ses bretelles.

— Réalises-tu ? Encore une autre journée perdue pendant laquelle madame ne fera rien pour nous aider. En plus, elle invite du mon...

— Ça va faire, Florie, coupa son frère. Il me semble qu'Adèle fait en masse sa part ici, non ? On pourrait peut-être en reparler le jour où elle rechignera devant l'ouvrage. En attendant, moi, je n'ai pas l'intention de discuter de ça. La journée ne fait que commencer et j'ai des tas de problèmes à régler sans en inventer des nouveaux.

Surprise dans son élan, Florie resta la bouche grande ouverte, ses épaules s'affaissèrent. Si, en plus, ses frères se mettaient du côté d'Adèle !

— C'est bon, j'ai compris...

Elle qui croyait avoir un allié, il semblait bien que celui-ci ait choisi son camp. Il y aurait juste Laurent sur qui elle pouvait compter sans hésitation. Du moins l'espérait-elle. Les deux autres conservaient toujours cette complicité qu'elle enviait la plupart du temps. Mais elle se reprit rapidement avec un dernier commentaire perfide :

— Ça viendra bien assez vite qu'elle n'aura plus le temps de rien faire ici, tu sauras me le dire. Mais c'est correct, j'ai compris. Je m'en vais me taire… pour le moment.

Satisfait, Édouard alluma sa pipe, prit le journal et un grand bol rempli de café avant de s'installer au salon. Il préférait ne pas assister à l'arrivée de la jeune Clémentine qu'il n'avait pas oubliée. Encore plus révoltée parce qu'il la laissait seule à la cuisine, Florie finit la vaisselle du déjeuner en ronchonnant de plus belle. Le pauvre Laurent en fut donc pour ses frais lorsqu'il eut le malheur d'arriver quelques minutes plus tard. Elle l'apostropha vigoureusement, à peine avait-il mis un pied dans la maison.

— Ne salis pas toute ma cuisine. Puis ferme la porte, tu vas faire entrer des mouches. Grouille!

Le jeune homme ainsi bousculé vira rouge framboise et s'appuya du mieux qu'il put contre le mur blanc pour ôter ses grosses bottes. Il ne releva pas le commentaire désobligeant de sa sœur. Des mouches en avril! Il la regardait par en dessous et comme elle semblait de nouveau l'ignorer, il respira un peu mieux. Sans hésitation, il s'empara d'un gros quignon de pain sur lequel il versa une bonne tirade de crème et de sirop d'érable. Il prit place à la table, car sa sœur détestait les voir manger ailleurs qu'à la cuisine. Soupirant d'aise après un début de matinée déjà bien occupé, il savourait la tranquillité de la maison. Peut-être que sa sœur se mettrait à fredonner bientôt. Chaque fois que Florie turlutait, il se rappelait son enfance alors qu'elle le couvait avec amour. Malheureusement, l'exclamation qui suivit le fit sursauter:

— BONYENNE! ADÈLE, ILS SONT EN AVANCE! cria Florie en voyant une voiture tourner dans leur entrée à tout juste huit heures quarante-cinq.

Il n'en fallut pas plus pour qu'elle se remette à *bourrasser* encore plus fort; son jeune frère en profita aussitôt pour s'éclipser sans finir de manger. Il reviendrait lorsque le terrain serait moins miné! Observer sa sœur essuyer le reste de la vaisselle la bouche pincée ne lui disait rien de bon. Dans sa chambre à l'étage, Laurent respira profondément pendant de longues minutes pour calmer le tumulte intérieur causé par la colère de sa sœur. Il se sentait comme un volcan avant l'irruption. Une bonne fois, il risquerait d'exploser! Depuis quelques mois, la tension dans la maison le rendait nerveux et mal à l'aise. Ses seuls moments de répit se vivaient dans l'étable ou dans les champs. Dès qu'il mettait les pieds dans la maison, un nœud se formait dans sa poitrine.

⸻

— Enchantée, madame, dit Clémentine de sa voix enfantine.

Elle souriait à pleines dents, heureuse de rencontrer enfin la famille de son amie. L'affection qu'elle ressentait pour Adèle l'aidait à tolérer les gestes brusques et impatients de sa grande sœur. De toute manière, son amie l'avait avisée de ne pas s'en faire.

— Hum, hum, répondit impoliment Florie qui faisait mine d'être bien occupée à brasser sa sauce.

« Quand quelqu'un dit neuf heures, pensa-t-elle avec mauvaise foi, ce n'est pas huit heures! »

— Je crois que nous aurons une belle journée. Je vous remercie de m'accueillir dans votre maison.

Florie ne prit même pas la peine de répondre, se contentant de hausser un sourcil et d'esquisser un début de sourire vite transformé en grimace. Clémentine perdit un peu de sa confiance, son visage dénotant une certaine incompréhension. Elle se tourna vers son amie derrière elle. Adèle observait son aînée et sentait la rancœur monter en elle. Quelle honte de recevoir la visite de cette manière ! Pas étonnant que personne du village ne mette le pied à la ferme !

— On te laisse tranquille, Florie, tu as l'air occupée.

— Comme d'habitude, tu sais bien. C'est sûr que tout faire…

Adèle n'attendit pas que sa sœur témoigne de nouveau de son insatisfaction à l'endroit de ses absences à la ferme. Elle prit le bras de Clémentine, l'entraîna au salon. Florie ne gâcherait pas ce beau moment. Tant pis pour elle si elle préférait bougonner toute la journée dans sa cuisine.

— Viens, Clémentine, on passe au salon un moment, puis je t'explique le beau projet dont je t'ai parlé.

— J'ai tellement hâte. Tu ne peux pas savoir tous les scénarios que je me suis imaginés, rigola-t-elle.

Adèle n'avait jamais eu d'amie véritable. En grandissant, les filles du village avaient manifesté peu d'intérêt pour cette enfant aux grands rêves. Quand la brunette avait commencé à leur dire que plus tard, elle ferait de grandes choses, qu'un jour elle aurait une carrière internationale, ses petites copines d'école s'étaient détournées pour aller sauter à la corde ou pour jouer à la demoiselle du régiment. Rarement affectée par cet isolement, la jeune femme en avait profité au contraire pour passer ses récréations à lire à l'ombre d'un gros arbre. Les livres empruntés à ses maîtresses d'école n'avaient pas vraiment suffi à combler son besoin de connaître le monde. Mais c'était un début et mieux que de passer son temps à courir derrière un ballon avec des garçons qui criaient des propos idiots. Par contre, pour la première fois, avec Clémentine, Adèle sentait un lien, une connexion basée sur des champs d'intérêt communs. Adèle se rappelait d'une jeunesse heureuse, jusqu'au jour de la mort de Rose et la promesse qui l'avait précédée. Sa sœur avait alors complètement changé, passant de la confidente au rôle de mère supérieure! Ce n'était pas avec elle qu'Adèle pouvait jaser du monde et de ses problèmes. Leurs échanges se limitaient souvent aux tâches quotidiennes, aux nouveaux points de courtepointe ou aux commentaires sur l'émission radiophonique *L'heure provinciale*, coanimée par Henri Letondal et Juliette Béliveau. Mais avec sa nouvelle amie, elle avait l'impression qu'aucun sujet n'était hors de portée.

— J'aime ta maison, c'est très chaleureux, chuchota la jeune blonde en laissant glisser une main délicate sur les lambris de bois clair usés par les années.

— Mes frères s'en occupent très bien. Mais ce n'est rien de très moderne, tu sais. Les meubles sont des vieilleries achetées chez les brocanteurs.

— Des vieilleries! Elle est pas gênée! grogna Florie dans la cuisine.

Le plancher de lattes du corridor entre la cuisine et le salon craquait sous leurs pas. Un long banc de bois était posé le long du mur de l'escalier. En face, sur l'autre mur, les crochets croûlaient sous les vestes et les manteaux. En apercevant les filles sur le seuil du salon, Laurent et Édouard levèrent la tête dans un même mouvement. Adèle baissa la sienne vers son amie. Sa jolie robe à pois blancs sur fond marine lui couvrait tout juste les genoux. Le col en dentelle blanche et la ceinture de même couleur rajoutaient une touche encore plus féminine. À ses côtés, sa banale robe de jour crème passe-partout lui semblait plutôt fade. Même ses boucles chatoyantes lui paraissaient ternes malgré le délicat peigne rouge planté au-dessus de son oreille. Mais qu'importe, toute à sa joie, elle n'avait pas envie de se laisser envahir par l'envie. Elle toucha le bras de son amie en pointant ses frères :

— Tu connais déjà Édouard ? Voici mon jeune frère Laurent. Laurent, je te présente Clémentine Lortie, mon amie journaliste.

— Journaliste... merci, Adèle !

Clémentine sourit avec coquetterie, s'avança dignement et tendit la main aux deux jeunes hommes. Son cœur battit un peu plus vite en s'approchant de l'aîné. Édouard évitait de la regarder dans les yeux alors que Laurent ne cachait pas sa curiosité, malgré sa grande timidité. Il se releva de la berceuse avant d'ouvrir la bouche.

— Vous êtes aussi une journaliste, alors ? Je croyais que ma sœur était la seule au journal..., demanda-t-il en rougissant.

— Euh... bien disons qu'un jour prochain, je l'espère bien, répondit la jeune femme en éclatant de rire.

— Ah bon.

Cet éclat énergique attira le regard furtif d'Édouard sur le visage enjoué de la mignonne amie de sa sœur. Il se passa la réflexion qu'il s'agissait là d'une jeune femme qui semblait faite pour le bonheur. Un profond trouble l'envahit lorsqu'elle le regarda, et il se dépêcha de détourner le regard, puis remit sur la table de salon le journal *La Terre de chez nous*. Dans la cuisine, Florie déposa son plat avec lourdeur pour bien montrer à tous son mécontentement. Cette fille-là viendrait juste mettre la pagaille dans sa maison, elle en mettrait sa main au feu. Beaucoup trop jolie, trop poseuse, trop tout ! Si elle savait l'émoi que ressentait en ce moment même son frère Édouard, la femme s'assurerait à l'instant que les deux ne se retrouvent plus jamais dans la même pièce. Mû par un besoin d'autoprotection, Édouard se leva et passa près d'elles pour aller se vêtir pour sortir.

— Bon bien... je dois y aller, moi.

L'odeur de vanille qui flottait autour de Clémentine finit de le convaincre de se tenir le plus loin possible. Il finirait son déjeuner un peu plus tard, lorsque sa sœur et son amie seraient ailleurs et que Florie ferait une petite sieste.

— Content de vous revoir, mademoiselle. Si vous voulez bien m'excuser, je dois retourner aux champs. Laurent, tu t'en viens ?

— Hein, déjà ? Oh... oui.

Subjugué par le charme de Clémentine qu'il n'arrêtait pas de fixer du regard, Laurent devint encore plus rouge et, maladroitement, il voulut enlever son chapeau alors qu'il n'en avait plus sur la tête. Sa sœur éclata d'un rire moqueur aussitôt suivie par Clémentine, alors que le jeune garçon s'enfuyait piteusement hors de la pièce à la suite d'Édouard. Ses pas rapides dans le corridor firent rire encore plus fort les deux amies.

— Je crois que tu as charmé mon petit frère !

— Tu crois ? En tout cas, il est mignon comme tout avec ses taches de rousseur et ses boucles d'enfant.

— Une chance qu'il ne t'entend pas, il se dit homme depuis au moins trois ans ! s'esclaffa Adèle.

Clémentine pouffa de rire à son tour. Dans la cuisine, Florie et Édouard réagirent bien différemment au nouvel éclat de la jeune femme blonde.

— Tu parles d'une écervelée...

Édouard soupira, lui qui la trouvait absolument ravissante. En songeant à son corps menu, un long frisson l'envahit et sa sœur lui jeta un regard interrogateur.

— Bien, qu'est-ce que tu as ?

— Rien, rien... je me demande si je n'ai pas pris un peu froid. C'est tout. Bon allez, tu viens, Laurent ?

Sans attendre, le jeune homme sortit de la maison, le manteau encore grand ouvert. À sa suite, son cadet, qui serait bien resté au chaud quelques minutes de plus auprès de sa sœur et de son amie.

— C'est brillant, ça, sortir le manteau tout ouvert, innocent ! grommela Florie. Puis ça se dit enrhumé... pfff. Puis écoutez-moi ça, ces deux pies qui n'ont rien d'autre à faire que de s'énerver comme des folles. Elle me tape déjà sur les nerfs, celle-là ! Je sais pas comment Adèle fait pour l'endurer.

Passant sa colère sur ses malheureuses patates, Florie n'en tendit pas moins l'oreille pour ne rien perdre de la conversation. Dans le salon, les deux amies prirent aussitôt place dans les lieux désertés par les frères Gélinas. Dans le coin près de la fenêtre, le superbe piano de bois acajou attira le regard de la blonde.

— Tu en joues, Adèle ?

— Non, c'était ma mère.

— Tes frères et sœur ?

— Non plus. Il s'est tu depuis longtemps.

— Quel dommage !

Sur le dessus, les cadres présentaient des photos de la famille. Clémentine s'attarda quelques secondes sur la photo d'Édouard, le cœur envahi par une douce chaleur. Plus loin, un gros jeu de toc trônait sur une table ronde à côté du rouet de Florie. Toute à son excitation de visiter son amie chez elle, Clémentine jacassait sans arrêt depuis dix minutes lorsque Adèle lui coupa la parole :

— Alors, que dirais-tu d'être journaliste pour le cahier

spécial des femmes? demanda-t-elle en reculant dans la berceuse.

Clémentine qui perdait rarement la parole resta la bouche ouverte. Même si Adèle lui avait vaguement parlé d'un projet d'écriture avant de lui demander de venir la rencontrer, jamais elle ne s'attendait à se faire offrir quelque chose de sérieux. Elle croyait avoir un texte en lien avec la cuisine au mieux. La main sur la poitrine, qu'elle avait d'ailleurs fort menue, la petite blonde prit place sur le banc du piano et se pencha vers l'avant:

— Le... le cahier des...femmes? Celui que monsieur Sénéchal planifie pour le numéro de la rentrée? Oh! mon Dieu!

Adèle éclata de rire. Clémentine faisait aller ses mains devant son visage rond pour s'aérer. Sautant sur ses jambes, elle courut jusqu'à la fenêtre qui donnait sur un pré où l'herbe du printemps faisait tranquillement son apparition. Au loin, sur la côte Boisée, une charrette tirée par un cheval brun grimpait doucement.

— Je ne sais... pas quoi dire.

— Pourquoi pas... oui?

Respirant rapidement, Clémentine tenta de se donner une contenance avant de se retourner vers son amie. Ses yeux pétillaient et tout son visage était éclairé par la joie. Elle resplendissait. Adèle ressentit encore une fois un petit pincement à la poitrine. « J'aurais bien aimé avoir cette grâce naturelle », pensa-t-elle avec amertume.

— Tu ne peux savoir la joie que je ressens actuellement, Adèle! Depuis tant d'années que j'espère ma chance. Avec monsieur Tremblay, j'étais juste bonne à écrire des recettes. Mais maintenant, je te promets de ne pas te décevoir. Dis-moi ce que tu veux, je t'obéirai au doigt et à l'œil!

— Ah! mais je n'en demande pas tant! Juste des articles concis me suffiront.

— Mais j'y pense, tu es certaine que monsieur Sénéchal est d'accord? De toute manière, on pourrait le faire et dire que...

Adèle lui prit les mains puis éclata d'un rire étonné. En plus d'être jolie, sa nouvelle amie était loin d'être monotone. Avec son ruban rose qui retenait à peine sa courte couette blonde, elle avait l'air d'une gamine.

— Ne t'inquiète donc pas. Alors, j'imagine que c'est oui?

— Oui! Bien sûr que oui!

Adèle retint un soupir d'exaspération en entendant de nouveau sa sœur *bardasser* dans la cuisine. Prenant la main de Clémentine, elle la tira derrière elle, monta l'escalier sans parler à Florie qui leur tournait le dos au fond de la cuisine. Si sa sœur voulait faire l'enfant, tant pis pour elle. Dans sa chambre, les deux jeunes femmes se mirent à discuter sans retenue, enfin libérées des soupirs de l'aînée. Pendant qu'Adèle s'installait à sa coiffeuse afin de parfaire sa coiffure, son amie se dirigea vers la fenêtre. Elle laissa son regard errer sur la route et allait se détourner lorsque Édouard s'aventura sous la fenêtre, bien campé sur un cheval bai. Son instinct lui dicta de soulever la tête et le salut discret de Clémentine lui chavira le cœur. Il talonna sa jument pour s'éloigner au plus vite vers le champ afin de sauvegarder sa quiétude.

CHAPITRE 5

Culture et écriture

Les semaines du mois d'avril furent consacrées à la préparation des champs après le dur hiver de 1931. En 1916, Rose ne cultivait qu'entre les souches en prenant soin d'enlever les taillis. Ce ne fut que plusieurs années plus tard, avec l'aide de ses deux fils et de quelques voisins, qu'elle avait terminé le défrichement de leurs grandes terres. Les Gélinas en possédaient trois : une pour la culture, une autre pour le fourrage et l'autre, trop accidentée, servait au pacage des animaux. Cette terre s'étendait jusqu'au lac Mauve. À l'aube, Laurent y amenait leur troupeau puis le ramenait à la tombée du jour. Les deux frères profitaient des belles journées fraîches, mais ensoleillées pour ameublir le sol avec la herse à deux dents. Comme chaque printemps depuis trois ans, Édouard maugréa :

— Si au moins on avait un tracteur, on sauverait du temps !

— Tu radotes la même affaire chaque année. Moi, ça ne me dérange pas, le gros travail, je ne suis pas une petite femme ! ricana son cadet, les cheveux tout ébouriffés et les manches de sa chemise roulées sur ses bras musclés.

Il avait beau n'avoir que dix-sept ans, Laurent avait déjà la carrure d'un homme mature. Les épaules larges, le cou comme un taureau, il avait une couple de pouces de plus que son frère. Il aimait le dur labeur, ne rechignait devant aucune tâche.

Parfois, lorsque la tension dans la maison se faisait trop lourde, il pouvait bûcher ou scier du bois sans relâche pendant plusieurs heures. Il relança le cheval qui tirait la herse rigide, en souriant à son frère qui suivait pour s'assurer qu'il ne restait plus de grosses mottes dans leur sillon.

— Tu m'en donneras des nouvelles quand on en aura un! ronchonna Édouard en fracassant un gros amas de terre qui avait passé entre les dents de la herse.

— Bof, je ne suis pas sûr, moi, que le progrès nous faciliterait la tâche. Il n'y a rien de mieux qu'un animal vaillant et une paire de bras musclés!

Quotidiennement, depuis toujours, les deux frères poursuivaient leurs journées côte à côte, en échangeant rarement plus que quelques paroles durant de longues heures. Pendant que les deux hommes s'échinaient aux champs, Florie et Adèle ne lambinaient pas, loin de là. D'abord préparer la terre pour le jardin. Même si Florie était la grande responsable de la culture des légumes pour la famille, Adèle se faisait une joie de lui offrir son aide. Il s'agissait pour elle de la tâche qu'elle préférait dans tout ce qui touchait à la ferme. En fait, c'était la seule qui la rattachait à cette terre parce qu'elle n'aimait guère s'occuper des animaux, de la lessive ou des repas. Elle le faisait sans rechigner, sachant fort bien qu'elle n'avait aucun choix. C'était la raison qui lui faisait souhaiter plus que tout de s'évader dans ses écrits. Mais quand le printemps montrait son nez, avec ses odeurs fort reconnaissables suivant la fonte des neiges, Adèle vibrait d'énergie. Sentir les mottes de terre se défaire entre ses mains, bêcher et faire les rangs pour semer les graines, tout lui plaisait. Pendant qu'elle travaillait la terre, son cerveau en ébullition rédigeait des textes et des articles. Depuis deux ans, elle avait même réussi à convaincre sa sœur de rajouter certaines sortes de légumes un peu plus fragiles.

— Je ne vois pas à quoi ça sert de planter des salades. Deux sur trois se font manger par les limaces et ça se garde à peine quelques jours. En plus, c'est comme manger du gazon, je trouve. Ça ne goûte rien !

— Mais au moins, ça nous fait du changement pour l'été. Juste quelques rangs, Florie, allez !

— Fais donc ce que tu veux. De toute façon, tu finis toujours par faire à ta tête de cochon ! dit Florie d'un ton affectueux qui démentait ses paroles.

Cette année, Adèle espérait bien réussir à se garder un coin pour planter quelques plants de tomates. Florie restait pratique : choux, patates, carottes. En masse pour passer l'hiver. En plus, le changement, elle détestait cela.

— Arrive-moi pas avec toutes sortes de demandes, Adèle. Un jardin, c'est un jardin. À quoi ça sert de changer ce qui est parfait, veux-tu bien me le dire ?

— Mais tu l'as dit, toi-même, que les betteraves sont un bel ajout. Fais-moi donc confiance un peu !

Depuis une semaine, dès que sa vaisselle du déjeuner était lavée et rangée, la jeune brune se dépêchait d'enfiler son vieux manteau de printemps, ses bottes de caoutchouc toutes crottées et ses gants de jardinage. Puis elle brassait, sarclait, retournait la terre du jardin situé à l'arrière de la maison. Heureusement, ses frères avaient déjà installé la clôture qui empêcherait les chevreuils de dévorer leur récolte.

— Il n'y a rien qui m'enrage plus qu'un plant à moitié arraché par une bête au beau milieu de la nuit.

— Qu'est-ce que tu veux, ma Florie, il faut bien que ça mange, ces petites bêtes-là ! rigola sa sœur.

— Arrête de dire des niaiseries, toi. Je ne veux pas en voir une dans mon jardin.

— Te rappelles-tu de la fois où tu t'étais ruée sur la galerie en hurlant de toutes tes forces à l'aube en voyant un mignon faon grignoter la clôture ?

— Pas si mignon, tu sauras. Si je ne l'avais pas arrêté, il passait à travers tes belles salades dans le temps de le dire.

— En tout cas, il a eu la peur de sa vie, le pauvre.

Florie laissa paraître un mince sourire en se remémorant le jeune animal détaler à toute vitesse dans les foins. En cette fin de mai, le jardin enfin prêt, il fallait maintenant attendre les chaleurs pour semer, puis récolter. L'odeur particulière de la terre remuée restait dans l'air tout l'après-midi et les deux femmes se faisaient un plaisir de humer profondément chaque fois qu'elle mettait le nez dehors. Entre deux brassées de lavage et quelques tartes à la farlouche, Adèle travaillait sur les premiers textes qu'elle devait remettre à Jérôme Sénéchal, en juillet. Cette date butoir lui pendait au bout du nez et pas un soir ne se passait sans qu'elle ne songe à leur prochaine rencontre. Il ne lui restait que cinq jours avant de rejoindre Clémentine. Cette dernière l'avait invitée chez elle. Son frère Édouard lui avait assuré qu'il irait la conduire. Sans se l'avouer, il mourait d'envie de revoir la jolie blonde.

— Mais je t'avertis, sois prête à l'heure parce que, moi, je vais perdre toute ma journée sinon.

— Ne t'en fais pas, j'ai assez hâte de voir ce que Clémentine a écrit. J'espère juste qu'elle est aussi bonne que je le pense parce que, autrement, je vais avoir des ennuis.

— Je suis certain qu'elle écrit très bien.

— Ah bon ? Et tu sais ça comment, toi ? Juste en la

regardant? se moqua Adèle qui vit le malaise de son frère s'amplifier lorsqu'elle le fixa longuement.

— C'est pour te rassurer, maugréa-t-il. Bon, je dois retourner travailler. À plus tard.

Enfin, le moment de partir arriva. Envahie d'un sentiment de plaisir coupable, Adèle grimpa dans la charrette tirée par Mystic. Elle se tourna vers son aîné, assis bien droit à ses côtés.

— Tu pourras rencontrer la famille de Clémentine et rassurer Florie, si tu veux. Elle n'arrête pas de me dire que je m'en vais chez des inconnus. Il me semble qu'avant, notre sœur était plus douce, plus souriante aussi. Maintenant, pour lui arracher un sourire, il faut être comique en bibitte! On dirait que tout lui fait peur, tout l'énerve. Des fois, je pense que la mort de maman en a fait une asociale, qu'en penses-tu?

— Hum... peut-être. Mais, Adèle, je n'aurai pas vraiment le temps de rester chez ton amie. Il faut que je revienne rapidement pour donner un coup de main à Laurent.

Adèle hocha la tête pour montrer son accord. Elle haussa les épaules en souriant.

— Je disais ça pour que Florie arrête de s'en faire. Ça devient presque une maladie, son affaire. Dès qu'on met les pieds en dehors de la ferme, elle imagine toutes sortes d'affreux malheurs. Tu lui diras bien ce que tu voudras, à notre sœur, ça m'importe peu. Ça ne changera rien à ses reproches habituels.

Lorsque après deux longues heures de route, ils arrivèrent près de La Conception, Édouard soupira de soulagement. Il se tourna vers sa cadette, le visage traversé d'un sourire serein.

— Enfin! Bon, tu m'as dit rue du Centenaire. Il faut prendre par où?

— Clémentine a dit de tourner à la grosse maison brune à droite. On continue ensuite sur ce rang qui nous mènera à la rue des Glaïeuls. C'est une maison grise avec les volets noirs. Il devrait y avoir une autre maison plus petite juste à côté. Tu sais, Clémentine, ce n'est pas une fermière, elle, continua Adèle une trace d'envie dans la voix. Son père dirige la carrière de grenats de Labelle. Alors ils n'ont pas d'animaux ni de terres cultivées.

— Ah ? Elle a des frères ou des sœurs, ton amie ?

— Juste des frères. Tu l'imagines entourée d'une nuée de garçons dans ses belles robes féminines ? À ce qu'elle m'a dit, je serais étonnée de la voir grimper aux arbres et courir après les mulots !

Édouard imaginait facilement la jolie blonde enfant. Quelle délicieuse gamine elle devait être ! Secouant la tête pour chasser ses images, il poursuivit sa route dans ce village, somme toute très semblable à Sainte-Cécile : la rue Principale avec sa grosse église en face du marché général ; les rangs secondaires venant s'y accrocher et qui laissaient entrevoir les maisons, l'école du village, les petits commerces. Après encore une quinzaine de minutes, ils tournèrent enfin dans la rue des Glaïeuls et Adèle ouvrit bien les yeux pour ne pas se tromper. Les clôtures qui longeaient le rang étaient usées par les années et les chevaux qui s'y collaient levaient à peine la tête au passage de la charrette. Adèle ne tenait plus en place et gigotait sans arrêt en avançant la tête pour ne pas manquer la maison de son amie.

— On doit arriver sous peu… Oh, tiens ! Je vois Clémentine au bout du chemin, je crois bien ! Regarde, oui, c'est elle, elle nous envoie la main. OHÉ ! Clémentine ! cria Adèle en se levant à demi.

— Veux-tu bien t'asseoir, bon sang! Tu vas tomber en dehors de la charrette.

— ON ARRIVE CLÉMENTINE!

— Tu es folle, ma parole!

— Non, mon frère, juste heureuse!

Assise sur la clôture bordant la route, l'autre jeune femme claquait joyeusement ses mains l'une contre l'autre, aussi énervée qu'Adèle. Au fond du chemin, il y avait la grosse maison d'où s'échappaient des cris d'enfants de tous les âges. Une grosse maison comme les notables du village, songea aussitôt Édouard. Construite d'abord pour le médecin de La Conception en 1846, elle fut rachetée par le grand-père de Clémentine au tournant du siècle. Ce qui frappait dans cette grosse habitation de pierres grises, c'était le toit de métal rouge éclatant. Un toit à deux versants indestructible au travers duquel avaient été percées deux cheminées. Un perron-galerie, sur lequel trônaient trois chaises berçantes, entourait le bâtiment.

— C'est donc bien grand! Elle a dû trouver qu'on se marchait sur les pieds à la ferme; elle ne m'avait pas dit que sa famille était riche..., glissa Adèle les yeux pleins d'étonnement.

— Notre ferme est bien correcte. Une grandeur parfaite, tu sauras. Moi, le monde qui a besoin de montrer sa fortune personnelle...

Surprise, Adèle se tourna vers son frère dont le visage fermé n'augurait rien de bon.

— Mon doux, tu es donc bien à pic! En tout cas, ce n'est pas son genre, à Clémentine, tu sauras, de se penser meilleure que les autres. Tu vois, je ne savais pas qu'elle vivait dans un presque château! Dépêche-toi un peu, je t'en prie, ajouta-t-elle en levant ses mains bien haut pour saluer son amie.

De loin, on la reconnaissait grâce aux boucles blondes qui

sortaient de son chapeau rouge enfoncé profondément sur sa tête. Adèle se demanda depuis combien de temps elle attendait leur arrivée. Son amie sourit, lui envoya aussi la main en voyant la voiture ralentir. Si Florie la voyait ainsi grimpée, elle ramènerait sa sœur aussitôt à la ferme pour l'éloigner du feu de l'enfer! Adèle imita la blonde avec entrain, se tourna vers Édouard en frappant des mains elle aussi.

— Oh! Tu la vois, Édouard? C'est Clémentine. Tu la vois, Édouard? Tu...

— C'est bon, je la vois! Dieu du ciel, tu deviens cinglée! répliqua son frère peu impressionné.

Pourtant, son cœur fit un bond en voyant la jeune femme sauter de la clôture pour s'approcher de la charrette en courant.

— ADÈLE! Oh Adèle!!!!!

— Une chance que Florie n'est pas ici!

— Arrête donc d'être négatif. Elle ne fait rien de mal. On ne peut plus être content, maintenant? C'est défendu?

Édouard retint sa réponse, car Clémentine arrivait à toute vitesse. Sa longue jupe noire touchait presque le sol et soulevait un nuage de poussière. Son chapeau du même rouge que le toit de la maison menaçait de tomber à chaque enjambée. Avant même que la voiture ne se soit arrêtée, Adèle ouvrit la porte pour courir vers son amie. Édouard les observa un moment en secouant la tête de découragement.

— Deux folles, ma foi du bon Dieu!

Il prit le temps d'avancer son cheval jusqu'à la grange pour qu'il se repose et qu'il avale un peu de foin frais. Édouard lança un regard aux deux jeunes femmes qui s'approchaient de lui, bras dessus, bras dessous. Adèle laissa à peine son frère descendre de son siège avant de dire:

— Édouard, tu te rappelles ma bonne amie Clémentine ?

— Bien sûr. Mademoiselle.

Adèle éclata de rire sans raison apparente alors que les deux autres s'observaient un moment. Édouard remarqua de nouveau la face ronde et pâle de la jeune femme, éclairée par deux immenses yeux clairs. Adèle coupa le silence inconfortable en repoussant son frère :

— Bon, alors, voilà, tu pourras dire à Florie que je suis rendue saine et sauve chez Clémentine !

— Et que nous allons en prendre grand soin.

Se détachant difficilement des rondeurs de la jolie blonde, Édouard demanda, sans vraiment la regarder :

— Pouvez-vous me dire où aller pour manger une croûte au village avant de reprendre la route ?

— Bien sûr. Attendez-moi une minute.

La jeune femme se retourna et courut vers un bâtiment tout près d'eux. Elle ouvrit la porte de l'écurie et cria à pleine voix :

— JULLLLEEEEEESSS ! TU PEUX VENIR UN MOMENT ? JULLLLEEEEEESSS !

Florie serait morte de honte devant les cris de la jeune femme. Pour sa part, Édouard la trouva particulièrement charmante et il se détourna de nouveau. Un jeune garçon d'environ onze ans se présenta devant eux, les bottes noires de boue et le foulard enroulé autour de sa tête rousse. Il fronça les sourcils et fit une moue boudeuse.

— Qu'est-ce tu as à crier comme ça, Clémentine ?

— J'aimerais que tu montres à monsieur Gélinas où laisser sa charrette. Il reprendra la route après le dîner.

— Non, non, répliqua aussitôt Édouard en tordant sa casquette dans ses mains moites, je dois partir d'ici une trentaine de minutes tout au plus. Il faut que je retourne à Sainte-Cécile, il y a trop de travail en retard. Je vais juste m'arrêter chercher un petit quelque chose pour la route, pas plus.

— Vous êtes bien certain ? Parce que ma mère a fait cuire notre dernier jambon en l'honneur de mademoiselle ici présente — elle pointa Adèle — et je sais qu'elle serait enchantée que vous partagiez notre repas.

— Hum, non. Je vais m'acheter un bout de pain avec du fromage. Mais merci tout de même de l'invitation.

— Ah bon.

Un air déçu apparut furtivement sur le visage de Clémentine. Haussant ses épaules étroites, elle pointa la maison :

— Venez au moins prendre un bon café, offrit-elle avec espoir.

Édouard était mal à l'aise devant l'insistance de la jeune femme. Depuis la promesse faite à Rose il y avait près d'une décennie, il s'était toujours arrangé pour se tenir loin des femmes intéressantes. Il travaillait à la ferme, jouait aux cartes ou au rummy le soir, fumait sa pipe, écoutait le hockey à la radio. Il était d'ailleurs encore emballé par la victoire des Canadiens de Montréal contre les Blackhawks de Chicago. Les *flying frenchman* avaient remporté la série en cinq parties. Même si un mois avait passé, c'était un grand moment d'euphorie pour les amateurs, puisque l'équipe venait de décrocher sa deuxième coupe Stanley en autant de saisons. Dommage que son cadet ne soit pas plus intéressé par ce sport. Il l'écoutait surtout pour faire plaisir à Édouard et partager sa joie.

— Je vous remercie, mademoiselle Lortie, mais je préfère rentrer, dit-il fermement en remettant sa casquette.

Pas question de se laisser tenter. Lorsqu'il allait dans la

grande ville, une ou deux fois par mois, question de faire des commandes nécessaires pour la ferme, ce qu'il y faisait, c'était son affaire. De toute façon, les femmes qu'il y rencontrait ne désiraient pas se marier. Tandis que celle-ci, avec son air candide et mutin, paraissait beaucoup plus dangereuse. Adèle regarda Édouard avec intérêt. Elle essayait de deviner les sentiments de son frère. Comme elle lisait le visage d'Édouard comme un livre, elle abonda en son sens, afin de lui éviter toute tentation. Elle le repoussa donc gentiment après un bec sur la joue.

— Bon, allez, je n'ai pas envie de passer deux heures à discuter.

— C'est votre choix.

— Je connais mon frère, Clémentine, s'il a décidé de partir dans trente minutes, il ne sert à rien de tenter de le raisonner. Donc, laissons-le ici et, nous, allons discuter, si tu veux bien. Ne t'inquiète pas, c'est un grand garçon, il va trouver le restaurant ou le casse-croûte que lui indiquera ton frère.

Elle se retourna vers Édouard qui avait presque rejoint Jules :

— N'oublie pas de revenir me chercher dans deux jours, hein, mon Édouard ! Merci encore, et dis à Florie que je vais revenir en pleine forme surtout. Essaie de la rassurer, ce serait gentil.

— Je vais faire de mon mieux. Quoiqu'avec ce que j'ai vu, ça va être difficile… chuchota-t-il en se rapprochant pour taquiner sa cadette.

— Oh ! Arrête ! Allez, va.

Clémentine tenta de cacher sa déception en se retournant vers la maison. Il ne lui aurait pas déplu qu'Édouard vienne veiller parfois les samedis soirs. Sainte-Cécile n'était pas la porte à côté, mais quand on était amoureux, qu'étaient quelques heures de route ? À vingt et un ans, il lui tardait de trouver le père de ses enfants. Tant pis ! De toute manière, il avait probablement déjà une fiancée, beau comme il était. Elle se promit de questionner son amie. Clémentine reporta toute son attention sur Adèle qui tenait dans sa main sa petite valise brune.

— Pauvre toi, laisse-moi t'aider, dit-elle avec un grand sourire qui provoqua l'apparition de deux fossettes enfantines dans ses joues.

Édouard se dépêcha de pénétrer dans l'écurie à la suite du rouquin. Après quelques minutes, il se mit en route sans un regard derrière.

— Assez rêvassé, Édouard, ronchonna-t-il en soupirant. Ton futur est ailleurs.

Dans la grande maison chaleureuse, Adèle se sentit tout de suite à l'aise. Elles passèrent par la porte de la galerie arrière, mirent pied dans une grande cuisine où le poêle diffusait une douce chaleur qui fit sourire Adèle. Encore quelques semaines et les familles tenteraient de réduire le plus possible la cuisson pour éviter de rendre les maisons comme des fours. Les odeurs du repas qui mijotait lui rappelèrent aussitôt qu'elle avait peu mangé au déjeuner. Elle saliva en reconnaissant l'arôme du jambon, cuit dans le sirop d'érable. Son estomac protestait : elle savoura à l'avance le repas qui leur serait présenté. Juste devant le poêle se trouvait un couffin en bois dur qui fit réaliser à Adèle qu'il devait y avoir un bébé dans la famille de son amie. En l'observant à la dérobée, elle se passa la réflexion qu'elle en savait bien peu sur elle dans le fond. Elle se promit de la questionner. Elle s'avança vers la chaise que lui tendait son amie encore toute souriante.

— Ouf, ça fait du bien, dit-elle en ôtant ses bottines.

— La route n'était pas trop longue, par contre ?

— Environ deux heures. Ça monte, ça descend ; ça monte, ça descend ! De quoi nous donner le haut-le-cœur !

Adèle secoua sa chevelure détachée, ferma les yeux quelques instants. Son corps relaxait tranquillement et Clémentine la regarda avec bonheur sans oser la déranger. Lorsqu'elle entendit un raclement de gorge, la jeune femme ouvrit les yeux avec étonnement.

— Hummhummm...

— Oh ! Excusez-moi, j'ai oublié mes bonnes manières.

— Y'a rien là, ma p'tite d'moiselle.

Adèle se tourna vers le vieil homme qui lui faisait face. Il devait avoir autour de quatre-vingts ans. Son visage tout fripé par le soleil et son corps penché qui s'appuyait sur la canne montrait un vieillard usé par le travail et la vie. L'arthrite ravageait le corps de l'aïeul, mais ce qu'Adèle remarqua, ce fut les yeux bleu vif qui souriaient autant que la bouche édentée. Clémentine s'empressa vers son grand-père pour l'aider à atteindre la berceuse dans le coin de la pièce. Le vieillard s'y écrasa avec soulagement, mais son corps sembla encore plus fragile. La jeune blonde se pencha pour lui dire :

— Grand-pépère, je vous présente mon amie Adèle. Je vous ai dit qu'elle venait nous voir cette fin de semaine, n'est-ce pas ?

Le vieil homme dévisagea Adèle un moment puis il hocha la tête et éclata d'un rire franc :

— T'avais pas dit qu'était aussi charmante et jolie. Si seul'ment j'avais que'ques années de moins !

— Oh ! mais vous me gênez, mon cher monsieur !

Clémentine et Adèle éclatèrent de rire devant le

commentaire, alors qu'une voix sèche derrière elles répliquait avec humeur :

— Franchement, grand-pépère, vous pourriez être un peu plus respectueux !

— Bien voyons, ça les dérange pas, ces p'tites jeunesses.

— ...

La mère de Clémentine s'avança dans la cuisine. Elle ressemblait à s'y méprendre à la jeune fille, sans le sourire franc et les fossettes. En fait, remarqua Adèle, elle avait peut-être des fossettes aussi, mais pour l'instant, sur son visage sévère, c'était difficile à voir. Vêtue d'une longue robe noire et grise, elle était aussi petite que Clémentine, mais les multiples grossesses avaient laissé leurs traces sur son corps autrefois menu. Fière, cette femme de quarante ans possédait un large front, un regard intelligent comme sa fille. Elle le posa sans discrétion sur Adèle qui chassa ses pensées pour s'avancer vers elle, la main tendue et avenante :

— Bonjour madame, je suis Adèle Gélinas, l'amie de Clémentine.

— Mademoiselle.

Sans plus de façon, la mère de Clémentine la dévisagea de haut en bas, puis satisfaite, sourit enfin aimablement avant de se tourner vers son fourneau pour y sortir deux grosses tourtes aux rognons. La bonne odeur des abats mélangés à la crème et aux épices envahit aussitôt la cuisine. La femme déposa les plats sur le comptoir à côté de l'évier, puis elle s'adressa à sa fille sans la regarder :

— Va donc chercher Edmond, il vient de se réveiller puis il faut encore que je fasse mes tartes au sucre.

— Oh ! Maman !

— Il n'y a pas de *maman* qui tienne. Ce n'est pas parce que tu as de la visite — excusez-moi, mademoiselle Adèle — que tu seras servie comme une reine. Allez, avant qu'il ne se mette à hurler de colère.

Clémentine soupira un peu pour la forme puis fit signe à son amie de la suivre. Adèle rigola lorsque grand-pépère lui fit un clin d'œil charmeur. Elle eut une pensée pour ses grands-parents maternels, tous deux décédés, en regrettant amèrement ses grands-parents paternels qu'elle n'avait jamais connus. Une autre raison de détester ce père si lâche. Dans le large escalier qui montait aux chambres, la jeune brune s'attarda sur les photos des ancêtres de son amie qui côtoyaient les plus récentes de la famille. Elle s'arrêta longuement devant chacune jusqu'à en pointer une :

— C'est toi, ça, Clémentine ?

— Ah oui, comment tu m'as reconnue ?

— Facile, tu as le même sourire qu'aujourd'hui et tu lèves ta jupe pour faire rire tes frères !

— Disons que maman ne m'a pas trouvée drôle, elle ! Elle aurait tellement aimé avoir une petite fille tranquille et sérieuse.

— Quel âge avais-tu ?

— Trois ou quatre ans. Je me rappelle encore du mécontentement de ma mère lorsque le photographe avait rapporté les photographies à la maison. Elle m'avait lancé un de ses regards avant de me dire : « Ça a-tu de l'allure ! Tu ne pouvais pas rester tranquille une minute, le temps qu'il prenne la photo, hein, Clémentine ? Bien non, il fallait que mademoiselle fasse le clown pour faire rire les autres ! Tant pis pour toi, on va la mettre pareil dans la maison, cette photo-là. »

— Bien, moi, je te trouve mignonne comme tout.

Pour Clémentine, le plaisir passait avant tout dans sa vie.

Comme son père qui avait toujours une blague à portée des lèvres. Les deux amies échangèrent quelques minutes encore devant les portraits jusqu'au moment où les pleurs d'un bébé les rappelèrent à l'ordre.

— Bon, allons, monsieur Edmond nous réclame!

Dans la chambre minuscule, sous les toits, Adèle tomba en amour avec le plus beau bambin qu'elle ait jamais vu. Un gros bébé joufflu tendit les bras vers sa jeune amie. Sur le visage de Clémentine, un mélange d'affection et de contentement apparut. Malgré ses paroles, elle adorait s'occuper de ses jeunes frères, surtout du poupon. Il sentait la poudre, le lait et la couche… à changer.

— Viens ici, mon beau bébé. Je vais te présenter ma grande amie Adèle.

Elle tendit ses bras grands ouverts, et le gamin se dépêcha de s'y jeter. Elle le serra contre son sein avant de le présenter à Adèle qui sentit son cœur fondre, devant le regard brillant du bébé.

— Mon frère Edmond, notre bébé d'amour, voici mon amie Adèle! C'est le dernier venu de la famille, chuchota Clémentine, et entre toi et moi, j'espère bien que c'est le dernier tout court! Maman commence à se faire vieille. Elle n'a plus autant d'énergie.

Le bébé s'accrocha aux épaules de sa sœur qui plongea son nez dans son cou humide. Elle souffla avec de gros bruits et l'enfant éclata de rire chaque fois. Adèle resta figée sur place. Un souvenir vague de son père Antoine, faisant la même chose sur sa nuque, refaisait surface. Elle ne comprenait pas ce qui lui arrivait depuis quelque temps, tout lui rappelait la promesse faite à Rose. Ce poupon de moins de un an lui donnait envie d'être comme les autres femmes, d'avoir un avenir de mère. Pour chasser ses idées noires, elle précéda son amie à la cuisine, car elle devait changer son frère.

— Tu peux aller voir grand-pépère, il se fera un plaisir de te jaser.

— OK, à tantôt, petit Edmond !

L'aïeul s'était à moitié assoupi dans sa berceuse. Pourtant, son œil s'alluma dès qu'Adèle arriva à ses côtés. Il ne laisserait pas passer la chance de bavarder avec une petite jeunesse ! Dans son temps, grand-pépère Hubert en avait connu, des femmes, avant de marier la grand-mère de Clémentine.

Ce ne fut qu'après la vaisselle du souper, après une fin de journée fort occupée, que les deux journalistes purent enfin discuter de leur projet. Au souper, Adèle avait vu la mère de son amie se transformer lorsque son père et ses frères les plus âgés revinrent de leur journée d'ouvrage. Son visage sérieux s'était illuminé, et Adèle y avait aussitôt reconnu la joliesse de son amie. Pour la mère de Clémentine, son bonheur se trouvait assurément dans sa vie de famille, lorsque tout son petit monde se retrouvait autour de la table. Elle laissait alors échapper des soupirs et des sourires de contentement. Les deux plus vieux garçons, Mathias et Victor, travaillaient sous les ordres de leur père à la carrière depuis quelques années. À la maison, outre Clémentine, Jules et Edmond, il y avait Nathan, dix ans, et Florent, cinq ans.

Pour la troisième fois, Clémentine interpella sa mère avec espoir :

— Bon, maman, on peut monter, s'il te plaît ? On a beaucoup de choses à discuter et peu de temps pour nous.

— Oui, les filles. Ne vous couchez pas trop tard par contre, car nous irons à la première messe demain matin.

Après une longue journée de nouvelles rencontres, Adèle

prit place sur une chaise de bois dans la chambre coquette de son amie. Clémentine avait fait de son antre un lieu féminin, doux et coloré, calqué sur sa personnalité. Le fin rideau de dentelle rose cachait à peine le soleil couchant à l'horizon. Le gros lit de cuivre jaune était si haut que la jeune blonde devait se hisser sur la pointe des pieds pour y grimper. Adèle laissa retomber le rideau pour se tourner vers son amie.

— Tu as une famille magnifique, Clémentine. J'aurais aimé avoir cette chance. Et puis... je crois que tu peux faire ce que tu veux, n'est-ce pas ?

Son amie, assise sur sa lourde douillette de dentelle blanche, fit au moins un geste piteux avant de répondre :

— J'avoue qu'en tant que seule fille, la plus vieille des enfants en plus, on ne me refuse pas grand-chose... mais, pour ma défense, je ne suis pas trop exigeante. Enfin, j'espère...

Un peu envieuse, Adèle resta silencieuse quelques secondes, aux côtés de son amie. Ses yeux se posèrent sur la tapisserie fleurie, sur la coiffeuse de bois blanchi couverte de petits flacons, de pots remplis de produits féminins. Se secouant un peu, elle sourit à Clémentine qui relisait ses notes avant de les présenter à sa partenaire.

— J'ai tellement hâte d'écrire mes articles, mais en même temps, je suis tellement stressée que j'en tremble. Pour moi, l'échec n'est pas une possibilité. J'en rêve depuis si longtemps que je ne veux pas te décevoir.

— L'important, c'est de bien bâtir notre plan. Une fois que nous aurons déterminé nos sujets, nos objectifs, tu verras comme la suite se fera seule. Tu veux que je place toutes nos informations sur ton lit ?

— Oui, comme ça, on pourra mieux se séparer la tâche. Oh ! j'ai si hâte de commencer !

— Moi aussi, ma belle amie, moi aussi !

Elles se penchèrent sur des tas de documents étalés et mirent de côté ce qui semblait le plus adéquat pour la section destinée aux femmes. Après quelques heures de travail, satisfaites, elles se sourirent avant de se préparer pour la nuit. Dans leur longue jaquette de flanelle blanche, elles avaient l'air de deux adolescentes.

CHAPITRE 6

Lourde tâche

—Pourquoi donc ai-je accepté une telle responsabilité ? Adèle sentait la panique l'envahir sporadiquement. Elle avait l'impression d'être dans une roue sans fin. Ses traits tirés témoignaient de sa fatigue. Dans quelques jours, elle devait se rendre au journal avec Clémentine afin de présenter les premiers textes avant la remise finale du mois d'août. Elle peinait à trouver le temps de tout faire.

« Je n'y arriverai jamais. Pas avec toutes les tâches que je dois faire à la ferme. Si au moins Florie me laissait un peu de temps. Mais elle le fait exprès, je le sais. Même si elle veut le chèque du journal, elle s'attend à ce que j'écrive dans mes moments libres, moments qu'elle ne me laisse jamais ! »

Parfois en plein milieu d'une activité familiale, un étau lui serrait la gorge à l'idée de ne pas réussir. Le souffle lui manquait et seules de longues inspirations pouvaient la calmer. Le soir, Adèle restait éveillée jusqu'à minuit pour retravailler ses textes. Pendant que ses frères et sa sœur, épuisés par le lourd labeur quotidien, s'écroulaient de fatigue dans leur lit, la journaliste devait terminer sa rédaction à la lueur du fanal pour s'assurer que ses textes seraient adéquats. Souvent, elle n'arrivait pas à s'endormir avant l'aube en songeant avec inquiétude à la possibilité que ses écrits ne plaisent pas du tout au rédacteur en chef. Plus d'une fois, elle avait dû se relever afin de prendre un grand verre d'eau pour se calmer les esprits. La fatigue qu'elle commençait à ressentir à force de dormir si peu jouait sur sa patience. Elle explosa, la veille de son départ pour Saint-Jovite, lorsque Florie lui fit de nouveau une remarque désobligeante.

— Regarde-toi donc, ça n'a pas d'allure de se mettre dans un tel état d'épuisement. Tu tiens à peine debout, ma pauvre sœur. Tu perds ton temps à écrire jusqu'à minuit tous les soirs. J'en ai jamais vu, des journalistes femmes, qui font le tour du monde. Tu rêves en couleurs, ma petite fille! Depuis que tu es haute comme trois pommes que tu te fais des idées ridicules. Il n'y a pas à dire, on a tout fait, maman et moi, pour te faire passer ces niaiseries, puis regarde comme on a bien réussi!

Florie lança sa boutade sans regarder sa cadette qui se figea sur place. Les cernes marquaient son visage, elle était d'une pâleur alarmante. Son corps amaigri semblait sur le point de se casser en deux. Adèle arrêta de rouler sa pâte à tarte, enleva lentement son tablier, le replia sur la table et s'approcha à deux pouces du nez de sa sœur. La méchanceté évidente de la remarque la bouleversait. Son regard s'assombrit et Florie se dit qu'elle était peut-être allée trop loin. Elle recula vers le poêle pour y mettre la bouilloire à chauffer. N'importe quel prétexte pour s'éloigner de la colère de sa sœur qui pointa son index sur sa poitrine. Adèle éclata, les yeux rivés sur ceux fuyants de sa sœur aînée:

— Écoute-moi bien, Florie, parce que c'est la dernière fois que je te le dis. J'en ai assez de t'entendre dénigrer mon travail. Si tu ne peux pas accepter ce que je fais et ce que je veux faire, bien alors je serais peut-être mieux d'aller vivre à

Saint-Jovite. Au moins là, je pourrai écrire sans avoir tout le temps QUELQU'UNE qui me décourage. Je répète, c'est la dernière fois que je te le dis. Je ne veux plus t'entendre discréditer mon travail de journaliste, sinon je m'en vais. Je vais écrire, je vais en vivre, que cela te plaise ou non. C'est clair ?

Des mèches brunes s'échappaient de sa courte tresse, la fureur se lisait sur son visage étroit. Encore une fois, les deux femmes s'affrontèrent du regard et encore une fois, ce fut Florie qui abdiqua en hochant doucement la tête.

— Tu sais bien que, moi, je dis ça pour te protéger, t'empêcher de vivre des échecs et des grandes peines.

— Même si je dois vivre un échec, j'aurai au moins essayé, Florie. Tu ne pourras pas me protéger toute ma vie. J'assumerai mes erreurs, ne t'en fais pas. Tout ce que je te demande, c'est ton soutien. Est-ce trop ?

Florie secoua la tête. Elle fit taire la pointe d'envie qu'elle ressentait à propos de l'indépendance d'Adèle et de ses désirs de liberté. C'est sûr que ce n'est pas à elle qu'il pourrait arriver quelque chose de spécial. À part ses courtepointes, à son avis les plus réussies du village, elle ne possédait aucun talent particulier. Encore là, personne ne faisait la ligne pour faire l'achat de ses œuvres d'art ! Il lui fallait marchander avec la bonne femme Marquis pour qu'elle accepte d'en vendre quelques-unes dans son magasin. Mais en secret, Florie rêvait du jour où elle pourrait se démarquer grâce à ses travaux de couture. Ses voisins, sa famille verraient tous alors qu'elle n'était pas qu'une fermière sans ambition ! Elle sourit brièvement en prenant la main froide de sa sœur.

— Tu sais bien que je veux pas que tu t'en ailles, ma fille. Ta place est ici, avec nous autres. C'est juste que...

Florie se passa nerveusement la main sur les deux côtés de

la tête afin de lisser un chignon déjà bien léché. Elle semblait se ratatiner sur place, une grande détresse se lisait dans ses yeux noirs, et Adèle, toute colère disparue, la prit dans ses bras. La fragilité de sa grande sœur la surprenait toujours. Sous son air revêche, Florie tentait de tenir le fort pour sa famille.

— Je te serai pour toujours reconnaissante de tout ce que tu as fait pour nous, pour moi. Mais tu dois me laisser prendre mon envol, je ne suis pas faite pour être enfermée ici.

Comme son père, la jeune femme avait besoin d'espace, de projets. Comme son père, même si jamais elle ne faisait le parallèle entre elle et lui. Pour Florie et Édouard par contre, il n'y avait pas de doute que le besoin d'émancipation de leur jeune sœur se calquait sur celui de leur géniteur. Dès le début de son mariage avec Rose, Antoine Gélinas disparaissait de longues journées, parfois même plusieurs d'affilée. Peintre amateur, il espérait vivre de son art et parcourait les villages pour faire la promotion de ses tableaux impressionnistes. Cette ressemblance entre les deux n'était pas sans inquiéter l'aînée. Florie repoussa doucement sa sœur, reprit aussitôt son air sévère.

— Bon, allez, finis de rouler ta pâte, il faut en plus qu'on termine d'étendre notre lavage avant le dîner. Regarde, tes frères s'en reviennent déjà. Mon Dieu que les journées passent vite, dit-elle pour changer de sujet sous le regard reconnaissant de sa sœur.

Sa rancœur oubliée, Adèle sourit doucement à Florie et remit son tablier. Malgré leurs fréquents désaccords, les deux femmes s'aimaient beaucoup. Lorsque vint le soir, la dispute n'était plus qu'un vague souvenir dans leur esprit, malgré leur éternelle incompréhension vis-à-vis de leur vie respective. Au petit matin, la journaliste avait encore une fois très peu dormi.

Pour se faire pardonner, Florie lui avait monté une tasse de thé dans la soirée. Mais Adèle en voulait encore un peu à sa sœur qui lui faisait douter d'elle-même. Soucieuse de montrer ses textes à Clémentine pour avoir son avis, elle tourna, retourna sans cesse sous sa couverture jusqu'au moment où le soleil montra ses premiers rayons à travers le rideau relevé. Un coup d'œil au miroir lui confirma qu'elle n'était pas au sommet de sa forme. Toute la nuit, la jeune journaliste avait eu l'impression qu'une petite bête s'en donnait à cœur joie dans son cerveau pour l'empêcher de s'endormir. Désespérée, elle regarda sur le dessus de son bureau. Il n'y avait qu'un boîtier de poudre et un rouge à lèvres rose pour les grandes occasions. Après quelques coups de brosse dans sa chevelure frisottée, elle se résigna à mettre un bandeau noir dans sa chevelure indisciplinée. « Ce n'est pas aujourd'hui que je vais éblouir qui que ce soit ! » pensa-t-elle.

Enfilant sa robe en jersey grise, elle se sentit encore plus ordinaire et renonça à jeter un ultime regard au miroir. Elle avait besoin de toute sa confiance en elle aujourd'hui et c'était assez mal parti. Si en plus Florie passait une seule réflexion déplaisante, Adèle remonterait faire sa valise pour aller vivre à Saint-Jovite. Mais sa grande sœur filait tout doux lorsqu'elle mit les pieds au bas de l'escalier. Elle lui jeta un rapide coup d'œil avant de passer un seul commentaire :

— Tu devrais mettre ton foulard rose autour de ton cou. Il me semble que ça égayerait ta robe.

Elle fit une pause avant d'ajouter :

— Parce que là, franchement, tu fais peur !

Surprise, Adèle fronça les sourcils en attendant une remarque méprisante, puis comme rien ne venait, elle remonta aussitôt à sa chambre. Effectivement, la teinte de son foulard lui redonna un peu de couleur et elle remercia sa sœur d'un baiser sur la joue. Parfois, Florie montrait vraiment son bon cœur et son affection. «Si seulement elle le faisait plus souvent», songea Adèle. Laurent, qui devait aller la conduire à Saint-Jovite pour rejoindre Clémentine, piétinait près de la porte de côté. Il venait de finir sa traite et *bourrassait* pour bien montrer sa mauvaise humeur à l'idée des quatre heures de route qui l'attendaient.

— Dépêche-toi, Adèle, si tu penses que j'ai juste ça à faire.

Laurent lança un regard éperdu vers la fenêtre. Chaque fois qu'il quittait la ferme, un sentiment désagréable l'envahissait. Rien n'était plus important que ses bêtes et ses cultures. Pour l'attendrir, Adèle lui prépara un sandwich aux cretons qu'elle glissa dans un sac brun, et prit deux grosses pommes sur le comptoir. Un dernier câlin à sa sœur et elle était partie vivre sa vie, le cœur plus léger d'avoir réussi un départ de la maison sans animosité. Derrière la voiture qui s'éloignait, le soleil du matin brillait contre les fenêtres du salon qui donnaient sur la côte Boisée. Une belle journée de printemps s'annonçait.

Depuis une dizaine de minutes, Adèle frétillait sur sa chaise droite en regardant partout autour d'elle sans dire un mot. Sans aucune discrétion, elle poussa un long soupir plaintif, puis finalement, elle n'y tint plus. Au risque de se faire rabrouer, il lui fallait des réponses. Se penchant au-dessus de la petite table entre elles, elle posa sa main sur celle de son amie Clémentine qui faisait mine de ne rien voir de son manège. La jeune femme s'amusait ferme du tourment qu'elle voyait poindre chez sa compagne.

— Alors, qu'en penses-tu ? Parce que si c'est nul, on est dans le pétrin. Je n'aurai jamais le temps de recommencer à écrire tous ces articles... Avec l'été qui arrive, si tu savais tout ce que j'aurai...

— Chuuut !

À son arrivée à Saint-Jovite, Adèle s'était empressée de traîner sa nouvelle amie dans le restaurant de l'hôtel du village pour lui mettre ses textes entre les mains. Depuis, elle observait Clémentine qui avait lu trois articles les uns à la suite des autres. Sans commenter. Sans lever les yeux.

— C'est juste que...

Clémentine releva sa tête blonde, se mordilla les lèvres avec embarras. Ensuite, elle la dévisagea sérieusement en fronçant les sourcils, puis éclata de son rire contagieux. Sautant sur ses pieds, elle fit le tour de la table et s'approcha de son amie.

— Ce que j'en pense, ma belle Adèle ? Il s'agit des meilleurs textes que j'ai lus de toute ma vie !

Elle parlait fort et les quelques clients du restaurant la regardaient avec amusement. Il y avait bien une femme ou deux qui trouvaient moins mignon le fait de voir cette jolie jeune femme avoir autant d'attrait pour leur partenaire. Celles-ci se faisaient d'ailleurs un devoir de taper solidement le bras de leur mari.

— C'est vrai ? insista la journaliste bien décidée à se faire rassurer.

— Cent pour cent vrai de vrai ! Tu es la meilleure journaliste de toute la province de Québec !

— Bon, tu exagères !

— Je te le dis. Ta plume est sensée, tranchée, directe. Parfaite ! Meilleure que Robertine Barry, finit-elle en chuchotant.

Adèle sentit un lourd poids se dégager de ses fines épaules. Quand même! Elle n'avait pas l'audace de prétendre avoir le calibre de la grande journaliste montréalaise, mais le compliment lui plaisait trop pour répliquer. Être comparée à celle qui avait écrit le recueil de nouvelles *Fleurs champêtres* la faisait rougir de fierté. Des critiques avaient même comparé madame Barry à George Sand et à Balzac.

— Tu es trop gentille pour moi, Clémentine. J'étais tellement inquiète.

Un peu plus tôt en mai, elle avait voulu donner à lire une partie de ses textes à Jérôme Sénéchal, qui les lui avait aussitôt remis dans les mains en secouant la tête.

— En temps voulu. Je vous fais confiance.

— Mais si je me trompe de direction...

— Je vous fais confiance, avait-il répété.

— Bon.

Mais ignorer si ses écrits allaient dans le sens de ce qu'il désirait était en train de la miner. Elle savait que Jérôme Sénéchal s'attendait à la perfection. À Montréal, il côtoyait les meilleurs journalistes de la province, alors la pression alourdissait ses épaules. Elle posa sa main sur la table :

— J'ai tellement peur de faire fausse route.

Pour Adèle, rien de mieux que de se faire rassurer par la deuxième personne la plus compétente à ses yeux : Clémentine. Ensuite, elles iraient rejoindre Jérôme au journal pour présenter leur travail des derniers mois. La jeune femme observait son amie pour s'assurer qu'elle ne se moquait pas d'elle. Mais Clémentine avait le sourire aux lèvres et ses yeux pétillaient alors qu'elle déposa les feuillets sur la petite table du restaurant de Saint-Jovite, devenu leur endroit de rencontre préféré. La serveuse y était discrète, le menu peu dispendieux et les clients assez rares en plein milieu de la semaine.

— Tout est parfait, Adèle, le sujet de tes textes, la verve de tes propos, sans parler du vocabulaire recherché que tu utilises. Tu ne prends pas tes lectrices pour des idiotes qui savent à peine lire.

— C'est bon, c'est bon, je te crois! C'est que je suis tellement fatiguée, j'ai l'impression de ne plus voir clair! Mais tu me rassures.

Enchantée par les compliments, Adèle, le visage rougi par l'émotion, ne se rendait pas compte des regards que plusieurs hommes lui lançaient à la dérobée. Clémentine, elle, habituée à se faire dévisager, relevait régulièrement les épaules pour mettre en valeur sa belle silhouette. Ce fut à son tour d'hésiter, puis elle sortit discrètement une feuille de son sac de cuir noir qu'elle avait déposé à ses pieds. Rougissante, elle la tendit à Adèle et chuchota:

— Maintenant, tu veux bien me dire ce que tu penses de mon texte. Oh! je sais qu'il n'est pas parfait, après tout, c'est mon premier vrai, même si j'en ai des dizaines dans mes tiroirs, mais tu sais comment…

La brune mit un doigt sur ses lèvres et murmura:

— Chuuut, Clémentine, laisse-moi lire, veux-tu?

À son grand soulagement, la journaliste s'aperçut que son amie avait du talent. Un talent brut, qu'il fallait retravailler un peu, mais parfait pour s'accommoder avec son propre style. Pour s'amuser un peu à son tour, la jeune femme laissa passer quelques secondes avant de lever la tête de sa lecture. Elle posa ses yeux par-dessus l'épaule de Clémentine qui était assise sur le bout de sa chaise, prit le temps de regarder autour. Puis, Adèle plaça sa main sur celle de son amie:

— Clémentine…

— Oui ?

Le ton était si faible qu'Adèle prit pitié. Son amie semblait à la veille de perdre connaissance ! Alors elle éclata de rire, sans s'occuper des regards désobligeants des clients et lança d'une voix forte qui fit taire les conversations autour :

— C'est excellent ! Nous allons faire une équipe du tonnerre ! Tu sais ce que je pense…

— Non, mais dis-le-moi plus tard parce que je suis convaincue que madame chien-de-garde serait fort heureuse de ne pas nous laisser voir monsieur Sénéchal si nous arrivons une minute en retard !

Adèle rit de bon cœur avant de la suivre en vitesse. Quelle femme amusante, cette Clémentine ! Elle n'avait jamais eu une telle amie. Elles avaient fait du bon travail, toutes les deux. Elle sourit en pensant à la mine que ferait Églantine, la secrétaire du journal, en les voyant de nouveau devant elle. Mais cette fois, elles étaient invitées par Jérôme Sénéchal, ne lui en déplaise ! Hilares, les deux jeunes journalistes sortirent du restaurant bras dessus, bras dessous. L'avenir leur appartenait ! Sur le trottoir de bois, Clémentine n'arrêtait pas de jacasser, ce qui faisait sourire son amie, satisfaite pour la première fois depuis longtemps. Perdue dans ses pensées, Adèle sentait une douce langueur l'envahir en songeant à la rencontre à venir.

Lorsque la chaleur de l'été cogna à la porte, le mois de juin était bien entamé. Évidemment, à la ferme, Florie ne faisait aucun cadeau à sa cadette, s'attendant à ce qu'elle termine les travaux exigés en temps et lieu. Les journées avaient toutes le même menu: «ADÈLE! hurlait-elle à tout moment, As-tu fini de ramasser les betteraves?» «ADÈLE, tu n'as pas balayé la galerie!» «Va me chercher des œufs, il m'en manque quatre pour finir mon pain aux fruits!» «ADÈLE, ADÈLE, ADÈLE!!!»

La jeune femme, qui n'en pouvait plus, était sur le point d'exploser. Ses deux frères se sentaient bien heureux d'avoir l'excuse des champs et du bétail à soigner pour éviter de se retrouver entre les pattes de leurs deux sœurs. En ce vendredi matin, la jeune femme était debout depuis bien avant l'aurore afin de mettre le point final à son sixième texte. Clémentine devait arriver vers la fin de l'après-midi pour passer la fin de semaine avec elle. Les deux journalistes profiteraient de ces journées pour peaufiner les textes à remettre au rédacteur en chef d'ici quelques semaines. La veille, adossée au mur de la cuisine, Adèle écoutait le message sec de sa sœur qu'elle avait envie d'étrangler, rien de moins. Elle pressait ses mains derrière son dos en inspirant profondément. Si Florie s'était retournée, elle aurait eu peur du regard de sa cadette.

— C'est bien beau, mais il va falloir que tu m'aides quand même dans la maison, tu sauras, Adèle. Il y a plein d'affaires à faire en fin de semaine, puis ce n'est pas la visite qui va t'en empêcher, j'espère. Je te dis que cette nouvelle fréquentation est pas mal envahissante. Tu sauras me le dire, dans quelques mois, ça va s'éteindre comme un feu de paille, cette affaire-là.

— Ne t'en fais pas, Florie, avait répliqué avec froideur sa cadette, je ne veux pas de faveur. Je suis capable de vaquer à mes occupations sans problème. Pour ce qui est de mon amitié avec Clémentine, ne t'en mêle pas!

— Bon sang, je fais juste te mettre en garde. Pas besoin de t'enrager après moi.

Alors debout dès l'aube, Adèle avait déjà fait trois brassées et étendu sur la longue corde entre la galerie et le haut de la grange autant de vêtements que dans une journée complète; la lessive flottait au vent doux et dégageait cette bonne odeur de propreté tant appréciée. Elle avait dû frotter de longues minutes pour tenter de faire disparaître les taches de terre sur les salopettes de ses frères. Maintenant assise paisiblement dans l'escalier du côté de la maison, la jeune femme en était à son deuxième café lorsque la porte s'ouvrit sur Édouard, le visage ensommeillé. Il jeta un regard étonné sur sa sœur qui ne bougeait pas, déçue de voir sa solitude dérangée.

— Il y a du café, lui dit-elle sans se retourner. Regarde, on dirait que le toit de la grange est en feu avec le soleil qui se lève.

— Magnifique.

Son frère resta quelques instants à ses côtés, lui aussi ébloui par tant de beauté. Humant l'air frais du matin avec contentement, ils savourèrent ce moment sans parler. Le rouge côtoyait l'orange et le jaune dans une danse colorée. Adèle savait que c'était l'une des raisons qui l'empêchaient de s'en aller, de quitter la ferme pour toujours. La magie des paysages autour de leur maison, la beauté des champs dorés, qui dégageaient toutes sortes d'odeurs, lui collait à la peau. Impossible de vivre ailleurs qu'entourée de ces pâturages. Édouard vint s'asseoir derrière elle sur les marches. Son pantalon de travail déjà enfilé avec les bretelles pendantes, il tenait sa tasse remplie de café noir. Silencieux, le frère et la sœur préféraient de loin les senteurs des herbages, des arbres en fleurs qu'aux odeurs d'épandage du mois d'avril. Après une dizaine de minutes de complète harmonie entre la nature et eux, la porte de la maison s'ouvrit avec fracas. La magie se rompit d'un seul coup.

— Bien voyons, qu'est-ce que vous faites là, vous deux?

demanda Florie en refermant sa vieille robe de chambre usée sur son corps lourd.

Adèle se demandait parfois si sa sœur défaisait seulement son chignon avant de dormir ; ce dernier, toujours proprement tiré, était pareil jour après jour depuis des lustres. Contrairement à ses cadets, Florie ne voyait rien autour d'elle. Pour cette femme vieillie avant l'âge, il y avait peu d'intérêt à regarder les terres sur lesquelles elle devrait s'esquinter pour les années à venir. Une grande lassitude l'envahissait plutôt. Un jour, il y a longtemps, elle avait eu des rêves, elle aussi. Avant que son père ne les quitte, Florie s'imaginait épouse et mère. Elle aurait eu plusieurs enfants, se serait dévouée à sa famille corps et âme. Mais voilà, plutôt que d'avoir un amour dans sa vie, la femme se contentait d'aimer sa fratrie. Parfois mal, mais au moins, elle en prenait soin. Adèle répondit à sa sœur d'un ton affectueux :

— Rien. On ne fait rien, ne t'inquiète pas. Je vais m'habiller et je te rejoins au jardin. Bon matin, Florie.

— Oui, oui, c'est ça, bon matin. Bon, je rentre, j'ai plein de choses à faire, moi, pas le temps de traînasser.

Adèle retint un soupir d'exaspération. Mais comme d'habitude, sa sœur ne se rendit compte de rien ; ni de l'agacement de sa cadette, ni de l'irritation de son frère. Adèle se redressa en se tenant les reins, puis se leva à regret en reprenant sa tasse dans l'escalier. Elle passa à la cuisine sans s'arrêter près de Florie, qui ne put s'empêcher de lancer une de ses piques, le dos tourné vers le comptoir.

— Voir si on a le temps de relaxer de même avec tout l'ouvrage qui nous attend... En tout cas...

— Florie, arrête, veux-tu ! gronda Édouard en lui lançant un regard furieux.

— Bien quoi, je dis juste la vérité, moi !

— Vraiment, tu peux…

— Je peux quoi ?

— Rien. Laisse faire. Je préfère ne rien dire.

Toute la matinée, les deux femmes s'occupèrent du potager qui allait du devant de la grange jusqu'à la maison. Un grand carré de vingt pieds sur vingt pieds environ. Assez pour occuper les sœurs tout l'été. Lorsque les femmes s'assoyaient sur la galerie entourant la maison, elles pouvaient ainsi admirer leur travail. Les plants de tomates d'Adèle formaient un grand rectangle. Déjà, de petites fleurs pâles avaient fait leur apparition. Elle les flairait avec émotion, charmée par leur belle couleur jaunâtre prometteuse de beaux fruits dodus.

— Dommage qu'on ne puisse pas en planter plus. Mais non, il faut planter des légumes *sûrs* ! Carottes, patates, betteraves, oignons. Bon sang qu'elle manque d'ambition, ma Florie !

Les seuls légumes qu'elle voulait étaient ceux qu'elle pouvait garder toute l'année dans la cave. Adèle retint son irritation. Elle aurait voulu y ajouter des concombres et peut-être même des épinards, mais cette année, Florie était encore plus inflexible, comme pour la punir. Adèle n'avait pas envie de s'engager dans cette autre bataille. À l'heure du midi, elle se dépêcha de laver la vaisselle sans un mot, monta préparer la chambre d'amis pour Clémentine.

— Une chambre d'amis, c'est tout de même ironique, ricana Adèle en lissant la lourde courtepointe bleue. C'est bien la première fois qu'on l'utilise !

Depuis leur première rencontre à Saint-Jovite, les jeunes femmes avaient créé une belle complicité et leur relation prenait un tournant de plus en plus intime. Parfois, Adèle avait presque envie de lui confier son secret, sa désolation de ne pas pouvoir écouter son cœur. Lorsqu'elle s'attardait aux raisons qui avaient poussé sa mère à lui demander ce serment, Adèle ressentait une rage, une colère sourde envers son géniteur qui risquaient d'éclater avec force. Il valait donc mieux ne pas en parler. De la fenêtre à l'étage, elle vit tourner la Ford de son amie dans le chemin avec une grande joie.

— Enfin! Je vais pouvoir parler d'autres choses que de vaches, de poules et de légumes!

Elle descendit l'escalier en trombe, traversa le long corridor et la cuisine en courant, faisant fi de l'air maussade de Florie. Adèle ouvrit grand la porte de côté pour l'accueillir. Elle sourit en voyant les deux valises de son amie qui ne venait que deux petites journées. Mais Clémentine semblait ainsi faite: coquette, un brin prétentieuse, elle ne supportait pas de ne pas avoir avec elle tout ce qui lui permettait d'être si jolie. Surtout que l'enjeu en venant chez son amie était aussi de tenter une approche auprès du beau Édouard qui ne quittait pas son esprit.

— Adèle, me voilà!

— Enfin, ma Clémentine!

Jalouse de cette connivence, Florie ne leva pas la tête de son évier où elle jetait avec rage les épluchures de patates et de carottes. Cette Clémentine commençait sérieusement à l'énerver avec son babillage superficiel, ses belles robes, son attrait évident pour sa sœur. Constater qu'elle ne suffisait pas au bonheur de sa cadette l'atteignait en plein cœur. Elle lui avait tout donné, l'avait aimée du plus profond de son être et puis voilà qu'une seule rencontre pouvait rendre sa présence indésirable. Les yeux froncés, elle malmena quelques instants ses légumes en chicanant tout bas.

— M'en vais lui montrer, moi, qu'ici ce n'est pas un hôtel. Si elle pense se faire servir, la blondinette...

Cependant, c'était mal connaître la jeune femme qui, sous des dehors un peu frivoles, ne demandait qu'à apprendre, qu'à aider. Pendant quelques heures, dans l'après-midi, Adèle donna un coup de main à sa sœur pour nettoyer le poulailler. Honteuse de se montrer devant la jolie blonde dans sa robe de travail, elle fut donc rassurée lorsque son amie, qui n'avait que des chevaux à la maison, se fit une joie enfantine de les aider. Elle mit les vieilles bottes de Florie, attacha sa chevelure blonde sur le dessus de sa tête et s'empara d'un vieux chapeau sur le crochet dans le couloir. Ses yeux brillaient d'excitation: «Oh! Adèle, regarde, le poussin craque son œuf. Un jour, j'aurai des centaines de poules, moi aussi!» «Ouache, j'ai mis le pied dans quelque chose de mou...»

En entendant ses exclamations souvent enjouées ou parfois dégoûtées, même Florie se retint de sourire à plusieurs reprises pendant la journée. Peu de gens résistaient à l'enthousiasme de la jeune femme, l'aînée des Gélinas n'était pas en reste. Clémentine était comme une enfant dans un corps de femme. Laurent passa plus souvent que d'habitude près du poulailler, au grand agacement de sa sœur. Il était amusé par les commentaires et la bonne humeur de la jeune femme. Toutes les excuses étaient bonnes pour sortir de la grange, revenir du champ, aller chercher quelque chose dans la maison. Fasciné, il rougissait dès qu'elle jetait un regard, souvent curieux, dans sa direction. Il l'épiait comme une *bibitte* rare! Édouard, au contraire, faisait tout pour éviter les contacts avec elle.

— Tu me laisseras une assiette sur le poêle, je vais souper plus tard, annonça-t-il vers la fin de l'après-midi.

Son beau visage buriné avait un air soucieux, encore plus attirant pour Clémentine. Chaque fois que son regard bleu se posait sur elle, ce qu'il évitait de faire le plus possible, la blonde ressentait un indescriptible frisson. Édouard compléta sa pensée avant de subir un interrogatoire de la part de Florie :

— Je n'ai pas le choix, Mystic a les fers encrassés. Je dois passer chez Stromph.

Au village, Henry Stromph, le ferblantier, jouait aussi le rôle de forgeron. Lorsque les animaux avaient besoin d'être ferrés, les villageois se déplaçaient chez l'Anglais. Il mettait en marche son feu de forge surtout la fin de semaine, en été, pour éviter de mourir de chaleur dans son atelier surchauffé.

— Édouard, tu vas manger froid ! Il peut bien attendre une heure, ton cheval.

— Non, et de toute façon, je n'ai pas si faim. Ne t'inquiète pas, laisse mon assiette sur le poêle. Je ne reviendrai pas si tard quand même.

— Alors tu lui apporteras aussi mon râteau noir pour qu'il soude le manche. Il va se détacher sous peu, je pense.

Clémentine, qui avait prévu de mettre sa belle robe verte au col de dentelle crème, tentait de ne pas laisser paraître sa déception. Assise à la table, elle écossait des petits pois. Elle essaya de capter le regard d'Édouard qui ne fit que voler un quignon de pain sur le comptoir avant de ressortir sans un coup d'œil à la jeune femme. Tant pis. Elle se reprendrait plus tard. Vers vingt heures, Florie alla dans sa chambre sous l'escalier et les deux jeunes femmes en profitèrent enfin pour étaler tous leurs textes sur la table de la cuisine. Adèle soupira d'aise :

— Il était temps, bon sang ! Je pensais qu'elle veillerait toute la soirée, ma sœur ! J'avais tellement hâte qu'on regarde nos textes, toutes les deux !

Clémentine ne fit que hocher la tête pour montrer son accord, alors que Florie, pas encore endormie, reçut la remarque dans sa chambre comme un coup de poing.

— Maudite sans-cœur, ragea-t-elle en s'assoyant sur son lit. Avec tout ce que je fais pour toi. J'ai presque envie de me relever, tiens! Juste question de te faire attendre encore. Je pourrais aller veiller dans la berçante de la cuisine.

Elle y pensa un moment, mais à l'idée de devoir remettre sa robe qu'elle venait d'enlever, elle se ravisa. Florie se glissa entre ses draps frais en rageant intérieurement. Sa sœur venait de la toucher en plein cœur. Roulant sur le côté, elle resta longtemps les yeux ouverts à fixer le mur blanc. Pour une rare fois, elle laissa les larmes couler sur ses joues. Dans le confort de sa chambre, la peine l'envahissait de plus en plus, en voyant Adèle s'éloigner d'elle. Le murmure lointain de la discussion se rendait jusqu'à sa chambre. Florie s'endormit d'un sommeil agité alors que dans la cuisine, enfin à leur aise, les deux amies sirotaient leur thé en grignotant quelques biscuits au sucre. Adèle sourit fièrement:

— Récapitulons: tu as terminé le texte sur les troubles du sommeil chez la femme. Je pense que tout y est, tu as même donné des trucs et des noms de pilules qui font des miracles, semble-t-il! Pour ce texte, tu as questionné...

— Ma mère! clama Clémentine en éclatant de rire.

Devant l'air ébahi de son amie, elle secoua la main toujours en riant:

— Non, non, je blague, Adèle, j'ai rencontré deux docteurs qui se spécialisent dans les troubles féminins. Ils m'ont vraiment outillée pour mon article. J'espère juste que j'ai réussi à ne pas être trop dramatique, qu'en penses-tu?

Adèle plongea de nouveau ses yeux noisette sur le feuillet

pour en relire une partie avant de donner sa réponse. Elle secoua vivement la tête :

— Non ! C'est parfait. J'aime ta chute :

Les docteurs Virgil et Masson offrent une consultation gratuite dans l'un de leurs bureaux situés à Saint-Jovite et à Saint-Jérôme. Les spécialistes du sommeil sont disponibles du lundi au samedi, dès huit heures le matin. Pourquoi vous priver d'une aide précieuse pour sortir d'une situation malheureuse ? Le sommeil réparateur est une source de bonheur ! N'hésitez pas.

Clémentine releva les épaules, fière de son travail. Même si elle avait ironiquement perdu quelques heures de sommeil afin de pondre cet article, cela en avait valu la peine ! Elle s'avança sur la table et chuchota :

— Tu penses que le beau Jérôme sera satisfait aussi ?

Adèle agita la tête en riant. Son amie, qui n'avait pas la langue dans sa poche, ne se censurait pas beaucoup. Heureusement, elle l'avait prévenue de ne pas parler d'hommes devant Florie en mettant cette pudeur sur le dos de la timidité de sa grande sœur. Mais Clémentine apportait un tel vent de fraîcheur qu'Adèle n'avait pas envie de la réprimander. Comme elle s'apprêtait à répliquer, la porte s'ouvrit à la volée, Édouard pénétra dans la cuisine. Surpris de voir sa sœur et son amie à la table, il resta sur place quelques secondes, la bouche ouverte. Lui qui pensait avoir la voie libre pour écouter l'émission sportive de Maurice Descarreaux, retint un geste de dépit.

— Bien voyons, mon Édouard, tu as vu un fantôme ? Allez, viens manger sinon Florie va m'arracher la tête demain matin. Assieds-toi, je te prépare ton assiette. Il reste du foie de bœuf puis des patates pilées.

— Vous travaillez tard, dites donc! s'exclama Édouard, sans répondre à sa sœur.

Il s'avança au comptoir pour se laver les mains. Il frotta tant et si bien qu'elles devinrent toutes rouges. Un certain malaise s'installa dans la cuisine, mais Adèle, devant le poêle, ne s'aperçut de rien. Clémentine regardait Édouard franchement, sans chercher à cacher son intérêt. Habituée aux amis cultivés de ses frères, qui fréquentaient des collèges de garçons à Saint-Jérôme, elle sentait son corps frissonner chaque fois que son regard se posait sur ce profil déjà hâlé par le soleil. Les yeux clairs d'Édouard s'arrêtèrent quelques secondes sur le visage de Clémentine, s'attardèrent sur ses lèvres pleines, plongèrent dans les siens. La grande émotion qui l'envahit confirma au jeune homme qu'il devait à tout prix se tenir loin de cette jeune femme. Il ne pourrait tenir une promesse faite enfant s'il côtoyait Clémentine trop souvent. Il s'approcha donc de sa sœur et l'entoura de son bras:

— Merci, ma sœur, mais je vais m'asseoir au salon pour ne pas vous déranger. Je vais en profiter pour roupiller entre deux bouchées. En plus, je vais capter la fin de l'émission sportive à la radio. Non, vraiment, ne t'occupe pas de moi.

— Prends garde à ce que Florie ne t'aperçoive pas. Tu sais ce qu'elle pense des repas pris ailleurs qu'à la table à manger!

— Ne crains rien, le dragon dort sûrement déjà!

Avant qu'aucune des deux ne puisse réagir, il avait filé dans le corridor avec son assiette et *Le Courrier* du matin à la main. Déçue, Clémentine fit une petite moue. Adèle s'empressa de passer un linge sur le comptoir et se dépêcha de reprendre où elles en étaient avant le dérangement. Elle poussa les feuilles devant son amie:

— J'ai fini le texte sur les soins à donner aux bébés. Les

conseils d'hygiène et les premiers soins décrits par les trois sages-femmes interrogées me semblent très pertinents. En plus, j'ai trouvé une série de conférences, écoute :

À Saint-Jovite, le 11 septembre : conférence maternelle suivie d'une démonstration d'hygiène à l'enfance. Offerte pour les femmes seulement. Cette conférence est donnée par un spécialiste en pédiatrie de Montréal qui offrira ensuite une clinique de bébés. Cette même conférence sera offerte deux soirs à Saint-Jérôme, soit les 12 et 15 octobre.

Clémentine fit signe à Adèle de continuer avec son autre texte. Elles se sourirent avec complicité. Le silence de la maison n'était dérangé que par le couinement de la berceuse dans le salon. Laurent s'était depuis longtemps éclipsé dans sa chambre, même s'il aurait souhaité rester écouter sa sœur et son amie. Mais la fatigue de la journée avait eu gain de cause et il était monté à l'étage un peu avant le retrait de Florie. Depuis quelques minutes, Clémentine n'arrivait qu'à se concentrer partiellement, car elle avait envie d'aller jaser avec Édouard, mais savait bien qu'il quitterait la pièce dès qu'elle y mettrait les pieds ! Ce qui la laissait particulièrement songeuse. Elle tenta de questionner son amie de manière subtile, mais reçut une fin de non-recevoir sans trop d'élaboration.

— Non, Édouard ne fréquente personne. Il n'en a pas du tout envie. Pas le temps non plus, continua-t-elle plus sèchement qu'elle ne l'aurait voulu.

Adèle poursuivit la lecture de son second feuillet comme si de rien n'était, alors qu'en dedans, une inquiétude sournoise venait de surgir. Comment n'avait-elle rien vu avant ce soir ? Ses cheveux détachés faisaient un écran devant son visage lorsqu'elle se penchait sur la table. Elle observa silencieusement son amie entre ses boucles, reconnut l'émotion sur son visage. Une sourde détresse l'envahit en comprenant l'attrait entre son frère et son amie. Elle devrait maintenant mettre une distance entre les deux. Chassant ses pensées, elle continua à voix basse:

— Mon autre texte n'est pas terminé, mais j'en suis assez satisfaite. Je l'ai titré: *Qu'enseigne-t-on à nos filles à l'école ménagère?* J'essaie d'être objective pour clarifier les mythes et les rumeurs. Mais une chose est certaine, lorsque les jeunes filles sortent de cette institution, elles sont bonnes à marier! clama Adèle. Pour le troisième texte, j'ai choisi de parler du phénomène de l'immigration au Québec. Savais-tu que dans la région de l'Abitibi, une première paroisse ukrainienne fut fondée près d'Amos en 1925? Attends, je te lis la suite de mon article:

Depuis plusieurs années, différentes communautés d'immigrants s'installent au Québec. En Abitibi, la colonie ukrainienne compte environ cent cinquante familles dans ses rangs. Certaines d'entre elles partent vers d'autres régions du Canada après quelques années, mais la majorité demeure en Abitibi. Plus près de nous, dans les Laurentides, une vague d'immigration juive déferle à partir des années 1920. Ces femmes et ces hommes s'installent principalement dans la région de Sainte-Agathe où les Juifs les plus riches construisent des maisons sur le bord du lac des Sables. Ces habitants de Montréal se rapprochent ainsi des membres de leur famille hospitalisés au Mont-Sinaï, l'hôpital juif qui reçoit des tuberculeux en convalescence.

— C'est excellent, vraiment parfait !

Clémentine fit mine d'applaudir avec enthousiasme ce qui fit sourire son amie. Dans le salon, Édouard écoutait leur babillage, le cœur serré, en songeant que tout autre homme aurait saisi l'occasion offerte par les grands yeux invitants de Clémentine. Pour une rare fois, il ragea contre la promesse idiote faite à Rose alors qu'il n'avait que quinze ans. Il frotta longuement le pourtour de sa pipe lisse avant de la placer entre ses lèvres sans l'allumer. Son regard fut attiré par un mouvement sur la côte Boisée.

— Bon, le père Claveau qui part encore à l'aventure, dit-il, le regard attiré par le vieil homme qui roulait sur la route à bicyclette. Je parie qu'il va encore pêcher de nuit. Il pense que taquiner le poisson entre minuit et six heures lui permet de remplir son panier pas mal plus que le jour. Faudrait bien que j'en parle à Laurent, lui qui est maniaque de la pêche.

Enfin satisfaites, les deux journalistes se levèrent en même temps, se dirigèrent vers l'escalier qui montait à leurs chambres. Juste avant de s'y aventurer, la jeune visiteuse bifurqua, s'avança dans le corridor jusqu'au salon.

— Je te suis dans une minute, avisa-t-elle.

Adèle n'eut d'autre choix que d'acquiescer, le vague à l'âme, la rage au cœur contre une promesse ridicule. Clémentine mit une main tremblante contre le chambranle en bois sombre, patiné par les années. Elle observa Édouard qui sommeillait dans la berceuse, hésitant à le déranger. Jetant un coup d'œil derrière elle, la jeune femme vit son amie la regarder avant de poursuivre sa montée. Elle trouva donc un peu de courage :

— Bonne nuit, Édouard, j'espère avoir le plaisir de discuter un peu avec vous demain.

Édouard sursauta, sortit de sa torpeur en se redressant sur

sa chaise. Il hocha sa tête brune sans la regarder. Il savait fort bien qu'il ferait tout, le lendemain, pour ne pas se retrouver en présence de Clémentine. Son arrivée dans la pièce amenait un fin parfum discret derrière elle.

— Bonne nuit. Je risque d'être occupé, mais j'ai été heureux de vous revoir, répondit-il le plus froidement possible.

— Ah...

Le jeune homme avait une attitude semblable à celle qu'avait eue Adèle lorsqu'elles avaient parlé de Jérôme Sénéchal le jour de leur première rencontre. Détachement, froideur avec une émotion diffuse mêlée à cela.

— Une autre fois alors ? J'aime bien parler avec vous.

Il plongea son regard bleu dans celui plus clair de la jeune fille. Un délicieux frisson la fit vibrer. Elle lui sourit gentiment, fissurant un peu la carapace du jeune homme. Cette soirée amorça le changement dans la relation de Clémentine et d'Édouard. Il la fixa sans parler. Sa jolie jupe brune brodée de fleurs beiges accompagnée d'un chemisier à col chinois de la même teinte moulaient parfaitement un corps délicat et voluptueux à la fois. Prenant son regard pour une invitation, Clémentine s'avança dans la pièce sombre.

— Je peux ? demanda-t-elle d'une voix douce.

Sans attendre la réponse, elle s'assit dans la chaise voisine de la sienne. Posant sa main sur celle d'Édouard, longue et burinée, elle passa un bout de langue rose sur ses lèvres sèches.

— Dites-moi, Édouard, commença-t-elle bravement, en se penchant vers le jeune homme figé, est-ce que... est-ce que je vous plais un peu ?

À peine avait-elle prononcé ses mots, qu'elle se mit à rougir, remerciant le bon Dieu que la pénombre soit tombée. Après quelques minutes de silence, Édouard leva son regard sur le visage empourpré de son interlocutrice. Pour la première fois, il regarda Clémentine avec franchise. Les deux continuèrent à se fixer avec émotion jusqu'au moment où le jeune homme prit la parole d'une voix rauque. Son visage anguleux s'adoucit lorsqu'il la regarda.

— Vous me plaisez plus qu'un peu, Clémentine, murmura-t-il d'un ton doux. Vous me plaisez trop en fait.

La jeune femme ne put se retenir de sourire et se pencha pour reprendre sa main qu'il avait dégagée. Ils tressaillirent à ce contact ; après quelques secondes, Édouard leva sa longue silhouette élancée et fixa la côte Boisée par la fenêtre. Clémentine le regarda avec appréhension.

— Je ne comprends pas alors…

— Il n'y a pas grand-chose à comprendre, mais sachez que je ne peux vous courtiser. Je l'aurais souhaité de tout cœur, mais une relation entre nous est impossible. C'est tout. Ne perdez pas votre temps avec moi. Maintenant, si vous voulez bien m'excuser, la soirée est déjà bien avancée…

Sur ces paroles incompréhensibles, le jeune homme caressa la joue ronde de Clémentine et monta à sa chambre. La jeune femme secoua la tête, bouleversée par le toucher de cette main, par la peine que les paroles d'Édouard avaient suscitée. Elle resta de longues minutes, le regard perdu dans le vague, avant de gagner sa chambre, le cœur lourd.

CHAPITRE 7

Abandon

— Enfin, murmura Adèle lorsqu'elle descendit du train à Saint-Jovite.

Elle s'y était prise à quatre reprises afin de faire comprendre à Florie qu'elle devait aller à Saint-Jovite pour affaires, mais qu'il n'y avait rien de grave. Comme elle ne voulait déranger ni Laurent ni Édouard trop longtemps, la meilleure solution était de sauter dans le train de Labelle.

— Ne t'en fais pas, Florie, j'ai l'argent pour payer mon passage. Puis nos frères sont trop occupés pour me conduire encore au journal.

— Bien, n'y va pas alors !

— Oh ! Florie !

Son regard désespéré avait eu raison des contraintes émises par sa sœur. Trouvant au fond de son cœur le courage de la laisser aller, Florie avait finalement accordé sa permission sans être tout à fait en accord avec le voyage de sa sœur. Mais pour Adèle, cela en valait la peine puisque pour la première fois depuis deux mois, elle serait seule pour deux jours complets.

— Enfin une pause de commérage dans mon dos ! chuchota-t-elle en descendant du train.

Elle avait beau aimer sa sœur, Adèle étouffait de plus en plus sous sa gouverne. Alors qu'elle ne voulait que s'épanouir hors du nid, Florie, elle, se ratatinait et s'aigrissait à vue d'œil. Peu de sujets trouvaient grâce à ses yeux. Les mois de juin et juillet avaient été particulièrement pénibles, car les travaux à la ferme avaient été épuisants. Cueillette de petits fruits, préparation des confitures et des tartes. Récolte de légumes, cuisson des soupes et des bouillons. Dans les champs, ses frères labouraient sous des chaleurs harassantes : c'était le visage et le haut du corps brûlés par le soleil qu'ils étaient rentrés tous les soirs, exténués. Juillet avec ses canicules avait rendu Florie maussade et malendurante. Elle ne cessait de se plaindre de la chaleur, de l'humidité. Plus personne dans la maison n'était capable de la supporter au-delà de quelques minutes. Pour Adèle, c'était encore pire. Les ordres n'avaient cessé de fuser jour après jour. « Il faut laver les fenêtres demain, Adèle. Laver la cuisine d'été. On est déjà en retard, mautadine ! » « Peux-tu t'occuper de blanchir les marches du perron ? Ton frère va les reteindre. » « N'oublie pas de nourrir les cochons ; les poules et les vaches. »

À croire que sa sœur avait tout fait pour s'assurer de l'épuiser complètement pour éviter qu'elle puisse travailler ses textes ou aller à Saint-Jovite. Pour ce qui était d'aller visiter Clémentine, Adèle n'avait eu aucun répit lui permettant de tenir sa promesse d'aller la voir pendant l'été. Alors maintenant, elle jetait un regard soulagé devant elle sur la foule qui marchait en direction du village de Saint-Jovite.

— Finalement, la paix !

Sa chambre réservée à l'hôtel Saint-Jovite, elle devait retrouver son amie pour dîner. Ensuite, ce serait la présentation des textes finaux à Jérôme Sénéchal avec qui elles avaient rendez-vous à quatorze heures précises. À cette pensée, Adèle redressa les épaules et laissa les souvenirs s'imposer. Il y avait près de deux mois qu'elle n'avait pas vu le rédacteur en chef. Pourtant, elle n'avait qu'à fermer les yeux pour entendre sa voix et imaginer son visage.

— Oh! pardon mademoiselle!

— C'est de ma faute, je ne regarde pas où je marche. Désolée.

Adèle fit un sourire d'excuse au vieil homme qu'elle venait de bousculer et secoua la tête pour se replacer les idées. La chaleur était déjà élevée à cette heure de la journée. Sa petite blouse blanche à manches courtes avec des boutons perlés était heureusement assez légère, mais elle devait composer avec une longue jupe aux chevilles comme le voulait la mode. Un bandeau blanc autour de sa tête retenait ses cheveux vers l'arrière. Cette coiffure dégageait son front intelligent à peine bronzé malgré les longues heures au soleil. Habituée à brûler, la jeune journaliste prenait garde depuis plusieurs années à se doter d'un chapeau à large bord lorsqu'elle travaillait à l'extérieur. Elle s'évitait ainsi de longues journées à se lamenter de la brûlure du soleil sur sa peau fragile. Elle accéléra le pas pour pouvoir marcher un peu dans le village avant son dîner. Le sentiment de liberté qui l'envahissait lui donnait l'impression de flotter sur les trottoirs du gros village. Elle se retenait pour ne pas sourire à tous les passants rencontrés.

— Dieu que je suis heureuse, soupira-t-elle en levant les yeux vers le clocher de l'église.

Elle resta quelques instants dans le parc près du journal, à regarder passer les gens. Certaines femmes portaient l'ensemble cardigan décontracté, la coiffure courte et même les rangs de perles, le tout popularisé par la célèbre couturière Coco Chanel.

— Si Florie voyait la longueur de leur jupe, murmura

Adèle, en suivant une grande rousse qui n'hésitait guère à montrer son genou.

Elle baissa les yeux sur sa propre robe, qui cachait discrètement le bas de ses jambes.

Lorsqu'elle retrouva enfin Clémentine, l'horloge du village sonnait les douze coups de midi. Les deux jeunes femmes se ruèrent l'une vers l'autre devant l'hôtel et se firent une longue accolade sans gêne. Elles se lancèrent dans une discussion sur l'été qui venait de passer et Clémentine ne put s'empêcher de faire un petit reproche à son amie :

— J'ai attendu ta venue, Adèle... tu m'avais bien promis, non ?

Adèle fronça les sourcils et rejeta ses boucles derrière ses oreilles. Son amie ne se rendait pas compte de la charge de travail qu'une ferme demandait. Pour elle, les aliments venaient du marché. Ses journées, lorsqu'elle n'écrivait pas, se résumaient à faire un peu de bénévolat à l'hôpital de Saint-Jovite ou à l'école du village. Une fois toutes les deux semaines, elle se rendait aussi à Saint-Jérôme ou à Montréal pour faire un peu de magasinage. Non, décidément, elle ne pouvait comprendre. Prenant le temps d'avaler sa bouchée de pain, elle dit lentement, en la regardant droit dans les yeux :

— Si tu savais, Clémentine ! Ma sœur est devenue folle, je crois ! En fait, ce que je veux dire, c'est qu'elle m'a tenue occupée tout l'été. Pas une journée de libre. Si j'ai réussi à m'échapper cette fin de semaine, c'est parce que j'ai menacé de quitter la maison si elle ne me laissait pas respirer ! Tu t'imagines, j'ai vingt ans et elle voudrait m'attacher !

— Que fera-t-elle lorsque tu vas la quitter pour te marier ? demanda aussitôt Clémentine en riant.

Pour elle et toutes les jeunes femmes de son âge, la chasse

au mari était une activité très accaparante autant en pensées qu'en gestes. Adèle la regarda sérieusement avant de répondre :

— Je ne me marierai jamais, Clémentine. Jamais. Elle sait donc que je ne quitterai pas la ferme.

Bouche bée, la blonde voulut répondre quelque chose, mais le ton de son amie l'en empêcha. Son regard franc et direct semblait lui interdire de questionner plus loin. Elle haussa ses épaules, se dépêcha de finir sa crème de patates sans dire un mot pour quelques minutes. Perdue dans ses pensées, Adèle ignorait comment expliquer sa promesse à son amie. Le plus souvent possible, elle omettait cette partie de sa vie. Mais voilà, les gens du village, eux, connaissaient cette promesse faite à sa mère sur son lit de mort. Le docteur Trudel n'avait pu se taire. Il en avait parlé à sa femme, qui, bien évidemment, avait répandu la nouvelle. Mais la plupart des villageois se demandaient si la rumeur était fondée. Curieusement, Adèle sentait que son amie ne comprendrait pas. Ne comprendrait pas qu'une mère demande un tel sacrifice. Ne comprendrait pas qu'une promesse faite enfant restait un engagement éternel. Elle lui jeta un regard en soupirant. Lorsque le silence se fit trop lourd, Clémentine repartit sur un autre sujet :

— Tu crois que notre rencontre sera longue ? Mon père revient me chercher à cinq heures. Je n'ai pas réussi à rester à l'hôtel comme toi, compléta-t-elle, dépitée. Tu vois, moi aussi, je suis traitée comme une enfant. Mon père me dit toujours que puisque je suis la seule fille, mes six frères et lui vont tout faire pour me protéger et m'empêcher de commettre des bêtises. Pfff, je ne vois pas ce que je pourrais faire de mal, je ne peux pas marcher deux pas sans que l'un d'eux ne soit à mes côtés ! Lorsque j'étais plus petite, une fois, je suis allée me cacher derrière la...

Distraite, Adèle sourit. Elle n'écoutait plus son amie qui jacassait sans arrêt. La mention de Jérôme la perturbait, mille pensées venaient envahir son esprit. Était-elle assez chic ? Lui plairait-elle ainsi vêtue ? Que penserait-il de ses textes finaux ?

— Alors, qu'en penses-tu ? interrogea son amie en la regardant fixement.

— Hein ? Je m'excuse, j'étais perdue dans mes pensées.

Embarrassée, Adèle releva ses épaules et replaça son bandeau dans ses cheveux pour se donner une contenance.

— Tu disais ?

— Je crois qu'on devrait y aller, il est près de deux heures et si on ne veut pas être en retard…

En vitesse, elles payèrent donc leur dîner et quittèrent les lieux en riant. Leur arrivée au journal ne passa pas inaperçue, car elles étaient à bout de souffle et durent s'arrêter dans l'escalier extérieur de l'édifice. Les gens les avaient laissées passer sur le trottoir avec indulgence. Certaines femmes leur avaient jeté des regards condamnables et l'une d'elles avait dit à haute voix :

— Quelles dévergondées !

Au lieu de se sentir mal, un fou rire les avait gagnées, elles s'étaient esclaffées, incapables de pénétrer dans la bâtisse. C'est ainsi que Jérôme Sénéchal les vit, lorsqu'il tourna le coin de la rue pour rejoindre son bureau en vitesse, persuadé d'être lui aussi en retard. De loin, il remarqua aussitôt la grande, mince Adèle aux côtés de la petite, voluptueuse Clémentine. Elles se tenaient le ventre, pliées par les fous rires qui s'enchaînaient. Son regard clair se fixa uniquement sur la brunette, dont le visage rougi par la chaleur et les rires l'émouvait particulièrement. Adèle avait les cheveux frisés par l'humidité de cet après-midi de juillet. Elle posa la main sur l'épaule de

Clémentine, lui dit quelque chose et elles éclatèrent de nouveau de rire. C'est en relevant la tête qu'Adèle vit l'homme approcher lentement. Il plongea ses yeux chaleureux dans les siens, et le rire d'Adèle s'éteignit aussitôt sur sa bouche. Les cheveux un peu longs de Jérôme retombaient sur son front, il avait roulé les manches de sa chemise blanche pour essayer de se rafraîchir. Il marchait sur le trottoir sans quitter son visage du regard et lorsqu'il ne fut qu'à quelques pas, Adèle se secoua, chuchota d'un ton qu'elle espérait neutre :

— Monsieur Sénéchal arrive, Clémentine.

— Ah bon ! Où ça ?

Elle pointa discrètement l'homme maintenant arrêté derrière sa compagne. Grand, mince, il portait élégamment un pantalon de lin gris avec sa chemise blanche. Il tenait son veston négligemment sur l'épaule. « Ces vêtements sont si différents de ceux de mes frères », songea Adèle. Son élégance trahissait l'homme de la ville, habitué aux beaux habits, aux voitures modernes et aux femmes distinguées. Son sourire laissa de nouveau apparaître la fossette de son menton. Clémentine se retourna aussitôt, et dit coquettement :

— Bien le bonjour, monsieur Sénéchal. Nous vous attendions. Il fait tellement beau aujourd'hui, n'est-ce pas ?

— Certainement, ma chère mademoiselle Lortie. Vous êtes toutes les deux en beauté.

Avec un soupçon de jalousie, Adèle vit l'homme se rapprocher de son amie et lui mettre la main sur l'épaule en souriant.

— Et quel charmant accueil, dit-il en fixant Adèle.

— Vous trouvez ? rigola Clémentine en pinçant joliment sa petite bouche.

Adèle fixait avec effarement le duo qui se remit à rire. Le soleil plombait sur le trio et un filet de sueur coula le long de sa nuque. Elle fit un sourire forcé en attendant que l'homme les invite à entrer dans l'édifice. Il ne semblait pas pressé pourtant, le bas du dos bien appuyé contre la rampe en discussion avec Clémentine, pendant qu'Adèle prenait pied sur la plus haute marche près de la porte et ne disait mot. « Pourquoi cet homme me fait-il un tel effet ? » se demanda-t-elle pour la centième fois depuis qu'elle avait fait sa connaissance. Puisqu'il ne la regardait pas, toute son attention étant fixée sur les minauderies de son amie, elle en profita pour l'observer de haut en bas. Ses chaussures de ville, lustrées et bien vernies ; son pantalon et sa chemise bien coupés ; ses avant-bras juste assez musclés qui sortaient de la chemise, et son visage plaisant sans être éblouissant. Et puis, cette fossette charmante qui apparaissait à chaque sourire. Ses yeux bleus comme la mer ou le ciel d'été. Sa voix rauque avec un soupçon de sensualité. Tout lui plaisait chez Jérôme Sénéchal. Tout.

— Bon, nous y allons, jeunes femmes ? demanda-t-il en ouvrant la lourde porte de bois devant elles.

Tout au long de l'après-midi, son charme discret absorba Adèle. Malgré son malaise, elle réussit à n'en rien laisser paraître, du moins elle l'espérait. Lorsque Clémentine quitta le journal, le trio avait travaillé sans relâche pendant trois heures. Les textes finaux avaient été approuvés par Jérôme. Un chèque de vingt-cinq dollars dans sa bourse, la jeune femme rejoignit son père qui l'attendait devant l'édifice. Pour Adèle, le silence qui suivit le départ de son amie fut tellement inconfortable qu'elle décida de s'en aller aussi. Elle prendrait son souper tranquille dans la salle à manger de son hôtel, ferait une longue marche pour digérer, le tout suivi d'un bon livre avant de dormir et son bonheur serait total. Elle prit donc sa petite veste légère, la posa négligemment sur son avant-bras. Souriant avec froideur, elle dit à Jérôme toujours assis derrière son bureau :

— Donc, je vous remercie pour le chèque et je pense que nous allons nous revoir afin de...

— Un instant..., fit l'homme en se levant à sa suite.

Il referma la porte qu'elle venait d'ouvrir. Le cœur de la jeune femme voulait sortir de sa poitrine. Elle s'appuya contre le battant. Le rédacteur en chef sourit avant de se pencher afin de lui prendre la main. Il la tint si serrée qu'il lui était impossible de la retirer. Elle haussa les épaules et regarda avec un semblant d'indifférence par la fenêtre derrière lui. Jérôme chuchota tout près de son oreille, d'une voix enrouée par le désir, et les jambes d'Adèle flageolèrent sous son poids :

— Vous devez comprendre, belle Adèle, que dans les jeux de l'amour, il est impossible de résister...

Et il approcha sa bouche de celle de la jeune femme pour lui donner le premier baiser de sa vie. Grâce à sa force de caractère, Adèle le repoussa aussitôt fermement, tourna les talons, ouvrit la porte pour s'élancer dans le corridor. C'est moitié marchant, moitié courant qu'elle retourna à l'hôtel pour se réfugier dans sa chambre en pleurant avec rage. Elle se dévêtit, lança ses vêtements sur le lit près de la petite fenêtre. Même si elle savait que cet homme n'était pas pour elle, même si elle savait qu'elle ne pourrait jamais aimer, la jeune femme constatait concrètement la morsure, la blessure causées par une promesse faite il y avait plus de huit ans, alors qu'elle n'était qu'une enfant. Pour la première fois, elle s'aperçut qu'avoir promis à sa mère de ne jamais se marier voulait dire ne jamais connaître les émois que l'amour faisait naître dans un corps, tels ces bouleversements qu'elle avait perçus en étant dans les bras de Jérôme. Elle était fâchée contre Rose, contre Jérôme et contre elle-même. Contre son père Antoine, pour tout le mal qu'il avait causé en les abandonnant. Sanglotant sans arrêt, la journaliste s'étendit sur son lit en se promettant d'aller souper dès que sa peine se calmerait.

Toc, toc, toc.

Il était près de huit heures du soir lorsqu'on cogna à la porte de sa chambre. Confuse, Adèle prit quelques secondes pour se réveiller bien comme il le faut. Le bureau de cerisier laqué, les lourds rideaux de velours bourgogne, le plancher de larges lattes d'érable rouge. Où se trouvait-elle donc? Puis, elle le réalisa tout à fait en entendant la voix rauque tant aimée.

— Adèle?

Elle frotta son visage avec panique, pensa un moment ne pas répondre. C'était sans compter sur la ténacité de Jérôme qui cogna de nouveau.

— Adèle, je sais que vous êtes là, le tenancier me l'a dit. Ouvrez-moi, je vous en prie, ou je dérange tout l'hôtel pendant une heure à cogner contre votre porte.

Adèle secoua la tête vivement, pensant à la honte qu'elle éprouverait devant un tel comportement et vit son reflet affolé dans le grand miroir sur la commode blanche. Dans sa longue jaquette, elle semblait perdue. Elle se leva promptement et répondit la bouche collée sur la porte:

— Non, allez-vous-en. Nous avons fini. Il n'y a plus rien à voir pour les textes, n'est-ce pas? J'ai fait mon travail alors, s'il vous plaît, partez, monsieur Sénéchal.

Tout en parlant, elle se mit à se promener dans sa chambre, essoufflée comme si elle avait fait le tour du village de Sainte-Cécile à la course. Pieds nus sur le sol, elle grelottait, mais pas de froid. Jérôme cogna de nouveau, posa lui aussi sa bouche sur la porte et chuchota:

— Je dois vous voir. Je ne partirai pas, Adèle. Je veux vous parler.

— Mais, moi, je ne veux pas.

Il cogna de nouveau, encore et encore. Assise sur son lit la tête dans les mains, Adèle bougeait nerveusement ses jambes et mordillait ses lèvres. Les cheveux ainsi défaits, le visage sans aucun fard, elle avait l'air à peine sortie de l'adolescence. Elle ferma les yeux et se balança d'avant en arrière avec désarroi.

— Il va partir, il va s'en aller, supplia-t-elle à voix haute comme un leitmotiv. Il doit s'en aller.

Sa tête, son cœur se livrèrent une bataille sans merci. Elle entendait la voix de Florie et ses éternelles mises en garde.

— De toute façon, notre promesse ne nous oblige pas à un si grand sacrifice, toi et moi; au moins, on sera pas des machines à bébés. Oui, je te dis, maman nous a presque rendu service. Et ne t'avise pas de te laisser aller, ne serait-ce qu'à un regard. Parfois, les hommes utilisent toutes sortes de moyens pour parvenir à leur fin.

— Ah bon! Et comment tu le sais ? avait toujours envie de questionner Adèle devant de tels commentaires effrontés venant d'une femme n'ayant jamais été courtisée.

Elle mouilla ses lèvres en se rappelant le goût du baiser de Jérôme, il y avait quelques heures à peine. Ses yeux firent nerveusement le tour de la petite chambre, mais il n'y avait aucune issue.

— Allez-vous-en, allez-vous-en…, répéta-t-elle à voix basse.

Après ce qui lui parut une éternité, la voix de Jérôme reprit sur le ton de la caresse.

— Je ne partirai pas.

Vaincue, Adèle se leva lentement. Inspirant un grand coup,

elle avança de quelques pas jusqu'à la porte, l'entrouvrit de quelques pouces à peine. Ses yeux foncés plongèrent dans ceux de Jérôme qui passa sa main dans l'ouverture, repoussa la porte pour s'immiscer dans la pièce sombre. Il referma derrière lui et garda le silence. Adèle respirait par à-coups et avait l'impression que son corps pesait une tonne. Jérôme avança la main vers la joue de la jeune femme qui se sut aussitôt perdue.

— Nooonn, chuchota-t-elle.

Elle pencha la tête et, toute pudeur envolée, baisa amoureusement la main fraîche de l'homme qui la touchait. Jérôme vit la poitrine de la jeune femme se soulever au rythme rapide de ses respirations. Il passa sa main sur son front pour dégager les cheveux qui s'y prélassaient. Adèle esquissa un faible sourire.

— Vous savez que vous devez partir. Je ne peux recevoir d'hommes ici…

— Laissez faire, je connais le gérant qui ne dira mot. Je suis où je dois être, auprès de celle qui fait vibrer mon cœur.

Jérôme fit un clin d'œil affectueux à la journaliste qui rougit. En baissant les yeux avec pruderie, elle s'aperçut que le haut de sa jaquette était détaché. Elle repoussa la main de Jérôme encore sur son épaule et se détourna rapidement.

— Oh! dit-elle avec gêne avant de commencer à rattacher les boutons.

— Laissez-moi faire, murmura alors Jérôme avant de s'avancer. Il retourna facilement la jeune femme vaincue vers lui, mit la main sur les minuscules boutons perlés. À chaque bouton, il posait ses lèvres sur la peau fine d'Adèle qui cessa de respirer.

— Non…, tenta-t-elle de dire… S'il vous plaît… je ne peux pas…

Adèle cessa de parler lorsque plutôt que d'attacher les

boutons, Jérôme décida de faire l'inverse. Il prit tout son temps, un à un en faisant durer son plaisir. Une veine palpitait rapidement dans la gorge blanche de la jeune femme qui tremblait de la tête aux pieds. Lorsque le haut de son corps fut dénudé, Jérôme s'arrêta un moment et prit un petit sein dans sa large paume.

— Dieu que vous êtes belle, dit-il d'une voix enrouée par le désir.

— Il ne faut... pas...

Adèle tenta de se reprendre, de remonter son vêtement sur ses épaules, mais c'était peine perdue. Elle regarda la bouche charnue de Jérôme et sut qu'elle était finie. Cet homme l'avait ensorcelée. Il lui prit la main et, d'un pas décidé, l'attira vers le lit encore rempli de sa chaleur. Jérôme l'embrassa passionnément en finissant de lui enlever ses vêtements. Adèle savait qu'elle courait à sa perte en le suivant, mais son esprit ne réagissait plus, seul son corps enflammé la menait. Elle rendait baiser pour baiser, caresse pour caresse. Elle était de plus en plus fébrile, chaque baiser de Jérôme lui faisant l'effet d'une nuée de papillons se posant partout sur sa peau brûlante. Les yeux mi-clos, elle regarda Jérôme se dévêtir et détourna la tête lorsqu'il s'avança complètement nu à ses côtés. Elle souleva aussitôt la couverture et, les yeux fiévreux de convoitise, l'attira à ses côtés.

⊱✶⊰

— Mon Dieu, qu'avons-nous fait ? murmura Adèle en jetant un regard sur l'homme endormi dans son lit.

Elle ferma les yeux un moment, le pourpre lui monta aux joues au souvenir des moments amoureux qu'elle venait de vivre. Les lectures qu'elle avait faites, les sermons à l'église, les conversations avec Florie, rien ne l'avait préparée à de telles sensations. Les mains de Jérôme sur son corps, ses lèvres parcourant chaque parcelle de sa peau... Endormi comme un enfant, il respirait par petits coups en ouvrant sa bouche à chaque souffle. Adèle inspira profondément avec inquiétude. S'il fallait que quelqu'un au village sache qu'elle avait agi comme une... une traînée! Si la protection utilisée par son amant ne suffisait pas et qu'elle se retrouvait enceinte! La pensée que Florie puisse être avisée de l'erreur qu'elle venait de commettre la terrorisait. Elle jeta un regard sur le cadran: minuit trente-cinq. Son cœur battait la chamade, mais elle prit son courage à deux mains.

— Jé... Jérôme, chuchota la jeune femme en poussant délicatement l'épaule de l'homme assoupi.

Ses belles boucles blondes se détachèrent sur l'oreiller beige lorsqu'il se tourna vers elle. Il tendit le bras, flatta langoureusement la joue satinée de son amante. Un sourire satisfait de chat repu apparut sur son visage endormi:

— Bonjour, belle dame, dit-il d'une voix douce. Viens ici...

Il prit la main d'Adèle qui tenta de résister. Il attira le corps de la jeune femme qui n'arrivait pas à le repousser. Lorsqu'il l'embrassa passionnément, Adèle sut qu'il en était fait de sa décision. Elle ne pourrait jamais se débarrasser de cet homme. Ils refirent l'amour, en prenant tout leur temps cette fois-ci. Dans ces moments les plus fous, jamais Adèle n'avait imaginé vivre de telles sensations. Le bas de son corps n'était qu'une zone brûlante de désir et chaque fois que Jérôme posait la main sur elle, sa chair en redemandait. Elle ne souhaitait rien d'autre que de le sentir à l'intérieur d'elle, encore et encore. Lorsque leurs corps furent assouvis, et qu'Adèle reposa contre le torse nu de son amant, elle prit la parole en tentant d'avoir un ton déterminé :

— Jérôme, nous ne devons pas recommencer. Après cette nuit, il ne faut plus.

— Ah ? Et pourquoi ?

L'homme l'embrassa sur le front, les joues, les oreilles. Adèle essaya de garder les idées claires. Elle le repoussa gentiment, mais fermement. S'assoyant sur le bord du lit, elle attrapa sa robe de chambre pour s'y camoufler. Mais c'était sans compter sur Jérôme qui s'agenouilla derrière elle et lui retira le vêtement en souriant dans la pénombre.

— Parce que... c'est péché... Je n'aurais jamais dû... Vous êtes mon patron.

Oh ! mon Dieu ! Toutes les raisons lui sautaient maintenant aux yeux et elle secoua vivement la tête avec incrédulité.

— Mais l'amour ne peut être péché, ma belle Adèle, c'est trop beau.

Adèle se retourna pour le regarder longuement. Elle avait envie de lui donner raison en se remémorant toutes les sensations ressenties dans les dernières heures. Elle fronça les sourcils, se recula au pied du lit, les genoux serrés contre la poitrine. Elle serra son vêtement blanc contre ses seins nus. La noirceur l'empêchait de distinguer les traits du visage de son amant, elle préférait ne pas voir son air de gourmandise, sous peine encore de succomber. Par la fenêtre, le premier quartier de lune illuminait la chambre d'une douce clarté.

— Vous savez très bien ce que je veux dire. Nous n'avons pas le droit de faire... faire...

— ... l'amour...

— Oui, faire l'amour. Nous ne sommes pas mariés et...

— Alors, marions-nous ! coupa Jérôme sous le regard

abasourdi de la jeune femme qui se releva d'un bond.

Sa promesse. Sa promesse qu'elle devait tenir à tout prix. Adèle trouva la force de le repousser devant l'image de sa mère mourante qui leur demandait de ne jamais aimer. Elle revoyait les années de calvaire que cette dernière avait vécues lorsque son père les avait quittés. D'abord son effondrement émotif, puis physique. Adèle répéta silencieusement sa promesse, les yeux à demi fermés. Un coup d'œil sur le visage de Jérôme fit presque vaciller sa résolution. Elle pourrait peut-être...

— Non. Vous devez partir et nous ne pouvons jamais recommencer. Imaginez si quelqu'un dans l'hôtel vous a vu entrer dans ma chambre. Imaginez les commentaires qui doivent aller bon train. Je ne veux pas perdre mon travail ni ma réputation. Être la femme facile qui a une promotion parce qu'elle couche avec tous les hommes. Cela s'est déjà vu, mais je ne suis pas comme cela.

— Vous ne perdrez pas votre travail, ma douce. Et puis, vous couchez avec tous les hommes ? Ah bon ? Première nouvelle !

— Cessez de vous moquer. Vous comprenez ce que je veux dire. Je ne suis pas ce genre de femme.

Jérôme se leva aussi en prenant les épaules d'Adèle pour la forcer à le regarder. Que cette femme était belle ! Une fragilité émanait de ses traits, il avait envie de la protéger contre tout et tous. Le jeune homme soupira doucement. L'avait-il vraiment demandée en mariage ? Lui ? En laissant ses yeux glisser sur le corps délicat, mais ferme de Adèle, il savait qu'il avait bien fait. Si elle le désirait, il l'épouserait demain matin, sa petite journaliste. En plus d'être parfaite comme amante, elle avait un vrai talent d'écriture qu'il pourrait fort bien utiliser sans nuire à sa relation. Et avec elle, les conversations n'étaient jamais vides. Malgré certaines maladresses de langage, Adèle avait une soif d'apprendre, une envie de connaissance qui prévalaient sur toutes ses erreurs. Aucune femme avant elle ne l'avait autant intrigué.

— Vous ne perdrez pas votre travail, répéta-t-il, car personne ne vous connaît et ne me connaît ici, à l'hôtel. Sauf le gérant, mais lui, il n'y a pas plus discret. De plus, lorsque vous vous êtes décidée à me laisser entrer, personne ne m'a vu. Alors, n'ayez crainte, nous pouvons recommencer... encore et encore, conclut Jérôme en avançant son visage vers la bouche entrouverte d'Adèle.

Elle plaça aussitôt sa main contre les lèvres de son soupirant. Il fronça les sourcils, fit un geste impatient. Pour lui, la situation était réglée. Sur son visage, une ombre d'exaspération apparue furtivement. Adèle secoua sa tête aux boucles détachées. Les lèvres pincées l'une contre l'autre, il mit sa main sur le lit devant elle, comme une barrière entre eux.

— Non, je ne peux pas. Pas maintenant. Laissez-moi le temps de réfléchir, je vous en prie. Je dois penser à ce que tout cela veut dire, tout ce que ça représente pour moi qui suis une femme célibataire. Imaginez si je... je tombais...

Elle ne put continuer, trop gênée pour parler d'une chose aussi intime.

— N'ayez crainte, Adèle, je ne mettrai jamais votre réputation en péril.

Elle le regarda avec détermination.

— Pour vous, c'est si simple. Vous devez partir, Jérôme. Vraiment.

— Je ne comprends pas, mais bon, vous ne m'en donnez guère le choix !

Devant le ton déterminé de la jeune femme, Jérôme soupira,

se releva lentement du lit, sans se soucier de sa nudité qui faisait maintenant rougir sa maîtresse. Elle détourna le regard, mais sentit le désir revenir la tarauder. Cet homme serait-il celui qui la ferait revenir sur sa promesse faite à Rose ? Comment ferait-elle pour rester loin ? Elle ferma les yeux et l'image de Florie et de tous ses sacrifices vint conforter sa décision. C'était un jeu délicieux, elle n'était pas une femme pudique plus qu'il ne le fallait, mais ça demeurait un jeu beaucoup trop dangereux. En arrière-pensée, Adèle, pas idiote, savait déjà que le pire était peut-être arrivé. Son imagination fertile l'amena sur des terrains glissants. Elle se vit bannie du village comme la fille Demers qui avait accouché seule, dans un couvent de Trois-Rivières d'où elle n'était jamais revenue. Non, pas question de faire vivre une telle épreuve à sa sœur, elle en mourrait. Relevant ses fines épaules, elle dit de sa voix la plus ferme :

— Partez, Jérôme... je vous en prie. Si vous tenez un peu à moi, respectez ma demande. Nous serons patron-employée. Pour le moment, je ne peux vous offrir plus.

Les larmes montèrent à ses yeux. Elle tenta de cacher sa détresse à l'homme qui menaçait de compromettre la promesse qu'elle avait faite à sa mère mourante. Son amant se vêtit lentement. Toutefois, il n'avait pas dit son dernier mot et, en se retournant pour la regarder, il affirma :

— Soit, pour l'instant, je vous promets de ne plus vous importuner sur le plan personnel. Par contre, vous êtes venue ici d'un point de vue professionnel et nous devons nous revoir demain pour les derniers détails. Serez-vous capable de me rencontrer en mettant de côté notre relation et votre inconfort ?

Adèle ferma les yeux, honteuse. Comment avait-elle pu se laisser emporter par le désir au point d'en oublier toutes ses valeurs, le sens des convenances ? Jérôme avait beau la rassurer, la journaliste savait très bien que même à Saint-Jovite, les nouvelles, les potins allaient trop vite. Si Florie apprenait ce qui venait de se passer... Adèle secoua la tête avec colère. Assise comme une enfant sur la petite chaise près de la fenêtre, elle ne réagit même pas lorsque Jérôme posa sa main sur son épaule et lui embrassa le dessus de la tête. Elle ne le regarda pas non plus, toute à son angoisse et à ses préoccupations. Elle demeura figée comme une statue de marbre. Cependant, les paroles de son amant se frayèrent tout de même un chemin jusqu'à son esprit grandement préoccupé.

— Adèle, ne regrettez rien, je vous en prie. Ces moments, je les chérirai toute ma vie, même s'ils ne se reproduisent jamais plus. Pourtant, je ne vois pas ce qui nous empêche de nous fréquenter ! Je suis célibataire et vous aussi. Soit, je suis votre supérieur... Toutefois, cela n'est indiqué nulle part dans un quelconque contrat que vous ne pouvez vous marier. Vous craignez de ne plus pouvoir travailler peut-être ? Je ne vous empêcherai jamais de faire ce que vous aimez. Vraiment, rien ne nous empêche...

Le reste de sa voix se perdit dans un murmure. La voix de Jérôme, qu'elle aimait par-dessus tout, fébrile et enflammée. Pour la première fois depuis son réveil, Adèle se fit tendre. Elle se retourna en souriant tristement, posa sa tête sur la poitrine encore dénudée de Jérôme.

— Laissez tomber, je vous en prie... Je ne veux pas et ne peux pas me marier. Un jour, peut-être, je vous expliquerai.

Adèle tentait de retrouver son sang-froid. Son cœur se brisa et elle avait conscience du sacrifice imposé par sa mère mourante. Qu'avait-elle pensé ? Leur demander de vivre une vie sans amour, comme elle ! Mais Rose avait ses enfants pour l'entourer et l'aimer. Elle, Adèle, qui prendrait soin d'elle lorsque ses frères et sa sœur n'y seraient plus ? La voix de son amant parvint jusqu'à elle. Un ton d'excuse qu'elle ne supportait pas. Les larmes montèrent aux yeux d'Adèle en écoutant Jérôme se condamner.

— Je vous jure que je n'avais aucune arrière-pensée en venant ici ce soir, même si j'avais évidemment très envie de vous revoir. Je n'avais pas planifié ce qui vient de se passer, malgré mon insistance à votre porte. Je vous en conjure, répéta-t-il, ne regrettez rien. Vous étiez si belle, si douce avec votre visage ensommeillé, vos boucles détachées.

Adèle n'arrivait pas à parler. Muette, elle serra ses bras sur sa poitrine, le regarda finir de s'habiller et s'approcher d'elle pour lui baiser le front une dernière fois.

— Nous nous retrouverons vers neuf heures dans les bureaux du journal. Je vous promets de ne pas mentionner ce moment.

La jeune femme le suivit lentement pour bien fermer la porte de sa chambre. Elle s'y adossa un moment en écoutant les pas s'éloigner, son avenir s'en aller, avant de marcher vers la fenêtre qui donnait sur la rue Principale. Elle n'arrivait pas à lâcher prise. Son regard s'attarda sur l'homme qui sortait et qui marchait la tête légèrement penchée vers l'avant. À deux heures du matin, les rues du village étaient désertes, seule la lune l'accompagnait dans ce retour solitaire vers son appartement derrière l'édifice du journal.

— Comment as-tu pu me demander cela, maman ? chuchota la jeune femme en plongeant sa tête entre ses bras.

Longtemps après le départ de Jérôme, Adèle chercha le sommeil en se repassant en boucle les gestes amoureux qu'ils s'étaient échangés. Pour une rare fois de sa vie, elle était victime d'insomnie pour une autre raison que ses écrits. Ce fut donc une journaliste épuisée qui salua mademoiselle Églantine le lendemain matin. À la fin de la matinée, Adèle reprit le train pour Sainte-Cécile, sans tenir compte des regards invitants et déçus de son amant qui l'accompagna jusqu'à la gare dans sa voiture. Même son Ford vert, un modèle de quelques saisons tout au plus, ne parvint pas à l'épater. Elle tentait de toutes ses forces de résister à tous les attraits de cet homme cultivé. À plus d'une reprise, Jérôme tenta d'obtenir une date à laquelle la jeune journaliste pourrait revenir à Saint-Jovite.

— Revenez bientôt pour que nous puissions continuer notre collaboration, pria-t-il, tout espoir disparu. Je vous en prie.

Tout en conduisant prudemment, sous différents prétextes tous légitimes, il argumentait avec la jeune femme qui sauta sur le trottoir à peine la voiture arrêtée. Elle se pencha à la fenêtre avec un sourire d'excuse. Seule sa pâleur plus exacerbée que d'ordinaire laissait voir sa détresse. Ses fines mains gantées se posèrent contre la fenêtre entrouverte. L'agitation devant la gare lui rappelait le besoin d'être discrète. Les gens marchaient ou couraient vers leur train en leur jetant un regard parfois curieux.

— On verra, lui dit-elle plus sèchement qu'elle le voulait. On verra plus tard. Pour l'instant, je ne peux pas, monsieur Sénéchal. Je dois travailler à la ferme. Reprendre ma vie normale. Je ne suis pas faite pour ces drames.

Elle se détourna avant de pleurer devant Jérôme, visiblement éprouvé. De toutes les femmes qu'il connaissait, pas une ne refusait d'être fréquentée. Il n'y comprenait rien. Il resta longtemps assis dans la voiture à regarder l'entrée de la gare, cigarette à la main. Cette journée-là, lorsqu'enfin Adèle grimpa dans la voiture aux côtés de son frère Édouard venu la chercher, elle appuya sa tête contre son épaule avec lassitude.

— Bon séjour, ma belle ?

— Oui, mais fatigant.

Son monde en entier avait basculé. Peu jasant, son frère ne se choqua pas du silence de sa sœur qui se détourna et regarda défiler la route jusqu'au village de Sainte-Cécile, ce dernier n'ayant guère changé depuis leur arrivée plus de dix ans auparavant. Devant le marché Marquis, se trouvait comme d'habitude, un attroupement de jeunes adolescents. Sur le parvis de l'église, des dévots jasaient pour bien montrer leur piété, même si tout le village savait bien qu'ils ne faisaient que potiner. Quelques minutes avant de tourner sur leur rang, Édouard l'avertit d'une voix navrée :

— Ne le prends pas mal, mais Florie n'est pas tellement de bonne humeur.

— C'est nouveau, ça ?

— En même temps, avec elle, on ne sait jamais. Alors, ne t'en fais pas !

— Je ne m'en fais guère, mon frère.

Édouard lui fit un sourire piteux. Sa grande sœur leur faisait payer l'absence d'Adèle. En moins de dix minutes, la voiture monta enfin la côte Boisée, passa devant ses voisins les Marois et la petite cabane du père Claveau. Depuis trois étés, le vieil homme attelait sa vache Anémone à sa charrette et s'en servait comme bête de somme. Ce qui faisait jaser toute la paroisse chaque dimanche qu'il ne se présentait pas sur le perron de l'église, sous prétexte que sa vache ne roulait pas aussi vite qu'un cheval de labour.

— Ce n'est pas de ma faute si je n'ai pas fini mes travaux. Vous parlerez bien à Anémone si vous n'êtes pas content, mon père ! avait-il dit au curé Latraverse un mois plus tôt.

Le gros curé avait failli s'étouffer de colère devant cet

affront. Adèle, quant à elle, détestait cette habitude rurale de se mêler de la vie des autres, au contraire de sa sœur, qui adorait cancaner sur tout un chacun. Cela l'embêtait au plus haut point. Si le père Claveau se sentait bien avec Dieu, personne ne devrait s'en mêler… même pas le curé du village.

— Enfin rendus, murmura-t-elle en apercevant le toit gris foncé de sa maison chérie.

Un soupir de soulagement lui vint aux lèvres. Deux jours auparavant, elle rêvait d'indépendance et de solitude. Maintenant, elle avait envie de se glisser entre les bras sécurisants de sa grande sœur, qui ne pourrait jamais savoir son secret. Adèle avait juste envie de s'enfermer dans sa chambre pour s'endormir dans un cocon enveloppant. Écrire dans son journal qu'elle avait à peine ouvert depuis quelques années.

Florie apparut sur la galerie couverte, les bras grands ouverts :

— ENFIN, ADÈLE ! TE VOILÀ !

— Tu vois ce que je veux dire ? Je suis parti, elle rageait, maintenant elle jubile ! C'est à n'y rien comprendre…

Adèle attendit à peine l'arrêt de la voiture avant de s'élancer dans les bras de celle qui l'avait élevée. Son aînée avait longtemps tergiversé avant de décider de ne pas montrer sa mauvaise humeur. Après tout, chaque fois que sa sœur partait pour Saint-Jovite, elle revenait souriante et heureuse. Ce qui suffisait à son propre bonheur. Enfin, généralement. De là à dire que Florie pourrait résister à lui lancer quelques piques…

— Ma Florie, on dirait que je suis partie depuis deux semaines. Je me suis tellement ennuyée.

— Eh bien, dis donc, il y a trois jours, tu voulais fuir à tout prix mon environnement contraignant, comme tu m'as si bien dit. Qu'est-ce qui s'est passé ?

Florie la tint à bout de bras pour l'observer attentivement.

Celle-ci lisant habituellement en elle comme dans un livre, Adèle sentit la peur lui tordre le ventre. Elle se laissa aller contre l'imposante poitrine de Florie qui ignorait les tourments de sa cadette. Se pouvait-il que sa sœur se rende compte qu'elle n'était plus vierge ? Qu'elle avait commis l'irréparable ? La journaliste plaqua son sourire le plus serein sur ses lèvres. Satisfaite d'avoir toute sa fratrie de nouveau sous son toit, l'aînée soupira enfin d'aise. Les deux sœurs offraient un contraste saisissant. Florie n'avait que la couleur des yeux en commun avec sa jeune sœur. Tout le reste tenait plus de leur mère, alors qu'Adèle était le portrait craché de leur père. Tant physique que mental. Mais ça, ni Florie ni Édouard n'osaient lui dire, car pour Adèle, ce père indigne ne méritait aucune parole, aucun souvenir.

— Allez, viens me raconter cette visite. Tu dois bien avoir travaillé sans arrêt pour avoir les traits tirés de même. Si ça de l'allure, se mettre à terre comme ça !

— Ne t'en fais pas, au moins, j'ai fini pour un long moment.

Avec les années, Florie était devenue une femme grassouillette à l'air sévère. Pendant les deux journées qui venaient de passer, elle avait beaucoup pensé et décidé de faire contre mauvaise fortune bon cœur. Elle accepterait les choix d'Adèle. Elle lui jeta un regard insistant, nota de nouveau sa pâleur. Elle secoua sa tête en fronçant ses épais sourcils bruns.

— Mon doux que tu as l'air fatigué ! répéta-t-elle. Il ne te laisse pas dormir, ce patron-là ? Allez, hop, va te changer si tu le désires et après, tu te prendras une bonne tasse de café. Je peux bien m'arrêter quelques minutes pour entendre les derniers potins de Saint-Jovite, dit Florie, sa grosse face éclairée par un sourire bienveillant.

Le gros poêle dans le coin de la cuisine blanche dégageait

des odeurs qui firent frétiller l'estomac d'Adèle. Elle qui croyait ne plus jamais manger, les odeurs qui émanaient des chaudrons de Florie la firent saliver, toute tristesse temporairement envolée :

— Laisse faire le changement, j'ai plus le goût de jaser avec toi, ma belle Florie !

Adèle secoua la tête, enleva son chapeau qu'elle lança joyeusement sur la grosse table en bois massif. Elle huma l'air en promenant son regard noisette partout.

— Tu sais quoi, ma Florie, notre cuisine est l'endroit sur terre où je me sens le mieux. Ça sent toujours bon, les murs blancs me calment, les fleurs accrochées m'émeuvent... Tiens, même les bottes boueuses de Laurent me font du bien, dit-elle en pointant le tapis derrière la porte qui accueillait les chaussures de la famille.

— Mon doux, tu es donc bien poétique aujourd'hui !

La jeune journaliste tira sa sœur ébahie par la main tout en criant à son frère Édouard de laisser sa valise dans sa chambre. Ce dernier obéit avant de revenir dans la cuisine, prêt à entrer dans l'arène de boxe. Il porta la main à son cou douloureux, soupirant d'aise en voyant ses deux sœurs assises l'une près de l'autre, le visage détendu.

— Bon alors, je vous laisse jaser, moi, j'ai du travail. Tu me raconteras ta visite au souper, Adèle.

Adèle le regarda affectueusement. Elle se sentait soulagée d'être de retour dans son environnement. Sa nuit avec Jérôme lui semblait un rêve lointain. Un rêve merveilleux, fabuleux qui ne devrait rester que cela. Elle resta songeuse une minute en regardant la porte se refermer sur son frère aîné.

— Toujours aussi jasant, mon Édouard. Et Laurent ? Il est...

— Qu'est-ce que tu penses ? Encore dans le champ. Des fois, je me demande ce qu'il ferait en ville, cet enfant-là. Il part à l'aube et revient à la nuit tombée. C'est tout juste s'il ne couche pas dans l'étable avec nos vaches, rigola Florie d'un ton affectueux.

Ses yeux pétillaient de malice. Elle fit un signe vers la fenêtre au-dessus de l'évier pour montrer son frère au loin.

Adèle sourit avec tendresse.

— Tu as bien fait de le sortir de l'école à quatorze ans. Je n'ai jamais vu quelqu'un d'aussi délivré et heureux. Il était tellement morose. La maîtresse te le disait, hein ? Faire tenir Laurent assis toute la journée sur son banc d'école représentait une telle corvée !

— Ouin. Maintenant, il passe de l'aube à la tombée du jour à prendre soin de son bétail avec affection. Pas une fois, depuis un an, qu'il ne s'est plaint de la dure réalité de la vie de fermier ! Son bonheur fait plaisir à voir !

Enlacées près de la fenêtre, les deux sœurs sourirent lorsqu'elles le virent au loin flatter le flanc d'un veau pour le forcer à avancer. Jamais il n'utilisait la violence, comme certains autres fermiers du village. Il gagnait le respect de ses animaux pour ensuite en faire ce qu'il désirait. Lorsque le temps venait à l'automne de faire boucherie, il s'installait une bonne heure avec les bêtes à tuer, leur parlait, tête contre tête. Parfois, cette scène se déroulait dans le champ, à d'autres moments, dans l'étable. Personne dans la famille ne savait le contenu de ses monologues, mais il en revenait toujours serein, jamais attristé. Un fermier comme il y en avait peu. Adèle était fière de l'homme que devenait son petit frère. N'eut-il pas fait la même promesse à sa mère qu'il aurait assurément trouvé une jeune fille à fréquenter, avec un cœur aussi grand. Florie essuya ses mains sur son tablier avant de verser deux cafés et de tendre une assiette de sucre à la crème à sa sœur avec un petit clin d'œil. C'était le temps de faire la paix.

CHAPITRE 8

L'inconnu

— C'est bien épouvantable ! Je n'en reviens pas ! Adèle, ne me dis pas que tu trouves que c'est normal ?

Assise à la table, Adèle écossait des petits pois en écoutant sa sœur radoter la même rengaine depuis deux jours. Au début de la semaine, Laurent avait annoncé une grande nouvelle à sa sœur Florie horrifiée et celle-ci l'avait à son tour rapportée aux deux autres au moment du souper.

— Reviens-en, Florie. Ce n'est pas la fin du monde. À Montréal, il y a plein de gens de couleur qui s'établissent partout.

— Justement, à Montréal. Pas à Sainte-Cécile. Non, mais qu'est-ce que le monde des alentours va penser ? Ramener un... un... Noir pour s'occuper de son troupeau. Le bonhomme Claveau est tombé sur la tête ! Il dit qu'il est bien correct, puis qu'en plus, il ne charge presque rien. C'est un maudit paresseux, puis un *gratteux*, ce Claveau-là. Il aime mieux laisser ses bêtes entre les mains de n'importe qui pour avoir le temps de fabriquer ses mosus d'inventions innocentes.

Lasse d'entendre sa sœur se lamenter sur la nouvelle de la semaine, Adèle se plongea dans ses pensées. Depuis un mois, elle n'avait pas remis les pieds à Saint-Jovite, n'avait eu aucune nouvelle de Jérôme. Plus que satisfait du travail accompli par les deux jeunes journalistes, le rédacteur avait mis de côté la romance pour se consacrer à la suite du travail. Pour une publication à la fin de septembre, les textes devaient être mis sous presse sans tarder. Avec dix textes variés incluant les deux de Clémentine, le cahier spécial pour les femmes des Hautes-Laurentides serait le premier du genre en région. La jeune journaliste ne savait plus que faire pour éviter de penser à son amant.

Ses rêveries ne la tinrent pas à l'abri des lamentations ambiantes aussi longtemps qu'elle l'avait souhaité.

— C'est épouvantable, en plus, c'est notre voisin. Qui nous dit qu'il n'est pas dangereux, hein? En tout cas, moi, je vous avertis: à partir d'aujourd'hui, on barre notre porte à double tour. Plus question de laisser ouvert aux quatre vents. On sait jamais!

— Franchement, Florie, tu exagères! Voir s'il va partir de chez Claveau pour venir voler... quoi au fait?

— Parce que tu penses que ça réfléchit avant d'agir, ce monde-là? Il peut entrer ici et se rendre compte après qu'on n'a rien! Non, que j'en vois pas un laisser ouvert, surtout la nuit.

Le curé Latraverse n'avait guère arrangé les choses en mentionnant en chaire l'importance de respecter la communauté canadienne-française, la pureté de la race. De sa voix la plus puissante, il s'était exclamé de manière théâtrale:

— Lorsque le roi du Nord, notre bon curé Labelle, a réussi à faire venir cinq mille habitants dans cette belle région, il voulait éviter l'émigration massive des Canadiens français vers les États-Unis. Ce saint homme cherchait à tout prix à protéger notre peuple. Certains ont oublié les sacrifices, les démarches réalisées pour ce magnifique projet et permettent maintenant à des... étrangers de s'établir sur nos terres.

Tout au long de son sermon, en ce dimanche matin, il avait fait appel au sentiment d'appartenance des gens de Sainte-Cécile afin de s'assurer, disait-il, « que notre beau village ne devienne pas un asile pour tous les nécessiteux de la grande ville ». Certains villageois, gênés, s'étaient tournés vers Henry Stromph, établi dans le village depuis si longtemps que plusieurs oubliaient souvent d'où il venait. Le père Claveau, absent de la messe comme presque chaque dimanche depuis le début de l'été, n'avait eu que des échos des paroles du curé. Mais, comme d'habitude, il n'avait que faire des reproches du saint homme. Son nouvel employé, un grand costaud prénommé James, parlait assez français pour comprendre et accomplir sans peine toutes ses demandes. Juste assez pour ses besoins.

Honteuse d'être associée à un tel manque d'ouverture, Adèle ouvrit la bouche pour commenter en soupirant:

— Bien moi, vous saurez, je ne comprends pas qu'on juge quelqu'un sans le connaître. Ce n'est pas ça, les enseignements qu'on devrait mettre en pratique, il me semble? Le curé en premier devrait arrêter de juger sans savoir.

Sentant l'irritation et le reproche dans le ton de sa voix, Florie mordit à l'appât et éclata aussitôt. Finie la trêve, les deux sœurs recommencèrent à se disputer. Délaissant sa soupe de carottes, elle vint se planter à deux pieds de sa cadette, bien campée sur ses courtes jambes.

— Eh bien, mautadine! J'aurais dû y penser que tu trouverais ça bien correct de ramener n'importe qui dans notre village. On sait bien, mademoiselle ne pense qu'à s'en aller dans la grande ville. C'est facile quand on fuit de dire qu'on est d'accord d'avoir des gens de couleur comme voisin ! Tu seras pas ici pour le croiser. Quand le curé Antoine Labelle a ouvert les terres situées dans les Laurentides, tu sauras que c'était pour sauver la race canadienne-française ! cria-t-elle en répétant mot pour mot les paroles du curé. Puis le père Claveau, avec son… son étranger, il tombe dans le péché sans bon sens ! Rien que de penser le croiser au magasin général ou sur le chemin, je risque de faire une syncope, ma foi du bon Dieu ! Mais toi, on sait bien que ce n'est pas ton problème si je me fais attaquer. Mademoiselle la journaliste a d'autres chats à fouetter !

Aussitôt, l'atmosphère de la petite cuisine se rafraîchit considérablement. Florie pinça les lèvres en gardant les yeux au sol. C'en était trop pour Adèle qui lança sa serviette de table, se leva, les deux mains posées sur la table. L'état de stress dans lequel elle se trouvait depuis son aventure avec Jérôme la fit éclater. Ses deux frères venaient à peine de mettre le pied dans la maison. Ils se décrassaient dans la petite salle de bain près du salon et tendirent le cou vers la cuisine où la tension régnait. Ils regardèrent le duo avec lassitude, sans dire un mot, attendant l'explosion qui ne tarda guère. Lentement, Adèle prit position devant sa sœur en plantant son regard brun dans le sien. Ses mains se refermant nerveusement sur sa jupe grise, elle inspira profondément avant de laisser jaillir sa colère.

— Là, ça va faire, Florie ! Depuis des mois que tu me harcèles, que tu me piques avec des vacheries. Si tu ne t'excuses pas, je fais mes valises et je pars pour Saint-Jovite dès demain, tu m'entends ? Je suis sérieuse. J'en ai assez de t'entendre marmonner, sermonner sans arrêt. À mon retour, j'ai eu deux, trois jours de paix peut-être avant que tu recommences à dénigrer mon travail. J'ai bientôt vingt et un ans, mais tu voudrais que je reste à huit pour faire de moi ce que maman faisait de toi : une marionnette qui ne pense pas. Bien, il n'en est pas question ! Je suis journaliste et j'en suis fière. Je respecte les gens, peu importe leur couleur et tu sais quoi ? Peut-être que ça te ferait du bien de faire un tour dans la grande ville de temps en temps, tu serais peut-être moins remplie de préjugés !

Laurent et Édouard restèrent figés sur place. Aucun des deux n'osait lever le regard de la cuve maintenant remplie d'eau crottée. Laurent avait les yeux remplis de crainte à l'égard de la réaction de sa grande sœur. Il savait bien que jamais Florie n'accepterait les paroles d'Adèle. Encore une fois, il voulait s'échapper en vitesse, loin de la colère et des cris. Un peu plus et il plaquait ses mains sur ses oreilles. Édouard, sentant son malaise, lui plaqua la main sur le bras pour le rassurer. Dans la pièce adjacente, l'air sembla se raréfier et les deux hommes se lancèrent des regards las. Peut-être qu'il n'y aurait d'autre solution que celle mentionnée par Adèle parce qu'eux aussi n'en pouvaient plus de cette tension quotidienne. Le souffle rapide de Florie était tout ce qui s'entendait dans la cuisine à la suite du discours enflammé de sa cadette. Au bout d'une longue minute, Édouard haussa les épaules avec un sourire forcé, posa la serviette sur le bord de la cuve et s'avança doucement dans la cuisine réchauffée par le soleil de la journée. Laurent fit pareil, puis suivit discrètement son aîné qui remit ses bottes de travail. Avant de sortir sur la galerie, Édouard se retourna vers le duo enragé :

— Vous savez quoi, les filles, on reviendra quand vous serez capables de vous parler comme du monde. Il y a toujours bien des limites à vivre dans un état de guerre perpétuelle! Si vous voulez vous entretuer, bien ne comptez pas sur nous pour faire l'arbitre. On passe nos journées à s'éreinter aux champs, je pense qu'on mérite un peu de paix en revenant à la maison! Puis la cuve, je la viderai tantôt; là, j'ai besoin d'air! Viens, Laurent.

Florie, étonnamment calme, reprit sa cuillère. Elle fit un sourire sarcastique à la porte qui venait de se refermer. Posant sa main aux doigts boudinés sur l'avant-bras de sa sœur, ses yeux s'attardèrent sur Adèle qui avait les cheveux défaits, les joues enflammées, une veine palpitante dans son cou délicat. Elle s'attendait au pire. En faisant un signe d'apaisement, l'aînée rouvrit la porte de la cuisine, fit signe à ses deux frères assis sur les marches de revenir dans la maison avec un tel sourire qu'ils crurent le danger écarté. Florie s'approcha de sa sœur qu'elle prit par les épaules, lui pinça une joue en susurrant à son oreille:

— Bon Dieu que tu as du Antoine Gélinas dans toi, ma fille.

Puis, levant la tête vers les hommes:

— Rassoyez-vous, mes frères, on n'a pas commencé de souper. Ce n'est pas aujourd'hui que vous allez filer avant d'avoir pris votre repas! Maintenant qu'Adèle a dit ce qu'elle pensait de moi, j'imagine qu'on peut finir tranquillement. Puis t'inquiète plus, ma chère sœur, continua-t-elle sans la regarder directement, je marmonnerai plus. À partir de maintenant, tu peux vivre ta vie comme tu veux, je m'en sacre complètement. J'aurai fait ce que j'ai pu et à vingt et un ans, tu feras ce que tu voudras. Mais écoute-moi bien — Florie leva son index, le plaça à deux pouces du visage livide d'Adèle —, ne t'avise pas de nous manquer de respect à nous, les Gélinas. Je n'ai pas grand-chose sur cette Terre, mais mon nom, j'ai pas envie qu'il devienne la risée de toutes les Hautes-Laurentides. Alors si tu veux aller vivre à Saint-Jovite, vas-y, mais fais bien attention à tes gestes, parce que jamais, au grand jamais, je n'aurai honte de m'appeler Florie Gélinas. Tu m'as bien comprise ?

Sans attendre la réponse, la femme se remit à brasser sa soupe alors que ses deux frères prenaient place à la longue table rectangulaire, sans oser regarder Adèle, qui les imita.

— Maintenant, on peut le manger, notre repas ? continua Florie sur le même ton factice.

Le silence qui s'installa n'augurait rien de bon pour les relations futures des quatre adultes. Pendant un court moment, tous mangèrent en silence. La miche de pain, qui durait généralement deux ou trois jours, disparue dans les mains des deux frères durant ce court laps de temps. Florie commença à faire comme si rien ne s'était passé. Elle parlait, riait d'un rire un peu forcé, imitait Louisette Marquis vantant le nouveau savon que son mari avait fait venir de l'Ontario.

— «Vous m'en donnerez des nouvelles ! C'est presque miraculeux, ce savon-là, les pires taches disparaissent !» On dirait presque qu'elle a acheté la compagnie qui le fabrique, ce produit-là !

Même si Adèle était blessée, chaque fois que sa sœur parodiait la commerçante, l'atmosphère s'allégeait et les rires fusaient. Vers la fin du repas, Florie se pencha vers Laurent :

— Dis donc, le petit frère, tu vas bientôt te mettre à jaser aux animaux... j'aimerais bien ça savoir ce que tu leur dis avant de les tuer, tes bêtes adorées !

— Oh ! ça, c'est un secret que tu ne perceras jamais, Florie. C'est entre Dieu, mes cochons et moi, rigola Laurent, heureux de la diversion.

Sa timidité l'empêchait souvent de participer aux discussions, même au sein de sa famille. Seul dans sa chambre, il souhaitait trouver le courage d'affronter le monde, mais dans la réalité, il n'arrivait guère à s'exprimer longuement sauf en présence de ses précieuses bêtes.

— Mais tu sauras que ça fait des maudits bons rôtis, ces animaux si bien traités! compléta Édouard avec un soulagement évident devant le changement de ton radical de sa sœur.

Les deux aînés taquinèrent leur petit frère qui fit mine de se fâcher. Il prit quelques minutes avant de se détendre. Chaque fois que les cris fusaient dans la maison, il se réfugiait dans son monde secret. S'il le pouvait, il sortait pour aller dans la grange ou les champs. Sinon, il s'évadait à l'intérieur de lui-même pour ne pas entendre les échanges houleux. Trop sensible, il n'arriverait jamais à bien vivre dans un climat tendu.

— Vous ne saurez jamais mes secrets, dit-il en trempant son dernier bout de pain dans un gros bol de crème sucrée.

Ce fut sous les éclats de voix et les rires que la soirée se termina, assez tôt, car tous devaient se lever aux aurores pour vaquer à leurs tâches. Lorsque la vaisselle fut terminée, Adèle plaça bien comme il faut son linge sur le dos de la chaise de bois et s'approcha de sa sœur en douceur. Florie, qui l'entendit, ne se retourna point. Elle frottait plus que nécessaire la grosse casserole de fonte dans le fond de l'évier. Adèle attendit quelques secondes, puis elle lui toucha le bras et dit piteusement:

— Florie, il y a certaines paroles que je ne voulais pas...

— Laisse faire. Je veux plus jamais parler de ça. Tu m'as dit ce que tu pensais de moi, puis tu as le droit. Mais je veux plus en discuter. Jamais, tu m'as bien entendue?

Le regard que Florie tourna vers sa sœur était dur lorsqu'il se posa sur elle. Finie la joie artificielle, Florie était blessée jusqu'au plus profond de son âme. Adèle recula d'un pas, consciente d'avoir offensé sa sœur, consciente aussi que leur relation était pour toujours fracturée. Elle connaissait pourtant sa sœur, pourquoi n'avait-elle pas retenu ses paroles ? Mais elle savait la réponse ; après un long mois sans nouvelle de Jérôme, ses nerfs étaient à fleur de peau, la moindre petite étincelle pouvait déclencher un incendie. Ce qui venait d'ailleurs de se produire. La jolie brunette tenta encore un essai en lançant un regard suppliant vers le visage fermé de sa grande sœur :

— Tu sais que je ne veux pas vous quitter...

— Tu feras ce que tu voudras, répondit froidement l'autre. Bon, je vais dormir, je suis crevée et une grosse journée m'attend demain.

Triste, fâchée contre elle-même, Adèle regarda la silhouette trapue de sa sœur s'éloigner dans le corridor. On aurait dit qu'elle avait vieilli de dix ans en une soirée par sa faute. Adèle se dit que ce serait long avant que leur relation ne se répare. Si jamais elle se réparait.

— Et tout ça, c'est de ma faute ! Je le sais pourtant comment elle est faite. Je n'aurais pas pu me taire !

Désespérée, la jeune femme grimpa péniblement les marches pour regagner sa chambre. Sa vie prenait un tournant qui lui déplaisait profondément. Tout allait mal. Elle avait l'impression de s'engouffrer dans un trou sans fond. Cette impression la suivait partout où elle allait.

Les rues de Saint-Jovite étaient bordées d'arbres aux feuilles colorées en cette matinée du milieu de septembre. Comme son frère Laurent devait venir chercher une pièce de machinerie au garage Mérité, Adèle en avait profité pour embarquer avec lui, s'évitant pour une fois un voyage en train. Presque tout son argent allait dans le budget familial. Parfois, elle se prenait à rêver qu'elle n'avait qu'elle-même à faire vivre. Lorsqu'elle feuilletait le catalogue *Eaton* qu'ils recevaient à la ferme, elle s'imaginait dépenser une fortune dans les robes et les chaussures. Son corps se parait alors des plus beaux vêtements, des plus élégants chapeaux. Mais force était de constater que sa paye de journaliste ne lui appartiendrait jamais au complet. Si au moins Florie… Adèle mit un frein à ses pensées pour éviter de voir la désolation l'envahir de nouveau. Depuis leur dispute, les deux sœurs étaient courtoises, sans plus.

— C'est peut-être de ma faute, murmura Adèle, mais si elle avait un caractère plus facile, je n'aurais pas besoin de m'affirmer autant !

Entre les deux villages, la route se faisait bien malgré le paysage assez ennuyant. La jeune femme en profita donc pour sommeiller. La semaine passée, les journées avaient été pénibles, les soirées encore plus. Si Florie ne montrait plus aucun signe de colère, son indifférence envers elle était pire que tout. À toutes ses demandes, Florie lui répondait:

— Comme tu veux. C'est toi qui décides.

Sans la regarder, son chiffon ou son chaudron à la main, Florie l'ignorait parfaitement. Ce qui plongeait Adèle dans un état morose. Lorsqu'elle lui avait dit qu'elle profiterait du déplacement de Laurent pour aller rencontrer son rédacteur en chef à Saint-Jovite, pas de crise, pas de commentaire. Juste un hochement de tête de haut en bas.

— Tu sais ce que tu as à faire. Fais juste avertir ton frère si tu prévois dormir là-bas, je vais m'arranger pour les repas.

— Non, non. C'est un aller-retour, je vais porter...

— Peu importe.

Son aînée n'avait rien dit non plus sur sa robe verte un peu chic pour un jour de semaine. Rien sur son maquillage, qu'auparavant elle ne se gênait pas pour critiquer. Rien. En regardant défiler les arbres et les fermes, Adèle souhaitait presque une bonne chicane avec Florie pour brasser les cartes afin de remettre les choses comme avant leur dispute.

— Si tu savais comme je trouve ça lourd, commença-t-elle en jetant un regard au profil poupin de son cadet.

— Quoi ça ?

— Florie, moi... les chicanes.

Laurent la regarda avec surprise, un air embarrassé sur le visage. Il n'avait rien remarqué, au contraire.

— Hein ? Bien, moi, je trouve que ça va bien entre vous deux. Pour une fois que vous vous chicanez pas sans arrêt.

— Tu trouves ? Pour moi, son indifférence c'est pire.

— Je comprends pas. Tu es donc bien compliquée ! On dirait que tu aimes ça, la chicane.

— Laisse faire. Je dois être fatiguée.

Laurent arrêta la charrette devant le journal. Il sourit gentiment à Adèle. De jour en jour, son petit frère devenait un homme. Depuis quelques semaines, il laissait pousser sa moustache qu'il flattait avec fierté :

— Je te reprends à quelle heure ?

— C'est toi qui me le dis, Laurent. Moi, je suis à ta merci, mon frère.

— Oui, bon je vais chercher ma pièce, j'ai quelques

commissions à faire puis je vais dîner à l'hôtel. Si tu veux, on se rejoint ici à deux heures ? Ça te va ?

Adèle acquiesça en tenant sa robe pour descendre de la voiture. Ses cheveux flottaient librement sur ses épaules et elle avait l'air plus jeune ainsi. Ses grands yeux noisette se posèrent sur Laurent et elle lui fit un clin d'œil affectueux :

— Ça me va ! Ici à deux heures.

Laurent fit claquer les rênes et en quelques secondes, la charrette avait disparu au coin de la rue. Devant *Le Courrier*, les deux énormes pommiers montraient leurs fruits gorgés de chaleur après un été particulièrement chaud et humide. Quelques fleurs fuchsia étaient restées accrochées aux branches des arbres. Fascinée par une telle beauté, Adèle s'attarda un moment sur le trottoir. Puis, le cœur battant d'anticipation, elle se décida à grimper les marches, les jambes flageolantes. Il y avait plus d'un mois qu'elle n'avait pas eu d'autres nouvelles de son amant d'un soir. Lorsque la lettre de Jérôme l'invitant à venir consulter le cahier spécial avant sa sortie en kiosque lui était parvenue, elle avait hésité pendant trois jours avant de prendre sa décision. Même si cette rencontre se voulait professionnelle, Adèle craignait de ne pas pouvoir résister si Jérôme tentait un rapprochement. Heureusement, Clémentine serait aussi présente, ce qui lui éviterait des tête-à-tête gênants. En ouvrant la lourde porte de bois de l'édifice, un étau prit possession de son cou. Elle regarda à peine la secrétaire qui parlait au téléphone et qui lui fit signe de s'asseoir. Comme l'attente s'étirait, que sa tension montait d'un cran chaque minute, Adèle en profita pour observer les locaux du journal. Tout lui semblait plus grand qu'à sa dernière visite : le bureau de la secrétaire parfaitement ordonné ; le long couloir au haut plafond éclairé fièrement par trois lustres; même la salle d'attente avait plus de chaises, lui semblait-il. Mais peut-être était-ce son sentiment de vide qui faisait qu'elle tentait de combler l'espace. La jolie brune fixait la fenêtre devant elle, sans vraiment voir le couple âgé qui semblait se disputer sur le trottoir un peu plus loin. La voix de Clémentine résonna bien fort, la sortant de sa torpeur:

— ADÈLE! YOUHOU! Me voici!

Le claquement de doigts impatient de mademoiselle Églantine fit pouffer Adèle qui se retourna vers la porte d'entrée et sourit à la jeune femme qui grimpait les trois marches en courant. Heureuse de cette diversion, qui permettait à son cœur de reprendre un rythme normal, et faisant fi du hochement désapprobateur de la secrétaire, les deux amies, qui ne s'étaient pas vues depuis un mois, se sautèrent dans les bras avec bonheur. Clémentine portait une jolie robe bleu clair avec un châle marine sur les épaules. Ses petites bottines en cuir verni noir étaient à la nouvelle mode et sur sa tête reposait un chapeau cloche crème qu'elle prit soin d'enlever délicatement. Un peu jalouse par tant d'élégance, Adèle avait l'impression que tout chez elle manquait de fraîcheur par rapport à son amie: sa robe, son teint, ses chaussures marron. Toute à son bonheur de revoir sa copine, Clémentine ne remarqua pas son inconfort. Main dans la main, les deux amies s'avancèrent vers les chaises pour rattraper le temps perdu. Pendant quelques minutes, elles ne dirent mot puis:

— Si tu savais…, commença Adèle.

— J'avais si hâte…, dit Clémentine.

Les deux s'exclamèrent de joie et c'est ainsi que Jérôme les trouva, quelques minutes plus tard, alors qu'aucune ne réussissait à placer un mot sans éclater de rire. Avant même de le voir, Adèle sut qu'il s'approchait et la tension dans ses épaules se fit plus intense. Elle se redressa sur sa chaise. Tout en continuant de sourire, la jeune femme laissa ses yeux fureter derrière la secrétaire. Lorsque Jérôme apparut, leurs yeux s'accrochèrent avec émotion. Incapable de réagir, Adèle sursauta lorsque Clémentine tira la manche de sa robe avec insistance :

— Ouh, ouh, tu m'écoutes ? Je te parle de…

— Jér… monsieur Sénéchal arrive, ma chère.

Stoppée dans son élan, Clémentine leva la tête et sauta aussitôt sur ses pieds. Marchant au-devant du rédacteur en chef, elle ignora la secrétaire et lui tendit la main avec bonne humeur. Son enthousiasme fit heureusement diversion, personne ne remarqua le tourment d'Adèle qui cachait ses mains derrière son dos pour les empêcher de trembler. Jérôme ne la quittait pas du regard. Après des semaines de séparation, leurs cœurs battaient à l'unisson, elle en avait la conviction. Son bas-ventre, sa poitrine vibraient dans l'attente de ses caresses. Elle secoua la tête en plaquant un air indifférent sur son visage.

— Mademoiselle Gélinas. Vous avez fait bonne route, j'espère ?

— Oui. Merci.

Clémentine pépiait sans arrêt en tournant autour d'eux comme une enfant.

— Je suis tellement énervée, monsieur Sénéchal, je vais enfin voir mes premiers textes sur papier. Quand je pense que plein, plein de monde va me lire, je… je…

Clémentine ne finit pas sa phrase, envahie par l'émotion et la joie. Elle pouffa de nouveau de son rire contagieux et Adèle détacha péniblement ses yeux noisette de ceux de son amant pour les poser sur son amie. La fraîcheur de cette dernière arracha même un sourire à la secrétaire qui tenta tout de même de le cacher sous un regard sévère. Clémentine avait cet effet chez les gens qu'elle rencontrait. Au début, tous trouvaient qu'elle ne savait pas rester à sa place. À la longue, sa candeur devenait impossible à ignorer.

— Chère mademoiselle Lortie, toujours aussi rayonnante à ce que je vois ! Plein de gens vont lire de très bons textes en plus. D'excellents articles pondus par deux journalistes talentueuses. Le cahier des femmes vient tout juste de sortir des presses et le résultat est plus que réussi. Je suis convaincu, malgré le doute qui taraude certains, que cet encart spécial est loin d'être le dernier. Nous avons un réel succès entre nos mains.

— Vous croyez ? Oh ! Que tout ça m'énerve ! Je me sens presque mal.

— En effet, Clémentine, tu es toute pâle. Assieds-toi deux minutes et respire, ma chère.

Cette pause fit le plus grand bien à Adèle. Pendant que son amie reprenait ses sens, le rédacteur fit part de ses plans d'une voix basse afin de s'assurer que la secrétaire n'entende pas.

— Si tout va comme je le pense, nous ferons un cahier spécial pour le temps des fêtes, pour la rentrée scolaire de 1932, pour les nouveaux colons…Vous verrez, j'ai beaucoup de projets pour mon journal, je compte sur vous deux pour m'aider à les réaliser.

Pour la première fois depuis son arrivée dans le hall, il tourna franchement sa tête vers Adèle, lui fit un signe qui se voulait indifférent. Elle inspira profondément en portant une main à ses cheveux, dans un geste complètement inoffensif, mais tellement sensuel que son vis-à-vis perdit un peu de sa maîtrise habituelle. Humectant ses lèvres sèches, Adèle se demanda comment elle pourrait parler, convaincue que sa voix ne serait qu'un filet. Elle ferma un moment les yeux en entendant Jérôme s'adresser à elle de sa voix profonde.

— J'ai bien hâte de vous montrer le résultat.

Clémentine recommença à rire et Adèle retint un geste d'impatience. Elle n'aimait pas voir la complicité entre son amie et son amant. Elle marcha donc vers le corridor sans se retourner et dit insolemment d'une voix plus haut perchée que d'ordinaire :

— C'est bien dans votre bureau que nous devons aller ?

Les deux autres la suivirent en continuant de discuter et lorsque Adèle posa la main sur la poignée de la porte du bureau, elle sursauta au contact de Jérôme qui l'avait devancée. Comme embrasée, elle recula derrière Clémentine qui, toute à son excitation, ne remarqua pas l'inconfort de son amie. Elle papotait sans arrêt, gesticulait comme une enfant.

— Oh ! J'ai tellement hâte de le voir ! Je n'en peux plus ! lança-t-elle de nouveau à peine entrée dans le bureau.

— Voyons, reviens-en quand même, Clémentine !

Le ton d'Adèle claqua dans la pièce et son amie resta plantée la bouche ouverte. Rarement voyait-on Clémentine muette plus que quelques secondes. Jérôme jeta un regard insondable à Adèle qui rougit de son impolitesse. Confuse, elle s'avança en vitesse vers son amie qui faisait maintenant une moue chagrine. Elle posa la main sur son épaule en s'excusant :

— Je suis désolée, moi aussi, je suis énervée, alors je dis n'importe quoi, ma Clémentine. Allez, vite, allons voir le résultat de nos efforts. C'est vrai que c'est un grand jour, tu as bien raison !

— Oui, c'est vrai, hein ? Alors monsieur Sénéchal, nous pouvons voir ? demanda la blonde déjà remise de la remarque d'Adèle.

La grande brune l'observa un instant à travers ses paupières mi-closes. Elle voulait savourer ce moment, elle aussi, concentrer son énergie sur la réalisation concrète d'un de ses plus grands rêves. Huit textes écrits, huit articles de fond émanant tous d'elle qui allaient se retrouver dans les foyers de tout un chacun d'ici une semaine. Depuis la mort de sa mère, depuis cette journée affreuse neuf ans auparavant, Adèle espérait ce moment. Elle l'avait prédit à sa sœur Florie :

— Un jour, je serai *quelqu'une*, mon nom sera partout, Florie, tu verras.

Le Courrier était distribué dans toute la région des Laurentides, de Mont-Laurier à Saint-Jérôme en passant par l'Annonciation et bien sûr le village de Sainte-Cécile. Adèle savourait à l'avance les commentaires approbateurs qu'elle ne pouvait manquer de recevoir lorsque les villageoises auraient lu les textes du cahier spécial. Même si la jalousie de certains risquait de ressurgir à l'endroit de sa réussite, la journaliste bloquerait tout commentaire négatif. Une fébrilité s'installa enfin dans son corps et pour la première fois depuis long-temps, elle arriva à voir en Jérôme autre chose qu'un amant. Il l'aidait à réaliser son plus grand rêve. Avec son ambition, ses connaissances du milieu, il avait pavé la voie à sa réussite. Pour cela, elle lui fit un sourire franc depuis son arrivée à Saint-Jovite. La jeune femme avait envie de crier que, ELLE, ADÈLE GÉLINAS faisait partie des sept pour cent de femmes journalistes. Et puis, enfin, Florie ne pourrait plus dire qu'elle ne faisait que crayonner et que ce n'était pas avec ça que la ferme allait pouvoir s'agrandir. Adèle savait que si elle voulait vivre de sa plume, elle devrait venir s'établir à Saint-Jovite ou, encore mieux, dans une grande ville comme Montréal ou Québec. Elle pourrait alors travailler seulement pour un journal, recevoir un salaire qui la rendrait indépendante tout en lui permettant d'aider financièrement la ferme. En lançant un regard discret à Jérôme, elle se demandait à combien pouvait s'élever son salaire au journal. À voir ses vêtements bien coupés, sa voiture récente, Adèle pouvait sans peine imaginer un assez bon revenu pour son amant.

Beaucoup plus calme et sereine, la jeune femme prit la main de Clémentine. Elles s'avancèrent en harmonie vers le bureau massif de leur employeur, qui se fit un plaisir de leur tendre à chacune son propre cahier spécial.

— Oh! Oh!

— …

Pendant quelques instants, les deux jeunes journalistes ne dirent rien, la tête plongée sur le journal fraîchement imprimé. Adèle sentit les larmes monter sous ses paupières. Muettes, elles se mirent à tourner les pages, à lire les articles les uns après les autres. Jérôme s'était assis dans son fauteuil derrière son bureau, une cigarette à la main pour faire passer sa nervosité. Il avait beau tenter d'ignorer son attirance pour Adèle, de la voir ici dans son bureau sans pouvoir la toucher, la sentir frémir dans ses bras, c'était trop pour lui. Il tira une longue bouffée et, sous les volutes de fumée, laissa ses yeux errer sur le corps fin de la jeune femme. Elle ne remarqua pas le regard chargé de désir, toute à son bonheur de lire ses textes. Heureuse, elle s'aperçut en plus qu'aucun n'avait été modifié, sauf les dates des rencontres pour les conférences prévues sur les soins des bébés. Finalement, après une dizaine de minutes, elle s'effondra sur la chaise derrière elle et sourit franchement à Jérôme en replaçant une mèche derrière son oreille. Son visage rayonnait.

— FANTASTIQUE! s'exclama-t-elle avec passion. Je n'aurais pu souhaiter mieux. Je suis tellement heureuse que mon cœur veut sortir de ma poitrine!

— Oh! Oh! Moi...

Clémentine éclata de rire, sans mot pour une rare fois! Elle s'installa sur la chaise près de son amie en prenant soin de replacer sa jolie robe sur ses genoux. Ses yeux brillants parlaient d'eux-mêmes. Jérôme écrasa sa cigarette, s'avança sur le devant de son bureau. Coudes appuyés, il expliqua la suite des choses avec un ton sérieux :

— Nous allons insérer un cahier spécial dans chaque journal samedi prochain. C'est notre édition la plus complète et la plus vendue de la semaine. En tout, environ trois mille foyers vont avoir vos textes sous les yeux à ce moment-là. C'est une belle réussite, n'est-ce pas? Vous aurez la joie de montrer à tous ce que votre talent a créé.

Sans dire un mot, les deux journalistes se tendirent la main et se sourirent tendrement. C'était une telle réussite qu'elles se sentirent envahies par un sentiment euphorique. En observant Jérôme enfoncé dans son fauteuil, Adèle réalisa qu'elle ne passerait pas à côté de la chance d'aimer. La fierté du devoir accompli, elle le devait à cet homme qui lui avait fait confiance. Ses yeux bleus posés sur elle promettaient tant de secrets à venir qu'elle sut, à cet instant, qu'elle renierait sa promesse. Elle aimerait. En secret s'il le fallait, mais elle aimerait.

⚜⚜

— J'espère que tu t'amuses, ma belle amante!

— Beaucoup!

Couchée contre Jérôme, Adèle s'occupait à tourner les poils de sa poitrine pour en faire de petites boules emmêlées. En riant, son amant tentait de l'arrêter sans y travailler trop fort. La main douce qui frottait son corps l'émoustillait assez pour qu'il n'ait guère envie de la faire cesser. Depuis presque deux mois, ils se retrouvaient une fois par semaine. Généralement, Adèle montait discrètement à l'appartement de Jérôme après sa journée au journal et après avoir soupé seule à l'hôtel, mais en cette soirée de la fin novembre, il était venu la retrouver dans sa petite chambre à l'hôtel de Saint-Jovite.

— Je te rejoindrai, lui avait-il soufflé à l'oreille, comme ça, tu n'auras pas à affronter la température maussade.

— Je t'en prie, sois discret. Je n'ai pas envie...

— Je sais. Ne t'inquiète pas.

Malgré le danger ou à cause de lui, Adèle était fébrile et étonnamment audacieuse avec son amant. Sa bouche, ses mains faisaient des choses qu'elle n'imaginait même pas quelques semaines auparavant. Pourtant, tout lui venait naturellement. Elle aimait faire l'amour avec lui. Lorsqu'elle se prélassait contre Jérôme, toutes les tensions accumulées par sa vie à la ferme disparaissaient. Elle ne faisait plus qu'un avec son amant.

— Tu es si beau, lui souffla-t-elle avant de l'embrasser, de plaquer son corps mince contre le sien.

— Toi, j'aurais envie de te garder dans un tiroir de mon bureau toute la semaine pour te caresser à ma guise.

Rougissante de désir, Adèle mordait ses lèvres pour taire les cris de jouissance qui montaient lorsqu'il la touchait, la pénétrait. La beauté du corps masculin reposant à ses côtés l'enivrait et elle ne pouvait s'empêcher de le toucher encore et encore. Parfois, à la ferme, les yeux clos, elle se disait qu'il fallait à tout prix arrêter cette folie. Surtout quand le regard inquisiteur de sa sœur passait sur son visage. Sa sévérité lui rappelait sans cesse qu'elle ne devrait pas connaître ce plaisir. Mais la passion trop forte chassait les doutes qui l'assaillaient. La crainte que quelqu'un la reconnaisse lorsqu'elle montait à la chambre ajoutait au charme de cette aventure. Lorsque, de sa tribune, le curé Latraverse parlait des péchés de la chair, souvent Adèle fermait les yeux dans l'idée de se recueillir, mais les images qui affluaient dans sa tête l'empêchaient d'y arriver. Si les villageois voyaient le film qui se déroulait alors dans son esprit, elle serait assurément mise au ban du village de Sainte-Cécile! Une seule fois, elle avait eu envie de faire des confidences à Clémentine. Après tout, celle-ci vivait dans une famille plus avant-gardiste, qui lui permettait sans problème de travailler. Saurait-elle comprendre la passion sans la juger? Mais le risque de perdre sa seule amie avait eu préséance. Son secret resterait entre son amant, elle et... son journal intime dans lequel elle notait tout désormais sans censure.

Satisfait, Jérôme prit appui sur un coude pour regarder lascivement sa maîtresse langoureusement couchée à ses côtés.

— Tu sais que si tu continues comme ça, je ne pourrai jamais repartir ce soir. Tu me soûles tellement tu es belle. J'adore ta bouche, ton cou, tes seins qui ont si bien leur place entre mes mains...

En disant cela, il plaça ses paumes en coupe pour accueillir les formes délicates de son amante qui arqua alors son dos, laissant apparaître son ventre plat. Adèle attira Jérôme contre elle, avant de le chevaucher avec passion. Aucun des deux ne se lassait de faire l'amour. La soirée se partageait entre les discussions animées et les grognements amoureux. De nouveau repu, l'homme s'alluma une cigarette, en tendit une à la jeune femme qui s'émancipait de plus en plus. Elle s'était mise également à fréquenter un certain milieu intellectuel. À l'occasion, avec Jérôme, elle se rendait dans des soirées littéraires dans les environs de Montréal. Ils partaient en fin d'après-midi pour revenir à Saint-Jovite au milieu de la nuit. La dernière en date avait eu lieu chez Albert Lévesque, un éditeur montréalais. Dans ses bureaux de la rue Saint-Denis, cet éditeur de jeunes auteurs contestataires recevait des poètes et écrivains qui se faisaient une joie de lire des textes devant un public gagné d'avance. Les premières fois, Adèle n'osait guère parler, consciente de son vocabulaire moins élaboré. Mais maintenant, elle s'y sentait de plus en plus à sa place. Libre! Comme elle se sentait libre!

— Tu crois qu'un jour, je pourrais aussi y lire une de mes nouvelles? avait demandé Adèle avec espoir.

— Rien ne t'en empêchera. Tu as le talent et l'audace pour le faire.

Florie ignorait évidemment les déplacements nocturnes de sa cadette.

Rêvassant, Adèle observait le plafond en laissant passer la fumée dans sa gorge, la regardant tournoyer en volutes au-dessus d'eux. Son beau profil délicat se détachait dans l'ombre de la nuit. Ils restèrent silencieux quelques instants, puis Jérôme demanda, sans la regarder.

— Dis-moi pourquoi tu ne veux pas me présenter ta famille? Je pourrais aller veiller chez toi le samedi soir et ainsi rencontrer le dragon Florie! ricana-t-il un peu irrité.

Ses boucles blondes, un peu trop longues, tombaient sur son front et il les repoussa avec humeur.

Adèle soupira et se releva contre la tête de lit. C'était la deuxième fois que Jérôme s'informait de la possibilité d'une visite à la ferme. Juste à la pensée de cette rencontre, elle se renfrogna, et son visage s'assombrit. Elle ne pourrait jamais justifier cette rencontre auprès de Florie. Celle-ci comprendrait tout de suite la complicité amoureuse entre les deux. Impossible de lui cacher sa passion pour cet homme. Rejetant la fumée avant d'écraser sa cigarette, Adèle passa une main affectueuse sur la mâchoire carrée de son amant avant de lui sourire tendrement.

— Peut-on parler d'autres choses? Je t'ai dit déjà que ce n'était pas une possibilité. Tu m'as dans ton lit, n'est-ce pas ce que tu désirais?

Elle se fit aguicheuse, mais Jérôme la repoussa avec humeur.

— Je ne comprends pas, Adèle. Oui, je te voulais dans mon lit. Maintenant, je te veux dans ma vie. Où est le problème? N'est-ce pas ce que toute femme désire, un homme qui veut la fréquenter pour les bonnes raisons? J'ai envie d'un avenir avec toi.

Le visage de Jérôme laissait voir un tel désarroi qu'Adèle prit la décision qui s'imposait si elle voulait continuer sa relation en paix. S'adossant contre la poitrine de son amant, elle se mit à parler d'une voix rauque et basse. Elle expliqua à Jérôme la promesse faite à Rose à l'âge de douze ans. Plus elle parlait, plus l'incrédulité se peignait sur le visage de son amoureux. À quelques reprises, il tenta d'intervenir, mais la jeune femme lui mit la main sur la bouche pour l'empêcher de parler. Elle devait expliquer et justifier sa décision. Le temps semblait s'être arrêté. Adèle revivait la scène près du lit de mort de sa mère. Elle repensait aux années misérables vécues par sa génitrice qui n'avait jamais pu être la même après le départ de son père. Pas un mot par contre sur cet homme qu'elle n'avait plus jamais revu. Pour elle, Antoine Gélinas était mort le jour où il avait fui sa famille. Jérôme vit le visage de son amante se fermer au fur et à mesure qu'elle parlait de sa mère, de la promesse qu'elle lui avait faite et qu'elle n'avait pas l'intention de briser. Il la coupa tendrement:

— Je t'arrête, Adèle. Je suis incapable de concevoir qu'une

mère puisse exiger cela de ses enfants encore si jeunes. Mais te rends-tu compte de ce qu'elle a fait ? En plus, ta sœur Florie, au lieu de vous délivrer de cette promesse ridicule, fait l'inverse en vous encarcanant dans un village rétrograde loin de toutes tentations. Comment peut-elle accepter ce destin alors que vous l'avez choisi sans le comprendre ?

Le jeune homme la repoussa doucement, se leva et se mit à marcher nu dans la chambre. Il allait de long en large sans pudeur sous le regard froid d'Adèle. Il se rassit à ses côtés.

— N'insiste pas, personne ne peut comprendre. Ma famille est ainsi faite, accepte-le.

— Moi, Adèle, je ne serai pas cet homme qu'était ton père. Je peux t'aimer sans t'abandonner.

Il tenait ses fines épaules entre ses longues mains, la bouche appuyée contre le front de la jeune femme. Elle était prête à perdre cet amour plutôt que de rompre sa promesse. Finalement, après de longues minutes silencieuses, Jérôme se releva, se planta devant le lit, les jambes légèrement écartées, les mains croisées sur le devant de son corps musclé. Si beau dans son imperfection ! Adèle aimait son visage carré, son nez avec une légère bosse, ses cheveux un peu trop longs. Elle aimait tout chez cet homme.

— C'est donc ton dernier mot ? Pas question de t'afficher avec moi, au risque de perdre ce que nous avons ? s'informat-il avec froideur.

Adèle réussit à hocher la tête, tristement. Elle s'avança et se mit à genoux au bout du lit pour lancer :

— Mais je suis heureuse ainsi, j'aime faire l'amour avec toi ; j'adore nos discussions passionnées, nos sorties en ville. N'est-ce pas assez ?

Ses yeux brillaient de larmes contenues. Incapable de lui

résister, Jérôme s'approcha, mit sa main contre sa joue satinée. Elle s'y appuya, les yeux fermés, en espérant qu'il ne la quitte pas. Après ce qui lui sembla être une éternité, la voix de son amant lui parvint enrouée par l'émotion, mais décidée.

— Soit, ma chérie, je respecterai ta décision. Mais sache que si jamais tu décidais de revenir sur cette promesse que je considère par ailleurs complètement absurde, je serais prêt à t'épouser demain matin. Ta Florie ne me fait pas peur, ne t'en fais pas. Après tout, ne veut-elle pas seulement ton bonheur ?

— Bien sûr, mais il y a une chose à laquelle elle tient plus que mon bonheur, malheureusement, et c'est la promesse faite à ma mère. Si tu la voyais, tu comprendrais les sacrifices qu'elle a faits. Elle a été jolie, ma Florie. Maintenant, elle ressemble tant à maman vers la fin de sa vie que c'en est épeurant. Surtout qu'elle a quinze ans de moins. Mais les tourments et les renoncements ont tué sa jeunesse.

Adèle secoua sa tête ébouriffée, fit un clin d'œil coquin :

— Bon, ajouta-t-elle langoureusement, si tu venais me rejoindre… Il me semble qu'on a mieux à faire que de parler de ma sœur, non ?

Aussitôt, le désir envahit l'homme dont le corps trahit la passion ressentie pour le corps nu de cette femme allongée sans pudeur. Après leurs premières fois, pendant lesquelles Adèle, naïve et envahie de culpabilité, n'osait pas se laisser emporter par la passion, toute forme de timidité avait désormais disparu de leurs ébats. Lorsque Jérôme quitta la chambre vers le milieu de la nuit, les deux amants étaient rassasiés. Ils savaient qu'ils devaient se revoir tôt le lendemain matin pour discuter des prochains textes d'Adèle, mais leur relation prendrait alors une tournure professionnelle. Personne ne pouvait se douter de ce qui se passait entre eux.

CHAPITRE 9

Promotion tant attendue

— Mademoiselle arrive au milieu de la nuit, s'attend à se faire servir en plus. J'en ai plein mon casque, moi! Si elle s'imagine que je vais endurer ça encore longtemps, elle va avoir une surprise!

Florie ruminait dans la cuisine depuis l'aube. Sa sœur, arrivée de Saint-Jovite par le train du soir, n'était pas encore descendue pour l'aider. De plus en plus frustrée de la nouvelle vie d'Adèle, un pli amer était apparu au coin des lèvres de la femme. Elle souriait peu, critiquait continuellement les nouvelles habitudes de sa sœur qui quittait la ferme une fois par semaine pour s'en aller trotter à Saint-Jovite.

— Tout le monde nous regarde à l'église le dimanche! Les commères s'en donnent de nouveau à cœur joie. Les potins vont bon train dans le petit village de Sainte-Cécile, puis c'est encore notre famille qui en est la cible préférée. J'ai entendu Louisette Marquis, l'autre matin, discuter avec la femme du notaire:

— *Ç'a a l'air qu'elle passe toutes ses journées dans un bureau, avec des hommes journalistes!*

— *Je l'ai toujours dit que ça finirait comme ça!*

— *Mon mari dit que la place d'une femme, c'est dans la cuisine, pas dans un journal!*

— *Il a bien raison, votre mari, madame Marquis. Il a bien raison.*

Florie avait beau faire sa fière, il y avait toujours bien des limites à ce qu'elle pouvait endurer.

«Même Stromph nous regarde d'une manière malaisée, pensa-t-elle. C'est rendu qu'on parle plus d'elle que du grand Noir au père Claveau. Il va falloir qu'Édouard lui en glisse un mot. Ça passera mieux qu'avec moi!»

La réputation jadis irréprochable d'Adèle s'entachait tranquillement et les habitants du coin trouvaient inacceptable qu'une jeune femme de vingt ans aille à l'hôtel une fois par semaine pour son travail. Lorsque Florie avait tenté d'expliquer à sa sœur ce que les gens disaient, cette dernière n'avait pas tardé à répliquer:

— Ce qu'ils pensent de moi, je ne m'en occupe pas, ma Florie, tu devrais faire pareil. Si j'étais un homme, personne n'aurait rien à dire.

— Mais justement, tu n'es pas un homme, avait grommelé son aînée en poursuivant sa tâche.

Lorsqu'enfin Florie entendit des pas dans l'escalier, il était passé huit heures sur l'horloge en bois dans le coin du comptoir. Pour elle, déjà deux heures et demie de travail accompli.

— Oh! Je suis désolée, ma Florie, tu aurais dû me réveiller! Je ne sais pas ce qui s'est passé... s'exclama Adèle en pénétrant dans la cuisine tout éclairée par le soleil du matin.

Le cri du cœur de sa cadette n'émut pas du tout l'aînée, qui ne se retourna même pas en l'entendant arriver derrière elle. Son chignon sévère ne bougea pas d'un iota, elle continua à pétrir sa pâte à pain sur le large comptoir enfariné. Sa sœur murmura dans son dos:

— Je t'en prie, ça ne se reproduira plus, promis. Je m'excuse vraiment Florie.

Avant même de la voir, elle devina la rage de sa sœur; ses

gestes brusques le confirmaient. Retenant un soupir exaspéré, Adèle prit le torchon sur le comptoir et, sans parler, se mit au travail. C'était la première fois de sa vie qu'elle dépassait six heures du matin. Pas une fois elle ne s'était levée en retard malgré la combinaison de ses deux tâches : journal et ferme. Sa sœur lui adressait peu la parole, sauf lorsqu'elle y était obligée. Elle l'ignorait ostensiblement. Laurent et Édouard, témoins impuissants de cette tension, ne faisaient souvent que passer dans la maison lorsque les deux sœurs s'y trouvaient. Mais une fois l'hiver venu, à moins d'aller bûcher, ils n'auraient d'autre choix que de subir cette discorde. Sans regarder sa sœur, l'aînée déposa son tablier contre la chaise de bois.

— En tout cas, moi, je vais aller me reposer un peu. Surtout que je suis allée dire à Édouard que j'irais avec lui à Montréal la semaine prochaine. Ça m'énerve tellement que je pense que je vais changer d'idée.

— Bien non, Florie, voyons donc !

— En tout cas. On verra bien. N'oublie pas d'aller nourrir les poules, je n'ai pas eu le temps ce matin.

━━━✦━━━

En ce début de journée glaciale de décembre, Adèle balayait la cuisine, nettoyait le comptoir à grande eau glacée, heureuse d'être enfin seule dans la maison. Sa sœur avait accepté d'accompagner Édouard à Montréal. Il avait beau le lui offrir chaque mois, jamais Florie ne mettait les pieds hors de son village.

— Accompagne-moi, ce sera mon cadeau de fête, avait plaidé Édouard dont l'anniversaire se trouvait être ce samedi-là.

— Tu es drôle, toi ! Tout un cadeau que tu veux là ! avait rigolé sa grande sœur.

Édouard avait fait un clin d'œil à Adèle. Après une longue réflexion, Florie s'était laissé tenter par les *spéciaux* sur les tissus et elle avait accepté, au grand soulagement de sa cadette. En plus, elle espérait bien mettre la main sur une dinde moins chère qu'au village.

— Les Marquis nous volent sans bon sens. Non, mais, soixante cents la livre pour une dinde maigrichonne. Moi, le monde malhonnête... En plus, elle me ment en pleine face : « Si vous saviez comme, nous aussi, on a de la misère à arriver, ma pauvre mademoiselle Gélinas ! » mimiqua Florie en prenant le ton haut perché de la marchande. Je vais t'en faire, moi, de la misère ! Ces grands nigauds de gars ont juste à aller travailler dans le Nord au lieu de passer leurs journées à reluquer les filles du village !

Édouard et elle avaient donc quitté tôt la ferme à l'aube et ne devaient revenir que le dimanche après-midi. Deux jours de sainte paix ! Si elle s'était écoutée, Adèle aurait sauté dans un train pour Saint-Jovite afin d'aller retrouver Jérôme, mais la raison avait pris le dessus.

— Je vais être raisonnable, lui montrer qu'elle peut me faire confiance.

Elle lui avait donc promis de cuisiner pour les fêtes. La jeune femme avait déjà roulé quatre tourtières, fait deux douzaines de croquignoles — une pâtisserie à base d'œufs, de beurre, de sucre, de farine et de lait, frite dans la graisse. Les croquignoles prenaient différentes formes, mais Adèle préférait les faire en torsades ou en tresses. Au souper de Noël, elle sortirait le sucre en poudre pour les y plonger. Humm... ! Tout en cuisinant, la jeune femme chantonnait en jetant de fréquents coups d'œil par la fenêtre. La fine neige qui tombait se rajoutait à la bonne bordée reçue en début de semaine. Adèle pensa à Florie avec exaspération.

— Je vais lui faire briller sa cuisine comme un sou neuf, elle n'aura rien à redire cette fois ! murmura-t-elle, un foulard négligemment noué sous la nuque. Ses boucles rebelles lui allaient maintenant sous les épaules et rarement gardait-elle ses cheveux détachés dans la maison. Mais ce matin, elle n'avait enfilé que sa vieille robe grise usée à la corde et glissé ses pieds nus dans ses grosses mules de bois. Pour sa coiffure, elle s'arrangerait un peu avant l'arrivée de Laurent vers la fin de l'après-midi.

— Je me dépêche de déjeuner, lui avait-il expliqué, en enfournant trois pains dorés en quelques minutes, je vais donner un coup de main au père Claveau pour réparer une clôture au fond de son champ.

— Ah ? Il est seul ?

— Non, non avec son... homme engagé. À trois, on ne sera pas de trop, on devrait en venir à bout avant la tombée du jour.

— Ah !

Satisfaite, Adèle avait passé une main affectueuse sur la tête bouclée de son jeune frère. Elle était comblée de ne pas le voir aussi entêté que leur aînée et de constater qu'il pouvait encore se forger ses propres opinions malgré le joug de leur sœur.

— Je suis contente, Laurent !

Les prochaines semaines verraient l'hiver s'installer pour de bon, c'étaient les derniers moments pour faire de tels travaux. Par la suite, lorsque nécessaire, leur voisin viendrait à son tour leur donner un coup de main pour faire boucherie ou aider à rentrer les foins. Malgré l'inconfort de Laurent à travailler aux côtés d'un étranger, il n'avait su refuser la demande du père Claveau une première fois, deux semaines plus tôt. Sans en parler à Florie, il s'était rendu compte du bon travail effectué par cette aide.

— Tu sais, l'homme engagé du père Claveau, avait-il dit à Édouard, bien, il donne pas sa place pour travailler. Il abat toute une tâche à lui seul.

Seul un regard étonné lui avait répondu. Depuis quelque temps, les préoccupations d'Édouard le tenaient loin de tout ce qui concernait la famille. Ses rêves d'entreprise envahissaient toutes ses pensées. Il croyait sincèrement que son projet de beurrerie permettrait à la famille Gélinas de devenir plus riche, mieux outillée pour la culture. Il avait un plan précis de développement qu'il lui tardait de mettre en branle. Sa visite à Montréal lui permettrait de rencontrer d'autres agriculteurs entrepreneurs avec qui il pourrait échanger sur ses plans d'avenir. Il avait donc écouté son frère d'une oreille distraite ce qui lui avait valu ce court commentaire :

— En tout cas...

Le désintérêt de son frère lui avait paru curieux, alors Laurent espérait recevoir une réaction différente d'Adèle.

— Florie ne doit pas trop être au courant, hein, mon coquin ?

Les rougeurs qui envahirent les joues rousselées de son frère furent une réponse convaincante.

— Ne crains rien, ton secret est sauf avec moi, tu sais bien.

Pour elle, James, l'homme engagé du père Claveau, ne représentait aucun danger. Au contraire, n'eût été la crise de nerfs que ferait sa sœur, elle aurait bien aimé le questionner sur ses origines afin de mieux connaître sa culture. Elle aurait aimé discuté de Marcus Garvey, un Jamaïcain surnommé *The black moses*, le premier promoteur noir à affirmer que l'Afrique se devait de revenir aux Africains. Peut-être que James venait lui aussi de cette île des Caraïbes ? Mais Adèle connaissait les batailles à livrer auprès de Florie, et celle-là n'en faisait pas partie pour l'instant.

« Peut-être qu'un jour, je pourrai satisfaire ma curiosité… », songea-t-elle à regret.

Après un regard satisfait sur le plancher bien net, Adèle ne s'arrêta pas une minute avant de s'attaquer aux conserves en vue de l'hiver. Le jardin, ayant bien profité grâce aux chaleurs de l'été, elle se retrouva avec assez de légumes pour une grosse production. Betteraves marinées, oignons et cornichons dans le vinaigre. Les carottes, les navets et les pommes de terre seraient conservés à la cave sous une bonne couche de bran de scie. Édouard avait passé une grande journée la semaine précédente à boucher les trous de rongeurs avec des guenilles trempées dans du vinaigre et du camphre liquide. Lors de la construction de la maison, Rose s'était assurée que la cave soit dotée de soupiraux afin d'y contrôler la température. L'hiver, on pouvait ouvrir la trappe de la cuisine pour que l'air chaud y pénètre et l'été, l'air frais par les ouvertures. Adèle, bien à son aise dans sa robe dont elle avait roulé les manches, en était à son troisième chaudron de sucre à la crème lorsque des coups frappés à la porte de côté la firent sursauter. Il n'y avait que son frère pour être aussi distrait. Ne prenant pas la peine de mettre un châle sur ses épaules, elle sourit tendrement en traversant la cuisine d'été :

— Qu'as-tu encore oublié, mon Lau…

Adèle ouvrit la porte avec bonne humeur. En voyant Jérôme sur la galerie, elle recula aussitôt en perdant son sourire. Elle voulut refermer la porte, mais retint ce geste puéril.

— Toi ? Que fais-tu ici ? Tu ne peux pas…

Un sentiment de panique monta en elle, elle voulut se réfugier dans la cuisine en refermant derrière elle. Jérôme Sénéchal se tenait sur le perron de bois, le chapeau contre la poitrine. Ses joues étaient rouges, il haletait de s'être hâté jusqu'à la ferme. Il avait laissé sa voiture au bout de l'allée et marché d'un pas rapide sur la petite neige en risquant de s'étaler de tout son long à chaque pas. Ses bottillons de cuir n'étaient guère utiles en campagne !

— Bonjour à toi aussi, ma chère !

Il lui sourit tendrement en étirant la main pour lui prendre le visage. Adèle resta figée, prise entre son inquiétude des ouï-dire et son envie d'embrasser Jérôme. Elle réalisa tout à coup, en passant la main sur sa tête, l'allure qu'elle devait présenter avec son foulard rose qui couvrait ses boucles, sa vieille robe étirée qui lui collait à la peau et sa cuillère de bois qui dégouttait sur le plancher. Le froid de décembre s'insinuait par la porte entrouverte et Jérôme s'avança un peu plus en claquant ses bottes sur la galerie.

— Tu ne me fais pas entrer ? Ne t'inquiète pas, j'ai attendu que ton frère parte et tu m'avais bien dit que Florie et Édouard seraient à Montréal ? Alors me voilà ! Je peux entrer ? insista-t-il en faisant aussitôt un autre pas vers l'avant.

— Non ! Surtout pas !

La voix d'Adèle résonna dans l'air froid. Elle sortit à ses côtés sur la galerie en refermant les bras sur sa poitrine. Elle préférait ne pas laisser Jérôme entrer dans la maison.

— Si ma sœur apprend par quiconque que j'ai laissé entrer un homme ici en son absence, c'est assez pour me mettre à la porte. Je pense que tu ne comprends pas les mentalités des villages. Nous ne sommes pas à Montréal ou même à Saint-Jovite ici, Jérôme. Tout le monde surveille tout le monde. Surtout moi! Je suis déjà perdue dans les limbes juste parce que je découche une fois par semaine. Si en plus on apprend que tu es venu alors que j'étais seule...

Elle parlait vite entre ses lèvres gelées. Jamais sa sœur n'accepterait un tel affront. Elle lui faisait déjà assez honte. Elle grelottait de froid et de panique.

— Es-tu tombé sur la tête? Je t'en prie, pars tout de suite, Jérôme!

Son ton vibrait de colère, son visage fermé ne ressemblait guère à ce qu'avait espéré son amant.

— Je ne te reconnais pas, Adèle. Tu as si peur de ta sœur?

— Tu ne peux pas comprendre. Tu arrives de la ville sans inhibitions, prêt à conquérir la terre entière. Mais ici, en campagne, une réputation perdue détruit des vies, des familles. Si un voisin t'aperçoit à ma porte, toi, un étranger, je peux très bien être convoquée par le curé Latraverse afin d'expliquer mes déviances. Je t'en supplie, va-t-en.

Blessé, Jérôme se retourna et fixa les champs couverts d'une fine couche blanche. Le toit de chaume de la grange disparaissait presque en entier sous la neige fraîche. Les meuglements assourdis le firent tout de même sourire.

— Au moins, je pourrai t'imaginer dans ton environnement.

Il n'avait pas pensé qu'elle refuserait de le recevoir. Tout à son envie de la prendre dans ses bras, Jérôme s'était dit qu'il en serait de même pour elle. Le jeune homme avait aussi envie de visiter les environs afin de mieux l'imaginer, la nuit, lorsqu'il n'arrivait pas à dormir. Il avait même fantasmé sur l'idée de voir sa chambre. Mais un regard sur Adèle lui enleva cette illusion. Son visage froid, tendu ressemblait peu à celui de la femme passionnée qui lui faisait l'amour une fois par semaine. Il insista tout de même en replaçant son chapeau noir sur sa tête.

— Je suis ton patron quand même, je ne vois pas ce qu'il y a à redire au fait que je vienne discuter avec toi de projets pour le journal. Tu diras au curé et à ta sœur que cette rencontre n'était que professionnelle. Allez, je t'en prie, laisse-moi entrer. Je te promets de bien me tenir.

Tentée plus qu'elle ne le voulait, Adèle ne pensait qu'à ses mains sur son corps. Elle s'imaginait monter l'escalier devant son amant qui pourrait lui faire l'amour sur son lit de jeune fille à la barbe de sa sœur Florie. Le rouge monta aux joues d'Adèle, convaincue que Jérôme devait suivre le fil de ses pensées. Il lui flatta l'épaule.

— Tu vas prendre froid, Adèle, c'est ridicule. Entrons, je t'en prie.

Sa voix affable fit l'effet d'une caresse sur le corps de la jeune femme qui se remit à trembler. Elle haussa les épaules pour se donner de l'assurance, sans se rendre compte du charme qu'elle dégageait. Ses lèvres se pressaient l'une contre l'autre et, n'en pouvant plus, elle fit un signe d'abdication. Elle jeta un regard vers la côte Boisée avant de répondre :

— Entre, mais on demeure dans la cuisine, je t'avertis ! Tu ne peux rester que quelques instants. Laurent va revenir bientôt, pas question qu'il te trouve ici, Jérôme !

La chaleur confortable de la cuisine permit à la jeune femme de respirer un peu mieux. Les frissons la quittèrent lentement.

— Adèle, j'aimerais…

Jérôme arrêta sa phrase pour prendre la main d'Adèle qui se dégagea vivement. La jeune femme se mit en colère, fronça les sourcils en faisant une moue puérile. Plus que jamais, la différence entre les mœurs de la ville et de la campagne lui sautaient au visage.

— Jérôme, tu ne comprends pas! Ici, c'est hors de question! La femme que tu rencontres à Saint-Jovite n'existe pas à Sainte-Cécile. Ici, comme tu vois, je ne suis qu'une fermière mal accoutrée qui passe ses journées dans la m…

Sans la laisser terminer, l'homme fit les deux pas qui les séparaient, et sa bouche s'écrasa contre celle d'Adèle. Ce baiser, comme d'habitude, fit taire toutes ses inhibitions, enflamma son être au complet. Elle gardait les yeux grands ouverts et l'environnement de sa cuisine blanche devint tout à coup menaçant. L'endroit où elle se sentait le plus en sécurité lui apparaissait dangereusement lubrique en ce moment. La jeune femme tentait d'imaginer le curé Latraverse, ses sermons, mais les images d'elle et de Jérôme prenaient le dessus. Sentant la panique monter en elle, elle le repoussa avec force. Lorsqu'enfin il s'éloigna, elle était à bout de souffle, toujours autant fascinée par les émotions ressenties par son corps entier. Les yeux clairs de Jérôme se posèrent doucement sur le visage enflammé de la journaliste. Adèle s'en voulait de perdre le contrôle de cette façon. Le visage de Rose sur son lit de mort, ses dernières paroles l'envahirent: «Promets-moi, ma belle Adèle, de ne jamais aimer un homme. Tu ne pourrais qu'être blessée.» Sur un ton passionné, Jérôme se lança dans un long monologue:

— Ton… accoutrement me dérange, tu crois? Je ne pense qu'à toi depuis deux mois. Je n'ai jamais été aussi obnubilé par une femme que je le suis depuis notre rencontre. Mais, soit, je laisse cette situation pour l'instant afin de te donner les nouvelles concernant le journal. Car c'est vraiment la deuxième raison de ma présence ici, cet avant-midi, dit-il plus posément. Nul besoin de préciser la première, tu en conviendras !

Adèle tentait de reprendre pied. Elle fixait sans le vouloir les lèvres pleines et la fossette dans le menton de l'homme en face d'elle. Elle avait depuis longtemps fait le choix honteux et indigne de perdre sa virginité ; choisi de déshonorer sa famille au risque d'en être bannie à tout jamais. Les derniers mois, dans le cocon douillet de l'appartement de Jérôme, une autre Adèle existait. Le voir ici faisait ressortir toute la douleur de leur relation clandestine. Un coup d'œil sur l'homme qui regardait par la fenêtre et elle se sentit fondre de douceur.

— Alors, tu voulais me dire…

— Adèle, pouvons-nous nous asseoir ? J'ai une nouvelle qui te réjouira, je n'ai pas envie de te la donner en coup de vent.

Les paroles du rédacteur parvinrent à se frayer un chemin jusqu'au cerveau engourdi d'Adèle. La journaliste en elle se réveilla. Elle déposa la cuillère qu'elle tenait encore sur le comptoir et, en évitant son regard moqueur, elle réussit à chuchoter :

— Laisse-moi aller me changer au moins. Je reviens dans cinq minutes, un peu plus présentable.

Sans attendre sa réponse, elle se dépêcha de grimper l'escalier jusqu'à sa chambre. Elle ferma la porte en soupirant de soulagement, s'y adossa un moment. Un regard sur son lit ramena le rouge à ses joues et Adèle se détourna pour agripper sa robe à lignes bleu et blanc et ses bas collants marine. Un coup de peigne à sa chevelure échevelée et elle se sentit plus d'attaque. Respirant un grand coup, Adèle rejoignit l'homme assis dans sa cuisine. Elle ne voyait que sa nuque, si tentante. Levant les yeux au ciel afin de se donner du courage, elle fit discrètement son entrée dans la cuisine.

— Bon alors, c'est quoi, cette grande nouvelle ? demanda-t-elle d'un ton qu'elle espérait neutre.

Jérôme étira ses longues jambes, puis lui fit signe de s'asseoir à la table. La voix de *La Bolduc*, la chanteuse de l'heure, emplissait la pièce.

— Assieds-toi, je te promets de ne pas te toucher. Même si j'en meurs d'envie et toi aussi.

— Mais...

— Mais rien, Adèle. Je t'ai dit que je ne ferai rien.

Elle prit place en face de lui, le plus loin possible avec la table entre eux, sur le bout des fesses. Jérôme lui sourit affectueusement, assez satisfait de constater l'effet de sa présence sur la jeune femme. Il fit un clin d'œil moqueur et déposa son chapeau sur la table avant de prendre un morceau de sucre à la crème dans l'assiette devant lui.

Je veux te faire part de ma décision. Après de longs pourparlers et discussions avec le propriétaire du journal, monsieur Longtin, je suis venu te faire une proposition.

Confuse, Adèle attendit en silence. Ses mains fines croisées sur ses genoux, elle tentait de rester impassible sous le regard chaleureux de Jérôme. Elle espérait surtout que son frère Laurent ne termine pas sa journée plus tôt que prévu. Elle fixa la fenêtre de la porte un petit moment, puis Jérôme se pencha et mit sa main en face d'elle, sur la table. Son regard était doux lorsqu'il se posa sur son fin visage. En souriant, Jérôme annonça sa nouvelle :

— Nous te proposons un poste de journaliste à temps plein au journal *Le Courrier*, commença-t-il sans plus attendre. L'encart spécial pour les femmes a obtenu une excellente réaction partout dans les villages, même ceux qui nous inquiétaient le plus. Monsieur Longtin tient à reproduire l'expérience dans ses autres journaux *Le Minervois* et *La Une* de Mont-Laurier. Il veut avoir trois encarts spéciaux par année pour tous ses hebdomadaires. Après une bonne discussion qui a duré quelques heures, je dois te le dire, nous avons conclu cette entente. Tu viens t'installer à Saint-Jovite, et tu travailles tous les jours pour les journaux de monsieur Longtin. Qu'en dis-tu?

Satisfait, Jérôme prit un air de chat repu avant de s'adosser à la chaise de bois et de regarder la femme estomaquée.

— Oh! mon Dieu! Oh! mon Dieu…

Adèle tenta de réfléchir malgré les tumultes et les battements de son cœur. Dans la cuisine réchauffée par le gros poêle qui fonctionnait sans arrêt, elle aurait bien déboutonné sa robe pour se rafraîchir. La pensée de ce que représentait cette offre sur le plan professionnel, mais aussi personnel, l'étourdissait. Enfin, quitter Sainte-Cécile! Enfin, vivre de sa plume! Le visage vibrant d'émotion, elle regardait Jérôme sans parler. Finalement, au bout de longues minutes de réflexion, Adèle se mit lentement debout, s'avança vers le jeune homme et, prenant son visage entre ses mains, elle l'embrassa langoureusement.

— Merci.

Estomaqué, Jérôme prit la jeune femme par la taille, la força à se tenir devant lui alors qu'elle tentait de s'éloigner. Il la regarda avec étonnement. Adèle prit la parole d'une voix ferme pour la première fois du matin. Une détermination hors du commun apparaissait maintenant sur ses traits.

— J'attends ce jour depuis que j'ai dix ans. Je sais que c'est grâce à toi que j'ai cette chance, je l'apprécie au plus haut point. Tu ne peux pas t'imaginer combien de fois j'ai rêvé qu'on m'offrait cette possibilité. Sans ton aide, je n'y serais pas arrivée…

Jérôme mit tendrement sa main sur sa bouche pour la faire taire.

— Mais tu mérites ce poste! s'exclama-t-il. Ce n'est pas parce que nous avons... cette relation que je te l'offre. Tu es la meilleure journaliste que j'ai et certainement la plus jolie!

Heureuse comme jamais, Adèle sentit la tension disparaître de ses épaules, et son sourire s'épanouit. Elle ne se rendait pas compte à quel point elle était belle en ce moment et de ce que Jérôme devait faire pour se retenir de la toucher.

— Bon allez, je dois retourner à Saint-Jovite rapidement. Il est déjà dix heures trente et j'ai un dîner d'affaires pour mettre au point un autre gros projet. Avec la température qui se gâte, j'en ai sûrement pour plus d'une heure. Remarque que si tu m'invitais à ta chambre...

— Jérôme! Pas ici! Ne parle pas de ça dans la maison de ma mère!

— D'accord, d'accord. Oublie mes paroles, ma villageoise préférée.

Dépliant sa longue silhouette, il attrapa la main de sa belle, la retint serrée contre son cœur sans effort de la part d'Adèle pour se déprendre.

— Il me reste à convaincre Florie, marmonna-t-elle. Mais rien ne me fera refuser cette offre, pas même la colère qu'elle me fera, j'en suis certaine. De toute manière, j'ai deux jours avant que Florie ne revienne. Deux jours pour trouver les bons mots.

Elle planta un regard franc dans celui du rédacteur en chef qui enfilait déjà son manteau gris.

— Peux-tu me dire à quel moment je pourrais commencer? Où dois-je m'installer? De plus, je n'ose pas trop le demander...

— Ton salaire?

— Oui. C'est que pour Florie…

Jérôme lui fit un sourire espiègle et Adèle hocha la tête en devenant cramoisie.

— Laisse faire, bien sûr que tu dois savoir ton salaire pour discuter et amadouer ta grande sœur! Nous avons prévu te donner six dollars par semaine. Pour te loger, il te faudra évidemment trouver une chambre dans une petite pension. J'ai déjà fait quelques contacts, je crois pouvoir te trouver quelque chose d'ici à ce que tu arrives en poste.

Bouche bée, Adèle imaginait la joie de sa sœur devant l'argent qu'elle pourrait lui remettre. Elle tenta d'ignorer la petite voix dans sa tête qui lui disait que ce que retiendrait sa sœur serait plutôt son exil à Saint-Jovite. Une jeune femme seule dans un autre village représentait aux yeux de toute la communauté une femme perdue. Tout allait si vite. Jérôme l'encercla de ses bras fermes en lui susurrant à l'oreille:

— J'ai déjà hâte de t'avoir à mes côtés jour et… nuit.

Adèle le repoussa avec humeur. Le regard qu'elle lui lança dissuada Jérôme de se rapprocher de nouveau. Elle se mit à marcher de long en large dans la cuisine blanche.

— Ah bon? Parce que c'est entendu dans mon contrat que la journaliste doit aussi coucher avec le rédacteur en chef?

La jeune femme remarqua aussitôt l'air blessé de son amant qui prit son chapeau noir, le mit sur sa tête et se détourna sans la regarder. Se sachant ridicule, Adèle secoua de nouveau la tête. Elle n'avait pas du tout envie de le voir partir ainsi. Elle posa sa main sur son bras:

— Je m'excuse, Jérôme. Je suis anxieuse de la réaction de Florie. Très heureuse et enchantée de ton offre que j'accepterai, peu importe. Mais je sais que tout le village se lancera dans des commérages aussitôt que la nouvelle sera connue.

Ma pauvre Florie voudra mourir de honte. Tu ne connais pas notre chère madame Marquis ! Lorsqu'elle saura, je te jure qu'elle s'amusera avec Florie comme un chat avec une souris !

Compréhensif, Jérôme laissa glisser sa main sur la joue douce d'Adèle avant de se faufiler par la porte ouverte. Adèle, appuyée contre la fenêtre, le suivit du regard jusqu'au moment où qu'il grimpa dans sa voiture et que celle-ci disparaisse dans la côte Boisée.

❦

— À la guerre comme à la guerre !

Lorsque Adèle vit la carriole arriver devant la maison en cette fin d'après-midi du dimanche, elle grimaça d'inquiétude. Ses deux jours de pause terminés, la bataille allait débuter. Édouard aida Florie à descendre ses multiples paquets et les transporta jusqu'à la large galerie de bois. Adèle laissa échapper un long soupir d'accablement en regardant Florie s'avancer péniblement. Elle se collait contre son frère qui devait la retenir pour éviter une chute. Difficile pour elle de remarquer à quel point sa sœur se laissait aller. Elle avait tellement engraissé que son manteau d'hiver fermait à peine sur sa lourde poitrine. Elle marchait en se dandinant comme un canard à cause de ses cuisses trop grosses. Adèle se retourna en plaquant un sourire forcé sur son visage, ouvrit rapidement la porte de la maison.

— Enfin, vous voilà, mes chers !

— On l'a-tu l'hiver cette année, bon sang ! dit Florie d'une voix résignée.

Elle lança un long regard à sa sœur avant d'inspecter la cuisine. Elle sourit de gourmandise en voyant les tartes, les confitures, le sucre à la crème sur le comptoir de bois. Satisfaite, elle lui donna son manteau et son chapeau qu'Adèle s'empressa d'accrocher sur la patère de bois. Comme si son séjour à Montréal lui avait fait oublier sa colère des dernières semaines, Florie sourit à sa cadette :

— Bon, raconte-moi donc ce qu'il y a de neuf, continua-t-elle en s'effondrant littéralement sur la chaise au bout de la table. Je te dis que ce n'est pas à la porte, Montréal. Moi, je n'y vais plus, je pense ! J'avais juste hâte de revenir faire mes affaires ici. Mais au moins, je rapporte des mosus de beaux tissus. J'ai tout plein d'idées pour mes courtepointes. Je sens que je vais faire mes plus belles cet hiver. Puis attends de voir comme on va avoir deux belles robes pour Pâques. C'est sûr qu'il va falloir s'y mettre tout de suite après les fêtes, mais ça nous laisse en masse de temps. Mon doux, tu es donc bien silencieuse !

Surprise d'entendre sa sœur lui parler comme si la chicane de l'automne n'avait jamais eu lieu, Adèle voulait retarder le moment d'annoncer sa nouvelle. Elle se demanda par où commencer avec ses potins. Étant allée à la messe au village au petit matin, elle avait quelques nouvelles qui pouvaient distraire sa sœur. Tiens, en commençant par la pire commère de Sainte-Cécile : Louisette Marquis. Ça faisait toujours plaisir à Florie lorsqu'elle lui racontait ses déboires. Sa sœur n'avait jamais pardonné l'accueil que la grosse femme leur avait fait quinze ans plus tôt. L'humiliation de savoir que, à peine les pieds au village, tous savaient déjà que la nouvelle venue, Rose Gélinas, n'avait pas de mari avait été un affront énorme pour Rose et son aînée. Alors dès qu'il arrivait quelque chose de malheureux à l'épicière, Florie ne pouvait que s'en réjouir, pour ensuite s'en confesser au curé Latraverse.

— Les Marquis sont en froid avec Georgine Trudel, commenta Adèle en prenant place près de sa sœur.

— Hein ? La femme du docteur ? Pourtant, ils sont toujours comme cul et chemise, ces quatre-là ! s'étonna Florie l'œil allumé.

— Bien, plus maintenant. Imagine-toi donc que madame Trudel a fait l'erreur de parler d'un patient de son mari à la Marquis.

Florie était pendue aux lèvres de sa sœur. Sa vie à elle n'avait rien de bien passionnant. Lorsqu'un chevreuil s'aventurait parfois sur le terrain autour de la ferme, elle en parlait pendant des jours. Alors d'entendre les querelles des villageois ou d'avoir vu la vie trépidante de la grande ville, cela faisait son bonheur pour des semaines à venir.

— Et ?

— L'homme en question, dont j'ignore le nom, je te le dis tout de suite, a attrapé une…

Adèle mit une main devant sa bouche avant de continuer en rigolant.

— … une sale maladie en ville !

— Non ? Tu veux dire ?… s'offusqua Florie en cachant aussi sa bouche derrière sa main.

— Oui. En revenant, il est allé voir le docteur Trudel qui, semble-t-il, s'est confié à sa douce épouse. Malheureusement, cette dernière n'a pas su tenir sa langue. Elle a raconté l'épisode à madame Marquis.

— Qui, elle, s'est sûrement fait un plaisir de colporter cette nouvelle à tous ses clients !

— Voilà ! Tu as tout compris, ma chère ! termina Adèle en souriant.

Elle tenta de ne pas laisser paraître son angoisse quant à la prochaine nouvelle qu'elle devait annoncer à sa sœur. Malgré un masque serein, son cœur battait la chamade et ses mains étaient moites au point de devoir les essuyer fréquemment contre le bas de sa robe. Florie secoua la tête avant de dire d'un ton pincé :

— Ça ne m'étonne pas. Qui peut penser raconter un secret à cette chipie ? « Vous savez bien que je trahirais jamais un secret ! » se moqua Florie avant de faire un signe de croix.

Adèle sourit tendrement devant son geste naïf. Sa sœur croyait que chaque signe de croix qu'elle faisait annulait les paroles ou les mauvaises pensées qu'elle avait. Dès lors, elle ne se gênait pas pour dire ce qu'elle pensait puisqu'elle avait trouvé le remède pour éviter l'enfer ! Parfois, lorsque Adèle pensait à la vie monotone de sa sœur de vingt-sept ans, elle en voulait terriblement à leur mère. Les journées de Florie se résumaient à laver, à cuisiner, à s'occuper des animaux… sans possibilités d'avoir un jour un amoureux pour partager ses joies et ses peines. Lorsqu'elle chantonnait dans la cuisine, sa voix douce trahissait sa sensibilité. Avant la mort de Rose, avant la maladie, Adèle se souvenait de sa sœur qui se faisait coquette juste pour aller au village faire une commission. Et puis, les jours de maladie s'étaient succédé, le temps passé devant le miroir avait diminué en conséquence. Maintenant, à un âge auquel elle aurait pu espérer encore se marier et avoir quelques enfants, Florie noyait son chagrin dans l'aigreur et la prière. En la regardant par en dessous, Adèle se fit une autre promesse, celle de ne jamais abdiquer comme Florie. Le droit de se marier, d'avoir des enfants, ne lui appartenait pas, mais celui d'aimer et d'être aimée, rien ni personne ne pouvaient le lui enlever. Devant son silence qui s'éternisait, Florie lui jeta un regard étonné, replaça d'une main experte son chignon sévère. Ayant enfin repris son souffle, elle se releva lourdement pour faire chauffer de l'eau. Pendant qu'elle coupait des morceaux de sucre du pays, Adèle prit le peu de courage qu'elle avait et s'élança en vitesse en se relevant de sa chaise.

— Hum, Florie, j'ai eu de la visite pendant que vous étiez partis !

Son aînée stoppa son élan, déposa son sucre sur le comptoir avant d'essuyer sa bouche du revers de sa main. Édouard se figea aussi, lui qui s'apprêtait à sortir.

— Ah bien ! Qui donc ? J'espère que tu t'es pas faite achalée par le… l'homme engagé de Claveau parce que je m'en vais lui dire deux mots, à cet énergumène-là !

En le disant, Florie se retourna brusquement vers sa sœur en fronçant les sourcils. Adèle secoua la tête avec découragement. Sa robe aubergine n'avait plus de cette couleur qu'au collet, alors que le reste du vêtement était décoloré par le temps et les lavages. Sachant qu'elle ne sortait pas, elle épargnait ses plus belles robes et mettait ce qu'il y avait de plus vieux dans sa garde-robe. Elle fit signe à sa sœur de se rasseoir et grimaça en voyant Édouard sortir de la cuisine pour aller faire la traite. « Lâche », pensa Adèle avec dédain parce que son frère sentait déjà la tension dans l'air avant même qu'elle n'ouvre la bouche. Lorsque la porte de la cuisine se referma sur Édouard, Adèle se tourna vers Florie qui l'observa un moment, puis pointa un doigt sévère sur sa poitrine :

— J'espère que tu n'as pas reçu d'homme ici pendant que tu étais toute seule, toi là !

— Ben… en fait, oui, mais…

— MAIS ? Veux-tu bien me dire à quoi tu penses, Adèle Gélinas ? Je le savais qu'il fallait pas te laisser toute seule avec

Laurent! Tu fais niaiserie par-dessus niaiserie! J'imagine déjà les médisances sur le perron de l'église! «Vous saviez que la plus jeune des Gélinas reçoit des hommes lorsqu'elle est seule à la ferme», dit Florie en imitant la voix haut perchée de madame Marquis. «Je l'ai toujours su qu'elle finirait mal celle-là!» continua-t-elle sur le même ton. Mosus, Adèle, que tu n'as pas de cervelle des fois!

Adèle grinça des dents en entendant les reproches, puis s'approcha de sa sœur pour dire de sa voix la plus ferme:

— Je vais te dire une fois ce qui s'est passé. Si tu m'interromps, tu n'entendras pas la suite, je te le jure, Florie. C'est clair?

Figée par le ton inhabituel de sa cadette, Florie acquiesça contre son gré. Elle s'accota sur le comptoir en oubliant de manger le sucre qu'elle avait encore à la main. Son cœur se serrait; elle était convaincue que les paroles de sa sœur détruiraient l'harmonie de sa famille.

— Alors Jérôme Sénécal, mon rédacteur en chef, est venu me voir pour me faire une offre que je ne refuserai pas, je te le dis tout de suite.

En prononçant ces paroles, Adèle s'en voulut de sa maladresse. Elle venait de s'assurer de braquer sa sœur, mais tant pis. Trop tard. Florie faisait tout pour faire taire sa rage, mais son visage, empourpré et crispé, parlait de lui-même. Adèle l'avait rarement vue ainsi. Elle ferma sèchement la radio de laquelle sortait une longue complainte d'harmonica pour se donner une contenance.

— Il m'offre un poste de journaliste à temps plein pour les trois journaux du groupe Longtin. Tu sais ce que ça veut dire ça, Florie? Mon rêve d'enfant vient enfin de se réaliser! Je vais pouvoir écrire comme je le désire et en plus, je serai payée six dollars par semaine. Imagine comme nous allons pouvoir mettre des sous de côté ! Bien sûr, je ne serai ici que la fin de semaine, mais je te promets de faire plus que ma part de travail à ce moment. En plus, avec les sous, on va pouvoir engager de l'aide, il y a le jeune Villemarie qui pourrait venir, j'y ai déjà pensé.

Adèle parlait sans reprendre son souffle, sans regarder sa sœur. Florie s'avança vers elle d'un pas lent et inhabituel. Lorsque Adèle voulut continuer à parler, la main de sa sœur s'écrasa sur sa joue avec une telle vigueur qu'elle dû se retenir au comptoir pour éviter de s'écraser par terre. Elle devint d'une telle blancheur que la trace des doigts de Florie sur sa peau vira à l'écarlate. Déglutissant avec peine, les larmes plein les yeux, Adèle leva le doigt pour tenter de parler, mais sa sœur passa devant elle sans la regarder et s'en alla se réfugier dans sa chambre sous l'escalier. Dans cette pièce, Florie ne décoléra pas. Elle marchait tel un lion en cage, enragée de voir sa sœur s'évader de la prison qu'elle lui avait faite. Furieuse de savoir qu'elle aurait une vie ailleurs qu'à la ferme, de savoir que tous les villageois de Sainte-Cécile recommenceraient à commérer sur leur famille. Assise sur son lit, elle pleura de rage un long moment. Elle pleura sur sa jeunesse qui s'en était allée. Sur cet avenir que la promesse faite à sa mère avait empêché. Son cœur se serra à la pensée de ne plus avoir sa petite sœur à ses côtés, pour l'accompagner dans les tâches quotidiennes. Qui rirait lorsqu'elle imiterait les commères du village ? Qui s'inquiéterait lorsque son dos lui ferait mal ? Qui l'aiderait à choisir les couleurs de ses prochaines courtepointes ? Une grande lassitude l'envahit. Après plus d'une demi-heure à tourner en rond dans sa chambre, la femme secoua ses sombres pensées, retourna dans la cuisine déserte.

Nouant son tablier blanc autour de sa taille plus que considérable, elle se dit en soupirant, comme si rien ne s'était produit:

— Bon, bien, c'est bien beau tout ça, mais les hommes vont être ici dans moins d'une demi-heure et mon souper n'est même pas commencé. Je vais faire ma sauce aux œufs. Il reste juste à éplucher mes patates et à les faire cuire.

Florie parla à voix haute pour tenter d'ignorer le signal d'alarme dans sa tête lui disant que, cette fois, elle était allée trop loin.

Dans sa chambre, Adèle s'étendit quelques instants sur son lit. Malgré un mobilier modeste, c'était ici que la jeune femme se sentait le plus à l'aise. Les murs crème étaient peu décorés, mais l'énorme miroir au-dessus de la commode de pin blanc rajoutait du charme à la pièce. Il s'agissait du seul objet offert par leur père que Rose avait toujours voulu garder. Un grand cadre peint en blanc et travaillé par Antoine dans sa jeunesse. Le vieux miroir renvoyait une image un peu déformée, mais Adèle s'en approcha quand même. Une main sur sa joue endolorie, elle essuya de l'autre les larmes qui débordaient de ses yeux enragés. La glace reflétait un visage allongé, un nez fin et à peine retroussé et une bouche pulpeuse pour le moment crispée de colère. Repoussant son désir de faire son sac, de demander à l'un de ses frères de la conduire immédiatement à Saint-Jovite, Adèle s'assit sur son tabouret, se mit à brosser ses cheveux détachés. Perdue dans ses pensées, elle sursauta lorsque des coups furent frappés à sa porte près d'une heure après la dispute.

— Ma foi, Adèle, tu rêves ou quoi? Ça fait cinq minutes que je m'époumone à t'appeler!

Adèle se mit lentement debout, répondit à Laurent d'une voix rauque:

— Non, non ! J'arrive, donne-moi encore une minute.

— Hum… tu vas bien, Adèle ? Tu n'es pas malade au moins ?

— Oui et non ! répondit-elle aux deux questions en tressant rapidement sa chevelure.

Un peu de poudre sur sa joue encore douloureuse et elle fit de son mieux pour aller rejoindre ses frères et sa sœur comme si de rien n'était. Mais au-dedans, la rage avait envahi son cœur, elle n'avait pas l'intention de pardonner à Florie avant longtemps. Rien ne l'arrêterait dans son désir de devenir LA journaliste féminine des Hautes-Laurentides.

— Ma vie, je vais la vivre comme je le veux.

CHAPITRE 10

Nouvelle vie

Une semaine était passée depuis la dispute des deux sœurs. Laurent et Édouard, au contraire de leur aînée, savouraient l'idée qu'enfin les chicanes quotidiennes ne seraient bientôt qu'un souvenir. Adèle partie, Florie serait certainement plus vivable. Le benjamin avait l'impression d'étouffer sous la pression constante.

— Bonjour Adèle, tu vas bien ?

— Tiens, Gabrielle, il y a longtemps que je t'ai vue.

Sur le parvis de l'église, à la fin de la messe en cette fin de décembre, la jeune femme se mit à discuter avec une ancienne compagne de classe, maintenant enseignante au village. Celle-ci, pauvrement vêtue, n'attendait que cette rencontre pour se plaindre de ses piètres conditions de travail. Aussitôt l'écoute en éveil, Adèle la prit à part pour qu'elle puisse s'exprimer librement loin des oreilles indiscrètes de la Marquis et des autres commères du village. La jeune femme rondelette tenait fermement son manteau léger avec une main contre la poitrine. Il était trop petit pour elle, et Gabrielle n'avait pas les moyens de s'en acheter un nouveau.

— Tu savais, toi, que je dois payer le bois pour me chauffer et chauffer l'école à même mon pauvre salaire ? Pas étonnant que je doive venir à la messe vêtue comme une pauvresse! Je reçois à peine deux cents dollars pour une année de travail. J'aimerais bien savoir, moi, si les filles de la ville sont aussi mal payées!

Cette dernière interrogation fut assez pour titiller la curiosité d'Adèle.

— Tu me permets de faire des recherches pour toi? demanda-t-elle à la jeune maîtresse qui tremblait de froid. Je ne veux pas te retenir plus longtemps, mais j'aimerais faire quelques vérifications. Ensuite, je pourrai m'en servir pour pondre un article qui pourrait faire bouger les choses.

— Oh! Mais je ne veux pas que tu parles de moi!

À présent, la maîtresse d'école de Sainte-Cécile regrettait d'avoir parlé avec son amie en oubliant sa détermination. Ses petits yeux noirs s'affolèrent, se posèrent craintivement sur le visage sérieux d'Adèle qui lui mit la main sur l'avant-bras.

— Ne t'inquiète pas, Gabrielle, je ne ferai rien qui pourrait te mettre dans le trouble. Non, tout ce que je veux, c'est ouvrir l'esprit des gens sur les inégalités entre les classes de gens. Pourquoi tu gagnerais moins parce que tu enseignes dans un petit village? Et je m'engage à ne pas te nuire, mon amie.

— Ne me nomme pas surtout, je t'en supplie! Ma famille a besoin de mon salaire, même s'il est si maigre!

— Promis, juré! la rassura Adèle, le cerveau déjà en ébullition.

Sur cette promesse, la journaliste sourit puis alla retrouver ses frères et sœur qui s'impatientaient dans la carriole. Florie l'apostropha dès qu'elle fut assise à ses côtés.

— Veux-tu bien me dire ce que tu avais à raconter à Gabrielle Veilleux? Tu ne lui as pas parlé depuis des années, et là tout d'un coup, ça devient ta grande amie?

— On parlait, c'est tout. De certaines difficultés de son métier, du mien…

Florie pinça aussitôt les lèvres. Depuis l'annonce de la promotion de sa sœur, le sujet était tabou à la ferme. Pas de discussion sur le travail de MADAME la JOURNALISTE !

— Bon, Laurent, on y va, coupa la femme d'un ton revêche. C'est bien beau tout ça, mais le dîner va pas se faire tout seul.

— Ho ! Ho, Mystic ! Go, mon cheval !

— Vite, Laurent, il ne faudrait pas que notre repas attende, dit Adèle du bout des lèvres.

Les jours qui suivirent ne laissèrent aucun répit à Adèle. Décidée à quitter Sainte-Cécile au début de l'année 1932, elle tentait d'abattre un boulot impressionnant malgré le fait que rien ne pourrait réduire les tensions entre les deux sœurs. La semaine dernière, elle avait avisé ses deux frères de son départ imminent.

— Je reviendrai toutes les fins de semaine bien sûr.

Laurent était resté la bouche grande ouverte de longues minutes alors qu'Édouard s'était approché pour la prendre dans ses bras. Adèle y était restée longtemps, éclatant en sanglots sous le regard humide de son grand frère. Ce dernier rêvait d'expansion autant que sa cadette et de la voir s'envoler hors du nid lui avait donné encore plus envie de créer son entreprise. Lui aussi voyait grand ; lui aussi devrait combiner ses espoirs avec les réticences de Florie.

— J'ai besoin de vivre, avait soufflé Adèle à l'oreille d'Édouard qui n'avait pu qu'acquiescer. J'étouffe ici, je n'en peux plus. Je vais mourir à petit feu si je ne pars pas, tu comprends ?

Plus que n'importe qui, Édouard pouvait comprendre le besoin de sa sœur. Depuis près de six mois, ses cours sur la fabrication du fromage et du beurre en milieu rural, qui l'occupaient un samedi par mois lui faisaient miroiter la possibilité d'une belle aventure. Derrière la grange familiale, il y avait un petit bâtiment inoccupé. La seule construction qui existait sur la terre lors de son achat par Rose. Ses murs en pierre, blanchis à la chaux, et son toit de tuiles rouges en faisaient le lieu idéal pour inaugurer la première beurrerie du village et même des environs. Édouard comptait bien être le premier maître-beurrier de toutes les Hautes-Laurentides. Préoccupé, il se demandait depuis une semaine comment annoncer son projet à sa sœur Florie. L'annonce de sa cadette l'avait embêté. Devait-il maintenant rajouter à la détresse de Florie ou saisir le moment pour espérer que son propre projet soit considéré comme moins menaçant que celui d'Adèle ?

— Dans le fond, moi, je ne quitte la ferme que temporairement. Ça pourrait mieux passer...

Sa décision fut prise au moment du murmure de sa jeune sœur. Lui aussi devait combler ce besoin intense d'épanouissement, même au détriment de l'harmonie familiale. Il connaissait les inquiétudes de son aînée à l'endroit du changement, mais elle devrait accepter sa proposition au risque de le voir quitter la ferme familiale à son tour. Afin de poursuivre son rêve, le grand brun prévoyait aller un mois à l'école d'agriculture de Saint-Hyacinthe, en février 1932. Malheureusement, son projet tombait en même temps que l'annonce d'Adèle. Désespéré, il en avait parlé à Clémentine qu'il avait vue quelques fois en allant à Saint-Jérôme. La jeune femme, qui n'avait guère mieux à faire que du magasinage avec sa mère, s'y rendait chaque semaine pour voir les nouveautés dans la ville. Lors de leur première rencontre, au détour d'une rue, Édouard avait tenté de l'ignorer, mais cela aurait été d'une grande impolitesse de ne pas la saluer étant donné les signes évidents qu'elle lui avait faits de l'autre côté de la rue. La blondeur de la jeune femme, comme les blés en été, lui avait chaviré le cœur. Édouard s'était retenu pour ne pas la regarder avec insistance. Puis les présentations officielles à sa mère l'avaient fait rougir, lui qui se targuait d'être un homme sans émotion visible. Cette fois-là, il avait réussi à esquiver un dîner avec elles, en prétextant une rencontre à l'école. Mais le mois d'après, Clémentine, seule cette fois-ci, avait tellement insisté qu'il n'avait pu résister sans être irrespectueux. C'est lors de ce repas en tête-à-tête qu'il lui avait fait part de son tourment. Clémentine avait secoué vivement sa tête.

— Je ne comprends pas ce que votre sœur a à dire de vos projets. D'accord, je comprends que pour Adèle, étant donné qu'elle doit s'en aller vivre à Saint-Jovite sans être mariée, cela puisse représenter un malaise au sein du village. Mais, vous, vous êtes un homme libre, avait dit la jeune femme en souriant avec insistance. Rien ne vous empêche de vous déplacer, surtout qu'avec le salaire d'Adèle, vous pourrez engager un homme pour vous remplacer quelque temps. En plus, si je me fie à ce que vous me dites, le mois de février est loin d'être occupé à la ferme, non ? Donc, il n'y a pas réellement de contraintes, n'est-ce pas ?

Un air mutin sur le joli visage rond avait fini par convaincre Édouard du bien-fondé de son projet. Homme de peu de mots, il s'était lui-même étonné de s'entendre expliquer le schème de pensée de sa grande sœur à une quasi-inconnue. Mais les arguments énergiques de Clémentine contrecarraient tout ce qu'il pouvait dire.

— Elle craindra la charge de travail pour Laurent!

— Un homme engagé, je vous ai dit!

— Et puis, aussi, elle trouvera à redire sur le prix de mon logement pour ce mois à Saint-Hyacinthe.

— Vous m'avez dit vous-même qu'il y avait des chambres à très peu de frais au sein même de l'école. Florie a tout de même un bon sens des finances, elle comprendra bien vite l'avantage de ce nouvel investissement pour votre famille. Vous pourrez lui faire miroiter les sommes que vous récolterez par la suite, à l'ouverture de votre établissement.

— Parlons-en, des sommes! Florie ne manquera pas de s'insurger contre le budget nécessaire pour l'ouverture de la beurrerie: la machinerie, les ingrédients...

Clémentine l'avait arrêté d'une main sur la sienne. Sans gêne, elle l'avait dévisagé avec insistance jusqu'au moment où il baissa les yeux.

— Vous m'avez aussi dit que votre ami Marc-Joseph vous avancerait la somme nécessaire à un très bas taux d'intérêt. Non, vous ne devez rien craindre, je vous le dis. Vous avez réponse à tout! Foncez!

Édouard en était là dans son cheminement. Il ne lui restait plus qu'à faire admettre le tout à sa chère sœur. Le temps des fêtes s'annonçait calme comme chaque année. Le vingt-trois décembre, le quatuor se rendit à la messe de huit heures.

— On pourrait peut-être aller à la messe de minuit cette année? avait tenté Adèle.

— Pas question! Voir si on va veiller jusqu'à cette heure-là! Non, huit heures, c'est bien assez tard!

À la fin de l'homélie du curé Latraverse, Adèle mit sa main sur celle de sa sœur dans une tentative de rapprochement.

— Bon Noël à tous ici présent, dit le gros homme de sa

voix puissante. Que ce soit un jour de réconciliation, un jour de joie et de paix. Que cet amour du Seigneur qui nous unit tous devienne source de pardon et de bonne entente pour toutes les familles ici ce soir. Amen!

Adèle sourit à sa grande sœur. Pour un court moment, leurs regards s'accrochèrent et Adèle sentit succinctement l'amour de son aînée. Mais cette trêve fut brève et Florie se dépêcha de retirer sa main sous prétexte de remettre son chapeau sur sa tête. Elle évita de regarder sa sœur et sortit péniblement du banc pour suivre la procession vers le parvis. Déçue, Adèle haussa les épaules avant de la suivre.

— Je ne vais tout de même pas la supplier à genoux, marmonna-t-elle à Édouard qui lui fit un clin d'œil affectueux.

Une semaine après Noël, l'occasion survint enfin pour Édouard de révéler son projet à son retour du marché du village. Il y avait acheté deux livres de beurre à un prix tellement élevé qu'il enrageait.

— Florie, peux-tu attendre un peu avant d'aller te coucher? Je voudrais discuter de quelque chose avec toi.

— Hein? Bien, parle-moi, j'écoute.

— Non, non, terminez la vaisselle, tu viendras me rejoindre au salon.

Les deux sœurs le regardèrent avec chacune des points d'interrogation au visage. Les conversations entre elles depuis l'annonce de la cadette se limitaient au strict minimum. Certaines soirées, aucune parole autre qu'un froid *bonne nuit* n'était prononcée. Mais parfois, Florie relâchait sa garde et se lançait dans la narration de quelques blagues de son cru. Adèle croyait alors que l'harmonie reviendrait entre elles. Dans un coin de la cuisine, Laurent se versa un verre de lait chaud, puis, avant de s'éloigner vers le salon, laissa échapper quelques paroles qui piquèrent la curiosité des deux femmes encore davantage.

— En tout cas, Édouard, dis-moi pas que tu vas vraiment t'embarquer dans ce projet-là !

Florie arrêta aussitôt de frotter son gros chaudron pour se tourner vers Laurent qui avait pris la teinte d'une belle tomate bien mûre sous le regard ulcéré de son frère aîné, une main sur le cadre de la porte. Florie marmonna entre ses dents :

— De quoi tu parles ? Son projet ? Quoi ça ? Qu'est-ce qu'il veut faire ? Bon sang, comment ça se fait que je suis toujours la dernière avertie dans cette famille ? Est-ce que je vous fais des cachettes de même, moi ? Bien non ! Ma vie est un livre ouvert !

Adèle, tout comme Laurent, avait entendu des bribes de conversation sur un quelconque projet de beurrerie que son frère voulait mettre en branle. Lorsque Marc-Joseph s'était échappé un après-midi de la semaine dernière, elle l'avait regardé avec insistance pour en savoir encore plus. Le jeune rouquin avait plaqué sa large main sur sa bouche ouverte.

— Fais comme si je t'ai rien dit, Adèle, je t'en prie. Je sais rien. Et puis, c'est pas à moi à t'annoncer les projets d'Édouard.

« Alors pourquoi ne réfléchis-tu pas avant d'ouvrir la bouche ? » s'était retenue la jeune journaliste en reprenant son sac déposé à ses pieds. Il semblait bien que le grand hôtelier n'ait pas été capable de se taire en présence de Laurent non plus, et même ce dernier semblait en savoir encore plus. Adèle avait espéré que la situation ne vienne pas aux oreilles de Florie qui n'avait toujours pas digéré l'affront qu'elle faisait à la famille Gélinas. Laurent, qui alignait rarement cinq mots sans s'enfarger dans ses syllabes, se lança étonnamment dans un long monologue en fixant son frère d'un regard colérique.

— C'est Josette qui m'a raconté que monsieur, ici présent, avait l'intention de…

— Ferme-la, Laurent, bon sang !

— Édouard, tes paroles ! Puis à part ça, laisse-le donc parler, ton frère, il semblerait que tu nous en caches des belles, toi aussi !

Le ton de Florie n'augurait rien de bon. Encore une fois, le climat de la cuisine devint explosif. Déçue de voir sa sœur les traiter ainsi, surtout de constater la rancune sur le visage de Laurent, Adèle voulut s'en aller dans sa chambre pour éviter d'assister à l'esclandre. La voix fière d'Édouard l'arrêta dans son élan.

— Tu sauras, Florie, que je devais tout t'expliquer ce soir. Mais puisque monsieur, ici présent, ne peut pas tenir sa langue, je suis aussi bien de t'en informer tout de suite. De toute façon, tu vas pogner les nerfs. Alors, aussi bien le faire maintenant.

Adèle n'avait jamais entendu son frère s'adresser ainsi à qui que ce soit. Se tournant avec anticipation, elle vit le visage de Florie pâlir d'indignation, puis s'empourprer de rage. Elle était catastrophée par ce qui se produisait dans sa famille. Elle avait tout fait pour tenir ses frères et sœur d'une poigne de fer. Voilà qu'en l'espace de deux semaines, deux d'entre eux lui témoignaient le plus grand mépris. Édouard s'approcha de la table de la cuisine, tira une chaise pour son aînée. Il voulut s'expliquer, mais encore une fois, Laurent prit la parole sous le regard livide de son frère.

— Bien, ç'a l'air qu'Édouard a décidé de s'en aller pour tout un mois ! Me laisser tout le travail, ici, à la ferme !

Un silence de mort s'installa dans la pièce surchauffée. Estomaquée, Adèle glissa dans la chaise berçante à ses côtés, alors que Florie ouvrait la bouche sans dire un mot. Elle déglutit, tourna sa tête vers Édouard, ce dernier blanc comme un drap. Enfin, au bout de quelques minutes, le jeune homme s'avança pour s'agenouiller auprès de sa grande sœur. Furieuse, elle resta digne, bien décidée à ne pas se donner en spectacle. Plus question de perdre les pédales comme avec sa cadette. Si ces deux ingrats voulaient s'en aller, qu'ils partent. Mais qu'ils ne s'attendent pas à son absolution. Ça, jamais. Elle ne fit rien pour aider son frère qui, tout à son inconfort, respirait profondément sous le regard peiné d'Adèle qui en voulait vivement à Florie de ne pas respecter leur choix, sous prétexte qu'une promesse arrachée à des enfants devait conditionner leur vie.

— Peux-tu me laisser t'expliquer sans grimper dans les rideaux, Florie? reprit le jeune homme de sa voix la plus douce.

Ses grands yeux bleus l'imploraient, mais rien ne semblait pouvoir amadouer Florie qui acquiesça à peine.

— Tu sais que depuis six mois, je vais à Montréal un samedi par mois, continua bravement Édouard qui, devant sa sœur, se sentait toujours comme un enfant pris en défaut. J'y vais pour une autre raison que juste les achats pour la ferme. J'y suis un cours sur la fabrication du fromage et du beurre en milieu rural offert par la Société d'industrie laitière.

Sur le visage des trois autres, une panoplie d'émotions émergèrent: de la rage à la fierté, en passant par la rancune chez Laurent qui ne comprenait pas que son grand frère ne lui avait jamais parlé de ses projets. Il le suivait pas à pas depuis sa naissance. Le grand brun poursuivit, sans jeter un regard à sa sœur. Il se sentit envahi d'un tel sentiment d'impuissance qu'il avait presque envie de jeter les armes, d'abandonner ce projet qui lui tenait tant à cœur. Mais l'image de Clémentine, son regard confiant, lui fit redresser le dos.

— J'adore ces ateliers, tu comprends, Florie ? Je pense qu'on gagnerait à ce que j'ouvre ici, à Sainte-Cécile, la première beurrerie des Hautes-Laurentides. Pour y arriver, poursuivit-il sans laisser le temps aux autres de réagir, je dois étudier plus en profondeur. Je veux maîtriser les connaissances techniques essentielles pour fabriquer un beurre de qualité. Ensuite, je pourrais me spécialiser encore plus pour le fromage. Ne trouves-tu pas, Florie, que le prix du beurre qui nous vient de nos voisins ontariens atteint des prix ridicules ? Quatre-vingts sous pour deux livres de beurre la semaine passée ! Et la Marquis était très fière de me dire que le prix augmenterait encore.

S'il espérait faire réagir sa sœur avec ces informations, Édouard fut déçu. Pas un mouvement sur son visage. Son regard fixait la porte de la cuisine derrière lui et elle semblait ne pas entendre ce qu'il lui disait. Il jeta un regard désespéré à Adèle qui l'enjoignait de continuer en souriant. Alors sans s'attarder au visage fermé de sa sœur, il fit le plus long monologue qu'il eut jamais fait. Il parla de sa nouvelle passion, du bâtiment derrière la grange qui pourrait parfaitement servir pour son projet. Il mentionna aussi les économies qu'ils feraient et les projets d'expansion qu'il avait pour sa beurrerie. Puis, il fit une pause. C'est alors que Florie le scruta, d'un regard noir, impénétrable dans son visage au menton pointu. Parlant d'une voix atone, elle dit:

— As-tu fini ? Parce que là, je m'en vais te dire ce que je pense de ton beau projet. Depuis six mois, tu nous mens sous prétexte de faire des achats à Montréal. Pendant ce temps-là, tu me joues dans le dos et tu prévois ouvrir sur NOS terres une beurrerie qui va certainement prendre tout ton temps et laisser toute la charge de la ferme sur les épaules de ton frère.

Édouard voulut protester, mais sa sœur ne lui en laissa pas le temps.

— Pendant que toi et l'autre allez vous amuser à vivre votre vie, vous nous laissez toutes les tâches à accomplir. Mais tu sais quoi ? Je m'en vais te dire que tu peux bien faire ce que tu veux, j'en ai assez de me battre avec vous autres. Moi puis Laurent, on va la faire marcher, la ferme, sans votre aide.

— Bon sang que tu es sans-cœur, Florie, ne put s'empêcher de riposter Adèle en se levant de la berceuse.

— Toi, claqua la voix de Florie, mêle-toi pas de ça !

Blessée par le ton implacable, Adèle se renfrogna. Son visage en disait long sur ses sentiments envers sa grande sœur, qui perdait son respect par ses paroles indignes d'une chef de famille. Laurent, complètement abasourdi, réalisait à quel point son ingérence maladroite avait débuté une bataille. Sous l'impulsion de ses dix-huit ans, il n'avait pas pensé à la portée de ses mots. Il avait simplement voulu montrer son désaccord à son frère. Même si Laurent avait fait la même promesse que les trois autres, il n'avait guère eu l'occasion de mettre sa sœur à l'épreuve. Pour Florie, toutes les occasions risquant de les mettre en relation avec l'autre sexe devenaient menaçantes. Le jeune homme savait à quel point Florie tenait à cette promesse, elle la leur rappelait assez souvent. Sa face ronde était toute rouge et ses taches de rousseur ressortaient encore plus. Il marmonna entre ses lèvres :

— Bon, bien… Je vais aller m'occuper de Frimousse, elle avait de la misère à marcher cet après-midi. Je pense qu'il va falloir que j'aille la porter chez Stromph.

Voulant fuir au plus vite l'atmosphère chargée, il enfila

maladroitement son capot de laine gris et plaça son gros bonnet sur sa tête ébouriffée. Sa sortie précipitée refroidit encore plus l'ambiance.

« C'est ça, innocent, pensa Adèle, le regard fixé sur la porte fermée, va-t-en maintenant que tu as causé les dégâts. Lâche comme son père... »

Laurent soupira d'aise une fois sur la galerie. L'air glacial n'était rien à côté de celui de la cuisine ! Adèle fixait sa sœur qui avait le visage tout crispé. Ses sourcils se rejoignaient pour n'en former qu'un seul et ses yeux noisette pétillaient maintenant de fureur. Adèle la connaissait tellement qu'elle pouvait lire toute sa colère contenue sur ses traits. Le silence inconfortable dans la cuisine se poursuivit quelques minutes. Puis, l'aînée repoussa sa chaise avec puissance, ses deux mains défroissèrent le devant de sa robe sur ses genoux. Inspirant un bon coup, elle lança d'un ton hargneux :

— Bon, si ça ne te dérange pas, je vais aller me coucher. Des nouvelles comme ça, ça assomme.

Édouard bondit sur ses pieds, l'agrippa fermement par le bras. La femme se dégagea avec rudesse, mais son frère ne se laissa pas démonter :

— Je sais que tu es inquiète, Florie, mais sache que je ne ferais jamais rien qui pourrait nuire à notre famille. Si je fais ce cours, c'est parce que j'ai envisagé tous les scénarios possibles. Je sais que les risques de l'ouverture d'une beurrerie au village sont quasi nuls. De plus, si tu crains pour les rencontres que je pourrais faire, tu sais bien que jamais je ne trahirai la promesse qu'on a faite. Ma vie est à la ferme avec vous.

Malgré le ton rassurant, Florie tenta d'ignorer la panique qui montait en elle. D'abord Adèle, puis Édouard. Ses deux cadets lui échappaient. Sa pire peur se concrétisait. Elle n'était pas sans se rendre compte des regards d'envie que jetaient les célibataires à son frère et à sa sœur, le dimanche à la messe. Pour elle, c'était si facile de tenir sa promesse, puisque personne ne la regardait. Mais pour eux, c'était une autre histoire… Dignement, elle hocha la tête, s'éloignant en direction de sa chambre. Avant de quitter la pièce, elle prit une pause avant de lancer sèchement:

— Vous me direz quelle date vous partez. Je vais trouver un homme engagé pour vous remplacer.

La tension était visible de sa nuque au bas de son dos. Elle continua, sans les regarder ni l'un ni l'autre:

— Une dernière chose. Si l'un de vous deux trahit la promesse faite à maman, sachez que vous serez mort à mes yeux. Il y a une chose que vous ne pourrez jamais m'enlever et c'est la fidélité que j'aurai pour ma mère jusqu'à mon dernier souffle.

Adèle savait que sa sœur disait la vérité. Toutes les années de la maladie de Rose, pendant lesquelles elle s'était occupée de ses frères et sœur comme ses propres enfants, pour ensuite devenir leur tutrice légale à son décès, oui, toutes ces années avaient meurtri son âme. Elle avait vu Rose souffrir puis mourir de peine. Florie, malgré les dires du docteur, pensait que sa pauvre mère était morte de ne pas avoir été aimée.

— Enfin! J'ai presque envie de chanter: ha! ha! ha!

Cette matinée du huit janvier annonçait le début d'une nouvelle vie pour Adèle. Arrivée la veille dans le village de Saint-Jovite, elle avait déposé ses maigres valises dans sa minuscule chambre de la pension St-Armand, dans la rue du même nom derrière le journal.

— Ne t'inquiète pas, avait-elle prévenu Florie, je suis totalement en sécurité. Mes déplacements seront limités, tu comprends ? Du journal à la pension. De la pension au journal.

Même si sa sœur ne lui posait aucune question, Adèle savait qu'elle s'intéressait à sa nouvelle vie, alors la journaliste lui donnait des détails pour augmenter sa confiance. Le temps des fêtes, loin d'être festif, s'était déroulé avec morosité. Les soirées à la messe, les journées à travailler côte à côte avec à peine quelques mots échangés. Le trente et un décembre au soir, Florie avait même eu l'idée de se découvrir une nouvelle maladie imaginaire afin d'éviter le réveillon déjà réduit. Non, vraiment, Adèle était heureuse d'être sortie de cette ambiance malsaine. La semaine auparavant, Édouard l'avait accompagnée afin de visiter la pension et de donner le dépôt pour le premier mois. Sous le regard envieux de son frère, Adèle avait fait le tour de la maison avec mademoiselle Alberte, une vieille fille sympathique, qui avait tout de suite mis la jeune brunette à l'aise.

— Ici, c'est chez vous, ma belle. Vous verrez, on va bien s'arranger, toutes les deux, hein ?

— Certain, mademoiselle Alberte.

— Moi, je ne suis pas bien sorteuse, je suis bien contente d'avoir de la compagnie.

— Alors nous jouerons au rummy.

Satisfaite, elle avait gaiement visité SA pension et SA chambre. Elle adorait ses frères et sa sœur, mais l'intimité qu'elle aurait ici, comparable à ce qu'elle avait connu dans les chambres d'hôtels, lui manquait tant depuis quelques mois. Adèle se sentait toujours un peu coupable lorsqu'elle songeait à la ferme, mais au moins, Florie avait engagé le jeune Léo Villemarie. Comme Édouard devait partir dans trois semaines, ça lui donnait le temps de se familiariser aux habitudes de la maison. Le jeune garçon, d'un an plus vieux que Laurent, habitait seul avec sa mère âgée, près de la rivière dans la paroisse St-Damien. Il avait été dirigé vers la ferme par Marc-Joseph, dont il connaissait le père décédé dix ans auparavant. La rencontre avec Florie s'était conclue par une entente verbale.

— Je pense qu'il va faire l'affaire, avait-elle dit à Laurent.

— De toute manière, on n'a pas le choix !

— Tu as bien raison, mon grand, on n'a pas le choix ! avait répété Florie avant de jeter un regard entendu vers les deux autres.

Après l'annonce d'Édouard, Adèle et lui s'étaient implicitement entendus pour faire comme si de rien n'était. Ils ne voulaient plus discuter avec Florie, de toute façon rien ne lui aurait fait entendre raison. Alors, les dernières journées avaient été assez calmes ; parfois Florie semblait même oublier qu'elle devait être en colère. Elle avait recommencé à chantonner dans la cuisine pour cesser lorsqu'un de ses frères ou sa sœur arrivait.

— Laissons le temps arranger les choses. Elle ne pourra pas être en maudit après nous autres toute sa vie !

Dans le petit salon de sa pension, Adèle sirotait lentement son café, le nez plongé dans *Le Courrier*. Certains articles la passionnaient. Elle reconnaissait chez quelques journalistes les mêmes habitudes d'écriture que la sienne. Parfois, elle prenait son crayon pour commenter un article. Elle n'oserait jamais le montrer à Jérôme, mais ça lui faisait du bien. La jeune femme leva la tête sur l'horloge en bois posé sur le manteau de la cheminée. En constatant l'heure, Adèle lança le journal sur la table, se dépêcha de laver sa tasse, de la ranger dans l'armoire. Elle s'approcha de la porte de chambre de sa propriétaire, de l'autre côté du couloir. Un peu mal à l'aise, elle y cogna un coup et chuchota :

— Mademoiselle Alberte, je pars pour la journée. Je vous avertis, comme vous me l'avez demandé.

Adèle attendit quelques secondes, puis le bruit des pantoufles sur le plancher de bois annonça l'approche de la vieille femme. Celle-ci ouvrit doucement la porte, offrit un visage tout ridé à sa jeune locataire. Souriant gentiment, elle lui mit la main sur l'avant-bras, une main tachée par le temps, à la peau translucide. « Cette femme est la douceur incarnée », pensa Adèle en la fixant. Mademoiselle Alberte fit un signe vers la cuisine :

— Prenez une pomme avant de partir. Vous reviendrez tard ? Peu importe, vous sonnerez et j'irai vous ouvrir.

Elle fit de nouveau un signe avec sa main qui tremblait légèrement. Adèle regardait la vieille femme déjà avec tendresse. Sa silhouette d'une telle maigreur ; sous sa fine robe de chambre en flanelle, on voyait poindre les os de ses épaules et de ses hanches. La ceinture serrait une taille si menue que la journaliste pouvait sûrement en faire le tour avec ses deux mains. Elle plaça son chapeau beige sur sa tête, recentra son chignon sur sa nuque et dit gentiment :

— Je crois être ici vers cinq heures. Avez-vous besoin de quelque chose au marché ? Je peux y passer en finissant au journal.

— Oh non ! Je n'achète que très peu de choses. Un peu de lait, de la farine. Mais je fais tout moi-même. Alors je vous attendrai pour le souper.

Après un dernier signe de tête, Adèle enfila son manteau des grands jours, en sergé brun avec un col de renard. Lorsque sa sœur l'avait vue partir ainsi vêtue, elle avait plissé les lèvres de mécontentement. Ce manteau ne servait qu'à aller à la messe. Il avait appartenu à la mère de Marc-Joseph, qui l'avait offert à Adèle lorsque force leur fut de constater que Josette resterait beaucoup trop petite pour porter un tel manteau. Avec bonheur, Adèle passa le doigt sur le tour du col. La jeune journaliste soupira de soulagement en sortant dans l'air glacial.

La rue St-Armand présentait une couverture de neige tombée pendant la nuit. Heureusement, Saint-Jovite avait ses propres charrues. La ville déblayait à intervalles réguliers. Pendant la nuit, la jeune femme était restée de longues heures couchée sans dormir à écouter le bruit des grattes sur le sol. À quelques reprises, elle s'était précipitée à sa fenêtre, certaine de constater une collision dans les rues. Mais sous la lueur de la lune, elle put se rendre compte de l'efficacité des travailleurs de la ville. Les peignes, les petites charrues de trottoir tirées par les chevaux, avaient aussi bien fait leur travail, puisque Adèle pouvait marcher aisément sans risquer de tomber. En ce matin glacial, tous se pressaient pour retourner au chaud le plus vite possible. Enfin arrivée devant l'édifice du journal, Adèle prit une longue pause pour se donner une contenance.

— Madame la journaliste, chuchota-t-elle. Madame la journaliste.

Elle n'avait pas revu Jérôme depuis sa visite à la ferme quelques semaines auparavant. Ils avaient communiqué deux fois par téléphone à partir de l'hôtel du village pour éviter le drame à la maison. Mal à l'aise d'être écoutée par

Marc-Joseph, Adèle s'était empressée de donner les détails de son déménagement sous son regard inquisiteur. Une fois le premier appel terminé, son ami lui avait adressé un air blessé :

— Tu aurais pu me le dire que tu t'en allais. Florie ne doit pas être folle de joie, dis donc !

— Je croyais que tu le savais ! Oui, tu te rends compte, je vais enfin être une vraie journaliste, Marco !

Dépité, il avait regardé Adèle s'empêtrer dans ses explications en rougissant sous les questions. Elle avait aussitôt chassé ses pensées, ici, sur le pas de sa nouvelle vie.

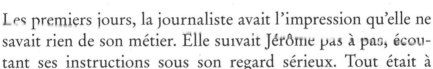

Les premiers jours, la journaliste avait l'impression qu'elle ne savait rien de son métier. Elle suivait Jérôme pas à pas, écoutant ses instructions sous son regard sérieux. Tout était à apprendre, pas un instant ses pensées ne se dirigeaient vers la ferme. Elle s'épanouissait hors du nid. Dès la semaine suivante, elle devait signer la page féminine.

— Si tu acceptes une suggestion, je te propose de lire les articles de Georges Pelletier du journal *Le Devoir*, de Jean-Charles Harvey qui écrit pour *La Patrie* et pour le grand journal *Le Soleil*. Même si ce sont des hommes, il s'agit sans contredit des meilleurs, tu ne pourras qu'apprendre de ces lectures.

Dans les locaux, tous la regardaient avec intérêt, surtout les trois journalistes masculins. Venait-elle leur enlever du travail ? Consciente que sa présence dérangeait, Adèle tentait de se faire discrète malgré sa joie chaque jour à son arrivée au journal.

— Bonjour, mademoiselle Églantine.

— Bonjour.

L'air revêche de la secrétaire ne lui ôtait même pas son euphorie, toute à son bonheur de pouvoir enfin écrire à sa guise. Entre Jérôme et elle, la relation demeurait pour l'instant très professionnelle, même si elle sentait souvent son regard s'attarder sur son corps et des frissons la parcourir des pieds à la tête. Elle rêvait de se retrouver de nouveau dans son lit, mais faisait taire son désir pour se concentrer sur son travail. Pour son premier article, Adèle songea à un sujet qui la tourmentait depuis sa conversation avec Gabrielle Veilleux, la maîtresse d'école du village. Aussitôt sa proposition d'article acceptée par Jérôme, la jeune femme entra en action :

— Si vous le permettez, monsieur Sénéchal, je voudrais me rendre à la commission scolaire afin de questionner le président pour mon article. Vous croyez que j'ai le temps avant que notre réunion commence ?

En présence de tiers, le couple ne tentait aucun geste révélateur. Personne ne se doutait de leur relation tumultueuse et compliquée. Jérôme releva la tête de son cahier, fit signe à la journaliste d'avancer dans son bureau.

— Vous voulez rencontrer le président de la commission scolaire des Laurentides ?

— Oui... j'aimerais bien ça. Vous pensez que c'est possible ?

— Assurément. Maintenant, avec votre titre de journaliste, vous avez vos entrées un peu partout. Reste à voir si l'homme voudra discuter du salaire des maîtresses d'école. Quant à moi, vous avez carte blanche.

Adèle sourit discrètement. Un coup d'œil rapide vers la porte entrouverte l'empêcha de s'avancer encore plus vers son rédacteur en chef, qu'elle sentait en attente. Il se pencha sur le devant de son gros bureau pour chuchoter :

— J'aimerais vous embrasser, ma chère. Partout sur votre corps parfait.

— Chut, Jérôme. Pas ici.

— Où alors ? Sûrement pas chez mademoiselle Alberte !

— Non.

— Alors viens chez moi ce soir.

— Elle m'attend pour souper. Par contre, demain, je pourrais lui dire que j'ai une réunion dans la soirée.

Hésitante, Adèle se mordait les lèvres, partagée entre son désir pour l'homme et son inquiétude des commérages. Jérôme souffla entre ses lèvres :

— Je ne saurai patienter jusqu'à demain. Si tu savais la torture que tu m'imposes à imaginer ton corps vibrant sous mes mains...

— Chut !

Cette fois, Adèle se leva en vitesse, en lui jetant un regard sévère. Elle reprit la parole, d'une voix forte en secouant vivement la tête :

— Alors, parfait, merci de votre appui. Je vais de ce pas voir les dirigeants de la commission scolaire.

Un dernier clin d'œil moqueur de son amant renforça son malaise. Cet homme la rendait folle ! Il éclata de rire en la voyant fuir en vitesse.

Deux heures plus tard, assise de nouveau en face de son amant, elle regrettait son entrevue avec le directeur de la commission scolaire. Devant le gros dirigeant, Adèle avait senti sa colère surgir comme la lave d'un volcan. D'abord, juste une vibration, suivie d'une explosion. Elle l'avait écouté, assise sur le bout de sa chaise droite, les mains à plat sur les genoux. Il lui avait parlé de ce ton condescendant que prenaient les hommes pour s'adresser souvent aux femmes. Elle avait fixé sa large bouche qui n'avait pas arrêté de se mouvoir pendant cinq minutes :

— Saviez-vous, mademoiselle, qu'il fut un temps où les maîtresses d'école ne recevaient aucun salaire pour leur ouvrage ? Lorsque le gouvernement a annoncé que les villageois allaient devoir payer une taxe scolaire pour chaque enfant fréquentant l'école, plusieurs étaient furieux. Si furieux en fait que certains mettaient le feu aux écoles. On avait même donné le nom *Les Éteignoirs* à ce groupe parce qu'ils étaient les éteignoirs du savoir. Vous croyez m'effrayer avec le projet d'article sur les salaires déficients de nos maîtresses de villages ? Je sais que les villageois considèrent qu'elles reçoivent un salaire plus que décent. N'oubliez pas, mademoiselle...

— Gélinas.

— Oui, mademoiselle Gélinas, que ces femmes ne sont que de passage. Dès qu'elles trouvent mari, pfff, elles disparaissent pour fonder leur famille. Nous rendons service à ces femmes qui ne seraient que fermières si cette chance de transmettre leur savoir ne leur était pas offerte. Non, leur salaire est très juste.

Adèle avait secoué la tête avec l'envie de sauter par-dessus l'énorme bureau, d'agripper le cou large du président et de brasser sa tête aux yeux exorbitants pour lui faire ravaler ses paroles avilissantes. Elle s'était contentée d'inspirer puis de plonger son regard noisette dans celui de son opposant.

— Vous me parlez d'il y a presque quatre-vingts ans. Je ne veux pas vous faire de la peine, cher monsieur, mais c'est ce qu'on appelle le progrès. En vingt-cinq ans, le salaire a augmenté de quatre-vingt-dix à deux cents dollars par année. Vérifiez donc le salaire que fait, pour le même travail, un instituteur. Dans toutes les catégories d'enseignants de la province, les maîtresses en milieu rural sont les moins payées. J'ai fait des recherches, vous savez : en comparaison avec le maigre salaire de la maîtresse d'école de Sainte-Cécile, par exemple, un instituteur protestant de Montréal fait plus de deux mille dollars annuellement ! DEUX MILLE, vous vous rendez compte ? En plus, il ne paye pas le bois de chauffage à même ce salaire évidemment !

Le gros homme replet avait levé la main dans un geste de rejet puis s'était difficilement extirpé de son fauteuil de cuir brun. Il avait fait un signe vers la porte.

— Vous m'excuserez, mademoiselle...

— Gélinas !

— Oui, bon, mais j'ai autre...

Adèle s'était levée lentement, en défroissant sa robe verte. Sa fine taille soulignée par la petite ceinture de cuir noir, ses boucles brunes bien repoussées derrière ses oreilles et gardées en place par son bandeau noir et ses nouvelles bottines lui avaient donné l'audace de lancer d'une voix forte :

— Savez-vous, monsieur, à quel point notre école est malade ? Nos garçons québécois désertent l'école. Au retour des fêtes, au moment où les jeunes reviennent d'un long congé, plusieurs ne mettront plus les pieds en classe. Les grands garçons n'ont de hâte que de quitter ce calvaire.

— Mais...

— Je n'ai pas fini ! Je ne comprends pas que le ministère ne les oblige pas à la fréquentation scolaire. La lutte pour l'obligation scolaire dure au Québec depuis plus de cinquante ans. Pourquoi ne faites-vous pas votre part dans ces demandes ? Ne comprenez-vous pas l'urgence d'avoir des jeunes villageois instruits ? Quelle fierté récoltons-nous de voir d'un côté les bourgeois des grandes villes bien instruits, et de l'autre nos enfants quitter l'école le plus tôt possible ?

— Mais...

La colère d'Adèle avait explosé comme une série de détona-tion. Tous ses reproches envers le milieu scolaire avaient éclaté les unes après les autres. Plus moyen de les arrêter. Le pré-sident de la commission scolaire avait repris place dans son fauteuil, conscient qu'il n'arriverait pas à placer un mot. Elle s'était avancée jusqu'à s'appuyer contre le bureau. Ses yeux avaient brillé de passion.

— Une dernière chose avant de partir. L'Église ne souhai-tera jamais cette instruction obligatoire. Trop satisfaisant d'avoir la mainmise sur le peuple québécois. C'est gênant, on est la pire province du Canada! Nos enfants savent à peine lire, compter et écrire. Wow, quelle fierté! Heureusement que ces maîtresses d'école sous-payées sont dévouées, sinon...

— Vous avez fini, mademoiselle...? coupa le gros homme à la face écarlate de rage.

— GÉLINAS. Je m'appelle Adèle Gélinas.

— Vous êtes d'une impertinence, mademoiselle, comme j'en ai rarement vu! Je vous prierai de bien vouloir sortir de mon bureau. Je me devrai de discuter avec votre employeur qui ignore certainement vos crises de nerfs, vos agissements immatures. Cette idée aussi d'engager une femme dans un poste d'homme!

Adèle en était à se remémorer cette scène désastreuse lorsque la porte du bureau de Jérôme s'ouvrit à la volée. Un cri aigu la sortit de ses sombres pensées.

— ADÈLE!

Une tornade blonde courut dans les bras de la jeune femme.

En riant aux éclats, Clémentine sautillait sur place, agitée comme une puce. Jérôme, prévenu de son arrivée, observait avec chaleur les retrouvailles des deux amies. Depuis le mois d'octobre, une correspondance assidue s'était installée entre les deux, mais pas une fois Adèle n'avait pu se libérer pour aller la rencontrer, malgré les demandes répétées de son amie.

— Tu aurais dû me le dire lorsque tu venais au journal, lui reprochait parfois Clémentine. Mon père ou un de mes frères seraient venus me conduire pour te voir. Même pour une courte période, tu sais bien qu'ils ne me refusent pas grand-chose !

Mais sous divers prétextes, Adèle avait détourné les questions de son amie. Moins Clémentine la voyait en présence de Jérôme, moins le risque était grand que leur relation soit découverte. Pour l'instant, son cœur battait la chamade, de joie cette fois ! Serrant les deux mains de son amie dans les siennes, elle demanda :

—Tu as passé de belles vacances ? Que fais-tu ici, ma chère ? Je suis très, très contente de te voir ! Tu le savais, toi, Jérôme, que Clémentine venait aujourd'hui ?

La jeune blonde sursauta légèrement en remarquant le ton familier de son amie envers le rédacteur en chef. Il n'en fallut pas plus pour qu'elle se mette à les observer silencieusement quelques secondes. Ce qui ne passa pas inaperçu aux yeux de Jérôme. Connaissant le besoin absolu de discrétion de sa maîtresse, il joua le jeu en souhaitant détourner l'attention de Clémentine :

— Bien sûr que je le savais. Tu me donnes ton manteau, Clémentine ?

Hésitante sur le ton qu'elle devait employer à son tour, la blonde ne fit qu'acquiescer. Adèle garda les mains de son amie dans les siennes. Clémentine était si petite, encore plus que dans ses souvenirs. Adèle l'observa attentivement d'un regard perçant. À vingt et un ans, cette belle jeune femme avait la vie devant elle, mais quelque chose ne semblait pas juste. Son amie paraissait avoir maigri, son teint, bien que ce soit l'hiver, était trop pâle, de grands cernes s'étalaient sous ses yeux bleus.

— Tu es certaine que tu vas bien ? Tu me sembles avoir perdu du poids, je me trompe ?

Clémentine retira ses mains des siennes, les passa sur son ventre plus que plat. Sa jolie robe rose foncé collait à un corps qui ressemblait à celui d'une enfant de dix ans. Elle, qui pouvait auparavant se vanter d'une poitrine tout de même généreuse, n'avait pratiquement plus de seins. Ses hanches et sa taille menues complétaient un portrait inquiétant. Adèle secoua discrètement la tête en interrogeant Jérôme du regard, qui fit un signe pour montrer son accord. Clémentine était trop maigre. Celle-ci éclata de son rire franc en secouant ses bouclettes libres sur ses épaules :

— Mais non, que vas-tu chercher là ? Non seulement je n'ai pas maigri, mais à mon avis, avec les carrés aux dattes et les tartes Tatin que j'ai dévorés pendant les fêtes, je dois avoir pris au moins dix livres ! Bon, assez parlé de moi, maintenant, Jérôme pouvez-vous…

— Peux-tu, l'interrompit son rédacteur pour ensuite s'adosser à sa chaise et tirer sur sa cigarette.

Clémentine rosit un peu, mais continua néanmoins :

— Peux-tu me dire pour quelle raison, vous m'… tu m'as demandé de venir aujourd'hui ? Remarque que j'en suis fort heureuse ! Ça me permet enfin de voir mademoiselle courant d'air ici présente !

— Tu sais qu'Adèle fait maintenant partie de notre équipe de journalistes à temps plein ?

— Elle me l'a écrit bien sûr ! Je suis tellement heureuse pour toi, te l'ai-je dit Adèle ? demanda-t-elle en penchant sa tête vers son amie assise à ses côtés.

— Oui. Au moins dix fois dans tes lettres ! répondit Adèle en riant.

— Bon, reprit Jérôme, je me demandais si tu pouvais lui offrir ton soutien pour l'écriture et la recherche de ses articles. Je te demanderais de venir une fois toutes les deux semaines, et tu serais son… associée disons ! Qu'en pensez-vous ?

Clémentine était déjà tout sourire, tandis qu'Adèle avait le visage renfrogné. Elle tenta de cacher sa déception. Ainsi donc, Jérôme ne croyait pas qu'elle puisse faire la tâche seule. Quelle tristesse ! Pourtant, depuis son arrivée, elle n'avait pas chômé, rien ne laissait présager qu'il lui fournirait une assistance, surtout que ce n'était pas le cas pour les hommes journalistes. Consciente tout d'un coup que son silence s'éternisait, créait un malaise, Adèle prit la main de son amie sans regarder son rédacteur en chef.

— Certainement que je prends cette demoiselle comme associée. Nous avons déjà prouvé que nous faisons une équipe hors pair, n'est-ce pas, ma Clémentine ?

— Ça, c'est sûr ! Je suis très contente de ta confiance, Jérôme. Toutes ses émotions me donnent soif, je vais de ce pas me chercher un grand verre d'eau.

Sa délicate silhouette se dirigea vers la porte, qu'elle referma discrètement derrière elle. Quelques secondes passèrent avant que Jérôme ne se lève et s'approche de la jeune femme au visage de nouveau fermé. Il la força à tourner son visage vers lui en posant sa main sur son menton pointu.

— Tu es fâchée, Adèle ? Je croyais te faire plaisir.

— Me faire plaisir ? En me montrant que tu ne me fais pas confiance ? Que tu crois que j'ai besoin de quelqu'un pour m'aider ? Me faire plaisir, vraiment !

— Tu n'as pas compris mon geste, répliqua Jérôme, abasourdi. Je pensais que tu serais heureuse d'avoir ton amie à tes côtés. Depuis trois mois, tu me dis à quel point elle te manque, combien tu aimerais la voir plus souvent... Je me suis dit qu'en la faisant venir au journal une journée par quinzaine, on joignait l'utile à l'agréable. Dommage que tu aies mal interprété mon geste.

Dépité, l'homme s'alluma une nouvelle cigarette, alla près de la fenêtre. Il laissa son regard errer sur la rue enneigée, les passants pressés. Il sursauta lorsqu'il sentit les bras de la jeune femme autour de sa taille. Elle posa sa tête contre son dos avant de murmurer :

— Je suis désolée et je te remercie. Ce sera effectivement un grand bonheur d'avoir Clémentine à mes côtés.

Déposant sa cigarette allumée dans le cendrier sur le coin de son bureau, Jérôme mit sa main sur la nuque d'Adèle et lui donna son premier baiser depuis son arrivée, une semaine auparavant. Sur ces entrefaites, Clémentine ouvrit la porte et resta figée sur le seuil, verre d'eau à la main. La bouche grande ouverte, elle hésita quelques secondes puis décida de refermer délicatement avant de revenir en cognant très fort. Les deux amants mirent donc quelques pas entre eux, firent comme si de rien n'était. Trop amoureux, ils n'étaient pas conscients de l'air embarrassé de leur amie, qui décida qu'après tout, cela ne la regardait pas.

— Bon, nous avons une tonne de travail devant nous, ma Clémentine. Si tu veux, on s'installe dans le bureau près de la salle des journalistes. Nous serons plus à notre aise pour nous étaler !

Pendant cette journée, les deux jeunes femmes mirent les bouchées doubles afin d'avancer le texte d'Adèle pour le journal du samedi. Après que son amie eut fait quelques allers-retours entre son bureau et la salle de bain pour aller chercher de l'eau, la jeune brune l'interrogea avec curiosité :

— Dis donc, Clémentine, tu bois toujours comme ça ? On dirait que tu n'as pas de fond !

— C'est vrai, n'est-ce pas ? Je ne sais pas ce que j'ai, mais depuis quelques semaines, j'ai tellement soif que je me lève même la nuit ! Il faut croire que j'ai besoin d'eau pour grandir, comme une plante ! rigola-t-elle sur un ton léger.

Adèle sourit, mais resta circonspecte. Elle n'aimait pas la pâleur de son amie ni ce comportement inhabituel. Alors que Clémentine vidait une nouvelle fois son verre, elle l'arrêta en posant sa main sur son bras :

— Mais sinon, tu vas bien, tu me le jures ?

— À part quelques maux de ventre, je te le jure !

— Et pour ces douleurs, tu es allée consulter ? Il ne faut pas négliger ta santé, ma chère.

Clémentine écarta les inquiétudes de son amie d'un signe de la main. Elle éclata de son rire franc, mais derrière cette façade, elle n'était qu'angoisse. Depuis quelques jours, ces douleurs étaient parfois si fortes qu'elle devait se retenir pour ne pas se plier en deux. Sans compter les sueurs et les tremblements qui la prenaient nuit et jour.

— Tu seras contente, Adèle, j'ai pris la décision d'arrêter chez le docteur de Saint-Jovite cet après-midi. Comme je ne veux pas inquiéter mes parents pour des pacotilles, je préfère ne pas aller à La Conception où tout se sait. Ainsi, je pourrai te rassurer, te dire que je ne souffre que de douleurs bien féminines.

Satisfaite, Adèle acquiesça avec soulagement. Un mauvais pressentiment la submergeait depuis l'arrivée de son amie.

— Je t'accompagnerai.

— Ce n'est pas nécessaire, je te le dis.

— Si, j'insiste. Ainsi je serai rassurée encore plus vite. Bon, terminons donc cette recherche pour mon texte et ensuite, hop, on file chez le docteur !

Vers la fin de l'après-midi, les deux jeunes filles partirent bras dessous, bras dessus en direction du rang Majoret. Les flocons valsaient dans l'air, laissant une couche glissante sur le sol. Maintenant mieux chaussée que l'hiver dernier, Adèle servait d'appui à son amie chancelante.

Assise depuis plus d'une heure dans la salle d'attente du docteur, Adèle fronça ses sourcils foncés. Elle se leva pour la troisième fois.

— Excusez-moi, vous pouvez me dire ce que devient mon amie ?

— Non, non… vous devez attendre ici.

L'infirmière qu'elle accosta repartit dans le corridor sans un regard derrière. Adèle retourna dans la salle d'attente. Elle mordillait ses ongles, faisait aller sa jambe de haut en bas. Si seulement elle pouvait s'allumer une cigarette ! Mais elle ne le faisait qu'en présence de son amant et parfois, aussi, lors de leurs visites à Montréal. La jeune femme n'en pouvait plus d'attendre. Que pouvait-il y avoir de si long ? Lorsque la porte au fond de la grande salle d'attente s'ouvrit, Adèle sauta sur ses jambes en laissant tomber son manteau sur le sol.

— Enfin te voilà !

Elle s'élança vers Clémentine, encore plus pâle qu'à son

arrivée. À ses côtés, le docteur, un gros monsieur au ventre proéminent, la soutenait d'une poigne solide.

— Tout va bien, Clémentine ?

Après un regard désespéré, son amie éclata en sanglots. De longs pleurs déchirants arrachèrent le cœur d'Adèle qui la prit dans ses bras. Elle se passa de nouveau une réflexion sur la maigreur de son amie. Contre sa poitrine, elle sentait les épaules décharnées. En larmes, la blonde n'arrivait pas à répondre à Adèle qui s'alarmait de plus en plus.

— Clémentine, dis-moi ce qu'il y a, je t'en prie. Qu'est-ce qui se passe ? Pourquoi es-tu dans un tel état ? Docteur ?

— Suivez-moi dans mon cabinet, nous serons plus à l'aise.

Alors que la jeune blonde pleurait toutes les larmes de son corps, il expliqua à Adèle la situation malheureuse dans laquelle se trouvait son amie :

— À la suite de différents tests et questionnements, je crois que votre amie est atteinte de diabète dit insulinodépendant, aussi connu sous le nom de diabète de type 1. Vous avez remarqué sa pâleur, son besoin de boire ? Elle m'a aussi fait part de son urgence à uriner, ses maux de ventre récurrents, sa grande fatigue. Nous pouvons maintenant mesurer le taux de sucre dans le sang, taux qui est beaucoup trop élevé chez votre amie. Tous ces symptômes m'amènent à penser qu'elle pourrait être atteinte de cette maladie. À l'hôpital, les tests approfondis pourront confirmer mon diagnostic.

Toujours debout aux côtés de son amie effondrée sur la chaise, Adèle sentit une boule d'émotion envahir son ventre. La seule personne diabétique qu'elle connaissait, le vieux bonhomme Martin, était aveugle depuis l'âge de cinquante ans et amputé des deux jambes. Elle s'approcha du docteur derrière son gros bureau croulant sous les livres et les papiers divers et posa sa main sur une pile de cahiers. Elle pointa son amie hagarde.

— C'est impossible, voyons. Clémentine est jeune et en santé. Peut-être un peu plus fatiguée que d'habitude, mais qui ne l'est pas au retour des fêtes ?

Elle se retourna vers son amie transfigurée qui n'était plus que l'ombre d'elle-même. Tassée sur la chaise, elle tripotait ses gants noirs, se balançait d'en avant en arrière. Un faible son sortait de sa bouche fermée. Le pauvre docteur, ne sachant que dire, ne put que hausser les épaules. Puis il précisa sur un ton grave :

— Comme j'ai expliqué à mademoiselle Lortie, elle doit absolument être hospitalisée. Ici, à Saint-Jovite, il est possible d'avoir un lit pour quelques jours. Elle devra...

Il hésita en voyant Clémentine se tasser encore plus sur elle-même à la suite de ses paroles. Mais puisqu'elle ne semblait pas vouloir y aller de son plein gré, il n'avait pas le choix de discuter du traitement avec son amie, même si ce n'était pas la famille.

— ... suivre un traitement à l'insuline. Voyons, ma jeune fille, ne pleurez pas autant, dit-il un peu rudement en se tournant vers la blonde. Il y a tout de même une cure à votre maladie. Il y a tout juste dix ans, les gens mouraient dans des souffrances atroces en l'espace de quelques jours.

Loin de calmer Clémentine, ce constat la mit dans un état catatonique. Adèle jeta un regard noir au gros homme maladroit. Elle s'avança vers son amie, la prit sous les bras pour la relever. Cette dernière pesait à peine plus qu'une enfant, son corps n'avait plus aucun tonus, elle flottait dans les airs. Adèle repoussa ses mèches de cheveux collés sur ses joues mouillées et la força à la regarder. Ses grands yeux bleus désespérés brisèrent le cœur de son amie. Elle lui prit le visage entre les mains et la força à la regarder.

— Écoute-moi, Clémentine. Le docteur Lafleur a bien dit qu'il y avait un traitement pour ta maladie. Dans quelques semaines, sûrement, tout cela ne sera qu'un mauvais souvenir. Mais pour l'instant, nous allons retourner au journal attendre ton père. Puis, s'il est d'accord, je vous accompagnerai à l'hôpital.

— Mais je n'ai rien! Pas … pas… un vêtement, aucun… snif… produit de beauté. Oh! Adèle, je…

Pour éviter qu'elle ne replonge dans sa détresse, Adèle l'agrippa fermement, lui mit son manteau de force. En enfonçant son bonnet de laine sur sa tête, elle fit un signe au docteur, puis les deux femmes s'éloignèrent dans la noirceur.

CHAPITRE 11

Boubeversements

—Me voici, ma chérie. Avec un bon café bien chaud !
Adèle poussa la porte de la chambre d'hôpital
après avoir plaqué un sourire sur son visage. À la fin de la
cinquième journée d'hospitalisation, Clémentine avait retrouvé
des couleurs. Les journées raccourcies en ce début d'année ne
laissaient guère de place au soleil, mais dès qu'un rayon se présentait à la fenêtre de sa chambre, elle levait son visage délicat
vers le ciel. Sa mère, assise à ses côtés, était restée forte toute la
semaine. Après le choc de l'annonce, toute la famille s'était
regroupée autour de Clémentine. Celle-ci semblait être devenue
plus mature en si peu de temps ! La diète spéciale, à base de
fruits, de légumes, de produits sans trop de glucides, lui redon-
nait des forces. Pour Roméo Lortie, la découverte du diabète
de sa fille avait signifié la recherche des meilleurs médecins.
Dans les Laurentides, peu de docteurs possédaient les outils
ou même les connaissances pour faire face à cette maladie. Il
avait donc fait venir un professionnel de Montréal qui avait
accepté de prendre en charge Clémentine, à la condition qu'une
fois par trimestre, la jeune fille se déplace à sa clinique de la rue
Beaubien. Avant chaque repas, elle devait s'injecter une dose
d'insuline, tel que prescrit par le docteur Langlois.

— Je ne pourrai jamais faire ça! avait objecté la jeune blonde lorsque l'infirmière lui avait donné son cours pour apprendre à contrôler son diabète.

— Si, si, vous verrez, c'est une habitude et puis vous vous sentirez tellement mieux que vous oublierez ce que c'était sans votre insuline.

Sceptique, Clémentine s'acclimatait tranquillement à la prise d'insuline. Pudique, elle s'éloignait dans la salle de bain pour se donner une dose lorsque des gens se trouvaient dans sa chambre. Après les premières heures de panique, Adèle était soulagée de voir son amie reprendre le chemin de la santé. Elle retrouvait ses belles joues roses, les cernes sous ses yeux s'atténuaient, tout comme les tremblements de ses mains avant le début de son traitement.

De retour à la ferme, Adèle entreprit le récit des incidents survenus dans sa semaine, en s'attardant sur le sort de Clémentine.

— Elle prend vraiment du mieux, termina-t-elle en souriant à ses frères et sa sœur. La jeune femme voyait sa fratrie pendue à ses lèvres. Même Florie, qui tentait le plus souvent possible de ne pas s'intéresser aux histoires de Saint-Jovite, n'avait pu faire autrement que de s'inquiéter pour la jeune femme.

— Mais elle guérira de ce… diabète ?

— Non, c'est le plus difficile, je pense, pour Clémentine. Lorsque le docteur lui a fait comprendre qu'elle devrait vivre toute sa vie en se piquant, elle a fait une crise de nerfs. C'était si triste…

Incapable de continuer, elle se leva pour porter son assiette sur le comptoir. Doucement, elle se laissa aller pour la première fois depuis le début de la maladie de son amie et éclata en sanglots. Elle pleurait la peine de Clémentine, la perte de sa belle santé, la crainte de son avenir. Florie, incapable de voir sa sœur ainsi, se leva brusquement et alla la serrer contre elle. Dans les moments de grande tristesse, elle arrivait à faire fi de sa colère à l'égard des choix d'Adèle. L'aînée devenait miséricordieuse à l'endroit du chagrin de sa cadette.

— Chut, chut, mon Adèle. Elle va être correcte, ton amie. Tu as été très courageuse. Chut, chut…

Édouard, complètement bouleversé par les événements relatés par Adèle, décida de profiter de sa journée du lendemain pour aller visiter la jeune femme. Après tout, elle avait trouvé les arguments lui permettant de tenir tête à sa sœur. Il lui devait bien une visite. Mais au fond de lui, le besoin de s'assurer de son bien-être était bien plus fort que tous les prétextes qu'il pourrait trouver. Depuis l'annonce de son projet de beurrerie, la tension était à son comble dans la maison. Laurent et lui ne faisaient que venir aux repas, alors que l'air morose de leur sœur n'aidait pas la discussion. Il observa ses deux sœurs enlacées, se dit que le malaise des dernières semaines s'estomperait peut-être. Pour sa part, il devait partir pour Saint-Hyacinthe dans deux semaines. Le jeune Villemarie arrivait maintenant à l'aurore pour la traite, s'occupait toute la journée à effectuer les réparations nécessaires, à traiter les animaux malades… avant le cycle des grandes corvées qui débuterait au début de mars. Quelques semaines avant les fêtes, Laurent et Édouard avaient fait provision de bois de chauffage en allant bûcher sur leur terre près du lac Mauve. L'hiver ayant débuté tôt, l'engagé devrait y retourner de nouveau avec Laurent dans quelques semaines. Il aimerait bien profiter de cette sortie pour chasser quelques lièvres. Il pourrait en rapporter un à sa mère qui vivotait du côté de la rivière aux Chicots. Le jeune homme, quoique assez maigrichon, était capable d'abattre presque autant de travail dans une journée que Laurent, son acolyte du même âge. Il bégayait continuellement, mais cela ne l'empêchait pas d'être productif. Les deux jeunes hommes s'entendaient bien, ni l'un ni l'autre n'aimant parler ! Ils pouvaient passer la journée sans s'adresser la parole. Édouard, qui s'était donné la tâche de former leur engagé, se sentait soulagé d'un énorme poids. Le problème de la charge de travail était résolu, quoi qu'en dise Florie !

— Je suis vraiment satisfait de ton travail, Léo.

— Mer… merci !

Léo souriait largement, heureux de côtoyer des gens de son âge sans donner à sa mère l'impression de l'abandonner.

Le drame vécu par Clémentine eut l'effet d'un baume sur une plaie dans la famille Gélinas. En réalisant la fragilité de la vie, Florie retrouva une certaine tendresse envers son frère et sa sœur. Malgré une rancœur récurrente, elle n'avait plus envie de faire la tête continuellement, laissant de nouveau paraître son côté maternel. Elle souriait, s'intéressait un peu plus aux articles écrits par sa sœur. Si la maladie de Clémentine avait eu un seul point positif, il était là, dans l'adoucissement du caractère de Florie.

— Mon doux que ça sent bon quand tu nous fais ces brioches, Florie ! Il faudrait que j'en apporte avec moi pour faire goûter à mademoiselle Alberte. Tu savais que monsieur Stromph parle d'agrandir sa ferblanterie ? C'est Josette qui m'a jasé de ça la semaine passée. Semble-t-il qu'il y a un appentis non utilisé à l'arrière de son atelier. Il faut vraiment que ça marche fort, tu imagines s'il perdait des clients ? Remarque avec l'augmentation des habitants dans les environs…

Heureuse, Adèle jacassait sans arrêt en ce samedi vingt-trois janvier. Les deux femmes faisaient le pain pour la semaine. Florie en profitait toujours pour cuisiner quelques tartes aux raisins et aux pommes dans la foulée, sans oublier ses fameuses brioches à la cannelle. Adèle s'en tenait à des sujets neutres peu susceptibles d'échauffer l'esprit de sa sœur. Elle parlait des projets de Henry Stromph ou de la femme du médecin qui n'avait plus adressé la parole à madame Marquis depuis que celle-ci s'était ouvert la trappe. Les deux sœurs riaient franchement lorsque l'arrivée d'Édouard, tout endimanché, les fit stopper net.

— Mon Dieu, tu t'en vas où de même ? Encore courir les rues de Saint-Jovite ? lança son aînée en pesant de toutes ses forces sur son rouleau à pâte pour bien montrer son désaccord.

Adèle fit un clin d'œil d'encouragement à son frère qui leva les épaules, bien déterminé à ne pas se laisser dissuader d'aller à Saint-Jovite.

— Il faut que j'aille acheter une pièce pour la charrue. Elle accroche le flanc du cheval puis le blesse. Il y a le morceau chez Morasse à Saint-Jovite et je n'aurai pas le temps d'y retourner avant mon départ pour Saint-Hyacinthe.

À la mention de son départ pour l'école d'agriculture, les yeux de Florie s'assombrirent et ses épaules s'affaissèrent. Ses yeux s'assombrirent, ses épaules s'affaissèrent. Adèle, qui se tenait à ses côtés, lui prit doucement la main. Mais Florie se dégagea rudement avant de se retourner vers le comptoir :

— Fais ce que tu veux, de toute façon tu n'as pas de compte à me rendre.

Adèle fit une moue découragée à Édouard. Dire que l'ambiance s'était améliorée depuis son arrivée ! Voilà qu'en une seule phrase, la morosité avait repris sa place sur le visage de son aînée. Adèle avait envie de la brasser de toutes ses forces, mais elle résista pour faire signe discrètement à Édouard de s'en aller au plus vite. Ainsi, elle pourrait peut-être changer les idées de sa sœur. Mais c'était sans compter sur un autre événement qui viendrait perturber la quiétude de cette journée qui avait si bien commencé.

Peu de temps après le départ de son frère, Adèle, qui époussetait les meubles du salon, vit un grand homme s'engager à pied dans leur entrée. Elle s'approcha de la fenêtre pour tenter de distinguer le visage du visiteur mais le grand manteau à capuchon et le foulard enroulé jusqu'aux yeux l'en empêchèrent. Curieuse, elle laissa son linge sur le secrétaire pour se dépêcher vers la cuisine où sa sœur mettait la touche finale à sa cuisson de beignes au beurre.

— Il y a quelqu'un qui arrive, Florie. Puis je n'ai pas réussi à voir c'était qui.

— Ah bon! En tout cas, moi, je n'ai pas entendu d'attelage.

— Bien c'est certain, il est venu à pied.

— Oh! Attends qu'il cogne parce que si on ouvre tout de suite, on va geler le dedans.

Sur ses entrefaites, un coup frappé fort à la porte de la maison les fit s'avancer toutes les deux. En ouvrant la porte, Florie eut le réflexe de la refermer aussitôt. Mais c'était sans compter sur sa sœur qui l'en empêcha avec un regard sévère. Son aînée recula de quelques pas, croisa les bras sur sa poitrine. Son visage se rembrunit considérablement et elle pressa ses lèvres fermement l'une contre l'autre. Adèle lui jeta un regard hésitant avant de s'avancer vers l'homme de couleur:

— Monsieur... James, c'est cela?

Un large sourire dévoilant une dentition parfaite éclaira le visage noir de l'engagé du père Claveau. Il grelottait sur place et cogna ses deux grosses bottes l'une contre l'autre.

— Que pouvons-nous faire pour vous ? C'est une surprise !

— C'est le père Claveau qui *envoie moi*. Il est au lit depuis trois jours avec *un gros* grippe et là, *we have a problem* avec sa vache. Il voulait savoir si c'était possible *emprunter* votre cheval *to pull*, euh… la charrue pour ouvrir la cour. Il…

— NON ! coupa Florie en s'éloignant dans sa cuisine.

Le sourire de James disparut pour laisser place à un air résigné. Il s'apprêtait à se retourner, mais la voix d'Adèle le retint :

— Monsieur, entrez donc avant qu'on ne gèle la maison. Vous nous expliquerez plus précisément la situation.

— *You think ?* répondit James, incertain d'avoir bien compris.

— Puisque je vous le dis. Allez.

Hésitant, il lança un regard sur la femme aux cheveux noirs et aux yeux noisette. Florie faisait tout pour l'éviter. Elle piaffait, en pensant aux qu'en-dira-t-on du village lorsque les gens sauraient qu'elles avaient fait entrer cet étranger chez eux. Pour bien montrer son indignation, elle retourna à son comptoir, entreprit de nettoyer son plan de travail sans plus s'occuper du duo qui la suivait. Adèle se retourna gentiment vers le grand homme qui avait dégagé son visage. Ses traits francs inspiraient la confiance. La jeune femme lui sourit franchement.

— Bon, alors, la vache du père Claveau est malade aussi ?

— Non, mais *it refuse to avancer* dans la neige. Il y en a trop *and* Anémone, sa vache, s'enfonce puis reste là à *moo. So* la cour *is full* aux trois quarts.

— Cette idée aussi de vouloir faire l'original avec des idées de même, marmonna Florie.

— Bien, je ne pense pas qu'il y ait de problème à prendre Mystic pour vous aider. Il faudrait juste que je vois avec Laurent, n'est-ce pas, Florie?

Pour une rare fois, la cadette tiendrait tête à sa sœur. Pour Adèle, la couleur de la peau n'était qu'une fine pellicule transparente cachant le cœur, les valeurs des gens; la langue parlée, qu'une barrière facilement *enjambable* avec un peu de volonté. Rien ne justifiait le refus net opposé par sa sœur.

— Donnez-moi deux minutes, je vais voir mon frère. Un voisin a besoin d'aide et ici, au village de Sainte-Cécile, les gens s'entraident, ça, c'est évident, dit-elle en visant sa sœur.

Sans attendre la réaction de Florie, elle enfila son lourd manteau de laine, glissa sa couette sous sa capuche et enroula un large foulard vert autour de son cou. Les pieds enfouis dans ses grosses bottes de fourrure qui avaient appartenu à sa mère, elle précéda l'homme dans l'escalier et se dirigea vers la grange. Florie les suivit, mais seulement pour claquer la porte de la maison derrière eux.

— Même plus le droit d'avoir mon opinion ici, tout le monde en fait à sa tête. On sait bien, elle, mademoiselle sera pas ici quand les gens vont jaser. Mautadine!

Florie monta le son de la radio pour éviter de reparler à sa sœur lorsqu'elle reviendrait. Si Laurent fut étonné de voir Adèle arriver avec l'homme engagé du père Claveau, il n'en laissa rien paraître. En moins de deux, il attela Mystic à sa charrue. Il grimpa sur le siège et lorsqu'il vit James s'éloigner à pied, il hésita à peine:

— Embarquez donc, vous êtes pas pour marcher jusqu'à chez Claveau.

— Merci, monsieur Laurent, *you are too nice.*

— Bon, bon. Allez, hop!

Après cette visite, l'ambiance redevint glaciale à la ferme. Le soir, Florie se terra dans sa chambre en se justifiant ainsi:

— J'ai des coutures à faire sur ma dernière courtepointe et ma lumière est meilleure que dans le salon. De toute façon, je peux pas me concentrer quand vous jasez sans arrêt.

Lorsque le lundi arriva, Adèle ne fut que trop heureuse de retourner au journal. Elle pourrait recommencer à respirer puisqu'elle avait toujours l'impression de retenir son souffle en présence de sa sœur. En descendant la côte Boisée, Adèle fit un arrêt derrière l'église où la rivière Chicots s'écoulait. Malgré la saison froide, elle n'était même pas toute gelée. Le son de l'eau qui coulait rajoutait au bonheur d'Adèle. Respirant à fond, elle leva ses yeux noisette vers le ciel en souriant à la vie.

— Comme je suis chanceuse!

Satisfaite, elle courut tout le long du chemin Des Fondateurs jusqu'à son arrivée devant l'hôtel de Marc-Joseph. Elle hésita sur le bord de la lourde porte, se mordit les lèvres. Mais comme le jeune homme lui avait offert de la conduire à Saint-Jovite, un lundi sur deux, elle ne voyait pas comment elle pouvait refuser, surtout qu'il ne voulait pas recevoir un sou. Toutefois, ses avances devenaient de plus en plus insistantes et malaisées pour Adèle. Elle soupira en se disant que tout ne pouvait être parfait et poussa la porte de bois. Le feu brûlait dans la cheminée. La jeune journaliste s'avança pour se réchauffer en attendant que son ami ait terminé avec le client qui partait. Après le froid extérieur, Adèle soupirait de satisfaction, elle prit même ses aises en s'assoyant sur la chaise de cuir près de l'âtre. Enfin, au bout d'une quinzaine de minutes, le grand rouquin s'avança en souriant à pleines dents.

— Je suis tout à toi maintenant, ma belle amie.

Il lui mit la main sur l'épaule en insistant de manière

pressante et la jeune femme se dépêcha de se relever. Comme elle était grande, presque autant que lui, Adèle préférait être debout pour lui parler. Ainsi, il devenait un peu moins entreprenant. Son regard s'attarda sur les lèvres charnues de la journaliste qui ne cessait de les pincer l'une contre l'autre. Dans le regard de l'homme, Adèle ne remarqua pas le désir intolérable qu'il ressentait à son égard sinon elle aurait peut-être pris le train.

—

— Sois heureux, mon frère. Le défi qui t'attend est énorme, mais ta passion est telle que tu en viendras à bout. Je suis tellement fière de toi!

Édouard lança un regard attristé vers la maison. Derrière le rideau de la cuisine, on devinait le visage de Florie qui épiait le départ de celui qu'elle considérait comme un fils plutôt qu'un frère. Il fit un signe de tête vers l'avant:

— Et elle, tu crois que j'en viendrai à bout?

— Hum... Laisse faire le temps. Regarde, au moins, elle me parle de nouveau!

Laurent, gelé dans l'attelage, faisait claquer les rênes sur le cheval pour montrer son empressement. Et Édouard s'en était allé, avec la promesse de revenir un mois plus tard, avec des plans précis pour la mise en place de la première beurrerie des Hautes-Laurentides. Lorsque ses deux frères disparurent de sa vue, Adèle tourna lentement les talons pour remonter l'escalier et rejoindre sa sœur. Depuis son départ pour Saint-Jovite, elle se sentait de moins en moins concernée par la vie de la ferme. Elle faisait tout pour ne pas laisser paraître son ennui, pourtant les journées s'étiraient à un point tel qu'elle montait maintenant à sa chambre à peine la vaisselle terminée. Avec le départ de son frère, ses visites de fins de semaine s'alourdiraient encore plus. Parfois, elle avait envie de les espacer. Par contre, un regard sur la face de Florie, qui semblait avoir vieilli de dix ans depuis l'automne, la faisait sentir tellement coupable qu'elle repoussait cette pensée très loin. Elle avait promis de ne pas les abandonner, elle ne le ferait pas, au détriment de son bonheur. Parce qu'une seule journée passée loin de Jérôme en était une de trop.

Depuis un mois, ils avaient repris leur relation là où ils l'avaient laissée à l'automne. Des nuits passionnées, des journées chargées.

— Si mademoiselle Alberte se rend compte que je ressors lorsqu'elle est endormie, j'en serai quitte pour me trouver une autre pension.

— Tu m'as dit qu'elle prenait tout un mélange de médicaments pour bien dormir.

— Heureusement.

Un mercredi de la fin janvier, Jérôme l'avait amenée au cinéma à Sainte-Agathe, un village voisin à environ vingt milles de Saint-Jovite. Tout énervée, la jeune femme ne pouvait croire en sa chance.

— Nous allons voir quoi ? Tu sais que je n'ai jamais mis les pieds dans une salle de cinéma de ma vie ? Tu penses que mon curé me réprimanderait s'il savait ?

À cette dernière interrogation, Jérôme préférait ne pas répondre. À son avis, le curé de Sainte-Cécile réprimanderait son amante pour chaque partie de sa vie actuelle, il en était certain : son travail, son amoureux, ses sorties et probablement son habillement. Ne voulant pas la peiner, le rédacteur secoua doucement la tête de gauche à droite.

— Mais non, de plus en plus, l'église comprend le besoin des gens de s'ouvrir à la culture. Ici à Sainte-Agathe, ce n'est un problème pour à peu près personne, tu verras le nombre de spectateurs.

Pas du tout honteux de son petit mensonge, Jérôme prit la main de la belle jeune femme tout endimanchée aussitôt qu'ils furent embarqués dans le train. Il la porta à ses lèvres, les y déposa longuement sous le regard attendri d'Adèle. Puis, elle la retira doucement avant de poser aussi ses lèvres au même endroit. Un signe discret de Jérôme vers un couple qui les regardait étrangement et les deux amants reprirent leur distance. Même si sa tête condamnait cette relation, la jeune femme ne pouvait plus se passer de lui. Lorsque ses yeux se posaient sur son visage carré, sa fossette au menton, ses cheveux blonds fournis, tout son être fondait. Consciente du risque qu'elle prenait chaque fois qu'elle était avec lui, Adèle ne trouvait pas d'échappatoire. Sa promesse, elle la tiendrait, malgré les demandes répétées de son amant. Jamais elle ne le marierait, jamais elle n'aurait d'enfants. Mais elle se déculpabilisait en se disant qu'elle n'avait pas promis à Rose de ne pas aimer. Cela, sa mère défunte ne pouvait le lui enlever. Elle prenait le risque que, tôt ou tard, une autre femme disponible s'immisce entre eux. Mais pour l'instant, il était sien. De cette soirée à Sainte-Agathe, ce ne fut malheureusement pas le film qui retint l'attention d'Adèle, quoiqu'elle ait apprécié l'expérience au plus haut point. Ce que la journaliste enregistra, ce fut le manque d'ouverture partout dans les Hautes-Laurentides pour tout ce qui s'appelait immigrant. De voir sa sœur rejeter James la choquait énormément. Mais ici, dans le gros village, le racisme était visible pour tous. Juste à côté du cinéma situé à la croisée des deux routes principales, elle s'était arrêtée face à un arbre sur lequel était apposée l'affiche haineuse suivante :

Avis. Les Juifs ne sont pas désirés ici, Sainte-Agathe est un village français et nous le garderons ainsi. Notice. Jews are not wanted here in Sainte-Agathe so scram while the going is good.

Estomaquée, elle avait aperçu la même affiche reproduite partout dans la ville sur différents édifices ou panneaux ainsi que celle énonçant :

No dogs, no jews here.
Pas de chiens, pas de Juifs ici.

Questionnant son accompagnateur, elle avait reçu cette réponse laconique :

— Disons que depuis quelques années, ces gens arrivent en très grand nombre dans le village et ses environs. Même s'ils s'investissent beaucoup sur les plans social et économique, leur présence ne fait pas l'affaire de tous.

— Et tu trouves ça normal, toi ? C'est la même chose pour James, l'homme engagé de notre voisin. De quel droit pouvons-nous dire à ces gens qu'ils n'ont pas leur place ici ? Qui a décidé que c'était NOTRE VILLAGE, NOTRE PROVINCE, NOTRE...

— Chuut, Adèle, calme-toi ! Les gens nous regardent. Je n'ai pas dit que j'étais d'accord. Je t'ai simplement expliqué la raison de ces affiches.

Honteuse de son emportement, la jeune femme avait rougi avant de s'excuser. Un bras sous celui de Jérôme, elle avait alors levé ses yeux écarquillés vers lui.

— Donc, tu ne verrais pas d'inconvénient à ce que ce soit le sujet de mon prochain article ?

— Hum...

— Quoi, hum ? Tu es d'accord ou non avec cet antisémitisme ?

— Bien sûr que non. Mais de là à penser que nos lecteurs et lectrices seront intéressés ou même favorables...

Plantant ses mains sur ses hanches étroites, les épaules redressées faisant ressortir ses seins voluptueux sous son manteau, Adèle avait fixé son regard déçu vers Jérôme.

— Je suis une journaliste, Jérôme, n'est-ce pas ? Une bonne aussi si je crois tout ce que tu me dis. Donc, tu ne penses pas que je suis capable d'être objective comme tout bon journaliste se doit de l'être ? Je te propose un article sur un sujet controversé, je te l'accorde. Mais je suis capable de pondre un texte qui te plaira, j'en suis certaine. Et puis de toute manière, n'as-tu pas toujours le dernier mot ? avait-elle conclu coquettement en lui plantant un baiser rapide sur la joue.

Tout au long de la séance de cinéma, la journaliste en elle avait donc créé, recréé dans sa tête un texte puissant sur la peur de l'étranger, incluant dans son article certains comportements remarqués chez Florie. Elle se sentait fébrile à la pensée de mettre le tout sur papier. Avec l'aide de Clémentine, dès le lendemain matin, elles s'attardèrent sur les détails précis de la situation à Sainte-Agathe. Hésitante, Adèle avait d'abord intégré les propos racistes de sa sœur à l'endroit de James dans son texte. Même sous le couvert de l'anonymat, craignant les contrecoups d'un tel affront, elle modifia finalement son article en expliquant à son amie :

— Ma sœur a beau me dire qu'elle n'a pas le temps de lire le journal, je ne suis pas convaincue qu'elle ne le fait pas en cachette ! Notre relation est assez stable et je n'ai pas envie de la compromettre de nouveau.

Après deux jours plongée dans les journaux et les avis émanant du village voisin, Adèle se releva enfin de sa table de travail, un sourire aux lèvres. Malgré la fatigue, la satisfaction se lisait sur son visage lorsqu'elle regarda son amie. Au début de la maladie de Clémentine, elle s'assurait du bien-être de son amie toutes les dix minutes. :

— Tu veux te reposer un peu, Clémentine ?

— On prend une pause si tu veux.

— Tu es certaine que tu n'es pas trop fatiguée ?

Et puis un matin, Clémentine en avait eu assez et s'était lancée dans un long monologue vibrant de sincérité :

— Adèle, écoute-moi bien, car je ne te le redirai pas une autre fois. Je vais bien, je m'assure de me nourrir convenablement, je dors bien et tout ce que je désire, lorsque je viens au journal, une fois aux deux semaines, c'est de ne pas penser à ma maladie. Déjà que chez moi, ma mère me traite comme une poupée de porcelaine... Je vais devenir folle ! Si, toi aussi, tu t'y mets et me questionnes sans arrêt comme une enfant, j'abdique et je rentre au couvent. Je te le jure !

Ses grands yeux bleus très sérieux s'étaient posés sur son amie qui avait fait une moue désolée. Adèle avait voulu répliquer, s'excuser, mais Clémentine ne lui en avait pas laissé le temps. Elle s'était levée, l'avait enlacée en lui disant à l'oreille :

— Maintenant, j'aimerais qu'on ne parle plus de mon diabète et qu'on se concentre sur notre travail. C'est tout. Je. Vais. Bien. Promis !

La brunette avait donc acquiescé à la demande de son amie, et même si elle ne pouvait s'empêcher, parfois, de lui jeter des regards inquiets, au moins elle ne disait plus rien. À la longue,

Clémentine espérait que tous, autour d'elle, pourraient enfin la laisser en paix et lui permettre de panser ses plaies. Parfois, le soir à la maison, elle restait des heures dans sa chambre à penser à ce qui ne pourrait être: pas de mari — qui voudrait d'elle ainsi? — ni d'enfants — jamais elle ne prendrait le risque de transmettre cette tare. Dans la foulée, le beau visage franc d'Édouard lui apparaissait. Lorsqu'elle l'avait vu à l'hôpital, elle avait éclaté en sanglots dans ses bras. Il l'avait consolée, tout en gardant sa froideur habituelle. Convaincue que jamais il ne pourrait l'aimer, Clémentine avait réussi à conserver aussi une certaine distance. Son plus grand regret dans ce drame se situait bien plus sur le plan de sa vie personnelle que celui des effets de la maladie.

Finalement, au bout de plusieurs heures de travail, Adèle pondit un article sur la relation des Juifs avec les ruraux de Saint-Jovite. C'était, à son avis, son meilleur texte depuis son entrée au journal. Elle le lut à son amie qui faisait des recherches pour développer leur prochaine idée:

— Clémentine, je te le lis si tu veux...

Sans attendre de réponse, la journaliste se mit à réciter:

La crainte de l'étranger est bien ancrée chez chacun d'entre nous. Avons-nous raison, tous autant que nous sommes, d'avoir peur de ces gens qui cherchent seulement à améliorer leur qualité de vie et celle de leurs enfants?

À Sainte-Agathe-des-Monts, plusieurs villageois se questionnent sur l'arrivée massive de plusieurs membres de la communauté juive. Les riches Juifs qui, auparavant, ne résidaient qu'à Montréal, en particulier dans le quartier Outremont, ont semblé se prendre d'affection pour le village de Sainte-Agathe. Avec l'intention d'y construire des hôtels, des chalets d'été et même un camp de vacances pour leurs enfants, ils ont pris d'assaut la ville. Craignant que cette communauté ne désire faire de leur village un petit Jérusalem, certains opposants à leur arrivée ont créé un réseau bien organisé. Par contre, d'autres se désolent de voir les villageois refuser cet apport économique. Un commerçant de la région nous déclare, sous le couvert de l'anonymat, craindre que ce réseau antisémite ne fasse fuir les touristes juifs et ainsi amener des pertes économiques sérieuses pour la région.

L'un des problèmes majeurs rencontrés chez cette vague d'immigrants est le fait qu'ils ignorent souvent la langue française. Le clergé et ses écoles confessionnelles voient d'un mauvais œil cette offense qu'ils prennent pour de la mauvaise volonté. D'un autre côté, le riche Mortimer Davis avise le propriétaire du journal que s'il désire recevoir de l'argent de sa part, il devra s'assurer d'avoir un cahier anglais à l'intérieur de ses pages pour les touristes juifs. Peu importe l'opinion de tout un chacun, les Juifs des Laurentides ont bien l'intention d'y rester. Certains Agathois, qui les traitent de bons étrangers, les disent souvent généreux envers les bonnes œuvres du village.

Puisqu'ils sont là pour y rester, mentionne un membre influent du village, pourquoi ne pas tout faire pour vivre plutôt en harmonie ?

Sans attendre la réaction de son amie, appuyée sur le mur dans le corridor, désireuse de montrer tout de suite son article à son rédacteur en chef, Adèle se dépêcha vers son bureau avec le papier à la main. Derrière elle, Clémentine la suivait en riant aux éclats devant son empressement.

— Regarde, Jérôme, je crois qu'on a pondu un vrai trésor, Clémentine et moi... Oups, je suis désolée !

La main sur la poignée, Adèle regarda le couple qui lui faisait face. Elle remarqua tout de suite le visage coupable de son amant, l'air enragé de la femme à sa droite. Une femme hautaine, au chignon blond bien haut sur le dessus de sa tête parfaite. Son nez, sa bouche et ses yeux noirs, tout était séduisant. Elle avait un air de Jean Harlow, cette actrice américaine surnommée *Baby*, ce qui était loin de plaire à Adèle qui se sentit aussitôt enfantine avec sa robe fleurie bleu et rouge et son bandeau blanc qui retenait ses longs cheveux bouclés, libres sur ses épaules. Elle voulut sortir, mais la femme s'avança rapidement vers elle, la main tendue :

— Non, venez, je partais. Mon mari et moi avons terminé. Au revoir, Jérôme. Mademoiselle...

— Gélinas... chuchota la journaliste d'une voix éteinte.

Clémentine, derrière elle, lui prit la main qu'elle serra de toutes ses forces. Lorsque la femme de Jérôme quitta la pièce, en laissant derrière elle une riche odeur de parfum floral, Adèle voulut la suivre en courant. Mais c'était sans compter sur l'homme debout devant son bureau qui dit, de sa voix profonde, mais attristée :

— Je t'en prie, Adèle, reste et ferme la porte.

Hésitante, elle regarda son amie qui lui fit un discret signe de la tête. Puis, Clémentine recula, s'en retourna dans le corridor jusqu'au bureau qu'elles partageaient avec les autres journalistes. Restée sur le pas de la porte, Adèle était dans un état catatonique.

— Tu m'aurais donné un coup en plein visage, je n'aurais pas eu plus mal, commença-t-elle, la voix chargée d'émotions. Toutefois, je ne peux rien te dire. Qui suis-je pour te faire la morale, alors que je couche avec toi sans être mariée ? Quelle blague ! Toi, qui as osé me proposer le mariage, tu l'es déjà !

J'avoue qu'avec une telle femme dans ta vie…

En trois pas, Jérôme s'approcha d'elle, lui ferma la bouche d'un baiser presque violent et l'empêcha de se dégager. Puis, il la força à s'asseoir sur la chaise devant son bureau. Le regard éteint, la jeune femme n'eut d'autre choix que de prendre la place désignée. Il mit un doigt sur ses lèvres, puis dit d'un ton plus rauque que d'ordinaire:

— Je te dois des explications, mais ce n'est pas ce que tu crois.

— Oh! Mais je ne crois rien. J'ai vu, c'est tout.

— Adèle, tais-toi, je t'en prie. Alors oui, Viviane était… je dis bien *était* ma femme. Nous sommes divorcés depuis bientôt trois ans.

Adèle eut un hoquet d'horreur. Non seulement elle couchait avec un homme, mais en plus, un divorcé. Quelle honte! Elle plongea son visage défait dans ses mains glacées. Elle écouta dans un brouillard son amant lui narrer le court mariage qu'il avait eu avec cette femme. Depuis leur divorce, elle le harcelait sans arrêt pour avoir plus d'argent, alors qu'elle en possédait déjà des milliers à la suite du décès de son père, un riche marchand de Montréal.

— C'est une des raisons pour laquelle j'ai accepté le poste de rédacteur en chef au journal, ici à Saint-Jovite. Je ne pouvais plus vivre avec ses menaces perpétuelles, ses visites impromptues. Viviane est un rapace de la pire espèce, tu n'as rien à craindre, elle me fait horreur. Parfois, continua-t-il en regardant par la fenêtre, je me demande où j'avais la tête lorsque je l'ai épousée. Mais c'est une femme qui ensorcelle, jusqu'au moment où elle montre son vrai visage. Et alors, l'homme pris dans ses filets n'a qu'à tout faire pour se déprendre de sa trappe.

— Vous avez… vous avez des enfants ?

— Quoi ? Non, bien sûr que non. Sinon je ne serais jamais parti. Je ne suis pas un homme qui quitte sa famille. Je te l'ai déjà dit.

Longuement, le couple resta silencieux. Lui à la fenêtre, elle près de la porte, hésitant sur la direction à suivre. Mais Adèle n'avait jamais vu un tel désarroi sur le visage de cet homme qu'elle aimait de plus en plus. Il la regardait avec tellement d'espérance, de supplication que la jeune femme prit la décision de s'approcher. Elle mit ses bras autour de son large torse et colla son front à son dos. Sans le regarder, elle chuchota :

— Qui suis-je pour juger ta situation ? Tu me soutiens depuis si longtemps sans comprendre ma décision. C'est juste que cette femme est tellement plus belle que moi…

Jérôme se retourna aussitôt en vitesse, prit la brunette par les épaules. Il fixa ses yeux écarquillés, pleins de douceur, son petit nez retroussé sur lequel reposaient des dizaines de taches de rousseur faisant fi de la poudre, sa belle bouche charnue qui tremblait un peu pour l'instant. Il entoura son visage avec ses larges paumes, posa ses lèvres sur les siennes avec une douceur qu'elle n'avait jamais ressentie.

— Belle ? Cette femme n'est pas belle à l'intérieur, Adèle. Alors que toi, tu l'es autant qu'à l'extérieur. Ne te compare jamais à elle, cela n'en vaut pas la peine. Tu es, depuis six mois, un rayon de soleil pour moi. J'aurais aimé te marier, avoir cette joie de pouvoir crier sur les toits que tu étais à moi…

— Seulement, tu sais que je ne pourrai jamais. Il me faudrait choisir entre toi et ma famille…

Elle fit un signe d'impuissance en reposant sa tête contre lui. Ils restèrent un long moment ainsi avant qu'un coup discret à la porte ne les fasse se séparer. La tempête était passée...

⊱✕⊰

Assise dans le salon, en ce jeudi après-midi de février, Adèle se berçait en écoutant la radio. Les cérémonies d'ouverture des IIIᵉ Jeux olympiques d'hiver débutaient à Lake Placid dans l'État de New York. Le regard dans le vague, elle profitait d'un rare moment de solitude à la maison.

« J'aimerais bien un jour voir ces athlètes en vrai », pensa-t-elle.

Le commentateur s'emballait en décrivant les cérémonies grandioses par une température glaciale. Songeuse, la jeune femme s'imaginait dans un beau manteau de renard argenté, gantée jusqu'aux coudes pour assister à un tel spectacle. Elle irait au bras de Jérôme évidemment! Alors qu'elle et Édouard s'enthousiasmaient pour les sports présentés à la radio, Laurent ne s'y intéressait guère et Florie ne se gênait pas pour dire ce qu'elle en pensait:

— Une perte d'argent, cette niaiserie-là! Voir si le Canada peut se permettre de dépenser autant pour envoyer du monde valser sur la glace ou sauter sur des skis!

Adèle et elle s'étaient encore une fois obstinées la veille au soir pour finir avec cette boutade de l'aînée:

— On sait bien, toi, tu fais partie des grands de ce monde qui louangent de telles exhibitions. Tu sauras que voir des filles patiner en collant, c'est loin d'être pur et chrétien!

Mais pour l'instant, Adèle pouvait se permettre de pousser le son de la radio, car Laurent et Florie étaient partis souper chez la veuve Villemarie à l'insistance de leur fils. La vieille femme était tellement heureuse de ne plus voir son jeunot traîner dans les rues du village à ne rien faire qu'elle les avait invités afin de les remercier. Il s'agissait pour Florie, de sa première invitation à souper en plus de dix ans. Mal à l'aise, elle avait passé l'après-midi à marmonner :

— J'aime pas ça, moi, sortir. Mautadine ! J'aurais dû dire non. Je n'ai rien à me mettre sur le dos. Puis toi, Adèle, qui viens pas. Ça va être plate, cette soirée-là, je la connais même pas, cette femme-là. Je l'ai vue quelques fois à la messe puis c'est tout. Qu'est-ce qu'on va bien pouvoir se dire ? Tu es sûre que tu ne changes pas d'idée ?

— Certaine. Je dois commencer une grippe, je me sens fatiguée. Ne t'en fais pas, je serai très bien, je vais me coucher dès votre départ, je crois.

Adèle allait rajouter qu'elle avait du sommeil à rattraper lorsque les raisons de son manque de repos lui étaient revenues à l'esprit. Il n'aurait plus manqué que sa sœur la questionne.

— Allez, ouste, va t'amuser, tu le mérites, dit-elle en la poussant pour cacher son embarras.

— On revient pas tard. Vers huit heures, moi, je dis que ça va être en masse. Tu es certaine que…

— Veux-tu bien te laisser aller, Florie ? Tout d'un coup que tu as du plaisir sans bon sens, tu resteras bien jusqu'à minuit, si ça te dit ! Moi, regarde, j'ai déjà ma vieille jaquette puis dès votre sortie, je me glisse dans mon lit.

— Minuit, pfff !

Laurent, quant à lui, avait rêvé de sortir de la maison. Pour une rare fois, il prendrait son repas ailleurs qu'à la ferme avec sa sœur et son frère pour seuls compagnons. Florie oubliait parfois qu'il n'avait que dix-huit ans. Depuis l'arrivée de Léo Villemarie, le benjamin commençait à découvrir le sens de l'amitié. Leur engagé était drôle et insistait souvent pour qu'ils aillent au village pour voir les filles, faire la fête. Malgré son envie de vivre sa jeunesse, Laurent savait bien que Florie refuserait. De toute façon, il n'était guère attiré par toutes ses écervelées qui tournaient autour des hommes. Mais il aurait bien aimé se retrouver entre hommes pour discuter, boire et fumer.

— Vas-y seul, disait-il à son ami. Je vais me coucher tôt, je suis crevé.

Alors Léo haussait les épaules, s'en allait le soir venu lorsque tout le travail était accompli. Parfois, Laurent l'entendait entrer aux petites heures. Il aurait aimé le questionner sur ses allers-venues. À l'occasion de ces sorties, il ressentait un étrange sentiment de jalousie. Mais il se retournait dans son lit de fer, prenait quelques minutes pour se rendormir en songeant à ce qui aurait pu… Heureusement que Florie ignorait les états d'âme de son plus jeune frère, le seul qui ne l'avait pas déçue. De constater l'allégresse avec laquelle Adèle et Édouard partaient vivre leur vie sans s'inquiéter davantage du fait qu'elle, Florie, leur avait tout donné en espérant avoir leur loyauté en retour, cette constatation la faisait s'étioler de plus en plus. Elle se renfrognait, ne trouvait plus de joie dans rien. Ce qui la faisait sourire, et même rire trois mois avant, ne réussissait même pas à accrocher l'ombre d'une risette à son visage au menton saillant. Elle s'enlisait dans une pénombre personnelle, se rattachait de plus en plus à Laurent, qui ne réalisait pas encore l'ampleur de la charge qui lui incombait. Naïf et insouciant, il se satisfaisait encore de la compagnie de Florie alors que tous, dans la maison et même au village, faisaient souvent des écarts pour éviter de se retrouver seuls avec la femme aigrie.

Alors, pour Adèle, réussir à la faire quitter la ferme sans elle était une petite victoire qu'elle savourait avec plaisir. Lorsque l'attelage avait disparu sur la côte Boisée, Adèle avait laissé retomber le rideau beige en soupirant d'aise. Enfin !

Elle pensait même s'être assoupie pendant l'émission des Jeux olympiques lorsque des coups à la porte de côté la firent sursauter. Frottant son visage las, elle hésita :

— Veux-tu bien me dire… ? J'espère que Jérôme ne me fait pas le coup une deuxième fois !

Toc toc toc !

Déboussolée quelques secondes, elle se releva en prenant soin de rattacher le haut de sa jaquette en dentelle blanche. Un regard dans le miroir au-dessus de la table contre le mur lui confirma son état de fatigue. Ses grands yeux restaient à peine ouverts et ses cheveux épars s'échappaient à peu près tous de sa queue de cheval. Essayant tant bien que mal d'arranger son allure, Adèle haussa les épaules lorsque les coups reprirent, bien plus fort cette fois.

— Tant pis. J'espère juste que ce n'est pas le curé Latraverse qui fait une visite improvisée parce que je n'ai pas fini d'entendre parler de l'importance de toujours être bien mise pour accueillir quiconque à notre table.

La jeune femme quitta le salon sombre pour aller ouvrir la porte. Depuis son départ pour Saint-Jovite, les gens du village parlaient beaucoup dans son dos. Elle le savait puisque Florie ne se gênait pas pour lui répéter les ragots. Certains villageois étaient méchants, d'autres s'interrogeaient sur son choix et le jugeaient égoïste, mais tous avaient une chose en commun : ils condamnaient son geste ! En passant dans la cuisine, elle jeta un regard sur l'horloge dans le coin du comptoir. Il était presque six heures du soir. La jeune femme s'étonna de nouveau, car personne ne venait rendre visite à l'heure du souper, à moins d'une urgence. Les fermiers avaient d'autres choses à faire à cette heure.

— Le père Claveau a peut-être encore besoin de nous… Dommage pour lui, je ne pourrai guère servir !

La jeune femme replaça de nouveau ses cheveux derrière ses oreilles et referma son châle rose pâle sur sa poitrine. Lorsqu'elle ouvrit la porte, Adèle fut surprise de faire face à Marc-Joseph, qui se dandinait sur place. D'abord soulagée de voir un visage amical au lieu de celui anticipé du curé, ou de son voisin, elle sourit sans remarquer l'air renfrogné de son ami.

— Entre, viens vite te réchauffer, dit-elle à contrecœur.

Ses dernières rencontres avec le grand roux lui avaient toujours laissé un sentiment de malaise. Lorsqu'il allait la reconduire à Saint-Jovite, le lundi, elle se dépêchait de se glisser hors de sa voiture, évitant ainsi des au revoir éprouvants. Il la laissait près de sa pension, attendait toujours qu'elle soit hors de vue avant de repartir avec sa carriole. Souvent, dans son dos, un frisson la parcourait sous le regard inquisiteur qu'il posait sur elle.

Marc-Joseph accrocha son manteau sur le crochet derrière la porte. Il plaça son chapeau sur un autre crochet et suivit la jeune femme dans la cuisine en titubant légèrement. Adèle, qui marchait devant, ne remarqua pas son regard furtif pour vérifier s'ils étaient seuls et ses pas hésitants l'obligeant à s'appuyer sur la table de bois. De toute manière, avec tous ses projets, ses réunions des derniers mois, elle n'avait guère eu le temps de penser aux regards amoureux de son ami. Elle était certaine qu'il avait compris depuis longtemps qu'il n'y avait pas d'avenir pour eux. Dans la cuisine, elle tira deux chaises en se tournant vers lui avec une fausse bonne humeur. Elle s'attarda un moment sur le visage rougeaud du jeune homme avant de le questionner :

— Quel bon vent t'amène, Marc-Joseph ?

— Bof…

Adèle, qui le connaissait gêné, ne se méfia pas de son regard fuyant. Après tout, elle savait le grand gaillard timide et sa présence seule ici devait le rendre mal à l'aise.

— Tu as besoin d'aide à l'hôtel ? Je pourrais probablement, mais…

— Non. Non, pas besoin d'aide.

Adèle fronça légèrement les sourcils, un sentiment indescriptible montant en elle. Elle regretta momentanément son accueil en pensant encore aux reproches de sa sœur. Mais puisque Marc-Joseph était comme un frère, il ne devait pas compter dans les invités considérés comme indésirables. Pour dissimuler son embarras, elle replaça convenablement les plis de sa jaquette sur le bas de ses jambes.

— C'est une visite de courtoisie, mon ami, ou une visite avec un but précis ? Peu importe, continua Adèle en souriant, sans remarquer l'air rébarbatif de l'homme, ça me fait du bien de voir un visage ami. Je nous prépare un petit thé pour te réchauffer.

Sans attendre de réponse, elle lui tourna le dos le temps de mettre de l'eau à chauffer sur le four. Au même moment, la jeune femme sentit le corps de l'homme se coller au sien. Se figeant quelques secondes, Adèle tenta de se tourner, mais Marc-Joseph la tenait solidement, les bras autour de ses épaules. Sa voix, méconnaissable, susurrait à son oreille :

— J'en ai assez d'attendre après toi, Adèle. Moi aussi, je veux t'embrasser comme ton rédacteur. Tu penses que je ne sais pas que tu couches avec lui ? Je vous ai vus, il y a quelques semaines, lorsque je suis allé te conduire. Après ma journée, j'ai décidé d'aller te dire un dernier bonjour et m'assurer que tu avais tout pour ta semaine. J'avais même le goût de t'inviter souper au restaurant. Je n'aurais pas dû, puisque vous vous colliez sur le côté de ton maudit journal, à la vue de tous. Il faisait peut-être noir, mais je te reconnaîtrais partout. Ça fait que je ne vois pas pourquoi tu ferais des caprices avec moi, après tout, tu me connais depuis pas mal plus longtemps !

— Bien voy...

Joignant le geste à la parole, il plaqua ses lèvres dans le cou de la jeune femme, incapable de se défaire de son emprise. La tête d'Adèle tournait, elle eut peur de s'évanouir tant la panique montait en elle. Cherchant sans arrêt à se déprendre de l'étau dans lequel il la serrait, elle parlait à toute vitesse, le cœur battant.

— Marc-Joseph, que fais-tu ? Voyons donc, attends qu'on parle... Marco, ce n'est pas ce que tu crois. Laurent et Florie vont revenir d'une minute à l'autre.

Son corps touchait presque au four et elle sentait la chaleur traverser sa fine jaquette de coton usé. Elle sentait aussi le membre tendu de son ami contre le bas de son dos. Tentant le tout pour le tout, elle prit sa voix la plus conciliante et tourna sa tête sur le côté:

— Bien voyons, Marc-Joseph, laisse-moi, qu'est-ce que tu fais là ? Arrête-moi ça tout de suite ! Tu es mon ami ! Arrête, Marc-Joseph ! Pense à Édouard, à Florie...

— TAIS-TOI !

Adèle se secoua le corps, mais plus elle tortillait, plus son ami semblait émoustillé. Il grognait contre son oreille.

— Tu es à moi. Depuis le temps que j'attends, c'est pas vrai qu'un beau parleur de la ville va t'arracher à moi. Depuis que je t'ai vue, il y a sept ans sur le perron de l'église, que j'attends pour te faire la grande demande. Parce que j'aurais voulu te marier, moi, faire de toi une honnête femme. Mais votre folle de mère vous a forcés à faire une promesse ridicule, alors tu en es réduite à être la putain d'un homme pour avoir un peu d'amour. Mais je vais t'en donner, moi aussi, de l'amour. Tu vas voir qu'un homme de Sainte-Cécile, c'est pas mal plus intéressant qu'un bellâtre de Montréal. C'est viril, un vrai homme.

Sur ce, il la retourna en la tenant serrée contre lui, son visage congestionné, méconnaissable. L'alcool ingurgité depuis le matin avait enlaidi ses traits enfantins pour en faire un masque de grossièreté. Marc-Joseph prit le menton de son amie dans sa grosse main, et l'embrassa à pleine bouche. Adèle ferma ses lèvres du plus fort qu'elle le put, mais il réussit tout de même à y glisser sa langue. Une forte odeur d'alcool la fit sursauter. Le haut-le-cœur prit la jeune femme qui haletait, se débattait. Réalisant le danger dans lequel elle se trouvait, Adèle chercha du regard un objet pouvant l'aider à se déprendre de cette pénible situation. Mais c'était peine perdue, le jeune homme était beaucoup trop fort. Même si l'hôtelier était à peine plus grand qu'elle, il était trapu et costaud. S'il décidait de la coucher par terre sur-le-champ, elle ne pourrait rien y faire. Elle sentit la panique l'envahir devant son impuissance.

— De quoi parles-tu, Marc-Joseph ? Arrête, je te dis ! Tu es saoul, tu ne sais pas ce que tu fais ! Va-t-en maintenant et on ne parle plus jamais de cet incident ! cria-t-elle en frappant son torse de toutes ses forces.

— Allez, dis-le donc que tu aimes ça ! Je t'ai vu avec ton rédacteur, je te dis, tu te laissais pas mal faire. Bien là, c'est à mon tour.

Avec horreur, Adèle sentit les mains de son ami agripper le haut de son vêtement de nuit, le déchirer avec violence. Elle voulut de nouveau crier, mais il plaqua encore sa bouche sur ses lèvres glacées. Elle réalisa alors que si personne ne venait l'aider, Marc-Joseph allait la violer, ici dans la cuisine familiale et elle ne pourrait rien y faire. Les larmes qu'elle retenait depuis le début de leur altercation commencèrent à rouler sur ses joues pâles.

— Si tu cries, Adèle, je dis à tout le monde ce que tu as fait avec cet homme. Plus personne ne voudra te parler au village. Plus personne. Et ta famille sera aussi rejetée pour avoir en son sein une telle putain. Tu penses que les villageois vont te respecter après ça ? Déjà qu'ils te considèrent comme une traînée !

Et il continua à lui pétrir les seins en grognant de plus en plus. Sa tête rousse plongea sur sa poitrine alors qu'Adèle pleurait maintenant en silence. Lorsqu'il la coucha sur la grosse table de bois, la brunette tenta encore une fois de se défaire de son étreinte, de lui faire entendre raison. Le visage rougi par les pleurs, ses yeux remplis d'angoisse le fixèrent avec supplication.

— Marc-Joseph, pense à ce que tu fais. Arrête, je t'en prie avant qu'il ne soit trop tard. S'il te plaît, pense à mon frère qui est ton ami. Pense à moi qui suis aussi ton amie ! Oh non !

Dans un état second, Marc-Joseph la repoussa sur le bois et entreprit de lui relever sa jaquette. Grognant comme un animal en rut, il se releva en titubant avant de baisser ses bretelles et son pantalon. Adèle tenta une dernière prière :

— S'il te plaît, Marc-Joseph... non !

— Tiens... m'en va... va te montrer c'est quoi, un vrai... homme, ricana Marc-Joseph en se rapprochant d'Adèle, sourd à ses prières.

Il poussa la jeune femme de toutes ses forces et celle-ci se cogna la tête sur la table. Sans attendre, l'homme enfouit son sexe durci entre les jambes de son amie qu'il n'eut aucune difficulté à ouvrir, malgré les efforts de celle-ci pour éviter l'affront. Lorsqu'elle comprit qu'elle ne pourrait rien faire, Adèle ferma les yeux, vida son esprit pour n'être plus qu'une coquille vide. Elle ne voulait pas voir les murs blancs sous les gémissements de son violeur. Ne voulait pas garder cette image dans sa propre cuisine. Lorsque après quelques minutes à peine, Marc-Joseph se releva, il ramassa le châle d'Adèle, tout piétiné et lui lança au visage. La scène qui se présentait à lui était pathétique: la jeune femme, le visage enfoui dans un bras, tentant du mieux qu'elle pouvait de cacher le haut de son corps. Des sanglots secouaient maintenant ses épaules étroites. Marc-Joseph recula jusqu'à la porte. Adèle remit sa jaquette sur ses jambes, se roula en boule sur la table. L'homme, maintenant à moitié dégrisé, voulut faire un geste apaisant, il s'approcha pour mettre sa main sur le talon de la jeune femme. D'un seul geste, elle décocha un coup de pied qui l'atteignit en plein visage. Sa voix enragée accompagna le coup:

— Ne me touche plus jamais. Va-t-en!

En sortant de la ferme, Marc-Joseph respira profondément, referma la porte doucement et descendit les quelques marches qui le menaient à l'allée de la maison. Le visage de l'homme avait perdu toute innocence. Ses yeux bruns, assombris, balayèrent le champ et sans un regard en arrière, il grimpa dans son attelage et s'éloigna en vitesse vers le rang. Le pire venait d'être commis.

CHAPITRE 12

Destruction

Jérôme releva la tête de son registre des ventes en retenant un soupir d'impatience.

— Que fait-elle ?

Depuis dix heures, ce lundi matin, il attendait l'arrivée d'Adèle qui commençait toujours sa semaine en passant par son bureau à son arrivée. « Coucou ! » chuchotait-elle ou « Je suis arrivée. »

Il la guettait par la fenêtre, mais les chiffres des dernières ventes le tenaient occupé tant et si bien que ce ne fut que lorsque le clocher de l'église sonna les douze coups de midi qu'il commença à se questionner sur l'absence de sa douce amie. En général, il s'assurait de ne pas aller chercher Adèle dans la salle des journalistes. Il craignait les regards des autres, ce qu'ils pourraient lire sur son visage lorsqu'il posait ses yeux sur les voluptueuses courbes de son corps. Le couple faisait tout pour conserver leur relation secrète et jusqu'à présent, ils pouvaient dire mission accomplie. Clémentine s'en doutait probablement puisqu'elle était si souvent avec les deux amoureux. Mais elle était digne de confiance. De toute manière, depuis longtemps, la jeune blonde avait cessé de se préoccuper de la vie des autres. La sienne était déjà bien assez compliquée ! En sortant de son bureau, Jérôme vit le dos de sa secrétaire, assise bien droite sur sa chaise. Il hésita, puis s'avança en relevant le torse avec confiance.

— Mademoiselle Églantine, vous savez si Adèle Gélinas est déjà arrivée au journal ?

— Bien sûr. Comme d'habitude, elle est arrivée vers les neuf heures. Vous désirez que j'aille la chercher ?

— Non, non, laissez faire, je vais passer à la salle des journalistes, de toute manière je dois aussi consulter nos archives. Merci.

En retournant dans le long couloir, Jérôme eut un mauvais pressentiment. Depuis bientôt deux mois, Adèle n'avait jamais manqué de le saluer tous les lundis. Secouant sa tête blonde, il repoussa impatiemment les mèches qui tombaient sur son front et ouvrit la porte de la pièce où il savait trouver son amante. C'était une grande salle avec le mur du fond pourvu de hautes fenêtres sans rideau ou toile. Le soleil qui y pénétrait permettait à la pièce de toujours avoir une douce chaleur apaisante. Six bureaux identiques s'y trouvaient, distancés les uns des autres par un espace d'environ huit pieds. Jérôme resta quelques secondes sur le pas de la porte pour observer le dos de la jeune brunette assise dos à lui. Adèle avait la tête penchée sur ses genoux, complètement absorbée dans la lecture d'un journal qui y était posé. Sa nuque dégagée par la haute queue de cheval donnait envie d'y poser les lèvres. Se rendant tout d'un coup compte que les autres journalistes le regardaient, Jérôme s'avança dans la pièce en redressant les épaules pour montrer une assurance qu'il était loin de ressentir. Il connaissait tellement la jeune femme qu'un regard sur elle l'avertit que leur relation était en danger. Il ne savait pas ce qu'il avait fait ou pas fait, dit ou pas dit, mais le temps d'une fin de semaine, quelque chose avait changé. Peut-être avait-elle réfléchi, décidé que leur liaison devait cesser. Pour l'instant, Jérôme sourit à Clémentine qui passait de plus en plus de temps au journal, même si elle n'était pas payée.

— Ainsi, je n'ai pas à supporter les regards inquisiteurs de ma mère et de mon père. Ici au moins, on me laisse tranquille sans s'inquiéter sans cesse de ma diète…, avait-elle répliqué à Jérôme qui lui avait dit ne pas pouvoir la payer pour tout le travail qu'elle effectuait.

— Bonjour, Clémentine, tu vas bien ?

— Oui. Merci et toi ?

— Hum, hum. Georges, n'oublie pas de m'apporter ton article sur les maladies dans le Grand Nord avant demain matin. Il me le faut absolument avant la tombée, je lui ai réservé la première page !

Georges Germain, un grand journaliste maigre d'une quarantaine d'années, répondit par un grognement concentré. Il n'avait pas besoin qu'on lui rappelle qu'il devrait travailler tard dans la nuit pour pondre un texte cohérent. Il en voulait à son patron et lui jeta un regard noir. Mais de toute manière, Jérôme ne s'occupait plus de lui. Il était à quelques pieds du bureau d'Adèle, qui ne leva pas les yeux, feignant de ne pas le voir. Il s'arrêta, un peu mal à l'aise, se racla la gorge.

— Adèle ? dit-il d'une voix encore plus rauque que d'habitude.

— Tiens, vous êtes ici, monsieur. Je veux dire qu'il est rare de vous voir dans le bureau des journalistes. Que puis-je faire pour vous ?

Elle le regardait sans le voir. Son fin visage, encore plus pâle que d'ordinaire, montrait des signes évidents de fatigue. Après le départ de Marc-Joseph, elle s'était péniblement traînée jusqu'à la salle de bain adjacente à la cuisine. Elle s'y était lavée en évitant de se regarder dans la glace accrochée au-dessus de la cuve. Frottée, grattée, poncée jusqu'à rendre sa peau rouge écarlate. La honte, la rage l'avaient envahie, ne l'avaient plus quittée. Pendant plusieurs heures, elle était restée assise sur le sol, dos au mur.

Épuisée, c'est d'un ton neutre qu'elle s'adressa au rédacteur en chef qui la questionnait du regard. Il se retourna pour s'apercevoir que tous les hommes et Clémentine faisaient mine de travailler, mais avec l'oreille tendue vers eux. Reportant son attention sur Adèle, il se retint pour enlever de son front une mèche échappée de sa coiffure. C'est plutôt d'une voix froide qu'il continua :

— J'aimerais vous voir dans l'après-midi avec votre dernier texte. J'ai reçu des informations importantes que vous devrez sans doute insérer dans ce dernier. Disons… trois heures ? Le temps que je revienne de mon rendez-vous à Labelle.

Adèle hocha la tête avec lassitude. Comme si cela lui importait. Pour elle, sa vie ne serait plus jamais la même. Alors qu'avant, elle discutait, débattait bec et ongles pour modifier ne serait-ce qu'une ligne d'un de ses articles, elle ne désirait désormais que retourner se cacher à la ferme. En même temps, Saint-Jovite constituait un refuge, loin de Marc-Joseph et de la crainte de le voir l'attaquer de nouveau.

— Oui, j'y serai. À cet après-midi donc, répondit-elle, indifférente au regard insistant de l'homme.

Elle reprit sa lecture, le rédacteur en chef n'eut d'autres choix que de partir. Il retourna d'un pas pressé s'enfermer dans son bureau. Que s'était-il passé pour que son amoureuse devienne d'une telle froideur ? Les heures qui suivirent s'égrainèrent lentement. Enfin, le moment du rendez-vous arriva au grand soulagement de Jérôme qui n'en pouvait plus de se questionner, de faire des hypothèses.

— Monsieur Sénéchal ?

— Adèle…, entre, je t'en prie.

Jérôme souleva la tête pour la saluer. Il n'ignorait pas que ses yeux posés amoureusement sur le visage tendu d'Adèle causaient généralement toute une agitation en elle. Habituellement, il s'en amusait. Après tout, l'homme avait toujours aimé séduire, il ne s'en privait pas avec sa belle amante. Alors que d'ordinaire, elle souriait coquettement avec un regard affectueux, voilà qu'Adèle fronçait les sourcils avec un regard glacial.

— Bon, je n'ai pas beaucoup de temps, nous pouvons nous dépêcher ? Je dois retourner à la pension plus tôt, j'ai promis à mademoiselle Alberte de m'occuper du souper puisqu'elle est malade.

Adèle s'avança à peine dans le bureau en laissant son regard planer sur la route enneigée derrière la tête de son amant. Elle prit soin de laisser la porte grande ouverte.

— Tu veux fermer la porte ?

— Non, ça ira.

Jérôme, un air interrogateur sur le visage, la fixa un moment avant de se lever et de s'avancer vers elle la main tendue. Il poussa doucement la porte. Adèle mit ses mains derrière son dos pour cacher leur tremblement. Malgré la froideur qu'elle dégageait, tout son intérieur était en émoi. Après le viol, la jeune femme avait décidé de mettre fin à sa relation avec Jérôme, la cause de tous ses malheurs, très certainement. Ignorant son visage fermé, Jérôme plaqua un sourire affectueux sur ses lèvres avant de laisser ses doigts glisser le long du visage de la jeune femme. Elle recula aussitôt jusqu'au mur et susurra entre ses lèvres fermées :

— Ne me touche pas, je t'en prie. Ne me touche plus. Sinon, je quitte le journal pour toujours.

— Quoi ?

— Tu as bien compris. C'est fini.

Jérôme se figea sur place, il suspendit son geste avec stupeur, retourna s'asseoir derrière son bureau en tentant d'ignorer les émotions que les paroles d'Adèle faisaient naître en lui. La jeune femme paraissait de glace, figée contre le mur le plus loin possible de lui. Il ne comprenait pas ce qui s'était passé lors de ces deux journées à Sainte-Cécile.

— C'est Florie ? Elle a découvert notre relation ?

— Non. C'est moi. C'est terminé. J'aimerais ne plus en parler, et me concentrer sur mon travail. Est-ce possible ? C'était une erreur dès le début.

Le ton détaché suffit à raviver la colère enfouie du rédacteur en chef qui se releva d'un bond. Avant qu'elle ne comprenne ce qui arrivait, il posa les deux mains de chaque côté de la jeune femme. Adèle sursauta, plaqua ses paumes sur sa bouche pour retenir un cri. Sous la rudesse du geste, la journaliste se recroquevilla sur elle-même. Elle s'adossa au mur, refusant de regarder Jérôme qui se tenait contre elle pour l'empêcher de sortir.

— Non, ce n'est pas possible. Tu me dois au moins une explication. C'est Viviane ? Je t'ai dit que c'était terminé. Tu ne me crois...

— C'est fini, c'est tout. Accepte-le. Nous ne sommes pas mariés que je sache, donc je ne te dois rien.

— Tu as rencontré quelqu'un ?

— Vraiment, tu me connais mal.

Incapable de parler plus longtemps sans se mettre à pleurer, Adèle inspira profondément en attendant la suite. Elle connaissait assez son amant pour savoir qu'il ne s'en tiendrait pas à ses explications. Par contre, elle ne lui dirait jamais la vérité, alors s'il devait la haïr, eh bien soit! Jérôme passa la main sur ses yeux pour chasser son cauchemar. Il s'empara de la main glacée de la brunette qui la lui laissa après quelques secondes de résistance.

— Tu ne peux pas me laisser ainsi. Qu'ai-je fait? Que dois-je faire, Adèle, pour te convaincre que nous sommes faits pour aller ensemble? Ne le vois-tu pas? Lorsque nos corps se touchent, il y a une explosion hors de notre contrôle. Lors de nos discussions, ta passion est telle que pas une fois je ne me suis ennuyé. Dis-moi, Adèle, que s'est-il passé pendant ton séjour à la ferme cette fin de semaine?

Repoussant dans son esprit les gestes malsains de Marc-Joseph, elle lui lança un regard qu'elle voulait détaché avant de clore la discussion. Les haut-le-cœur la tenaillaient, elle devait résister, quitter le plus rapidement possible cette pièce.

— Rien. J'ai juste réfléchi et décidé que je ne pouvais plus profaner ma famille ainsi.

— Alors épouse-moi, pria-t-il d'un cri du cœur.

— Non. Maintenant choisis. Je continue mon travail de journaliste et nous sommes employée-patron ou je quitte mes fonctions à partir d'aujourd'hui?

Désespéré, Jérôme agita la tête qu'il avait plongée dans ses mains. Il vivait un enfer. Déjà, les deux jours passés loin d'elle l'ennuyaient au plus haut point, voilà qu'elle menaçait de disparaître de sa vie pour toujours. Secouant vivement la tête, il se redressa de toute sa grandeur et la dépassant d'au moins trois pouces, il posa un regard glacial sur elle.

— Si c'est ce que tu désires...

— Oui, murmura-t-elle avec un filet de voix. Elle

paraissait inaccessible alors que quelques jours auparavant, elle dormait dans ses bras.

Adèle ne respirait plus. Son cœur battait si vite qu'il lui faisait mal. Elle songeait à ce qui aurait pu être si... Si elle n'avait pas fait cette promesse ridicule, si son vaurien de père n'avait pas fait mourir sa mère, si Marc-Joseph... Non, elle ne pouvait penser à cet homme qu'elle avait jadis traité comme un frère. Sur cette simple réponse, la jeune femme scella son destin ainsi que celui de son ancien amant pour toujours. Leur relation terminée, la blessure qu'elle venait d'infliger à Jérôme prendrait des mois, si ce n'était des années à se refermer.

※

Les semaines suivant le drame, Adèle se renferma de plus en plus sur elle-même. Elle refusait de rester seule avec Jérôme. Au bureau, elle accomplissait ses tâches avec rigueur comme toujours, mais la passion avait disparu. En l'espace d'à peine dix minutes, Marc-Joseph avait tué son ardeur, son amour pour son travail. Lorsque le matin, la jeune femme mettait les pieds dans l'édifice, elle affichait un air de froideur qui dissuadait quiconque de l'approcher. Les journalistes, qui lui parlaient déjà peu, se contentaient de hocher la tête en la pointant du menton.

— De toute façon, ce n'était qu'une question de temps avant qu'une femme s'aperçoive qu'elle n'avait de journaliste que le titre ! chuchota l'un d'eux.

— Cet emploi requiert des qualités qui manquent assurément à la gent féminine, ajouta un autre.

Satisfaits, les trois hommes qui partageaient le bureau avec Adèle s'attendaient à tout moment à sa démission. Mais si la jeune femme n'affichait guère de passion, elle se faisait un honneur d'offrir des textes de qualité au rédacteur en chef. Leur relation, teintée d'amertume, laissait un goût âcre dans la bouche de Jérôme chaque fois qu'ils devaient discuter. Peiné, il tenta de la convaincre de revenir sur sa décision lors d'une rencontre, mais Adèle refusa catégoriquement tout rapprochement.

— Agis comme si j'étais morte, lui dit-elle en lui jetant un regard éteint. En fait, la femme que tu as connue est morte. Si tu m'as un peu aimée, oublie-moi, sinon je devrai démissionner, je te le répète.

Alors, lors des réunions de rédaction du mercredi après-midi, pendant lesquelles tous les journalistes et lui se partageaient le travail ainsi que les sujets à venir pour la prochaine édition, Jérôme restait professionnel. Il en était même revenu au vouvoiement avec elle, ce qui n'était pas sans provoquer des questionnements chez les employés.

— Je crois que c'est le patron qui va la mettre à la porte finalement.

— Tu penses ? Moi je me dis que la petite a peut-être fait une gaffe.

— En tout cas, ils ne se parlent plus comme avant. Les commères vont pouvoir cesser leur spéculation, il n'y a rien entre ces deux-là !

Plus Jérôme mettrait de distance entre mieux, mieux cette douleur encore vive guérirait. Un soir qu'Adèle s'en était allée avant Clémentine, il approcha cette dernière en espérant en apprendre un peu plus. La jeune blonde avait tristement secoué la tête en posant sa main sur son avant-bras.

— Mon pauvre Jérôme, même à moi elle ne parle plus. Je ne sais pas ce qui s'est passé entre vous deux, mais je pense qu'il est préférable pour ta santé mentale que tu la laisses aller.

— Je sais… je sais, mais…

— Tu l'aimes.

— Oui, je l'aime.

Il tentait l'indifférence, jour après jour sans cesser toutefois de se tourmenter. Que s'était-il passé lors de cette fin de semaine de février pour que la femme qu'il espérait convaincre de passer sa vie avec lui change complètement pour ne devenir qu'une statue de glace en sa présence ?

— Un jour, je saurai…

Alors qu'auparavant, ses journées à la ferme représentaient un tel ennui qu'elle ne souhaitait que voir arriver le lundi rapidement, Adèle n'avait désormais l'impression de respirer que lorsqu'elle mettait les pieds chez elle. Au début, le seul fait de manger dans la pièce où avait été commis le viol la mettait dans un état de panique.

« S'il revenait, pensait-elle, le soir dans son lit. Si cet homme remet les pieds chez nous, je le tue. Je jure que je le tue. »

Et puis, les jours allant, elle avait réussi à refouler très loin dans son esprit le crime commis par son ancien ami. Au moins, sa crainte d'être enceinte ne s'était pas confirmée. Pendant de longues nuits sans sommeil, Adèle imaginait l'horreur si ce viol avait eu comme conséquence de la mettre en famille. Craignant une grossesse non désirée, elle se torturait en imaginant la commotion qu'une telle situation créerait dans le village.

— On l'avait bien prédit qu'elle finirait ainsi de toute manière…

— En allant trotter partout, ce n'est pas étonnant…

Ses règles avaient amené un long soupir de soulagement. Mais en lui faisant subir un tel affront, ce n'était pas vrai que Marc-Joseph réussirait à la rendre craintive dans sa propre maison. Adèle mangeait peu, et elle savait bien que Florie se faisait du souci. Parfois, elle passait sa main sur sa joue avec affection.

— Tu es certaine que tu vas bien, ma grande ? Il me semble que tu n'écris plus autant.

— Oui, tout va bien. J'écris, tu ne le vois juste pas.

— Ah bon! Tu sais que je suis là pour toi. On n'est pas toujours d'accord, mais…

— Je sais, Florie. Tout va bien.

Elle sentait son regard posé sur elle, longuement sans qu'elle n'ouvre la bouche. Pour une rare fois, sa sœur savait se taire. Elle n'ignorait pas que sa cadette était torturée, mais elle avait décidé d'attendre. Attendre que cette dernière se décide à se confier comme lorsqu'elle était enfant. Elle répétait les mêmes paroles réconfortantes encore et encore.

— Je suis là pour toi si tu as besoin. Même si les derniers mois n'ont pas été faciles entre nous, je…

— Je sais, Florie. Je sais.

Laurent, lui, se satisfaisait du calme qui existait maintenant à la ferme. Plus de discussions houleuses, plus de disputes. Dans toute sa naïveté, il ne s'apercevait guère de la douleur de sa grande sœur. Il croyait que la paix s'était enfin installée dans la maison familiale.

Le premier samedi de mars, l'excitation était à son comble en prévision du retour tant attendu d'Édouard. Depuis quatre semaines, presque cinq, les sœurs et le frère n'avaient eu que de brèves nouvelles. Édouard avait aussi téléphoné à Marc-Joseph, lui demandant de passer à la ferme pour prévenir sa famille que tout se déroulait parfaitement bien, qu'il serait de retour comme prévu. Évitant la famille, l'hôtelier avait attendu la visite de Laurent au village pour l'informer.

— Enfin, il revient chez nous, notre Édouard. J'en peux plus de l'attendre. J'ai assez hâte d'y voir la binette à celui-là! marmonna Florie qui avait le nez dans la fenêtre depuis son lever au petit matin.

— Tu sais qu'il ne sera pas ici avant l'heure du dîner probablement, ma Florie? questionna gentiment sa sœur.

— Qu'est-ce que tu en sais, toi?

— Bien, je sais que de Saint-Hyacinthe à ici, il y a au moins cent quarante milles. Je sais aussi qu'il n'est sûrement pas parti à cinq heures du matin… Alors je crois que mon hypothèse n'est pas mauvaise, qu'en penses-tu?

Florie allait répliquer lorsqu'elle aperçut sur le visage aminci de sa sœur un début de sourire. Un sourire inexistant depuis quelques semaines, ce qui lui fit espérer que sa belle Adèle soit sur le chemin de la guérison, peu importe les raisons à l'origine de sa tristesse.

— Ouin, bon. J'espère qu'il se dépêche au moins! dit-elle en riant.

Les cheveux libres sur les épaules, les quelques taches de rousseur sur ses joues pâles, tout contribuait à rendre la fragilité d'Adèle encore plus évidente. Le cœur de Florie se serra en s'approchant d'elle. Elle la prit contre sa généreuse poitrine.

— J'ai tellement hâte de le voir, ce grand échalas! Ça paraît pas parce qu'il parle pas trop, mais son absence a créé un maudit vide ici. Avec toi partie la majeure partie du temps, Laurent qui disparaît à tout bout de champ sous différents prétextes, je te dis que mes journées sont longues en mautadine. En tout cas, dit-elle en repoussant délicatement Adèle qui ne faisait pas mine de s'écarter, on va lui préparer son repas préféré, qu'est-ce que tu en penses, hein, ma chouette?

— Un rôti de porc aux pommes avec une bonne soupe aux pois pour commencer? Oui, pourquoi pas! Ça va nous occuper et on va peut-être patienter plus facilement! répondit Adèle en riant.

Lorsque Édouard mit enfin les pieds sur la première marche de la maison vers le milieu de l'après-midi, ses deux sœurs l'attendaient sur la galerie depuis quelques minutes, malgré le froid cinglant de la fin de l'hiver.

— Quel bonheur!

Il sourit de bien-être en pénétrant dans la grande maison bien réchauffée. Quel plaisir d'être de retour, des projets plein la tête! Une fois la porte fermée, il prit le temps de regarder les visages aimés qui lui souriaient. Soucieux, il remarqua aussitôt la vulnérabilité qui émanait d'Adèle. Il fronça les sourcils une fraction de seconde. Son regard s'attarda sur les larges cernes qu'elle avait sous les yeux avant de se poser sur la face rebondie de Florie qui rayonnait de joie et souriait à pleines dents. Elle s'avança pour l'aider à retirer son lourd manteau de laine et son casque de fourrure. Faisant fi des protestations de son jeune frère, elle s'agenouilla péniblement pour l'aider aussi à enlever ses grosses bottes de cuir.

— Florie, je suis encore capable de me pencher, voyons donc!

— Laisse-la faire, dit la voix douce d'Adèle. Si tu savais comme elle avait hâte de te voir! Depuis cinq heures du matin qu'elle a le nez collé dans la fenêtre!

Adèle éclata d'un rire aussi soudain que bref, alors qu'Édouard et Florie échangeaient un regard inquiet. Chez leur sœur, tout avait changé: le corps, le visage, le son de sa voix beaucoup plus posé qu'auparavant. Même sa manière de se tenir: les épaules légèrement vers l'avant, alors que depuis toujours, Adèle démontrait à tous une grande assurance. Édouard décida de parler à Florie le plus vite possible, seul à seule. Qu'était-il arrivé à sa sœur en l'espace de si peu de temps ?

— Et toi, mon Laurent, tout se passe bien à la ferme ? Je ne t'ai pas trop manqué ?

Il fit un clin d'œil affectueux à son jeune frère qui le dépassait d'une bonne tête. Comme toujours, celui-ci se dandinait sur place, envahi par toutes sortes d'émotions. Bien qu'il soit très heureux du retour d'Édouard, cela voulait dire la fin du contrat pour Léo Villemarie qui était devenu pour lui plus qu'un engagé. Finis les fous rires avec son ami dans la grange et dans les champs, son grand frère étant beaucoup plus sérieux. Laurent arrivait tout juste d'une sortie de trappage avec Léo. Les deux jeunes hommes adoraient cette activité d'hiver. Le jeune Villemarie connaissait bien la vie de ces animaux traqués, savait où installer ses pièges afin que renards, rats musqués et lièvres soient capturés. Depuis son arrivée, il avait permis l'amélioration des repas des Gélinas par une viande sauvage, et ce, à de multiples occasions. Malgré sa méfiance du départ, même Florie en était venue à apprécier le jeune bègue.

— Regarde ça, Édouard ! Je vais t'apprendre à le faire, si tu veux, il n'y a pas de meilleur professeur que Villemarie. Il m'a tout montré !

La journée de trappage avait été bonne ; Laurent leva fièrement au bout de son bras les deux renardeaux capturés pour les montrer à son frère qui hocha lentement la tête. Le prix qu'il aurait pour les peaux serait en fonction de la taille des bêtes ainsi que des soins qu'il mettrait à bien les dégraisser et les tendre. Leur engagé, lui, avait mis la main sur un gros lièvre qui finirait en ragoût d'ici la fin de la journée!

Adèle s'était reculée contre le comptoir de la cuisine laissant son regard errer par la fenêtre. Elle ne savait plus quoi faire. Son cerveau n'arrêtait plus depuis l'agression. Même si sa passion pour l'écriture ne l'avait pas quittée, la pensée de se trouver en présence de Jérôme la minait de plus en plus. Elle aurait voulu lui crier sa détresse, sa peine d'avoir été ainsi violentée, mais elle craignait trop la réaction de son amant. Il ne saurait garder ce drame pour lui. Il demanderait que justice soit faite, ne s'arrêterait pas tant que Marc-Joseph ne serait pas derrière les barreaux. Mais que savait-il de la vie d'un village? Que connaissait-il de l'opprobre qu'elle subirait lorsque son rôle dans ce drame serait connu? N'avait-elle pas laissé entrer un homme chez elle, à la nuit tombée, alors qu'elle n'était vêtue que très légèrement? Elle pouvait presque entendre les commentaires des villageois:

— Ce n'est pas comme si elle n'avait rien fait...

— Ce pauvre, ça fait dix ans qu'elle l'encourage.

— Non, moi, je dis qu'il n'y a pas de fumée sans feu. Elle devait être consentante avant de s'apercevoir du crime qu'elle avait commis.

— Oui, c'est pour ça qu'elle crie au viol.

Non, impossible de lui parler. La sanction des gens de Sainte-Cécile serait unanime: Adèle Gélinas était une allumeuse qui vivait seule dans un autre village, qui s'était empressée d'attiser les sens du très apprécié Marc-Joseph. Elle ne pourrait jamais parler du viol à Jérôme ni à personne d'autre d'ailleurs. Toutes les nuits depuis le terrible samedi de février, elle tournait dans son lit en réfléchissant au geste qu'elle allait commettre. Il lui faudrait une grande dose de courage pour réussir à mettre fin à son contrat au journal

Le Courrier. Mais elle ne voyait pas d'autres choix que celui-ci. Dans un acte de grande générosité, Adèle espérait voir son poste offert à son amie Clémentine même si, entre elles, une certaine froideur s'était installée depuis le dernier mois, une distance marquée, évidente de part et d'autre. Adèle se désolait parfois de cette situation, mais elle était dans un tel état de détachement que, dans le fond, cela ne la peinait que très peu. Marc-Joseph avait tué chez elle la capacité de s'émouvoir, de ressentir des émotions. Le dimanche soir suivant le retour de son frère, la jeune femme était dans sa chambre, allongée sur son lit à regarder le plafond. Jonglant avec la décision de ne plus jamais mettre les pieds au journal, elle sursauta lorsqu'on cogna contre sa porte.

— Oui ?

— C'est Édouard, je peux entrer ?

Se relevant en vitesse, Adèle se pencha pour mieux se voir dans la glace, replacer quelques mèches échappées de son chignon. Elle inspira profondément, puis plaqua un sourire factice sur son visage. Sa jaquette laissait voir à quel point elle avait maigri. Elle s'enveloppa dans sa grosse robe de chambre en ratine afin de camoufler son corps, puis ouvrit lentement la porte. Elle avait dépéri, aminci à un point tel que son frère Édouard la questionna pour une rare fois. Il prit le petit tabouret sous la coiffeuse en bois, l'approcha du lit où sa sœur était retournée s'asseoir. Pendant un long moment, le jeune homme ne dit rien et se contenta de la regarder avec tendresse. La fierté, la détermination qu'il avait toujours connues chez elle étaient disparues. Ne restait plus qu'une jeune femme à l'air fragile; il ne s'attendait pas à ressortir de la pièce avant une explication de sa part.

— Hum... alors Adèle, comment vas-tu ?

— Bien. Très bien. Et toi ? Raconte-moi encore ce que tu as appris.

— Adèle…

— Quoi ?

Édouard secoua doucement la tête, s'avança encore plus près pour poser sa main sur celle de sa jeune sœur. Il lui prit le menton pour la forcer à le regarder :

— Non, nous allons parler de toi, Adèle. De toi et de ce qui t'est arrivé dans le dernier mois.

— Mais, absolument rien ! Je ne comprends pas, ce n'est pas moi qui ai du nouveau, c'est toi.

— Chuut, ma sœur. Tu ne peux pas me cacher ton malaise, ton mal-être. J'ai parlé avec Florie qui dit que tu ne sais plus si tu vas continuer au journal. Est-ce pour cela que tu as tant maigri ? Ce travail t'épuise à ce point ?

Fixant le vide, Adèle tenta de repousser les images qui lui venaient à l'esprit. Elle inspira profondément et détacha ses mains de celles de son frère. Puis, avec une vigueur et une confiance qu'elle était loin de ressentir, elle le regarda avec un petit sourire résigné.

— Oui, c'est vrai. Je ne crois pas être faite pour travailler ailleurs. Je m'ennuie de vous trois, je trouve la tâche souvent ingrate. Je fais presque la moitié du salaire des hommes journalistes de notre bureau.

— Mais je ne comprends tout de même pas. Tu savais tout cela ; c'est ton rêve depuis que tu es haute comme trois pommes. En plus, Clémentine me vante tes mérites chaque fois qu'on se rencontre et …

Alors qu'avant, Adèle aurait sauté sur l'information comme un vautour, elle ne fit que hausser les sourcils. Son frère et Clémentine ? Se pouvait-il qu'Édouard ?… Non, bien sûr que non, il ne ferait jamais cette peine à Florie. Revenant à son poste au journal, Adèle enleva des mousses imaginaires sur le dessus de sa courtepointe avant de chuchoter :

— Non, vraiment, ce n'est pas pour moi. D'ailleurs, tu m'aides à prendre ma décision. Demain, lorsque j'arriverai à Saint-Jovite, je remettrai ma démission à monsieur Sénécal.

— NON !

— Pardon ?

— Je dis non, ne fais pas cela. Si tu ne sais plus, demande-lui de prendre une semaine de pause afin de réfléchir. Mais, Adèle, tu es faite pour ce travail. Tu as une plume extraordinaire, tu écris des textes d'une grande sensibilité. Je sais que les raisons que tu me donnes ne sont que des excuses. Est-ce que… est-ce que cet homme t'a manqué de respect ? demanda soudainement Édouard inquiet en rougissant légèrement. Parce que si c'est le cas…

Adèle sourit doucement en secouant la tête de gauche à droite.

— Non, non. Monsieur Sénécal est un homme tout ce qu'il y a des plus respectueux. Je te dis que c'est ma décision et…

— Je ne te crois pas, coupa Édouard avec un malaise, mais si tu me promets de ne rien précipiter, je ne te questionnerai plus.

« Pour le moment », songea-t-il en la voyant expirer de soulagement. Tout dans le corps, le visage de sa cadette lui criait son besoin d'aide. Mais il saurait attendre. Sans lui dire autre chose, Édouard se remit debout, repoussa le tabouret sous la coiffeuse avant de sortir. Juste avant de fermer la porte, il se retourna, vit les larmes couler sur le visage blanc de sa sœur.

— Je serai toujours là pour toi. En commençant par demain, nous partirons à six heures trente pour Saint-Jovite.

Je ne te laisserai pas prendre le train dans cet état d'épuisement. Je t'accompagnerai jusqu'au journal.

« Et ainsi, je pourrai peut-être voir Clémentine quelques minutes », pensa-t-il avec honte. Mais la perspective d'une rencontre avec la jolie blonde, même très courte, lui fit perdre ce sentiment très rapidement. Pour l'instant, il ne trahissait aucune promesse.

— Jérôme... je peux entrer ?

Étonné de son ton plus familier, mais surtout content de la revoir enfin sans qu'il n'ait à la pourchasser, Jérôme haussa ses épais sourcils blonds. Il ferma son poste de radio et prit tout son temps pour se lever de son fauteuil tant il craignait de la faire fuir. La nervosité évidente de la journaliste lui donnait envie de la serrer dans ses bras. Son regard bleu erra longuement sur le corps aminci. Sa fine robe de laine beige laissait entrevoir des avant-bras chétifs. Elle gardait ses mains croisées sur le devant de son corps. Adèle le regarda patiemment en essayant de se détacher de toute émotion. Finalement, lorsque le visage de son ex-amant se leva vers le sien, elle toucha discrètement son chignon, y replaça une mèche puis inspira profondément.

— Tiens, bonjour. Comment vas-tu, Adèle ?

Il s'avança avant qu'elle ne puisse répondre, sa haute stature semblant aussitôt prendre toute la place. Adèle se recroquevilla contre le mur avec l'impression de perdre le contrôle de son corps.

— Je vais... bien, murmura-t-elle péniblement.

Elle se reprit toutefois bien vite, car pas question de faiblir avant de faire sa requête. Adèle s'empêcha de le regarder, lui qui lui avait offert un avenir que toute femme souhaitait. Un regard sur son bureau ralluma une flamme dans ses yeux: *Le Courrier* de samedi, avec son texte sur le racisme en première page. Sans même s'en rendre compte, la brunette s'avança, tendit la main pour lire son article.

— C'est un bon texte, n'est-ce-pas ? dit-elle à voix basse.

— Oui, peut-être le meilleur que tu aies écrit depuis ton arrivée. Le maire de Sainte-Agathe m'a déjà téléphoné pour justifier certaines décisions du village.

— Ah bon ?

— Il m'a aussi mentionné le retrait prochain des affiches placardées qui t'ont amenée à écrire ton article. Vraiment, Adèle, tu es ma meilleure journaliste !

— Merci, chuchota la jeune femme. Merci.

Une peine immense s'installa dans tout son être. Son corps menu semblait se replier sous le poids de cette tristesse. Jérôme s'aperçut pour la première fois depuis longtemps que cette femme qu'il aimait avec passion vivait une détresse hors du commun.

— Parle-moi, je t'en prie, Adèle. Parle-moi.

En deux enjambées, il fut à ses côtés, la prit dans ses bras alors qu'elle s'effondra en larmes contre lui.

— Chuuuttt, chuuttt... ne pleure plus.

Pendant de longues minutes, seul le son de ses sanglots brisa le silence du bureau. Derrière elle, par la large fenêtre arrondie, la neige s'était mise à tomber. De jolis flocons, légers et parfaitement formés, collaient à la vitre.

Au bout d'un moment, Adèle s'admonesta en silence. «Cesse de te comporter comme une idiote, pensa-t-elle, et occupe-toi de lui expliquer pourquoi tu es venue le voir.» Elle reprit donc un peu d'assurance, se redressa, se détacha de lui avec difficulté. Elle tenait toujours le journal contre elle et, avec un sourire triste, demanda :

— Je peux le garder ? J'aimerais le montrer à ma famille.

Son texte ferait sûrement réagir Florie qui ne faisait aucune place pour l'intégration des étrangers dans sa vie. Lorsqu'elle lirait sur la présence des Juifs à Sainte-Agathe, elle défendrait catégoriquement à quiconque de sa famille de s'y aventurer. La seule personne à qui elle adressait la parole qui n'était pas québécoise pure laine était Henry Stromph, qui avait fait ses preuves selon elle. Jérôme lui répondit :

— Bien sûr. Il est à toi. Maintenant, parle-moi, je t'en prie.

Adèle retint un mouvement impatient. Pourquoi les gens ne la laissaient-ils pas tranquille avec leur questionnement ? Cela suffit à raffermir sa détermination. D'un ton sans possibilité de réplique, elle annonça plutôt qu'elle demanda :

— Je pars pour la semaine, Jérôme. J'ai besoin de faire le point, car je ne crois plus être à ma place ici. S'il n'en tenait qu'à moi, je te donnerais tout de suite ma démission, mais j'ai promis à mon frère Édouard de réfléchir pendant une semaine. Donc je reviendrai avec ma décision finale, au début de la semaine prochaine. À bientôt.

Avant que son ancien amant ne puisse réagir, la journaliste fuyait dans le corridor où elle effaça les dernières traces de larmes sur ses joues. Elle gardait les bras bien croisés sur sa poitrine dans l'espoir de ralentir ses battements cardiaques. Tant de projets anéantis parce qu'elle n'avait pas su résister à l'assaut de Marc-Joseph. Résignée, elle fit un signe discret de la main à son amie qui se tenait près de la porte de la salle des journalistes. Clémentine lui sourit avec affection, mais ne fit pas mine de vouloir la rejoindre. Trop prise par son tourbillon d'émotions, Adèle n'y porta guère attention, pressée qu'elle était de retourner à la pension où son frère devait la rejoindre aussitôt ses commissions terminées. Adèle secoua la tête tout en marchant dans la rue derrière le journal. Elle devait reprendre pied. Ce n'était pas elle, cette femme fragile qui s'effondrait ainsi. Envisageant l'avenir avec pessimisme, elle leva un visage sombre vers le ciel bombé de nuages gris. Il y aurait encore de la neige d'ici la fin de la journée. Soucieuse de ne pas donner de trouble à son frère, elle se dépêcha d'aller ramasser ses vêtements et autres effets personnels afin d'être bien prête lorsque Édouard passerait la chercher.

— Alors vous me quittez ? demanda tristement mademoiselle Alberte.

— Je suis désolée. Je reviendrai vous payer le reste du mois si je décide de rester à Sainte-Cécile.

— Ne vous en faites pas avec ça, jeune fille. Prenez soin de vous. Vous semblez si triste.

— Merci pour tout, mademoiselle Alberte. Je ne vous oublierai jamais.

Le retour à Sainte-Cécile, sous les flocons de plus en plus denses, se fit dans le silence le plus total. Adèle s'était plongée dans ses pensées, n'avait pas adressé une parole à son frère. Il l'ignorait aussi puisqu'à l'intérieur de son corps, c'était le tumulte le plus complet. Édouard ne comprenait pas ce qui lui arrivait si ce n'était que chaque fois qu'il rencontrait Clémentine, la jeune blonde mettait des semaines à lui sortir de l'esprit. Il avait envie d'elle, s'en trouvait bouleversé, sachant que jamais Florie n'accepterait un tel affront. Édouard savait qu'il lui fallait s'éloigner de cette femme au plus vite. Si Florie savait déjà le nombre de rencontres entre eux... Il n'osait penser à sa réaction. Un coup d'œil à sa sœur lui indiqua à quel point la peine l'envahissait.

— Je suis là pour toi, chuchota-t-il.

Son fin visage, levé vers le ciel, laissait entrevoir toute la détresse du monde. Pour Adèle, sa vie, telle qu'elle l'avait toujours imaginée, venait de prendre un tournant définitif : tous ses rêves écrasés par la faute de l'homme qu'elle haïssait le plus au monde, Marc-Joseph. Une demi-heure avant leur arrivée à Sainte-Cécile, Adèle se redressa la rage dans les yeux lorsque Édouard ouvrit la bouche et lui dit :

— Je dois arrêter à l'hôtel. Je n'ai pas de nouvelles de Marco et il me reste peu de temps pour présenter ma demande de prêts… si tu veux…on…

— Non.

La voix de sa sœur claqua dans l'air. Ses lèvres se pincèrent l'une contre l'autre, elle inspira si profondément qu'Édouard ralentit la carriole sur le côté de la route.

— Adèle ?

— Non ! répéta-t-elle. Je ne veux pas mettre les pieds à l'hôtel, tu m'as bien comprise ? J'exige que tu me laisses à la ferme avant !

— Bien voyons donc ! C'est donc bien idiot, ça ! On passe presque devant.

— Alors je préfère marcher. Laisse-moi ici.

Elle fit mine d'ouvrir la portière.

— Adèle, voyons !

De plus en plus paniquée, la jeune femme se mit à faire de l'hyperventilation.

— Je… ouf… je… t'en prie… Édouard. Ne pose pas… ouf…. de questions…

Édouard secoua la tête, arrêta sa voiture pour de bon.

Heureusement, la neige s'était calmée et il ne faisait guère froid en cette fin d'hiver. Il mit sa grosse main gantée sur la mitaine grise de sa sœur qui le regardait avec une angoisse qu'il ne lui avait jamais vue.

— Qu'y a-t-il, Adèle? Tu me fais peur! Prends un peu d'eau, je t'en prie...

Il lui tendit un gros thermos et elle le prit comme une assoiffée dans le désert. Sa gorge était tellement sèche depuis que son frère avait mentionné l'hôtel. Les deux mains jointes devant elle, elle dégageait une telle souffrance qu'Édouard prit une décision:

— Adèle, je ne pars pas d'ici avant que tu ne me dises ce qui s'est passé, ce qui te rend aussi désespérée. Crois-moi, je suis prêt à y passer la nuit même si on meurt de froid!

Adèle s'appuya un moment contre le dossier en cuir. La grosse couverture glissa sur ses genoux sans qu'elle s'en rende compte et même le geste de son aîné qui la replaça sur elle avec affection passa inaperçu. Elle tenta de trouver une raison susceptible d'expliquer son comportement. Lorsqu'au bout d'une bonne dizaine de minutes elle se rendit compte que son frère ne donnerait pas l'ordre à Mystic d'avancer, la jeune brunette se tourna légèrement vers lui. Sous son chapeau vert enfoncé sur son front, son visage émacié tremblait.

— Je me suis disputée avec Marc-Joseph, c'est tout. Donc je préfère que tu me laisses à la ferme. On peut y aller maintenant? déballa-t-elle à toute vitesse.

Heureusement, le froid les engourdissait, car la rougeur de ses pommettes aurait eu tôt fait de la trahir.

— Chicanés pour quoi? Je ne pense pas que ce soit si grave que ça, voyons donc?! Tu n'as qu'à rester dans la voiture.

— Non, je te dis.

Pour une rare fois, Adèle avait envie de crier à la tête de son frère. Pourquoi ne la laissait-il pas tranquille ? Il lui tint fermement l'avant-bras, la força à se tourner vers lui.

— Explique-moi la raison de votre chicane. Est-ce que c'est pour ça que tu as maigri autant ? Parce que je ne peux pas...

— Arrête.

— Non, je m'en fais trop pour toi. Je ne te reconnais plus, les autres non plus. Je vais aller avec toi et on va s'expliquer avec Marc-Joseph, ça ne peut pas être si grave, voyons donc, ma sœur ! C'est ton ami depuis si longtemps.

Adèle se mit à haleter, sentit la panique monter en elle. Elle tenta de se dégager, mais il n'y avait rien à faire, Édouard la tenait solidement. Son regard sérieux était posé sur son visage, elle n'avait pas d'échappatoire.

— Bien, mon ami, souffla-t-elle rapidement, si tu veux tout savoir, m'a... fait mal il y a quelques semaines...

Édouard haussa un sourcil étonné avant de se retourner avec vigueur. Il ôta sa calotte pour frotter sa tête bouclée. Son visage buriné était marqué d'un air d'incompréhension.

— Comment mal ? Je ne comprends pas. Explique-moi ça.

— Édouard...

— Quoi ? insista encore son frère.

Le ton de la voix de sa sœur était las. Adèle sentait ses forces l'abandonner. Oh, et puis tant pis, elle n'en pouvait plus de garder ce secret. Qui protégeait-elle ainsi ? Elle chuchota d'une traite, les yeux fixés sur la route devant eux.

— Il m'a violée.

Édouard sursauta, se renfonça dans son siège comme frappé par la foudre. Il secoua la tête avec incrédulité pendant quelques secondes avant de se pencher vers sa sœur qui, maintenant, pleurait à chaudes larmes. Il lui prit les épaules, la regarda directement dans les yeux. Les larmes coulaient aussi sur son visage.

— Il t'a... t'a violée ? Marc-Joseph ?

Adèle ne put qu'acquiescer à la question de son frère, bouleversé. Avant même qu'elle ne puisse expliquer ce qui s'était passé à la ferme au début du mois, Édouard avait claqué les rênes sur le dos de son cheval, la carriole s'était remise en route. Impuissante, elle vit le visage de son frère se refermer, se durcir sans qu'il prononce un seul mot de tout le reste du voyage.

— Édouard, tu m'en veux ?

— À toi ? Jamais, ma petite sœur ! Jamais ! Mais lui...

— Je t'en prie, pas un mot à Florie. Je t'en prie.

— Ne t'en fais pas. Ça reste entre nous.

Lorsqu'enfin ils arrivèrent à la ferme, un peu après seize heures, Édouard arrêta la carriole au pied des marches de la maison grise et fit le tour pour ouvrir la porte à sa sœur.

— Dis à Florie que je reviens dans trente minutes.

— Tu vas où ?

— Laisse faire. Je m'occupe de tout. Personne, tu m'entends, Adèle, personne ne te touchera plus jamais ! Je t'en fais la promesse. Vous êtes ce que j'ai de plus précieux sur la Terre et je ne laisserai jamais quelqu'un vous faire de mal.

Les larmes d'Adèle se remirent à couler. Cette fois, un soulagement intense s'empara de son être. Elle n'était plus seule. Elle se mit à trembler de tout son corps. Elle balbutiait à travers les sanglots :

— Je croyais que... que tu étais fâché et que tu pensais que... que... je mentais.

Elle descendit doucement, se jeta dans les bras de son frère qui l'étreignit un long moment. La jeune femme voulait rester ainsi pour toute la vie. Se sentir protégée contre tous, mais Édouard la repoussa doucement en lui donnant un bec sur sa joue mouillée et glacée. Essuyant ses larmes d'une main tendre, il la dirigea vers la maison.

— Je dois y aller, Adèle.

— Que vas-tu faire ? Je t'en prie, ne…

Édouard mit sa grosse mitaine sur la bouche de sa sœur qui grimaça. Il lui fit un clin d'œil qu'il voulait rassurant.

— Chuut… Ne dis rien et ne t'inquiète de rien. Moi, je m'occupe de tout.

Il fit le tour de la voiture, se dépêcha de s'asseoir en regardant sa jeune sœur grimper l'escalier avec une certaine légèreté. Pour la première fois depuis un mois, elle se sentit libérée d'un lourd poids. Le fait d'avoir partagé son secret avec son frère lui permit enfin de mieux respirer. En haut de l'escalier, elle se retourna en tenant son bagage d'une main ferme. Son frère lui envoya la main, fit un signe de tête rassurant avant de mettre la carriole en branle. Son destin était maintenant entre bonnes mains.

CHAPITRE 13

Règlement de comptes

— C'est donc bien long, son affaire, marmonna Florie pour la troisième fois en une heure. Il t'a pas dit ce qu'il allait faire au village ? Je comprends pas, il sait bien qu'on mange à six heures… en tout cas, nous autres, on s'assoit puis il mangera en arrivant. Bon, tiens, le voilà… il était temps !

En entendant sa sœur, Adèle agrippa son manteau, son chapeau et glissa ses pieds dans ses bottines en cuir brun. Elle passa ensuite la main dans son manchon de fourrure et avant que Florie ne puisse rien dire, elle était sortie en courant pour rejoindre son frère à la grange.

— Bon, une autre qui s'en va ! Veux-tu bien me dire ce qu'ils ont tous de ces temps-ci ! Des vraies girouettes !

Florie ferma son tiroir à ustensiles avec humeur avant de regarder par la fenêtre sa sœur s'engouffrer à la suite d'Édouard par les portes de la grange. Elle croisa Laurent qui en sortait, lui dit quelques mots et ce dernier continua son chemin vers la maison. Quand il mit le pied dans la cuisine, le jeune homme eut droit à un assaut en règle :

— Veux-tu bien m'expliquer ce qu'ils font, ces deux comiques-là ? Je dis à ta sœur que je ne suis pas contente qu'Édouard arrive en retard puis, pendant que j'ai le dos tourné, elle file le rejoindre. Qu'est-ce qu'ils font, hein ?

Épuisé par une dure journée dans le froid glacial, Laurent haussa les épaules avant de se déchausser péniblement, une main appuyée sur le mur lambrissé. Telle une éponge, il avait l'impression d'emmagasiner toutes les émotions de la famille et, parfois, cette sensation l'étouffait tellement qu'il se mettait au milieu de son champ, seul et il criait de toutes ses forces. Il soupira en voyant le visage fermé de Florie. Comme il vivait en étroite relation avec elle, il avait droit à tous ses mouvements d'humeur. Mais là, après avoir aidé une vache à mettre bas, refait un très long bout de clôture rongée par l'hiver, il avait juste le goût de manger une bonne soupe chaude en paix, sans aucune discussion.

— Je sais pas, Florie, et pour vrai, ça me regarde pas. Puis toi non plus.

— Bien voyons, qu'est-ce qui te prend ?

Sur ces paroles brusques, Laurent alla à l'évier laver ses mains crasseuses.

Dans le box de Mystic, Édouard entendit sa sœur avant de la voir. Revivant aussitôt sa confrontation avec Marc-Joseph, il inspira profondément avec une immense souffrance. Il avait à peine mis les pieds à l'hôtel que son ami avait su. Un regard sur le visage fermé d'Édouard avait annoncé au rouquin qu'Adèle avait confié son secret. Une intense panique s'étant emparée de son corps et de sa tête, il avait fait signe à son ami de le rejoindre dans son bureau derrière le comptoir. Édouard avait fermé la porte, s'y était adossé en observant l'homme brisé assis derrière une large table remplie de papiers couverts de chiffres et de noms. Il avait attendu de longues minutes que son ami s'explique, puis comme celui-ci ne levait pas la tête, cachée entre ses grosses mains, Édouard avait parlé d'une voix rauque et brisée par l'émotion.

— Comment as-tu pu, Marc-Joseph ? Adèle est comme une sœur pour toi depuis toujours ! Comment as-tu pu la blesser ainsi ? Détruire la confiance que nous avions tous en toi ?

Un long silence avait suivi l'interrogation. Puis, des pleurs vite transformés en sanglots s'étaient fait entendre dans le bureau. Incapable de justifier l'injustifiable, Marc-Joseph avait secoué sa tête sans la relever. Pourtant, malgré la détresse évidente de son ami, Édouard n'avait ressenti aucune pitié, aucune tristesse pour cet homme faible, lâche qui s'en était pris à sa sœur. Il avait repris la parole, mais cette fois, d'une voix durcie par la rage.

— Je ne veux plus que tu t'approches de notre famille, tu m'entends ? Tu ne nous adresses plus la parole, tu ne nous regardes plus et, bien évidemment, nous ne faisons plus aucune affaire ensemble. Pour nous, les Gélinas, Marc-Joseph Caron n'existe plus. Tu as bien compris ? Et si par malheur, par grand malheur, ma sœur est enceinte, je te jure, Marc-Joseph, que je te tue de mes propres mains. Parce que ça, tu n'y as pas pensé évidemment ?

— Je suis… suis tellement…

— Je ne veux rien savoir de tes excuses.

Sans rajouter une parole, Édouard avait quitté l'hôtel sans même voir le salut de Josette qui l'avait regardé claquer la porte avec étonnement. Bon, un autre de mauvaise humeur ! Depuis quelques jours, son frère n'était pas *parlable* et se promenait avec une face à faire peur.

— Édouard, murmura Adèle le visage congestionné par l'émotion.

Le jeune homme referma le box de Mystic, prit le temps d'accrocher l'attelage de la bête au gros crochet sur le mur et se retourna vers sa sœur. Il lui fit un sourire épuisé pour tenter de la rassurer.

— C'est fini. Tu n'auras plus de raison de craindre cet homme. Il ne t'approchera plus jamais, c'est une promesse que je te fais.

Adèle fondit en larmes avant de s'effondrer contre son frère. Le duo resta longtemps enlacé alors que la jeune femme marmonnait sans arrêt :

— Merci, merci… merci.

Pour la première fois depuis longtemps, Adèle se sentait moins seule, moins sale. Soulagée de se savoir protégée, elle regardait ce grand frère avec une admiration qui ne la quitterait plus jamais. Maintenant, elle pourrait se mettre à revivre… un jour à la fois. Le visage rougi par les pleurs et le froid, elle chuchota à son oreille :

— Je ne pourrai jamais assez te remercier, Édouard.

La semaine passa rapidement. Au mois de mars, déjà, les travaux d'envergure sur les terres agricoles reprenaient. Depuis son retour de l'école de Saint-Hyacinthe, l'aîné des garçons n'avait guère eu le temps de réfléchir à son projet de beurrerie. En raison de sa confrontation avec Marc-Joseph, il se devait de trouver une autre source de financement pour l'achat de sa machinerie. Avec regret, il se voyait de retour à la case départ avec seulement un bâtiment vide pour commencer son beau projet. Depuis lundi, Laurent et Édouard donnaient un coup de main à l'engagé du père Claveau à la suite d'un incendie mineur qui avait endommagé l'arrière de sa petite grange. Rien d'énorme comme travaux, mais au village de Sainte-Cécile, ceux qui ne demandaient pas d'aide se faisaient regarder de travers à la messe du dimanche. On pointait facilement du doigt quiconque tentait de s'isoler… ce qui était généralement le cas du père Claveau. Mais sa santé qui dépérissait depuis l'automne l'avait obligé à accepter l'aide de ses voisins les plus proches.

— Faites bien attention, marmonnait Florie chaque fois que ses frères quittaient la ferme pour se rendre chez leur voisin.

— À quoi, Florie, veux-tu bien me le dire ?

— Ces gens-là sont comme des boîtes à surprises, tu sauras !

— Ah ! Parce que tu as côtoyé beaucoup de Noirs dans ta vie, toi, Florie ? Je te le dis, cet homme est un des meilleurs travailleurs que j'ai connus. En plus, avait continué Édouard, il ne parle pas pour rien dire… et ça, c'est toute une qualité !

Depuis la publication de l'article d'Adèle sur les Juifs de Sainte-Agathe, la femme se faisait un malin plaisir de confronter sa famille aux dangers de l'immigration dans les Laurentides. Du papier de sa sœur, elle n'avait retenu que les lignes mentionnant qu'un comité mis sur pied sur la recommandation du curé Bazinet — saint homme du village — était « chargé d'évaluer les dommages faits au patrimoine national par la vente des propriétés agathoises à des Juifs ». Et que « dans l'éventualité d'un achat de propriété projeté par des intérêts juifs, les gens du comté prendront des dispositions pour qu'un acquéreur chrétien soit trouvé ».

Pour elle, c'était clair que l'Église recommandait ainsi de ne pas faire confiance aux autres peuples. Mais comme les trois autres ne semblaient pas se soucier de son opinion, Florie rongeait son frein, se concentrait sur la confection de plus en plus difficile de menus pour les repas. Avec la fin de l'hiver, l'alimentation se réduisait à une répétition de crêpes, de patates, de fèves au lard et de mélasse pour le déjeuner; quant au dîner et au souper, les deux femmes faisaient du mieux qu'elles pouvaient, mais cela se résumait presque toujours à de la soupe aux pois ou aux légumes, une miche de pain et du lard salé. À l'occasion, Laurent rapportait un petit gibier de ses pièges et, alors, c'était fête au repas ! Au souper du samedi soir, comme l'ambiance était calme et sereine pour la première fois depuis longtemps, Adèle osa parler de la beurrerie de son frère devant Florie.

— Alors, tu en es où, mon frère, pour l'ouverture de ta beurrerie ? Parce que le beurre ne cesse d'augmenter et en plus, des fois, je le trouve rance sans bon sens ! Il manque vraiment un maître-beurrier dans ce village ! conclut-elle en lui faisant un clin d'œil affectueux.

— Hum, eh bien Florie m'a donné son accord pour que je prenne le bâtiment derrière la grange…

— Pas vraiment eu le choix, marmonna sa sœur en se levant pour resservir de la soupe à son cadet.

— Alors dès que j'aurai le financement pour l'achat de ma machinerie, je me lance. J'ai besoin de centrifugeuses pour séparer la crème du lait, de barattes afin que ma crème devienne du beurre, de malaxeurs, etc. C'est sûr que ce n'est pas donné, tout ça, mais…

— Pourquoi tu vas pas voir Marc-Joseph ? lança Laurent, la tête penchée sur son bol de soupe quasiment vide. Il me semble que c'était dans tes projets…

Adèle se figea aussitôt, mais son frère aîné repoussa habilement l'idée du revers de la main.

— Finalement, ce n'est pas dans ses cordes. Non, j'ai rendez-vous avec le notaire Paquette lundi matin. Je pense que c'est le mieux placé pour m'aider.

Tout au long de la discussion, Florie se renfrogna de plus en plus. À la fin, n'y tenant plus, elle frappa de toutes ses forces sur la table. La soupe d'Édouard, qui n'avait pas commencé à manger, s'étala sur la nappe à carreaux rouge et blanc.

— VOYONS DONC! ES-TU FOLLE, FLORIE? cria-t-il avec colère.

Il se dépêcha de cueillir la guenille de table des mains d'Adèle qui tremblait comme une feuille.

— Pas folle, non. Je suis réaliste, bon sang! Mais vous allez me rendre folle, toi puis elle ici. Vous allez mener à la ruine cette famille avec vos idées de grandeur!

Édouard, choqué plus que jamais, releva la tête, plongea ses yeux dans ceux de sa sœur assise le dos appuyé contre sa chaise de bois. Toute l'attitude de Florie montrait son désaccord; le torse bien reculé contre le dossier, les bras croisés fermement sur sa lourde poitrine, la bouche pincée et l'œil noir. Résolu, le grand brun s'avança à quelques pas d'elle et, levant l'index, pointa l'extérieur de la cuisine par la fenêtre de côté.

— Écoute-moi bien, Florie, parce que c'est la dernière fois qu'on a cette conversation. Tu as essayé de détruire la carrière d'Adèle, tu veux tout faire pour contrôler Laurent et ses sorties, mais là, je te dis que c'est ici que ça s'arrête. Je suis un homme, j'ai pris une décision, tu n'as pas un mot à dire. Si tu veux me retirer le privilège d'avoir le bâtiment derrière la grange, bien dis-le tout de suite. Mais sinon, je ne veux plus t'entendre sur ce sujet si ce n'est pour m'encourager ou me féliciter. Si tu es pour me mettre des bâtons dans les roues, j'aime aussi bien faire mes bagages et partir tout de suite. Suis-je bien clair, ma sœur?

Figée par le ton acerbe de son frère, la femme fronça son nez avec colère, mais après une courte réflexion, elle acquiesça en silence. «En tout cas, il n'aurait pas son avis sur rien, ce maudit sans-cœur», pensa-t-elle en se mettant à couper les carrés aux dattes avec vigueur. Les idées tourbillonnaient dans sa tête, elle avait toutes les difficultés du monde à ne pas faire d'esclandre. Est-ce qu'ils s'intéressaient, eux, à ses espoirs secrets ? Personne ne l'encourageait sur la possibilité de participer à des concours d'artisanat dans les foires des environs. Pourtant, elle avait essayé à quelques reprises de parler de cette éventualité, sans qu'aucun de ces ingrats ne s'en soucie. À son avis, ses courtepointes étaient des vraies œuvres d'art. Mais elle était juste bonne à encourager tout le monde, semblait-il !

— On parle d'un investissement d'environ deux mille dollars, continua Édouard, mais avec les allocations du gouvernement, je devrais n'avoir que mille quatre cents à emprunter. Sur une période de vingt-cinq ans, je sais que je suis capable de rembourser ce prêt assez facilement. J'ai fait mes calculs, ne vous inquiétez pas. J'ai prévu que dès son ouverture, ma beurrerie pourrait écrémer des centaines de litres de lait par jour si au moins quarante villageois me faisaient confiance. Mais je ne peux pas me fier à ces chiffres parce que j'ignore combien de fermiers m'apporteront réellement leurs canistres. En plus, ça c'est si je n'avais que cette tâche dans ma journée. Mais...

Il leva la main vers Florie qui allait répliquer.

— Mais... comme j'ai aussi la traite et les autres travaux de la ferme, c'est sûr que c'est irréaliste de penser que j'y arriverai. Par contre, pour être rentable, il me faut produire environ cent livres de beurre par jour. Et ça, je le ferai facilement. S'il le faut, je travaillerai la nuit les premiers temps.

— Et moi, je serai là pour t'appuyer, dit Adèle d'une voix réfléchie.

Laurent et Florie la regardèrent les yeux froncés.

— Toi, tu n'es là que deux jours par semaine, ma sœur, je ne vois pas comment...

— Lundi, je donne ma démission au journal. C'est décidé, ce n'est pas pour moi ce travail.

Laurent jeta un regard surpris sur sa sœur. Édouard, qui sentait la décision de sa sœur finale, secoua la tête avec désolation. Marc-Joseph n'avait pas seulement brisé son corps, il avait aussi détruit le rêve de sa sœur qui la faisait vibrer depuis sa tendre jeunesse. Son visage amaigri, ses grands yeux tristes... elle n'était plus qu'une femme anéantie, vidée de ses ambitions, de son avenir. Florie, quant à elle, gardait la bouche grande ouverte, incapable de prononcer un mot tant la surprise était grande.

— Et ben mautadine, finit-elle par articuler. Ça valait la peine de m'engueuler sans arrêt pour m'obliger à te laisser vivre à Saint-Jovite. Une vraie girouette ! Moi, je comprends plus rien dans cette famille. Regarde ce que ça...

— Tais-toi, Florie. Pour une fois, tais-toi, s'il te plaît, chuchota Adèle en sortant de table.

Elle lança le morceau de pain à peine grignoté qu'elle tenait à la main et s'enfuit en courant dans l'escalier qui menait à sa chambre.

— Bien quoi ? marmonna Florie sous le regard choqué des deux frères. J'avais raison, vous pouvez pas dire le contraire !

Au cimetière du rang Poirier derrière l'église, sous un orme centenaire, Adèle s'accroupit en laissant échapper un long soupir de découragement. Sa semaine de pause arrivait à sa fin, elle cherchait la force de retourner au journal. Se confier à Édouard était une chose, le faire à son amant, une autre. Elle n'arrivait pas à imaginer sa vie au journal, sans avoir la même relation avec Jérôme. D'un autre côté, le viol qu'elle avait vécu la faisait se sentir souillée, tel un déchet humain. Déjà que sa relation avec le rédacteur en chef l'avait confrontée à ses valeurs chrétiennes, elle ne pouvait concevoir de renouer avec lui en ayant eu un autre homme en elle.

— Je te dis qu'elle n'est pas facile ma vie, maman, chuchota-t-elle en frottant d'un doigt distrait le dessus du mausolée. Tu nous avais prévenus, remarque bien. Je n'avais qu'à respecter ma promesse, n'aimer personne.

En ce dimanche matin du mois de mars 1932, la jolie brunette s'agenouilla sur la pierre tombale grise où l'inscription ne laissait point de doute sur la vie maussade vécue par la mère d'Adèle.

Ici repose Rose Gélinas, née Dupuis
Épouse et mère. Puisse-t-elle enfin avoir une paix fort méritée.
1885-1922

Adèle leva son visage émacié vers le ciel bleu. Un duel constant avait lieu entre le printemps qui voulait s'installer et l'hiver qui tentait de conserver sa place. Ce matin, l'air était glacial, la neige ne cessait de tomber par bourrasques. Les tempêtes se succédaient à un tel rythme que l'école du village se retrouvait sans élèves au moins une fois ou deux par semaine. Adèle, sa chevelure brune sagement nouée sur la nuque, réfléchissait à la suite de sa vie. Bien cachée par la pierre tombale, elle s'empêchait de regarder vers l'hôtel du village, presque en face de l'église.

— Tu sais, maman, j'avais rencontré quelqu'un... Mais ne t'en fais pas, c'est une relation sans issue. J'ai fait des choses toutefois, des choses que tu mépriserais. Mais je l'aimais, je l'aime tellement. Je crois que la vie m'a punie, sois sans crainte. J'ai mis fin à cette relation impure. J'ai vingt-deux ans et je sais que je vieillirai seule. Oh! Comme je m'ennuie de toi, si tu savais comme j'aimerais encore t'entendre murmurer mon prénom! Juste une fois! continua-t-elle dans un sanglot.

Aussi rapidement que ses pleurs avaient commencé, ils cessèrent de manière abrupte. Craignant d'être vue par un villageois, elle fronça ses sourcils en constatant que le bas de son jupon était maculé de neige et de boue. Le regard dans le vague, elle murmura une autre promesse:

— Je reviendrai la semaine prochaine, maman. Ne t'en fais pas pour nous, nous tiendrons tous notre promesse. Tous, maman. Pour moi, cet homme sera le seul et unique qui aurait pu...

C'était la première fois depuis le début de sa semaine de pause qu'Adèle se donnait le droit de penser longuement à Jérôme Sénéchal. Le cœur serré, elle chassa ses pensées avant de se pencher pour déposer un ruban rose sur la pierre. Elle vérifia l'état de sa natte et de sa tenue. Pressée de retourner à l'église, elle courut dans l'allée du cimetière et ce fut avec rudesse qu'elle se cogna contre Marc-Joseph qui l'y avait suivie. Elle prit une grande bouffée d'air avec panique, recula de plusieurs pas.

— Va-t-en, siffla-t-elle entre ses lèvres fermées.

Le grand roux tendit une main ouverte pour lui montrer qu'elle n'avait pas à le craindre. Comme une bête traquée, elle lança des regards affolés tout autour. Tassée sur elle-même, Adèle chercha une issue, mais la seule voie possible était bloquée par l'homme qu'elle haïssait le plus au monde. Sous le coup de l'adrénaline, la jeune femme redressa ses épaules étroites, croisa ses bras sur ses seins menus et plongea son regard méprisant sur l'homme minable qui lui faisait face. Sa silhouette trapue et son visage poupin ne la faisaient plus sourire, loin de là. Tout ce qu'elle avait apprécié chez son ami s'était envolé en l'espace de cette soirée d'horreur.

— Tu t'approches encore de moi, Marc-Joseph, et je hurle. Plus jamais, tu m'entends, plus jamais je ne veux t'adresser la parole ni même poser mon regard sur toi. Tu me répugnes, tu es pire pour moi que le plus maudit des voleurs ou des bandits de grand chemin. Ton odeur, ta voix, ton corps me dégoûtent. Laisse-moi passer.

— Je t'en prie…, sanglota le jeune homme en tombant à genoux, je t'en prie, Adèle, pardonne-moi. Je ne vis plus, je ne dors plus. Je regrette tant… Je ne sais pas ce qui m'a pris. Je t'aime tellement.

Adèle lui lança un regard pitoyable. Cet homme, elle le méprisait jusqu'au plus profond de son être et de le voir ainsi effondré à lui demander pardon devrait la réjouir, mais au contraire, elle se sentit encore plus sale de ne pas avoir su résister à un tel être faible. S'avançant à ses côtés, elle se tint bien droite, les deux bottines enfouies dans la neige et regardant le clocher de l'église, et prononça les mots qui allaient sceller le destin du jeune homme.

— Jamais, susurra-t-elle, jamais tu n'auras mon pardon. Vis ainsi avec la conséquence de ton acte. Tu ne sais pas ce qu'est l'amour. Adieu.

D'un pas rapide, elle s'éloigna vers le parvis où les villageois commençaient à se rassembler au sortir de la messe dominicale. Adèle s'était éclipsée en douce par la porte de derrière de l'église. Elle se dépêcha de rejoindre Florie et ses frères qui acceptèrent sans dire un mot son explication.

— Je voulais me recueillir sur la tombe de maman quelques instants.

※※※

La Conception, le 12 mars 1932
Chère Adèle,
Comme tu as quitté le journal sans avis, il me tardait d'avoir de tes nouvelles. J'espère que tu n'es pas malade, ma chère amie. Ici, la neige ne nous donne pas de répit. Mais nous devons faire avec, n'est-ce pas? J'ai appris avec consternation que tu avais remis ta lettre de démission à Jérôme Sénéchal. Je ne comprends pas... Tu es née pour faire ce travail, tu as un tel talent. Il semble que tu ne t'habituais pas à la vie loin de ton village, est-ce la vérité? Ta tristesse des dernières semaines avant ton départ me laisse pantoise. Aurais-je pu t'aider comme tu l'as fait lorsque je suis tombée malade? J'aimerais bien avoir de tes nouvelles, peux-tu m'écrire, ma chère amie?
À bientôt, je l'espère
Clémentine Lortie

Adèle leva la tête de sa lettre avec un sourire triste. Clémentine! Ne lui devait-elle pas une explication? Elle qui l'avait appuyée et tant aidée pour la rédaction de tous ces articles. Avec dépit, la jeune femme s'aperçut qu'elle n'avait pas informé son amie de son départ. Voilà bientôt deux semaines qu'elle avait remis sa lettre à Jérôme qui l'avait prise avec lassitude, sachant que rien de ce qu'il ne pourrait dire ne modifierait sa décision. Il l'avait serrée une dernière fois, avait eu l'impression d'avoir une coquille vide entre les bras plutôt que la femme vibrante qu'il avait aimée, nuit après nuit. Elle semblait être disparue.

— Je serai toujours là pour toi, Adèle. Si un jour, tu veux me dire la vraie raison de ce départ, je t'écouterai sans juger. Je t'aimerai toujours.

— A... Adieu Jérôme, avait péniblement répondu la journaliste sanglotante en courant dans le corridor afin de rejoindre son frère Édouard qui l'attendait à la porte du journal.

Malgré les attentions affectueuses de Florie depuis son retour définitif à la ferme, elle se méfiait toujours de ses réactions. Elle profita donc de la sieste quotidienne de l'aînée pour entreprendre l'écriture de sa réponse à son amie. Assise à la table de la cuisine, elle réfléchissait à la meilleure option pour éviter les questions à répétition.

Sainte-Cécile, le 18 mars 1932
Chère Clémentine,
Je suis absolument désolée de ne pas t'avoir prévenue de mon départ du journal. Tu comprendras que je n'ai agi qu'après une longue réflexion. Malgré tout, je suis peinée d'avoir dû constater que je n'étais pas faite pour le métier de journaliste. Je préfère et de loin rester à la ferme pour aider ma sœur.

Le bout de son crayon sur le bord de ses lèvres, Adèle s'aperçut à quel point il lui était facile de se mentir, de mentir aux autres. Plus que jamais, elle voulait croire qu'elle n'était pas faite pour le travail qu'elle rêvait pourtant de faire depuis qu'elle avait commencé l'école. Si elle envisageait une autre raison, il lui faudrait penser à l'agression de Marc-Joseph qu'elle avait enfouie au plus profond de sa mémoire. Elle reprit sa rédaction.

De plus, comme Édouard ouvrira à la fin du mois d'août la première beurrerie des Hautes-Laurentides, je lui ai promis mon aide. J'espère que ta santé continue de bien aller, ma chère Clémentine. Je souhaite vraiment te voir un jour prochain.
À très bientôt,
Ton amie Adèle

Lorsque Laurent ouvrit la porte de la cuisine une heure plus tard, il fit sursauter sa sœur qui s'était assoupie, la tête dans le roman *Les petites filles modèles*, qu'elle relisait pour la cinquième fois. Il sourit en lui pointant le livre :

— Eh bien, il y en a qui se la coule douce, dis donc ! Il me semblait bien que pendant que les chats travaillaient, les souris lisaient ! se moqua-t-il gentiment.

Adèle fit semblant de lui lancer son livre avant de répliquer :

— Que veux-tu, certaines personnes aiment bien entretenir leur culture ! dit-elle en se relevant.

Édouard avait cessé l'école à quinze ans, obligé par Florie qui le voulait à la ferme à plein temps. Ce fut la même chose pour Laurent et encore pire pour Florie qui disait ne pas avoir le temps pour de telles insignifiances. À tout juste onze ans, elle avait cessé de fréquenter l'école du village, satisfaite de savoir lire et un peu écrire.

Édouard qui suivait de peu son cadet avait écouté avec affection l'échange entre les deux. Il lança à sa jeune sœur un regard bienveillant, content de la voir souriante pour une rare fois et non pas plongée dans de sombres pensées.

— Ah ! Pour ça, ne t'inquiète pas ! Tu te cultives tellement que tu as maintenant un jardin gigantesque ! éclata-t-il en se déchaussant rapidement pour éviter le coup de poing moqueur

La promesse des Gélinas

de sa sœur. Après souper, je dois aller chez Stromph voir s'il peut me fabriquer une grande cuve en fonte pour recueillir le lait. Tu m'as dit que tu voulais passer chez Marquis pour t'acheter du fil… alors embarque, si ça te dit.

Adèle jeta un regard reconnaissant à Édouard qui faisait tout pour lui éviter d'avoir à marcher seule sur le bord de la route. Ainsi, le temps passait et elle évitait les rencontres avec Marc-Joseph ou sa sœur Josette qui ne manquerait pas de poser des questions sur sa froideur.

— Ça ferait bien mon affaire, merci!

Au début de la soirée, le frère et la sœur venaient tout juste de sortir de leur entrée lorsqu'ils croisèrent le père Claveau, et son drôle d'attelage tiré par ses deux chiens, arrêté sur le côté du chemin. Édouard ralentit la carriole et cria gaiement:

— Tout va bien, père Claveau?

L'homme secoua la tête en pointant un gros labrador noir, couché dans la neige. L'autre chien attendait patiemment au pied de son maître. Le vieil homme avait la barbe pleine de neige et ses lunettes tenaient à peine sur le bout de son nez cramoisi. Son drôle de bonnet de laine grise ressemblait à une grosse paire de bas de bûcheron et contrairement aux autres villageois, il portait un ensemble d'hiver fait d'une seule pièce acheté lors de l'une de ses nombreuses visites à Montréal.

— Il veut plus rien savoir, le bâtard! Ça fait dix minutes qu'il refuse de repartir. J'ai l'air de quoi, moi, j'suis pas pour traîner mon chien puis mon traîneau dans l'autre main. Ça fait que… si tu pouvais me donner un coup de main, je te revaudrais bien ça.

Adèle cacha difficilement son fou rire en voyant son frère sortir de la carriole pour accrocher le traîneau à l'arrière du coffre. Le vieil homme tirait de toutes ses forces sur la laisse de son chien récalcitrant qui finit par daigner se lever. Avec un sourire contraint, le vieux se mit en marche pour le dernier mille jusqu'à chez lui. Adèle riait maintenant à gorge déployée, car Mystic prit l'allure d'une tortue afin de suivre le père Claveau qui n'arrêtait pas de marmonner, de donner des petits coups de pied contre le flanc de son animal indocile. Édouard éclata de rire à son tour lorsque la bête prit le temps de se soulager le long d'un poteau de clôture, obligeant ainsi le vieux à descendre dans le fossé. Le frère et la sœur se lancèrent un regard complice.

— Parfois, il est quand même innocent, marmonna Adèle en prenant soin de cacher sa bouche derrière sa mitaine pour ne pas que le père Claveau l'entende. Ça ne prend pas la tête à Papineau pour savoir que ces deux chiens-là sont pas des chiens de traîneau !

Édouard ne répondit pas, préférant se concentrer sur le chemin enneigé. Ils arrivèrent enfin dans l'entrée de la petite ferme de leur voisin. Après avoir laissé le bonhomme Claveau devant chez lui, ils s'empressèrent de descendre la côte Boisée jusqu'au magasin général. La neige fondait tranquillement. Adèle s'empressa de courir à l'intérieur en évitant la gadoue. Distraite, elle ne porta guère attention aux deux clientes déjà sur place jusqu'au moment où elle entendit son nom de la bouche de la Marquis.

— Je vous le dis, moi, que c'est de la faute de cette Adèle Gélinas. Il est amoureux bien raide d'elle et ç'a l'air qu'elle l'aurait envoyé paître et plus d'une fois à part ça...

— Veux-tu bien me dire ce qu'elle cherche de plus qu'un bon gars comme Marc-Joseph ?

— Elle veut probablement un grand MONSIEUR de la ville, ricana la cliente en réponse à la commerçante.

— Ou c'est à cause de cette rumeur de promesse faite à leur mère...

Adèle allait sortir de derrière le présentoir de livres lorsque la suite de la conversation la figea sur place.

— Josette dit qu'il ne sort plus, ne parle plus, ne dort plus, le pauvre homme. C'est ça que ça fait, ces filles-là ! Puis venez pas me parler d'une soi-disant promesse qu'ils auraient faite à leur mère. Moi, les échos que j'ai de Saint-Jovite, c'est que la mademoiselle ne s'est pas privée dans la grande ville... Oh que non ! Son rédacteur en chef n'était pas seulement ça, laissez-moi vous le dire !

N'en pouvant plus, Adèle se redressa avec colère, se montra au bout de la rangée. Les deux clientes pendues aux lèvres de la commère rougirent, s'empressèrent de payer leurs achats, alors que la Marquis affrontait la jeune femme du regard. Inspirant profondément pour éviter de tout lancer, Adèle s'avança, déposa le fil qu'elle était venue chercher et mit la monnaie sur le comptoir.

— Vous êtes mieux de compter, dit-elle d'une voix rageuse, je serais peut-être une voleuse aussi en plus d'être une *courailleuse*...

Avant que l'autre ne puisse rien dire, Adèle avait soulevé sa longue jupe verte et tourné les talons avec rage. Pour l'instant, ce n'était plus de la tristesse qui l'envahissait, mais une frustration, une colère sans nom pour tous ces villageois ignares qui n'avaient rien d'autre à faire que de commenter la vie quotidienne des autres membres de la communauté.

Le lendemain matin, assise à sa coiffeuse, Adèle soupira profondément. Sa tête fourmillant d'idées d'écriture, elle ne pouvait plus taire son besoin de mettre sur papier ses pensées. Le visage penché sur ses mains aux ongles rongés par le travail de la terre, elle inspira impatiemment à chaque parole de Florie qui parlait bien fort devant le comptoir de la cuisine.

— Faudrait peut-être que quelqu'un m'aide si vous voulez manger aujourd'hui... En plus, on n'a pas lavé les fenêtres du salon; puis il reste encore le lavage de tous les rideaux!

Bon sang qu'elle était lasse d'entendre sa sœur se lamenter! Depuis qu'elle avait choisi de rester à la ferme, pas un jour ne passait sans que Florie maugrée contre les projets d'Édouard, les amitiés de Laurent, le voisinage de James, le travail à faire... Ironiquement, la seule qui trouvait maintenant un peu grâce à ses yeux, c'était Adèle revenue à ses sens! Prenant un court moment de répit, elle attendit que son aînée se taise avant de descendre la rejoindre. Au pied de l'escalier, elle la regarda se diriger vers le poêle pour déposer sa bouilloire d'eau. La démarche de Florie était de plus en plus chaloupée. Son seul et unique plaisir étant la nourriture, elle se gavait à satiété. Surtout de crème fraîche et de sirop d'érable sur son fabuleux pain de ménage. Parfois, après être couchée depuis quelques heures, elle se relevait en douce pour se goinfrer. Sa silhouette s'arrondissait en conséquence. Discrètement, Adèle agrippa sa courtepointe et se glissa dans la berçante. Lorsque Florie étira le bras pour prendre une tranche de pain aux bananes sur le buffet, elle fit une grimace de douleur.

— Aïe!

— Qu'est-ce qui se passe, ma Florie? Tu as encore mal à ton dos, c'est ça? demanda Adèle avec inquiétude.

Elle releva les yeux de son ouvrage, déposa sa courtepointe

sur la table de la cuisine. Avant qu'elle ne puisse rejoindre Florie, celle-ci avait déjà repris son air bête. Repoussant une mèche de cheveux noirs qui tombait sur son front plissé, elle secoua la tête.

— Laisse faire ça! Il n'y a pas une fermière ou un fermier dans le monde qui n'a pas mal à quelque part. Ça fait partie du travail, n'est-ce pas, les frères? Il y a juste les pousseux de crayon qui sont épargnés.

Édouard et Laurent, tous deux assis à la table devant leur planche de crible, firent mine de se prendre chacun une cuisse en feignant une douleur intense. Adèle fit un large sourire, mais garda un œil soucieux sur sa grande sœur. Ce n'était pas l'entente parfaite entre les deux, mais pour rien au monde elle ne voulait qu'il lui arrive de malheur.

— Pourquoi tu ne vas pas voir le docteur Trudel?

— Tu veux rire! On n'a pas d'argent pour des niaiseries de même. Laisse faire ça, je te dis que je suis correcte. Je vais me faire un emplâtre au piment de Cayenne ce soir puis je vais être soulagée, répéta Florie.

Elle regarda sévèrement ses frères et sœur pour éviter qu'ils ne reviennent sur l'idée de consultation du docteur. Son menton pointu s'avança un peu. Adèle se passa la réflexion que sa sœur ressemblait de plus en plus à leur mère en vieillissant. Les soirées étaient longues parfois chez les Gélinas. Laurent et Édouard n'ouvraient quasiment jamais la bouche. Comme Florie disait toujours, ces deux-là, c'était des écouteux! Sans manquer un point sur sa courtepointe rose, Adèle se décida finalement à parler de la beurrerie sous le regard intense de sa sœur:

— Est-ce que ton projet avance, Édouard? Parce que tu n'oublies pas que je suis là pour t'aider.

Florie arrêta de manger, pointa sa fourchette vers sa sœur le regard vibrant. Elle prit tout son temps pour poser sa vaisselle sur le comptoir de bois, prendre sa courtepointe et aller s'asseoir près de sa cadette. Alors qu'elle ouvrait la bouche, Adèle l'arrêta tout de suite en levant les yeux au ciel.

— Ne t'en fais pas, Florie, la ferme va rester ma priorité. Mais ce n'est pas comme si je n'avais pas de temps ! Maintenant que je n'ai plus d'articles à rédiger !

— Parlons-en donc de ça, à la place ! Je comprends pas comment ça se fait que tout d'un coup, tu passes plus tes soirées ton nez dans le dictionnaire et le crayon à la main. Non, vraiment...

Florie vint pour se lancer dans un long monologue inquisiteur, mais Édouard ne lui laissa pas le temps de parler. Ôtant sa pipe en bois blond de sa bouche, il prit la parole en fixant son regard sur sa cadette :

— Pour répondre à ta question, Adèle, ça avance bien. J'ai trouvé tout mon financement et je devrais aller en ville la semaine prochaine pour commencer mes premiers achats. Si ça te dit, d'ailleurs, tu pourrais m'accompagner !

Adèle secoua la tête de haut en bas avec emportement. Ses cheveux libres sur ses épaules lui faisaient un rideau ondoyant et ses yeux pétillaient en regardant son frère. Laurent ne disait pas un mot, tout occupé à bourrer sa pipe qu'il avait commencé à fumer quelques mois plus tôt. Même s'il était déçu de voir son frère créer un projet sans lui, tout au fond de son cœur d'adolescent, il souhaitait un peu le retour de Léo Villemarie. Mais il savait que les chances que son jeune ami revienne travailler pour eux étaient minces... Quoique si la beurrerie se mettait à fonctionner avec succès, peut-être que son frère n'aurait plus le choix de reprendre un engagé ? Cela restait à voir.

— Ça me tente, mais on en reparlera, Édouard, répondit Adèle. Je suis vraiment contente pour toi. N'est-ce pas que c'est fantastique que son projet prenne forme ? demanda-t-elle effrontément en fixant Florie occupée à faire une cabane de rondin sur sa courtepointe.

Les mains de sa sœur se crispèrent, les jointures devenant rapidement blanches sous la tension. Même si elle connaissait ce motif par cœur, elle fixa son attention sur l'aiguille piquée dans le tissu. Il était formé d'un carré central traditionnellement rouge qui symbolisait le feu du foyer à l'intérieur des cabanes ou le cœur de la maison, cette fois elle le faisait jaune pour représenter plutôt la lanterne à la fenêtre d'une cabane. Tout autour du carré, Florie agençait des bandes d'un côté clair, comme illuminé par le feu, et de l'autre sombre, celui à l'ombre. La femme pinça les lèvres, fit mine de ne pas entendre la question de sa sœur. Déjà obligée d'accepter ce maudit projet, pas question qu'elle se mette à en faire l'éloge. Comme elle ne répondait pas, pendant quelques instants, ce fut le silence total autour de la table de la cuisine. Adèle hésitait à poursuivre, mais finalement se dit qu'il fallait bien que sa sœur accepte le projet tôt ou tard. Laurent, lui, haussa ses larges épaules. Il avait un air interrogateur sur son visage rond et rousselé. Il formula sa question après quelques secondes de réflexion :

— As-tu besoin de beaucoup de machineries pour ta beurrerie, Édouard ?

Heureux de pouvoir en discuter librement, le jeune homme se mit à parler comme jamais auparavant. Tout son visage s'éclaircit, ses traits vibraient de passion. Pour lui, devenir maître-beurrier était un art, il entendait être l'un des meilleurs au Québec. Les trois autres restèrent muets quelques instants, stupéfaits de la longueur de son discours. Édouard lança finalement un regard par en dessous à Florie qui conservait son air maussade.

— Bon, on peut parler d'autres choses, je pense…

— Il était temps ! De toute manière, il est tard, moi, je vais me coucher.

Florie leva son gros corps de sa chaise. Se penchant péniblement, elle plia la courtepointe bleu, jaune et rouge et la mit dans son gros sac de jute. Elle leur souhaita bonne nuit et continua de marmonner tout en marchant vers les toilettes. Adèle soupira avec exaspération. Son frère aîné lui fit un clin d'œil en déposant sa pipe dans le gros cendrier sur pied.

— Ne t'inquiète pas. Ça ne me fait plus ni chaud ni froid, ses sautes d'humeur, à la sœur ! Mon projet va prendre vie, avec ou sans son accord !

CHAPITRE 14

Départ

Dès le lever du soleil, quelques jours plus tard, Adèle était prête, déterminée. Après sa déconvenue de la semaine précédente, au magasin général Marquis, elle n'avait plus mis les pieds au village. Elle avait même manqué la messe, oh sainte horreur! Florie ne lui avait pas parlé pendant deux jours pour bien montrer son désaccord. Mais toute la nuit, la jeune brunette s'était tournée, retournée dans son lit et avait pris la décision de ne plus craindre Marc-Joseph. Assise à la table, elle mangeait un bol de gruau avec du sirop d'érable, les yeux fixés sur la vue qu'offrait la fenêtre. La neige avait fondu ces derniers jours; à certains endroits, elle pouvait même voir le champ dégagé. L'arrivée du printemps mettait un baume sur son cœur. Depuis son départ du journal, pas un matin qu'elle ne lisait les articles du périodique sans une pointe de regret. Sa seule joie, découvrir certaines nouvelles signées par son amie Clémentine. Au moins, son malheur servait au bonheur de la jeune blonde. Lorsque Édouard revint de la traite, il cogna ses bottes l'une contre l'autre et en pointant la porte.

— Tu es prête, Adèle? Parce que je vais pousser jusqu'à Saint-Jovite, j'ai des choses à aller voir là-bas. Aimes-tu mieux m'accompagner jusque-là, ou tu vas trouver ce dont tu as besoin ici, à Sainte-Cécile?

Adèle ignora la moue de Florie et prit sa décision rapidement. Pas question de reculer. C'était SON village qu'elle devait affronter. Elle ne remarqua pas le soupir de soulagement de son frère lorsqu'elle lui dit préférer rester à Sainte-Cécile. Les commissions d'Édouard s'apparentaient plutôt à une visite à Clémentine. Il n'avait guère envie que sa sœur ou quiconque du village ne l'apprenne ! Édouard ignorait totalement où il se dirigeait avec cette relation vouée à l'échec. Mais l'annonce du diabète de Clémentine avait créé comme une onde de choc dans tout son être. Il avait envie de protéger cette jeune femme malgré la promesse faite à Rose. Même si leurs fréquentations n'étaient pas officielles, le couple se voyait régulièrement tout en restant chaste et pur. Prenant sa besace contre elle, Adèle donna deux becs claquants sur les joues froides de sa sœur.

— À tantôt, Florie ! Je reviendrai dans moins d'une heure. Attends-moi pour préparer le dîner.

Adèle posa son chapeau cloche sur sa tête, enfila son long manteau de sergé brun. Après un dernier sourire à sa sœur, elle suivit Édouard dehors. Un regard vers le ciel lui annonça que l'hiver n'avait pas dit son dernier mot. Les clôtures qui longeaient la route des deux côtés étaient usées par les années et les chevaux qui s'y collaient levèrent à peine la tête au passage de la carriole.

— Zut…, marmonna-t-elle, il me semble que rendu presque à Pâques, on pourrait enlever nos gros manteaux ! J'ai tellement hâte de me dégarnir de ces vêtements-là !

— Ouais, et je te dis que les routes n'ont pas été belles cet hiver. C'est à croire qu'on n'aura pas de répit avant le mois de mai, bon sang ! répliqua Édouard, la casquette bien vissée sur sa tête. Je vais aller avec toi au magasin général Marquis et ensuite…

— Je reviendrai à pied. Ne t'en fais pas, je me suis habillée comme une ourse! Tu es vraiment très gentil d'avoir accepté, dit-elle sur un ton de confidence. Si tu savais comme je me suis sentie humiliée à ma dernière visite! Si seulement...

— Ce n'est pas ta faute, Adèle, coupa son frère. Ce qui s'est passé, il y a deux mois, c'est l'affaire d'un homme sans valeur. Mais tu as bien raison de vouloir montrer que tu ne te laisses pas détruire par... par... ce malheur.

Assise à ses côtés, Adèle lui lança un regard plein de tendresse. Ce secret entre les deux les avait rapprochés, comme lorsqu'ils étaient jeunes. Enfants, le frère et la sœur ne faisaient rien l'un sans l'autre. Édouard avait toujours protégé sa famille, surtout après la mort de Rose et les commérages qui avaient suivi. Elle tendit sa main gantée et la posa sur celle deux fois plus large de son frère. Pendant les dix minutes du trajet, ils ne parlèrent pas jusqu'au moment où ils arrivèrent à l'intersection de la côte Boisée et du chemin Des Fondateurs. Adèle pointa la rangée de véhicules et de chevaux devant le magasin général.

— Eh bien, je ne serai pas seule chez Marquis. Veux-tu bien me dire ce que tout le monde fait là si tôt? Il est à peine sept heures et demie et vive la compagnie!

Adèle tenta de se détendre en se moquant ainsi, mais la tension dans ses épaules était telle qu'elle avait l'impression d'être passée sous un tracteur. Elle risqua un sourire vers son frère, sourire qui ressemblait plus à une grimace. Édouard arrêta la voiture derrière celle du notaire Paquette, lui prit le visage dans sa main. Il plongea ses yeux bleus dans le regard inquiet de sa sœur.

— Je t'accompagne, tu le sais que je suis là pour toi! Personne n'osera rien dire cette fois, ne t'en fais pas.

— Et s'il... s'il est là? chuchota Adèle qui craignait encore un face-à-face avec son assaillant, malgré ses bonnes résolutions.

Le regard de son frère se durcit. Il serra les poings.

— Il partira avant nous, tu peux en être certaine. Cet homme ne sera plus jamais capable de nous faire face, nous, les Gélinas. Ne t'inquiète pas, allez, viens !

En mettant les pieds dans le magasin général, le duo fut étonné de constater le silence qui y régnait. Le nombre de véhicules devant le magasin laissait croire à un grand nombre de villageois dans le commerce. Pourtant, il n'y avait que monsieur Marquis, qui les accueillit avec un air sombre. Adèle se sentait mal. Serrant fermement la main de sa sœur qui tremblait comme une feuille, Édouard s'approcha du comptoir encombré du commerçant.

— Bonjour, monsieur Marquis. Nous avons une liste à vous soumettre en espérant que vous ayez tout. Sinon, pas de soucis, de toute manière, je pars pour Saint-Jovite et…

L'homme à la grosse moustache brune fronça les sourcils devant son ton insouciant et secoua vivement la tête.

— Vous n'êtes pas au courant ?

Il se pencha sur son comptoir, sa grosse face ronde et son crâne dénudé s'approchant considérablement du frère et de la sœur qui reculèrent. L'odeur de son haleine à elle seule était assez pour répugner quiconque. Adèle sentit son cœur se serrer, voulut retourner à la voiture sans entendre la nouvelle à venir. Un mauvais pressentiment l'envahit avant même que l'homme ne se mette à parler. Sa voix lui parvint vaguement, comme dans un brouillard. Elle sentit ses jambes fléchir lorsque la réalité des paroles du commerçant la frappèrent en plein cœur.

— … s'est suicidé cette nuit.

— QUOI ? cria son frère en contournant le comptoir pour se rapprocher de l'homme qui recula à son tour.

— Je dis que Marc-Joseph s'est enlevé la vie cette nuit dans le bureau de l'hôtel. C'est épouvantable, c'est Josette qui l'a trouvé vers deux heures. Il…

Ne pouvant pas en entendre plus, Adèle poussa un long cri de bête traquée avant de s'enfuir vers la porte. Le commerçant ouvrit sa bouche de stupeur devant cette réaction. L'aimait-elle alors que tous disaient le contraire ? La jeune femme sortit dans la rue, se mit à courir le long du rang. Elle contourna l'église, et se réfugia contre la tombe de sa mère.

— MAAAAAMANNNN ! hurla-t-elle. MAMAN ! Comment a-t-il pu ?

En larmes, Adèle ne sentait même pas le froid qui traversait son corps effondré contre la pierre tombale. Elle donnait de gros coups sur le sol, enragée envers Marc-Joseph qui avait mis fin à ses souffrances, mais pas aux siennes. Pendant de longues minutes, elle sanglota, le visage près du sol en cognant la terre gelée. Devrait-elle faire la même chose pour oublier ? Lorsque Édouard la retrouva une dizaine de minutes plus tard, il sentit toute sa peine avant même de l'entendre. De l'entrée du cimetière, il voyait sa sœur accroupie sur le sol devant la tombe de leur mère. Le jeune homme se sentait dans un brouillard épais. Il avait perdu le seul ami qu'il eut jamais eu, même si le viol de sa sœur l'avait à jamais brouillé avec Marc-Joseph. Mais en plus, le grand rouquin avait commis l'irréparable aux yeux de Dieu… Édouard sentit son cœur se déchirer, une peine immense l'envahit.

— Quel gâchis ! Quel effroyable gâchis !

Par la cheminée de l'église s'échappait un long tourbillon de fumée qui montait en volutes vers le ciel nuageux. Édouard avança avec une immense lassitude dans l'allée et observa un moment la rivière en secouant la tête de découragement. Qu'arriverait-il de Josette à présent? Qui s'occuperait de l'hôtel du village, dont personne ne voudrait maintenant qu'un suicide y avait eu lieu? Il avança lorsque Adèle lui lança un regard désespéré:

— Comment a-t-il pu? Édouard, comment a-t-il pu être si lâche, me laisser seule avec ce souvenir pour toute ma vie?

— Je ne sais pas, ma sœur... Je ne sais pas chut, chut...

Pendant de longues minutes, ils restèrent enlacés contre la tombe de leur mère. Encore une fois, son absence se fit sentir parce que tous les deux auraient eu envie de se confier à elle. Transie, Adèle se remit péniblement debout.

— Je vais rentrer, Édouard. Je vais rentrer, chuchota-t-elle.

— Avec moi, ma sœur, je ne vais plus à Saint-Jovite. Par contre, il nous faut arrêter voir Josette, tu le sais?

Adèle ravala ses sanglots en hochant la tête. Josette, elle, ne lui avait rien fait. Mais la pensée de revoir ce visage familier lui fit tout de même mal. S'agrippant au bras de son frère, elle le suivit jusqu'au chemin Des Fondateurs où elle se redressa et essuya ses larmes. Pour l'instant, il ne s'agissait pas de son chagrin, mais bien de la jeune sœur de Marc-Joseph qui serait sans réponse pour toute sa vie. Le frère et la sœur se regardèrent intensément, chacun d'eux cherchant un peu de réconfort chez l'autre. Au pied des marches de l'hôtel, ils comprirent enfin que les voitures et les carrioles qui prenaient tout le chemin Des Fondateurs appartenaient aux nombreuses personnes dans le hall de l'établissement. Lorsque le duo mit le pied dans le grand salon, Adèle se remit à trembler. Tout ici lui rappelait l'homme qu'elle haïssait. Mais à la vue de sa sœur

Josette, complètement effondrée et en larmes dans le large fauteuil devant le foyer, elle fit taire sa haine.

— Josette, chuchota-t-elle, une fois à ses côtés.

La jeune fille lui lança un regard désespéré. Elle avait pleuré sans arrêt depuis la découverte du corps de son frère au milieu de la nuit. Étonnée d'entendre la sonnette d'accueil sans qu'il n'y ait de réponse, elle était descendue voir ce que son aîné faisait. Pendu à la poutre de son bureau, Marc-Joseph avait mis fin à ses souffrances mentales, mais avait ajouté un lourd fardeau à sa jeune sœur de dix-huit ans.

— Oh! Adèle! Pourquoi? Pourquoi il a fait ça? Qu'est-ce que je vais devenir, moi, toute seule? Plus de parents, plus de frère, pas de fiancé. Où vais-je aller, où vais-je aller? répéta la jeune femme.

Sanglotant, elle fonça dans les bras entrouverts de son amie qui flatta ses longues nattes avec tendresse. Josette n'avait rien à voir dans son tourment. Pendant ce temps, Édouard s'entretenait avec les policiers de Saint-Jovite, appelés en renfort pendant la nuit pour constater le drame. De loin, Adèle vit l'un d'entre eux tendre une enveloppe à son frère et ce dernier lui lancer un regard soucieux. Mais elle n'y pensa plus, trop occupée à consoler la jeune rouquine qui se lamentait sans cesse. Que lui arriverait-il?

Dans la carriole au retour, pas un mot ne fut prononcé. Adèle garda les yeux fermés, la tête appuyée contre le dossier, dépourvue d'émotion comme une coquille vide et épuisée d'avance par les journées à venir, par la rage qui ressurgirait assurément. Lorsque leur voiture passa devant chez Claveau, Adèle envoya une main distraite à James qui leur fit un large sourire, occupé à réparer la boîte postale qui penchait sur le côté. Puis, en quelques minutes, ils furent rendus dans leur propre allée. Édouard dirigea Mystic vers la grange, descendit ouvrir les portes avant l'arrivée de Laurent qui dévalait l'escalier de la maison.

— Vous avez fait ça vite en pas pour rire! cria-t-il. Il me semblait que tu allais à Saint-Jovite, le frère, tu as changé d'idée?

Édouard et Adèle ne le regardèrent pas, se contentèrent de hausser les épaules. Une fois le cheval réintégré dans son box, le frère et la sœur allèrent rejoindre leur cadet qui se dandinait sur place devant la grange, perplexe devant leur comportement. Laurent ne s'était jamais senti inclus dans la relation particulière que son frère et Adèle avaient. Pour eux, il était le bébé, celui dont ils avaient la charge alors qu'il était encore aux couches. Parfois envieux, il sentait à cet instant que ce qui les liait aujourd'hui était hors du commun. En passant à ses côtés, Adèle l'accrocha par le coude et le fit tourner pour qu'il les suive vers la ferme.

— Nous devons parler à Florie, dit Édouard.

— Et à toi... viens, suis-nous, compléta Adèle en chuchotant tristement.

À ses côtés, son frère hocha sa tête brune, appréhendant le moment de dévoiler cette terrible nouvelle. Adèle pensa à Florie qui ne pourrait jamais comprendre ce qui avait pu pousser leur ami à commettre un tel geste.

— Veux-tu bien me dire ce que vous avez avec vos têtes d'enterrement, vous deux? Puis toi, Édouard, il me semblait que tu partais pour la journée, tu as changé d'idée? répéta Laurent d'un ton soucieux.

Florie se tenait contre la porte de la maison, les bras croisés pour tenir sa vieille veste de laine beige. Pour une rare fois, elle n'apostropha pas ses cadets lorsqu'ils ne répondirent pas. Laurent lui fit une moue pour dire qu'il ignorait ce qui se passait. Ils la suivirent tous les trois à l'intérieur de la maison, bien réchauffée par l'attisée dans le poêle de fonte. Malgré cette belle chaleur, Adèle savait que le froid qu'elle ressentait ne la quitterait pas avant longtemps.

— Florie, Laurent, assoyez-vous.

— Bien voyons donc, Édouard, qu'est-ce que tu as ?

— S'il te plaît, Florie, chut…

— Mon doux, vous me faites peur, vous deux !

— On arrive du magasin Marquis. Il est arrivé un drame cette nuit au village.

D'un geste de la main, Florie fit signe à Édouard de poursuivre. Elle déglutit péniblement avant de fermer les poings serrés. Elle détestait les mauvaises nouvelles et celle-ci, juste à leur voir leur air, serait terrible.

— C'est Marc-Joseph.

— Qu'est-ce qu'il a, Marc-Joseph ? Je l'ai vu hier en allant chez Stromph. Il avait un petit air… Oh ! Dites-moi pas qu'il est malade ? C'est vrai que…

Elle cessa de parler, le visage figé. Édouard sentit les larmes couler sur ses joues, lui qui n'avait pas pleuré depuis la mort de sa mère. Il tendit la main à Adèle qui prit la relève avec une force qu'elle ignorait avoir.

— Marc-Joseph s'est… enlevé… enlevé la vie cette nuit.

— QUOI ? De quoi tu parles, toi là ? Je l'ai vu hier au bureau de poste ! C'est vrai qu'il n'avait pas l'air en grande forme, il n'a même pas répondu à mon salut, mais…

Adèle s'avança jusqu'à sa sœur et s'agenouilla devant elle en mettant sa main sur sa bouche. Édouard avait maintenant le visage plongé dans ses mains, il réalisait l'ampleur du drame. Laurent, stupéfait, était figé sur place encore plus blanc que d'habitude.

— Florie, Josette a trouvé Marc-Joseph pendu cette nuit dans le bureau de l'hôtel.

Florie ouvrit grand la bouche, se releva et se mit à faire les cent pas. Elle soufflait sans arrêt, incapable de reprendre son air, puis elle se mit à pleurer en criant en même temps.

— QU'EST-CE, QU'EST-CE QUI LUI EST PASS... PASSÉ PAR LA TÊTE ? OH! MON DIEU! OH! MON DIEU! JOSETTE! MA PAUVRE, PAUVRE JOSETTE!

Incapable de poursuivre, Florie s'avança vers Adèle qui la prit dans ses bras. Son aînée était secouée de sanglots, alors que Laurent penchait la tête avec un air ahuri sur le visage. Marc-Joseph ne pouvait pas se suicider, c'était pêché. Qu'allait-il lui arriver maintenant ? Il ne pourrait même pas être enterré auprès de ses parents. Quelle horreur !

À la nuit tombée, lorsque tous regagnèrent leur chambre, Édouard alla cogner contre la porte d'Adèle. Il s'était vu confier une mission qu'il n'avait que trop remise. Sa sœur ouvrit doucement, encore toute menue dans sa longue jaquette de *flanalette*. Elle tenta un sourire, mais se résigna à lui faire signe d'entrer dans sa petite chambre.

— Je peux te parler deux minutes, Adèle ?

— Bien sûr. Viens on va s'asseoir sur mon lit.

Les deux restèrent face-à-face quelques secondes avant qu'Édouard ne se décide à sortir une enveloppe de la poche arrière de son pantalon. Son beau visage sérieux se tordit d'une grimace.

— Je ne sais pas si je fais bien, commença-t-il, mais je ne peux pas te cacher ceci.

Il tendit la lettre à sa sœur surprise. Elle la retourna pour voir le dessus, arrêta de respirer en voyant son nom écrit en grosses lettres noires.

Remettre à ADÈLE GÉLINAS

Elle reconnaissait l'écriture de Marc-Joseph. Tenant l'enveloppe au bout de ses doigts, elle hésita sur l'action à tenir.

— C'est ce que le policier t'a remis ce matin? demanda-t-elle.

— Hum… Ils l'ont trouvée sur le bureau de Marc-Joseph. Ils l'ont ouverte, mais considèrent qu'elle ne contient rien d'éclairant concernant son suicide. Ils voudraient toutefois t'interroger. Je leur ai dit que ça irait à demain. Tu pourras toujours leur dire que tu as eu une dispute avec lui, si tu veux. J'ai hésité à te la remettre, mais il ne m'appartient pas de prendre cette décision. Maintenant, si tu ne veux pas la lire, je peux la brûler avant de me coucher.

Adèle avait les yeux remplis de larmes. Quel gâchis! Où avait-elle erré? Dans son besoin d'amour qu'elle avait comblé dans les bras de Jérôme Sénéchal? En refusant l'affection de Marc-Joseph qu'elle aimait alors comme un frère? En faisant cette maudite promesse qui l'empêcherait toujours de vivre une vie épanouie, si cette possibilité existait encore? Elle passa sa main sur la joue rugueuse de son frère qui la regardait avec inquiétude. Une onde de douceur envahit la jeune femme pour la première fois depuis deux mois.

— Non, laisse. Tu peux aller te coucher, tu dois te lever tôt demain.

— Tu es certaine? Je peux rester avec toi le temps que tu lises le message. Tout d'un coup…

— … qu'il me culpabiliserait? Marc-Joseph ne pourra plus jamais me faire de mal, Édouard. Rien de ce que je lirai ne pourrait être pire que l'enfer de vivre tous les jours, toutes les nuits avec ce souvenir qu'il me reste de lui.

Lorsque son frère referma la porte avec douceur, elle s'avança près de la fenêtre en tenant la lettre contre elle. Les lumières de l'hôtel étaient éteintes. Pour la première fois. Tous les clients avaient dû partir pour se rendre dans le village le plus proche. Adèle eut une triste pensée pour la jeune Josette. Elle inspira un long moment, puis laissa l'air sortir en un mince filet par sa bouche entrouverte.

Adèle,

Je ne pourrai jamais revenir sur ce qui est arrivé entre nous. Je voudrais tellement retrouver ton amitié, comme avant... cette dispute. Je ne suis plus capable de vivre avec cette douleur, ce sentiment effroyable de culpabilité. J'espère que tu sauras retrouver un peu de paix à la suite de mon départ. Je t'en prie, Adèle, pardonne-moi.

Marc-Joseph

Les larmes ruisselaient sur le visage de la jeune femme qui leva son regard vers le ciel en chuchotant:

— Comment as-tu pu nous blesser ainsi, Marc-Joseph?

CHAPITRE 15

Revivre

Une semaine après le drame, le dimanche de Pâques arriva avec un soleil resplendissant. Les villageois étaient soulagés de sentir enfin les beaux jours se pointer. Dans cette tourmente suivant la mort de Marc-Joseph, plusieurs sondaient le ciel à la recherche de réponses. Les oiseaux pépiaient et les érables qui coulaient rappelaient à tous que l'hiver ne serait bientôt plus qu'un souvenir. Édouard ne faisait que de brèves apparitions dans la maison, aux heures de repas. Sinon, il était occupé à monter son projet qui avançait. La tête occupée par mille idées, il pouvait presque faire abstraction de son rôle dans le suicide de son ancien ami.

— Ce n'est pas ta faute, lui avait soufflé sa sœur le lendemain du drame. Ce n'est pas la mienne non plus.

Clémentine avait invité Adèle à passer deux jours chez elle, avec l'accord de Florie qui en avait assez de la tristesse de sa jeune sœur. D'abord, les deux amies accompagnèrent les jeunes frères de la famille, au lever du soleil pour la cueillette de l'eau de Pâques. Adèle, qui n'avait jamais suivi cette tradition, se fit un plaisir d'y participer. Le geste de douleur de Marc-Joseph avait permis à la jeune femme de faire ce qu'il espérait : commencer à pardonner. Ce lâcher-prise lui faisait tant de bien que pour la première fois depuis le viol,

Adèle pensait qu'un jour, elle n'y songerait qu'avec tristesse, sans rage. La voix cristalline de Clémentine la ramena sur terre :

— Tu sais, Adèle, selon la légende, cette eau a des pouvoirs presque magiques pour guérir diverses maladies, protéger les maisons et les gens y habitant. Avoir su, j'en aurais bu en maudit pour ne pas attraper le diabète !

L'eau se puisait dans le ruisseau au bout du champ. Les enfants, tout énervés, avec leurs récipients spéciaux, avaient de la difficulté à conserver un minimum de calme. Les deux jeunes femmes, malgré leur expérience, avaient peine à contrôler les frères de Clémentine. Même Jules et Victor, à douze et à seize ans, se montraient turbulents sans bon sens. Après cette activité fort divertissante, Adèle accompagna la famille de Clémentine à la messe à l'église du village. Une fois assise dans le banc réservé à la famille, elle se pencha à l'oreille de son amie pour lui chuchoter :

— Ça fait du bien d'entendre un sermon différent par un nouveau curé. J'ai peine à rester éveillée pendant ceux du curé Latraverse à Sainte-Cécile. Il me semble qu'il radote toujours les mêmes affaires. Puis il faut surtout pas que je me plaigne de ça à ma sœur !

Clémentine échangea avec elle un regard compréhensif. Elle aussi aimerait bien changer de place de temps en temps. Elle laissa son attention se diriger dans l'église : encore et toujours les mêmes familles. Son village avait beau être deux fois plus gros que Sainte-Cécile, il n'y avait plus de nouveaux venus depuis fort longtemps. Les colons s'établissaient maintenant encore plus au Nord dans le coin de Val-d'Or et Normétal. Les terres autour de La Conception appartenaient toutes aux mêmes familles et la pauvre Clémentine se demandait bien si elle allait trouver son mari. Elle en rêvait depuis qu'elle était toute petite : elle aurait un mari et au moins cinq enfants. Édouard avait beau être tout ce qu'elle espérait, Clémentine se rendait bien compte que la promesse des quatre enfants sur le lit de mort de leur mère serait plus forte que son affection pour elle.

— Enfin, c'est fini. On dirait tout le temps que les curés s'écoutent parler et ne n'aperçoivent pas que, nous autres, on n'en peut plus de rester assis sur des bancs durs comme de la roche.

— Chuuttt, Clémentine. Ne parle pas comme ça.

— Quoi, maman ? Avoue que, toi aussi, tu as hâte de manger, se moqua la jeune femme avec une accolade affectueuse à sa mère qui sourit discrètement.

Adèle les regarda avec envie. Trente minutes plus tard, la table croulait sous les mets cuisinés par Clémentine et sa mère. Les yeux brillants, toute la famille et Adèle remplirent leur assiette de jambon, de patates, de carottes, de petits cornichons sucrés et d'une épaisse tranche de pain frais. Son amie s'absenta quelques instants afin de s'injecter son insuline. Malgré un certain malaise, Adèle se rendit compte que tous, dans la famille, s'étaient habitués à la maladie de la jeune femme. Cinq minutes plus tard, elle revint de la salle de bain, se prépara une assiette semblable à celle des autres, avec juste un peu plus de légumes et un peu moins de pain ! Après des premiers instants occupés à se restaurer en silence — le déjeuner étant loin aux aurores — la mère de Clémentine prit une pause pour questionner son amie.

— Est-il vrai que avez décidé de laisser tomber votre travail de journaliste ?

Sa question prit les deux amies par surprise. Clémentine

lança un regard désolé à sa copine. Elle aurait peut-être dû se taire ? Mais dans cet échange de regard, Adèle lui fit comprendre qu'elle ne lui en voulait pas. La dernière semaine avait amené en elle une certaine sérénité, inexistante depuis quelque temps. Même si elle avait recommencé à écrire en cachette, le soir dans son lit, plus jamais elle ne remettrait les pieds au journal *Le Courrier*. Et elle était en paix avec sa décision. Revoir Jérôme, revivre la frénésie des jours de tombées raviverait ses mauvais souvenirs qu'elle voulait enfouir au plus profond de son être. Mais son besoin d'écrire était tout de même si puissant qu'elle s'était mise à la rédaction de ce qui pourrait peut-être un jour devenir un premier roman. Malgré ses réticences à discuter de son projet secret, elle fut surprise de voir que le jugement ne faisait pas partie des habitudes des Lortie.

— Eh oui ! Je préfère rester à la ferme pour aider ma famille. Finalement, la vie dans un gros village ne me convenait pas.

Au contraire de sa propre famille, celle de Clémentine ne s'immisçait pas dans les affaires des autres. Il n'y avait pas de Florie pour l'observer attentivement, tenter de détecter ses failles, ses faiblesses. Pour la première fois depuis longtemps, la jeune femme respirait avec aisance. Les parents de son amie sortirent de leur réserve habituelle, même grand-pépère, peu instruit, admit que le monde du journalisme n'était pas pour tous.

— Tu fais bien, ma fille, tu fais bien ! marmonna-t-il en bourrant sa pipe, sur son éternelle berceuse.

Il fit un clin d'œil rieur à Adèle qui retint son éclat de rire. À tout moment, les paupières du vieil homme se fermaient et il s'assoupissait entre deux dialogues.

— En plus, ajouta une Clémentine moqueuse, le départ de

la grande Adèle a laissé de la place pour la petite Clémentine !

— Et j'en suis heureuse ! Tu travailles sur quoi en ce moment ? Ou c'est un secret ? demanda son amie en beurrant généreusement son gros morceau de pain.

— Avant ton départ, tu avais commencé à travailler sur les conditions salariales des enseignantes rurales. Monsieur Sénéchal m'a demandé de poursuivre les recherches. Tu savais que les professeurs de la grande ville viennent de déclencher une grève ? Le conflit avec l'Alliance des professeurs de Montréal arrive à point pour mes recherches. Je te jure que plus j'en apprends, pires sont les conditions, que je constate.

— Tu penses qu'ils vont faire la grève combien de temps ?

Clémentine haussa les épaules en réponse à la question de son amie. Ses cheveux étaient remontés sur le dessus de sa tête et dégageaient sa nuque délicate. Depuis deux jours, les journées étaient plus chaudes et tous appréciaient cette prémisse à l'été.

— Je l'ignore. Mais je sais que tout cela n'est pas bien vu par le clergé évidemment. Attends, je vais te le lire.

Clémentine alla dans le salon chercher le journal de la grande ville, rapporté par un ami de son père. Elle commença à lire en ayant l'écoute de tous à la table, sauf de grand-pépère qui s'était endormi.

Après un an et demi de négociations, les enseignants de la grande région de Montréal votent à 72 % en faveur de la grève. Cet arrêt de travail est le premier de la part des enseignants de la province. Il s'agit d'un acte d'insubordination selon le clergé et le corps politique. Les enseignants ne doivent-ils pas montrer le respect des règles et des institutions à leurs élèves ?

— Pfff, marmonna Adèle en désaccord. Comment ils peuvent montrer le respect s'ils ne se font pas respecter eux-mêmes, veux-tu bien me le dire ?

— Je continue à lire.

Cet arrêt de travail est considéré comme illégal, car les enseignants n'ont pas le droit de grève en vertu de la Loi sur les services publics.

— Illégal, illégal ! Non, mais…, commenta Clémentine !

Le lundi 3 avril, près 95 % des enseignants ne se sont pas présentés à leur poste malgré les menaces de la Commission scolaire de sévir contre les dissidents. Toutefois, après une seule journée de grève, l'archevêque de Montréal, Mgr Louis-Joseph Pelletier, promettait aux enseignants qu'ils obtiendraient satisfaction. Comme la Commission scolaire a maintenu sa décision de sévir contre certains grévistes, les enseignants ont décidé de poursuivre leur moyen de pression jusqu'au lundi 10 avril. Après cette semaine complète pendant laquelle les enfants de Montréal n'ont pu avoir accès à un enseignement de qualité, la Commission scolaire a abdiqué et accepté d'ajuster l'échelle salariale de ses enseignants.

— Tu vois, ils ont trouvé la meilleure solution ! s'exclama Adèle en pointant avec enthousiasme le journal.

— En plus, pour moi, c'est une chance de pouvoir inclure cette grève dans mes données.

Les deux amies discutèrent longtemps tout en essuyant la vaisselle. Adèle était heureuse. Le père de Clémentine se mit à leur expliquer qu'en 1923, les ouvriers du moulin de Mont Valmont dans le Nord avaient déclenché une grève illégale pour être augmentés de dix cents l'heure. Même s'ils ont eu seulement la moitié de ce qu'ils demandaient, expliqua monsieur Lortie, c'est devenu le premier syndicat catholique de l'industrie du bois des Hautes-Laurentides. Il frappa la table avec bonne humeur ce qui réveilla en sursaut grand-pépère qui grogna un peu. Adèle rayonnait, ses joues rebondies et rosies par le bonheur.

— Mon Dieu que ta famille me fait du bien, Clémentine !

— Alors tu n'as qu'à venir plus souvent. Notre porte t'est toujours ouverte.

Lorsque Édouard revint la chercher le lendemain matin, elle ne le laissa pas descendre de sa voiture. Sa valise étant déjà dans la cuisine d'été, elle se tourna vers son amie pour l'étreindre affectueusement dès qu'elle vit la carriole s'engager sur le chemin. La mère de son amie s'approcha d'elle, la serra aussi avec un sourire sincère. Quant à grand-pépère, il voulut se lever, mais Adèle se dépêcha de l'en empêcher et de le serrer contre elle.

— Revenez nous voir, Adèle, ce n'est pas tous les jours qu'on reçoit de la belle visite de même.

Le vieil homme éclata de rire avant de reprendre sa pipe. Sa bru le regardait avec un sourire affectueux tout en secouant la tête. Adèle empoigna son mince bagage et ouvrit la porte. Elle préférait éviter les tentations entre son amie et son frère. Déçue, Clémentine insista un peu.

— Mais laisse-le s'arrêter un peu, ton frère, voyons donc. Il peut bien venir prendre un café pour se reposer, n'est-ce pas ?

Elle précéda aussitôt Adèle dans l'escalier extérieur en serrant sa petite veste crème contre son corps. Elle s'approcha du bord de la carriole. Édouard lui fit un sourire distant et un petit salut de la main avant de lui murmurer quelque chose. Il secoua la tête sans la regarder franchement. Il fit de nouveau un signe vague de la main qui pouvait dire n'importe quoi, enleva sa casquette et frotta sa chevelure frisée. Le jeune homme savait trop bien que si sa sœur le voyait en présence de Clémentine, elle comprendrait tout de suite qu'ils se connaissaient trop. Il se devait de rester neutre en sa présence.

— Non, je vous remercie, mais le temps est incertain et je préfère reprendre la route tout de suite. Tu es prête, Adèle ?

Clémentine se retourna vers Adèle qui avait suivi ses traces. Piteuse, elle serra encore son amie dans ses bras et la laissa grimper aux côtés d'Édouard qui démarra aussitôt sans attendre. À regret, elle envoya la main au frère et à la sœur dont le véhicule roulait déjà vers le bout du chemin.

— À bientôt ! Clémentine, cria Adèle penchée à la fenêtre. Au revoir et encore merci à tes parents !

Elle salua de nouveau son amie sur le bord de la route jusqu'à ne plus la voir. Dommage qu'elles ne puissent se rencontrer plus souvent. « C'est tellement magique dans cette maison », pensa-t-elle rêveusement. Elle aurait voulu redire à son amie à quel point cette visite lui avait fait du bien. Cette fille représentait un baume sur sa plaie, et sa famille, comme une chaude couverture réconfortante. Elle tenta d'imaginer les réactions de sa mère Rose si elle était vivante. Aurait-elle été plus réceptive à leur amitié ou réfractaire comme Florie ? Quant à son bon à rien de père, Adèle ne savait même pas s'il était vivant et comme chaque fois qu'elle pensait à Antoine Gélinas, son esprit se força à changer d'image.

Les jours suivants la fin de semaine de Pâques chez Clémentine défilaient trop lentement à la ferme. Même si elle tentait de l'ignorer, une petite voix persistante n'arrêtait pas de dire à Adèle à quel point elle détestait la routine rurale. Matin, midi, soir, toujours la même histoire. Florie qui chialait sur tout et sur rien, la vie à la ferme n'était pas une partie de plaisir, ça, c'était certain. En ce moment, devant sa cuve à laver, l'aînée maugréait d'un air mauvais.

— C'est sûr que quand tu passes des fins de semaine complètes ailleurs, le travail s'accumule…, marmonna-t-elle devant la pile de linge à laver.

Adèle respira profondément. Elle n'avait pas fini de l'entendre, celle-là. DES fins de semaine ! En allant chez Clémentine, elle savait très bien que les conséquences de cette visite perdureraient. Florie n'était pas du genre à laisser aller sa sœur cadette ainsi. Même si elle avait semblé l'encourager, son naturel contrôlant revenait toujours rapidement dans le décor. Elle voulait tout savoir de sa vie, mais heureusement, elle ne le pouvait pas.

Ce soir-là, le 22 avril 1932, après le souper, les deux sœurs se remirent à la confection des courtepointes que Florie vendrait au marché aux bestiaux de Saint-Sauveur-des-Monts dans un mois. Les deux femmes avaient appris très tôt à confectionner des courtepointes. Les retailles de tissus venant des travaux de couture de Florie étaient gardées et utilisées presque en entier. Tout en travaillant, les deux sœurs papotaient de choses et d'autres au grand bonheur de Florie qui avait trouvé les semaines bien longues lorsqu'elle était seule avec ses deux frères.

— Ils se couchent de plus en plus tôt, ces deux-là, se plaignait-elle justement à Adèle.

— C'est sûr qu'avec les journées qu'ils font aux champs...
Florie fit une moue dédaigneuse.

— Puis, moi, tu penses que je me traîne les pattes
peut-être ?

— Bien non, ma Florie, tu es juste plus endurante ! rigola-
t-elle. J'ai lu que la ville de Montréal veut agrandir le Jardin
botanique, continua-t-elle sur un ton plus sérieux. Ça va être
encore plus beau, tu t'imagines ?

Adèle replongea la tête sur son ouvrage sans attendre de
réponse. Situé dans l'est de la ville, le Jardin botanique de
Montréal, fondé par le frère Marie-Victorin et conçu par l'ar-
chitecte paysagiste Henry Teuscher, avait ouvert ses portes le
9 juin de l'année précédente. Lors d'une de ses visites dans la
grande ville avec son amant, Adèle avait eu la chance d'y faire
une excursion. Visite qu'elle avait tenue secrète évidemment.
Elle releva la tête en se rendant compte que sa sœur ne piquait
plus son aiguille. Florie la regardait drôlement.

— Bien voyons, Florie, qu'est-ce que tu as ?

— Comment ça tu sais de quoi a l'air le Jardin botanique
de Montréal, toi ? On n'a jamais mis les pieds là !

Le teint framboise, Adèle se traita d'inconsciente avant de
s'en sortir par une pirouette.

— Est-ce que j'ai dit que je l'avais vu ? Mais j'en ai entendu
parler, par exemple ! Et un jour, si on a la chance, tu peux être
certaine qu'on va y mettre les pieds, toi et moi ! Pas juste les
riches qui peuvent apprécier les beautés de la nature !

Florie hésita en la regardant longuement avant de sourire
avec satisfaction. Elle se replongea dans son ouvrage, sans
remarquer le soupir de soulagement de sa cadette. Les courtepointes étaient souvent associées à des moments importants
de la vie quotidienne. Son aînée y mettait tout son cœur, alors

que pour elle, il s'agissait surtout d'une façon d'occuper leurs longues soirées d'hiver. Certains les achetaient pour un mariage ou une naissance. Il y avait même une maxime qui disait qu'une fille devait avoir une douzaine de courtepointes avant de se fiancer. Ensuite, elle devrait s'en faire une dernière entre ses fiançailles et son mariage puisqu'après, entre les grossesses et les tâches de la ferme, la jeune femme n'aurait plus de temps pour coudre !

— Tiens, ma belle Florie, j'ai fini la mienne. Qu'est-ce que tu en penses ?

Adèle étala sur ses genoux la courtepointe colorée qui lui avait pris presque six mois à terminer. Moins talentueuse que Florie, elle maîtrisait tout de même parfaitement le motif hexagonal appelé le *jardin de grand-mère*. C'était le premier qu'elle avait appris vers douze ans ! Sa sœur leva la tête de la sienne pour approuver en souriant.

— Elle est bien parfaite. Il faudra juste la repasser puis la mettre dans un sac pour le marché. Avec celle que je termine, on va être rendues à six. Je pense que c'est deux de plus que l'année passée. J'ai bon espoir qu'en plus, une des miennes soit retenue pour le grand prix d'artisanat à Labelle.

Satisfaite, elle reprit son travail pendant que sa sœur sortait la planche à repasser. Pour une rare fois, Florie se sentit totalement comblée. Adèle, quant à elle, réfléchissait à un autre chapitre de son livre qui avançait à petits pas. Elle aurait tellement aimé en parler avec Jérôme Sénéchal. Leurs discussions philosophiques, leurs conversations s'étirant dans la nuit lui manquaient autant que le côté physique de leur relation. Pourtant, Adèle savait qu'elle ne tenterait jamais une nouvelle rencontre avec Jérôme. Les yeux dans le vague, elle était bien heureuse de la pénombre qui empêchait sa sœur de lire sur ses traits. Florie la connaissait beaucoup trop, son visage était pour elle un livre ouvert.

En mettant les pieds dans la maison, le dernier vendredi du mois d'avril, Adèle sentit la tension avant même que des paroles soient échangées. Pendant qu'elle enlevait sa grosse veste de laine, ses bottes en caoutchouc et son foulard sur sa tête, Florie la regardait sévèrement sans dire un mot. Elle la laissa pénétrer dans la cuisine sans bouger, les mains enfouies dans les poches de son tablier blanc. Sa bouche pincée, ses yeux plus foncés qu'à l'habitude n'auguraient rien de bon. Adèle sentit un fourmillement l'envahir à la pensée que sa sœur avait peut-être eu vent de l'histoire avec Marc-Joseph ou de sa relation avec Jérôme. Elle tenta d'alléger l'atmosphère.

— Bien voyons, qu'est-ce que tu as, Florie ? J'ai une tache de café sur le nez ? se moqua-t-elle en déposant son panier plein d'œufs dans l'entrée pour essuyer son visage.

Elle respira profondément en mordillant sa lèvre inférieure. Elle s'approcha de sa sœur pour l'embrasser, mais Florie détourna sa tête noire. Son chignon était tellement serré que ses traits paraissaient encore plus tendus. Adèle n'avait jamais compris comment elle pouvait garder une telle coiffure toute une journée, sans avoir de migraine.

— Aurais-tu quelque chose à me dire, Adèle ? demanda sèchement sa sœur.

Elle se retourna difficilement en se tenant le dos, alla s'asseoir sur une chaise droite dans la cuisine. Elle attendit, bien raide, les mains jointes sur les genoux.

— Euh… à part te dire que je t'aime ? Non, pas vraiment.

Adèle ignorait ce dont sa sœur voulait parler. Son histoire avec Jérôme était chose du passé, si ce secret avait eu à se savoir, il y a longtemps que les commères l'auraient dévoilé. Elle leva les yeux au plafond, chercha ce qu'elle avait bien pu faire d'autre pour mettre sa sœur dans cet état. Depuis toujours, quand Florie la questionnait, elle se sentait comme une enfant de cinq ans. Elle ne savait jamais si ses réponses allaient la satisfaire et, pour l'instant, elle ne savait même pas de quoi parlait sa sœur.

— Eh bien, je cherche, Florie, mais je ne sais pas de quoi tu veux parler.

Un profond soupir répondit à son intervention. Son aînée serra ses lèvres encore plus fort l'une contre l'autre, sortit un petit cahier de la poche de son tablier, puis le lança sur la table de bois.

— C'est quoi, ces niaiseries-là, Adèle ? Veux-tu bien me dire ce que tu as écrit dans ce carnet ?

Le visage ovale d'Adèle blêmit en reconnaissant son journal intime. Toute à son malheur, elle n'avait pas pensé que sa sœur pourrait un jour fouiller ses tiroirs. Adèle avança vers la table, étira la main pour reprendre son bien. Elle ragea en dedans comme jamais auparavant. Fébrile, elle cria de toutes ses forces :

— DE QUEL DROIT ? DE QUEL DROIT TU FOUILLES DANS MES AFFAIRES ?

— J'ai tous les droits, tu sauras. C'est moi qui vous ai élevés… puis mal, à part ça, si j'en crois ce que je viens de lire.

Adèle se mit à respirer bruyamment en sanglotant. Elle se sentit envahie d'une telle rage qu'elle leva la main pour gifler son aînée qui la regardait d'un œil torve. Elle avait l'impression de subir un deuxième viol. Déchaînée, Adèle cogna de toutes ses forces sur le comptoir de la cuisine, s'avança à quelques pouces de sa sœur. La regardant droit dans les yeux, elle siffla entre ses dents :

— Ma vie m'appartient, ce que j'en fais ne concerne que moi. À partir d'aujourd'hui, je ne veux plus que tu mettes un pied dans ma chambre. S'il faut que j'accroche une serrure à ma porte, je te jure, Florie, que je le ferai, m'entends-tu ?

— Si je t'entends ? Ne crains pas que c'est clair ! Tes secrets, tu peux les garder pour toi, mais j'espère bien que tu es passée à la confesse parce que même les putains comme toi ont des devoirs envers leur Dieu !

— FLORIE !

Édouard, suivi de Laurent, venait de pénétrer dans la cuisine. Les deux sœurs, envahies par les émotions, n'avaient pas entendu la porte s'ouvrir. C'est avec un hoquet de stupeur que le grand brun perçut les dernières paroles de son aînée. Figé sur place, Laurent gardait la bouche grande ouverte, incertain d'avoir bien entendu. Adèle, le visage ravagé par les larmes, se retourna vers ses deux frères, tenta de dire quelque chose. Mais l'émotion étant trop intense, elle ne put que s'enfuir en courant vers l'escalier. Florie, quant à elle, fit comme toujours en pointant le bol sur le comptoir.

— Il reste des carottes à éplucher, puis, moi, je peux pas tout...

— NON !

La voix d'Édouard claqua dans la cuisine et Florie lui lança un regard dédaigneux. Il prendrait bien sûr la défense de sa chère Adèle... eh bien, il aurait de la difficulté à y arriver cette fois-ci. Avec un certain plaisir, Florie fit languir son frère qui la questionnait :

— Peux-tu me dire ce qui t'est passé par la tête, Florie, pour traiter ta sœur ainsi ?

— ...

— Florie, réponds !

— Tu sauras, mon cher Édouard, que j'ai raison. Ta sœur est une put...

— NE PRONONCE PAS CE MOT ICI !

— Si tu avais lu ce que j'ai lu dans son journal personnel, tu penserais pas comme ça.

Incrédule, l'homme s'assit sur la chaise la plus proche, consterné.

— Tu as lu son journal intime ?

— Certainement. Pas tout, évidemment, parce que j'ai eu envie de vomir.

— Mais de quel droit, Florie, de quel droit ?

Sans répondre à la question, la femme se mit à éplucher les légumes avec rage. Son économe arrachait la peau des carottes tellement elle pesait sur l'ustensile. Avec colère, elle le déposa près d'elle et se tourna vers son frère.

— De quel droit ? C'est moi qui vous ai élevés ! Puis quand je vois ma sœur brailler tous les soirs avant de s'endormir, je me dis que ce n'est pas normal. En plus, ce n'est pas juste la mort de Marc-Joseph qui la met dans cet état. Si tu savais ce qu'elle a fait...

— Je ne veux pas le savoir ! grogna Édouard en levant la main.

Il garda la tête baissée, découragé par ce qu'était devenue sa famille.

— Ah non ? Tu ne veux pas savoir que pendant qu'on travaillait comme des forcenés ici tout l'automne, madame se prélassait dans le lit... le lit de ce... rédacteur en chef ! Oui, monsieur, ta sœur couche avec des hommes, si tu veux savoir !

Elle se mit à marcher autour de la table sous le regard ébahi de Laurent, toujours adossé au mur près de la porte. Désemparé, il secoua doucement la tête pour ne pas entendre, pour fuir les lieux. Finalement, Florie s'arrêta devant Édouard, les deux mains plantées sur ses grosses hanches :

— Je t'avais dit que c'était de la folie de la laisser partir et regarde ce qu'elle est devenue.

— En fait, Florie, ce n'est pas ce qu'Adèle est devenue qui m'attriste, mais bien ce que, toi, tu deviens.

La hargne dans la voix de sa sœur fit éclater la colère du jeune homme, retenue depuis trop longtemps. La tension entre les deux était à couper au couteau ; Édouard fit signe à Laurent de quitter la pièce. Le cadet, heureux d'échapper à un tel affrontement, se dépêcha de monter à sa chambre.

— Depuis toujours, tu t'es occupée de nous avec amour et affection. Tu nous as écoutés et aidés à devenir des adultes. Mais justement, Florie, continua Édouard en adoucissant son ton, nous sommes maintenant des adultes et tu n'as plus de contrôle sur nous, tu comprends ? Florie, écoute-moi. Je ne peux pas continuer à vivre ici si tu t'obstines à t'immiscer ainsi dans nos vies.

— Très bien. Si c'est ce que tu penses de moi.

— Florie… tout ce que je dis, c'est…

— J'ai très bien compris. Je vais faire une sieste, je n'ai plus faim de toute manière. Vous pourrez certainement vous arranger sans moi.

Après le départ de Florie, le jeune homme resta de longues minutes assis sans bouger. Il inspira, expira bruyamment avant de passer une main nerveuse sur sa barbe de quelques jours. Lui qui se faisait un tel plaisir de parler à Adèle de leur court séjour à Montréal dans quelques jours. Il avait tout prévu, l'heure de départ, les usines à visiter pour aller chercher sa machinerie. Ensuite, il aurait eu un mois pour peinturer, solidifier le bâtiment qui accueillerait sa beurrerie. Après un long moment, il se leva pour laver ses mains avant de mettre le couvercle sur les gros morceaux de lard sur le poêle. Le dîner tarderait aujourd'hui. D'un pas las, Édouard monta l'escalier et se retrouva de nouveau à la porte de sa sœur. Cette fois-ci, il entra sans attendre son accord. Désespérée et honteuse, Adèle cacha son visage ravagé dans ses mains. Elle poussait de longs sanglots, ses fines épaules tremblaient sous l'émotion. Édouard s'assit à ses côtés sans dire un mot, la prit contre lui. Elle y resta longtemps, sans qu'aucun des deux n'ouvre la bouche. Puis, au bout d'un long moment, Adèle renifla et murmura :

— C'est vrai, tu sais… ce que Florie dit. J'ai…

— Chuuut, je n'ai pas à savoir.

— Mais je l'aimais, Jérôme, pleura Adèle. Je l'aimais vraiment. Ce n'était pas juste malsain, Édouard. Si je n'avais pas vécu… vécu ce viol, peut-être qu'aujourd'hui, je serais fiancée. Parce qu'il m'aimait aussi. J'aurais peut-être brisé ma promesse à maman, tu sais. Mais Marc-Joseph a tout détruit. De toute manière, Jérôme se serait lassé d'attendre après une femme qui désirait respecter un serment fait alors qu'elle n'avait que dix ans.

— Chuut, je t'aime, Adèle. Je t'aime.

Adèle lui sourit avec reconnaissance. Ses longs cheveux bruns bouclaient sur ses épaules et elle sentit, pour la première fois depuis longtemps, un intense soulagement l'envahir. Enfin, elle n'avait plus aucun secret. Son frère savait tout sur elle. Lorsque Édouard quitta la pièce, Adèle s'installa près de la fenêtre pour écrire la dernière page de cet ultime chapitre. Après, ce journal n'aurait plus de raison d'être, il pourrait rejoindre tous ceux qu'elle avait écrits depuis sa petite enfance.

Au souper et pour le reste de la fin de semaine, la jeune femme vaqua à ses tâches en prenant soin d'éviter de se retrouver seule avec sa sœur. Elles ne se regardaient plus, faisaient des détours pour éviter même de se frôler. Au repas, pour une première fois depuis toujours, les deux frères discutaient de choses et d'autres, alors que Florie n'ouvrait pas la bouche. La femme était encore plus furieuse de constater l'indifférence d'Édouard envers le secret d'Adèle. Elle était certaine qu'il prendrait des dispositions pour obliger sa sœur à se confesser et même à faire une retraite fermée afin de demander pardon pour cet énorme affront. Florie sentait qu'elle exploserait de rage si elle ouvrait la bouche et son frère avait été clair :

— Je ne veux plus en entendre parler.

Mais elle l'avait à l'œil. La famille Gélinas ne perdrait pas son honneur à cause des cochonneries d'Adèle. Laurent, encore si naïf, comprenait mal les sous-entendus des derniers jours. Parfois, il lançait un regard par en dessous vers Adèle pour essayer de voir si ce qu'elle avait fait paraissait sur son visage. Mais celle-ci présentait un air serein et, même, il avait l'impression que depuis la découverte de Florie, elle prenait du mieux. Les derniers mois avaient semblé si difficiles pour sa sœur qu'il en venait presque à être heureux que Florie ait mis la main sur son cahier intime.

L'ouverture de la beurrerie était le sujet de l'heure chez les Gélinas. Seule Florie ne participait à aucune discussion, mais Édouard s'enthousiasmait et répondait passionnément aux questions des deux autres. Avec ses grands yeux bleus bordés de cils bruns, il la regardait d'un air enflammé, puis il se remettait à expliquer, à justifier, à préciser sous le regard buté de son aînée. Mais le vent avait changé dans la maison des Gélinas, même Florie le sentait bien. Ses cadets, pour qui elle avait donné sa vie, ne la considéraient plus que comme une nuisance. Le cœur déchiré, parce qu'elle les aimait toujours autant, Florie se disait parfois qu'elle comprenait le geste défi-nitif de Marc-Joseph. Par contre, sa trop grande foi l'empê-cherait de faire cette ultime folie. En attendant, elle écoutait avec un air d'indifférence les détails de la beurrerie à venir.

— J'ai déjà commencé à faire le tour du village pour expli-quer à tous qu'à compter du 1er septembre 1932, ils n'auront plus besoin d'aller porter leur crème jusqu'à Labelle. J'ai prévu deux levées par jour : tout de suite après le train, je vais faire la première tournée.

Ce fut ainsi que, petit à petit, la vie reprit son cours normal à la ferme des Gélinas. Florie n'eut d'autres issues que de passer outre à son indignation. Au bout de quelques jours, elle s'adressa sèchement à sa sœur. Elle n'avait plus le choix. Et puis, après quelques semaines, Florie se dit que, dans le fond, Adèle avait fait une erreur, que la vie semblait être une longue suite d'erreurs !

« Au moins, elle est revenue à ses sens. C'est évident que cet homme-là a profité d'elle. Une jeune femme seule dans un gros village, c'est une proie facile. Au moins, maintenant, je com-prends mieux sa tristesse des derniers mois. Oui, cet homme-là a profité d'elle. Dans le fond, une chance que j'ai lu son journal », pensa-t-elle pour éteindre son sentiment de culpabilité.

Les deux frères respiraient mieux et l'ambiance redevint paisible dans la maison. Le rhume s'attaqua à la fratrie au tout début du mois de mai alors qu'Édouard mettait les bouchées doubles. Il grelottait malgré la douce chaleur du printemps et même les mouches de moutarde de Florie ne faisaient pas partir sa toux grasse. Mais Édouard ne se plaignait jamais. C'était un homme élancé mais solide, qui savait depuis longtemps qu'il ne pouvait se permettre d'être affaibli. Même malade, il sortait tous les jours, attaquait avec constance les tâches qui l'attendaient à l'étable. Lorsqu'il revenait de Montréal, la tête remplie de rêves, il espérait qu'avec le temps, il pourrait faire vivre sa famille avec la beurrerie Gélinas. Découragée, Florie voulait qu'il s'arrête un jour ou deux pour reprendre des forces.

— Ce n'est pas possible comme il a la tête dure, ce gars-là! marmonnait la femme en pétrissant son pain pour la semaine.

Elle prit à témoin le benjamin qui se berçait près de la porte. Le jeune homme hocha la tête sans cesser de tirer sur sa pipe. Pour une rare fois, il était à la maison avant que le soleil ne se couche. Mais à écouter Florie, il se dit qu'il aurait été aussi bien de rester caché dans le champ. Il s'évada en esprit pendant que sa grande sœur s'épivardait sans arrêt. Il n'avait qu'à hocher la tête sporadiquement et elle s'en contentait.

En plein cœur de l'été, alors que les grosses chaleurs faisaient suer les agriculteurs sans bon sens, Adèle avait enfin retrouvé sa verve. Le souvenir de Marc-Joseph, qu'elle avait enfoui très loin, ne la hantait plus autant. À l'occasion, elle se réveillait encore en sursaut la nuit et mettait quelques instants à se rendormir. Mais elle ne tressaillait plus au moindre bruit. Les manches de sa chemise de travail relevées sur ses avant-bras, elle bêchait avec plaisir la terre du jardin en respirant l'air sain. Son esprit s'égarait de plus en plus souvent vers le journal. Sur le coin de sa coiffeuse se trouvait le dernier numéro avec le texte de Clémentine sur les besoins des institutrices rurales.

— Si seulement…

Depuis leur dernière rencontre, au mois de mars, les deux amies ne s'étaient pas revues. À la ferme, le printemps et l'été ne laissaient guère de répit à la jeune femme. Quant à Clémentine, elle passait maintenant ses journées à écrire pour le journal. Après quelques semaines de ténacité, elle avait convaincu Jérôme Sénéchal de lui donner sa chance. Satisfait, il avait vite découvert le potentiel de la blonde qui, sans avoir l'instinct d'Adèle, réussissait tout de même à pondre des textes bien ficelés. Dans sa dernière lettre, Clémentine priait son amie de l'accompagner à une réunion très spéciale à laquelle on l'avait convoquée. Hésitante, car le tout se déroulait à Saint-Jovite où elle n'avait pas mis les pieds depuis la fin de l'hiver, Adèle avait fini par donner son accord, trop heureuse de replonger dans l'univers journalistique. En annonçant à Florie qu'elle allait rejoindre Clémentine pour la journée, en cette fin de juillet, Adèle leva tout de suite la main pour l'empêcher de faire de commentaires:

— Je ne te demande pas la permission, Florie, tu comprends ? Je fais simplement t'aviser que je n'y serai pas pour le souper demain. Je vais demander à Édouard s'il peut venir me porter et me chercher à la gare.

Pinçant les lèvres qui ne formaient plus qu'une mince ligne, Florie hocha la tête avant de sortir jeter son eau de vaisselle par-dessus la rampe. Les mots se bousculaient contre ses lèvres fermées et elle prit une longue inspiration afin de retrouver un certain calme avant de retourner dans la cuisine. Heureusement, sa sœur n'y était plus…

La fébrilité dans l'air était palpable. Clémentine et Adèle se tenaient côte à côte au fond d'une grande salle dans laquelle se trouvaient une vingtaine de femmes de tous les âges. À l'écart, il y avait aussi deux hommes assis sur le bout de leur chaise. Un mouvement sur l'estrade en avant fit taire toutes les voix.

— En ce samedi 30 juillet 1932, je proclame l'ouverture de la première réunion du regroupement des enseignantes des Hautes-Laurentides, claironna une grande femme aux cheveux noirs, d'une voix claire et puissante.

Dans la salle réservée pour l'occasion, l'excitation était à son comble. Clémentine, calepin à la main, prenait des notes tandis que son amie observait la scène. La responsable de la journée, toujours sur l'estrade, leva sa main pour faire taire l'assemblée.

— Chères institutrices des Hautes-Laurentides, c'est avec grand plaisir que nous vous accueillons aujourd'hui. Depuis quelque temps, la Commission scolaire semble oublier le rôle important que nous jouons dans la société québécoise. Malgré notre amour pour notre travail, il va sans dire que certaines conditions laissent à désirer. Cette première réunion se veut un moment d'échanges afin de comparer et d'élaborer une stratégie pour amener notre employeur à nous considérer comme des piliers importants de nos communautés. Au sortir de cette rencontre de notre association, nous enverrons une missive à monseigneur Labonté, de Saint-Jérôme, afin qu'il en consacre l'existence et le droit de cité.

— Bien dit ! cria une jeune femme en sautant sur ses pieds.

Les autres éclatèrent de rire lorsqu'elle s'aperçut de son geste impulsif et se rassit en rougissant. Mais ce fut assez pour casser la glace et pendant les trois heures qui suivirent, les discussions allèrent bon train. Clémentine et Adèle se promenaient dans la salle en prenant des notes. Rassemblées en petits groupes, les femmes s'aperçurent rapidement que la situation était identique pour toutes les enseignantes de la région. Le manque de soutien de la Commission scolaire faisait réagir plusieurs d'entre elles, les langues se délièrent au cours de la matinée. Certaines craignaient tout de même la réaction des gens de leur village, mais ce ne fut pas assez pour les faire reculer. À la fin de la réunion, lorsque la dernière institutrice quitta enfin la salle, les deux jeunes femmes étaient épuisées, mais sous le charme.

— Comme c'est fascinant de voir des femmes se tenir debout ainsi!

— Je suis d'accord avec toi, Adèle. Maintenant, il me reste à pondre le meilleur texte que j'ai jamais écrit de ma vie.

Un peu envieuse, la brunette ne fit que hocher la tête, les yeux dans le vague. Clémentine lui fit son sourire le plus affectueux et la tira par la main.

— Tu m'aideras, mon amie? Nous avons tout l'après-midi pour jaser de ce qui vient de se produire. C'est quand même une chance d'assister à une telle réunion, n'est-ce pas?

— Oui… et bien sûr que je t'aiderai même si, d'après tes derniers articles que j'ai lus, tu n'en as guère besoin!

La jeune blonde se tourna vers elle, lui plaqua un bec sur la joue sous le regard indigné de deux vieilles femmes qui marchaient derrière elles sur le trottoir.

⚛

Depuis son retour de Saint-Jovite, Adèle vaquait à ses tâches quotidiennes avec mauvaise humeur. Bien heureux que l'été les oblige à passer autant de temps à l'extérieur, ses deux frères revenaient épuisés souvent à la tombée du jour. Les lourds travaux de la ferme étaient pour une fois les bienvenus. Réparation de clôtures, la conduite des vaches et des chevaux au pré tous les matins en plus de toutes les autres tâches habituelles occupaient les deux jeunes hommes. Dans la plupart des fermes de la région, les enfants étaient nombreux et constituaient une main-d'œuvre inestimable pour leurs parents tandis que chez les Gélinas, ils n'étaient que quatre.

En ce vendredi après-midi du mois de juillet, Adèle préparait les piles de linge pour s'assurer de pouvoir commencer le lavage après le souper. Elle sortit une brique de savon que sa sœur avait fabriqué au printemps. Elle grimaça en pensant à l'odeur qui envahissait la maison lorsque Florie se mettait à cette tâche: faisant bouillir dans un immense chaudron de fonte tous les restes de table, les os ainsi que les graisses animales mis de côté tout l'hiver, elle devait s'assurer d'ouvrir toutes les fenêtres tant la senteur levait le cœur. Parfois, elle effectuait cette opération au grand air, mais Florie trouvait que c'était plus de trouble et disait donc à sa fratrie d'endurer. Devant la grosse cuve qui leur servait pour laver les vêtements, Adèle discutait avec sa sœur de l'implication du syndicat des institutrices rurales, sur la vie des villages des environs.

— Puisque je te dis que c'est ce qui peut arriver de mieux aux maîtresses d'école de la région. Lorsque toutes seront regroupées, la Commission scolaire ne pourra continuer à les exploiter ainsi, ne comprends-tu pas, Florie? Et puis que fera-t-elle? Les renvoyer toutes? Où trouvera-t-elle d'autres institutrices qualifiées pour les remplacer? Non, c'est un gain important pour toutes, ma grande sœur. Toutes les femmes qui travaillent sont concernées par cette situation. Même moi, comme journaliste, je gagnais beaucoup moins qu'une

Robertine Barry, par exemple. Elle, qui a écrit pour de grands journaux montréalais, recevait environ huit dollars par semaine comparativement à mes six dollars. Remarque qu'elle les méritait amplement... Mais, moi aussi, je crois! Pour ce qui est des hommes, eh bien là, il ne faut pas penser arriver à avoir le même salaire. Je vais sûrement mourir avant de voir cela se produire! N'est-ce pas, ma Florie?

Seul un regard incertain lui répondit. Florie ne comprenait pas toutes les ramifications des propos de sa sœur. Pour l'aînée, depuis toujours, sa vie de femme n'avait qu'une seule certitude: rester à la ferme jusqu'à sa mort pour prendre soin de sa famille. Depuis le début de l'été, débordées par leur travail, les deux sœurs avaient donc coupé leurs heures de sommeil pour arriver à tout faire. Comme chaque année depuis toujours! Se satisfaisant du silence de sa sœur, Adèle continua:

— Tu savais en plus que le salaire des institutrices rurales n'a pas été augmenté depuis 1892? Non, mais imagine, Florie! C'est une vraie honte!

— Bof, moi, je trouve que c'est un peu normal. Ça doit être plus facile d'enseigner en campagne que dans les grandes villes. En tout cas...

— Je ne pense pas, coupa Adèle toute en sueur à force de passer les salopettes de travail de ses frères dans le tordeur.

— Bon, c'est bien beau tout cela, mais on jase trop puis on n'avance pas.

Adèle allait parler, mais sa sœur avait repris son air des mauvais jours. Ceux-ci étaient toujours plus fréquents que les bons, mais la jeune femme avait appris à ne plus s'en faire. La dernière année avait fait d'elle une femme blessée, mais mature au-delà de son âge. Elle se replongea dans ses pensées, tournées de plus en plus vers l'écriture de son premier roman.

Elle ignorait pour quoi, pour qui elle écrivait ce livre. S'il restait dans son tiroir pour toujours, elle ne tenait pas à en parler. Laurent, qui sommeillait déjà sur sa chaise, se leva comme un vieillard en grognant :

— Moi, je vais aller me coucher, les sœurs. Je suis crevé. Avec Édouard qui n'était pas là aujourd'hui, je vous dis que ça en fait, du travail. Heureusement que James est passé, il m'a pas mal aidé avec la grosse Bertha qui refusait de se relever du champ.

— Bonne nuit, petit frère.

— Oui, bonne nuit. C'est sûr qu'avec ses nombreux voyages à Montréal, Édouard te laisse le gros de l'ouvrage ici… mais, continua Florie en voyant le regard sévère de sa sœur, ce n'est pas pour longtemps. Ça a l'air en tout cas.

La large silhouette de Laurent s'éloigna dans le corridor après un dernier salut. Il n'avait pas envie de discuter avec Florie ce soir.

Le samedi matin, Adèle se réveilla à l'aube. Les images de la réunion des enseignantes, les discussions avec sa sœur l'avaient tenue éveillée une bonne partie de la nuit. Tournant, retournant les propos échangés dans sa tête, elle se demandait si elle pourrait vivre sans reprendre sa passion. Chaque jour qui passait la faisait se questionner davantage. Peut-être avait-elle fait une erreur en accompagnant son amie à la réunion syndicale… En se dépêchant de faire sa toilette à l'eau froide, la jeune femme réalisa que, au moins, elle n'avait pas pensé à Jérôme Sénéchal depuis plusieurs semaines. En fait, cette aventure, qui resterait sa seule et unique, vivait maintenant en elle comme un doux souvenir.

En mettant les pieds dehors, Adèle huma avec bonheur l'odeur des fines herbes et légumes fraîchement coupés et attachés sur le pourtour de la galerie. Persil, ciboulette côtoyaient échalotes et oignons jaunes. Adèle se sentait déjà un peu lasse à la pensée que sa sœur et elles devraient passer cette belle journée d'été enfermées à faire les marinades de betteraves. Afin de profiter un peu du beau temps, elle s'attela donc tout de suite à la tâche, se mit à remplir son panier de tiges de rhubarbes qu'elle coupait à grands coups de machette. Elle travaillait depuis presque quarante minutes lorsque Florie apparut en haut de la galerie.

— Qu'est-ce que tu fais déjà là, ma petite sœur ? Ton panier est presque rempli, mon doux, y as-tu passé la nuit ?

Adèle sourit devant le visage encore ensommeillé de sa sœur, et lui envoya un bec de la main. Les rayons de soleil n'étaient pas encore trop forts. Elle adorait se retrouver seule dans le jardin où elle pouvait réfléchir sans interruption.

— Je ne m'endormais plus alors aussi bien prendre de l'avance, puisque nous allons être occupées tout l'après-midi.

Florie croisa les bras sur sa lourde poitrine. Sa robe grise de travail avait connu de meilleures journées de même que ses vieux souliers de cuir brun qui méritaient d'être changés. Adèle se fit la promesse d'y voir si jamais elle se décidait à faire publier son roman. Florie méritait d'être gâtée. Son aînée descendit sans parler, prit à son tour un panier d'osier sous l'escalier. Elle se mit à cueillir les dernières fraises, les premiers bleuets qui profitaient des belles journées chaudes du milieu de l'été. Côte à côte, elles travaillèrent dans le jardin jusqu'à dix heures trente. Se relevant péniblement, Florie grimaça en maudissant son dos.

— C'est bien ce que je trouve le plus difficile le jardin. Des fois, je me dis qu'on se donne bien de la peine pour pas grand-chose. Maintenant, on trouve tout ça au marché de Labelle, puis pour pas tellement plus cher. Oui... je me le demande, continua-t-elle en ramassant ses outils et en grimpant lentement l'escalier de bois.

Adèle s'arrêta aussi et envoya la main à Laurent qui sortait de la grange, torse nu. Son petit frère avait le corps d'un homme. Avec regret, elle se dit que lui non plus n'aurait pas la joie de connaître l'amour. Depuis deux jours, Édouard était à Montréal. Sans vraiment faire de secret, il n'avait pas énoncé les raisons de son séjour là-bas et Florie, respectant ses promesses, n'avait pas vraiment cherché à en savoir plus. Il avait vaguement parlé de nouveaux achats pour sa beurrerie, mais comme il n'avait pas demandé un sou à Florie qui gérait le maigre budget familial, il ne lui devait rien de plus.

— C'est certain qu'il va falloir penser à engager de nouveau quelqu'un s'il s'absente encore, marmonna Adèle en creusant la terre grasse pour replanter les pommes de terre déterrées par les vents et la pluie. Laurent a beau être en forme, il ne peut pas tout faire...

Elle huma l'odeur de son jardin avec bonheur, tentant de mettre de côté ses préoccupations. La chaleur devenait de plus en plus éprouvante. La jeune femme enleva son chapeau, essuya son front en soupirant.

— Je crois que je ferais bien de rejoindre Florie pour préparer le dîner. De toute manière, le jardin est parfait.

Voyant le drapeau de leur boîte aux lettres relevé, elle fit un détour avant de pénétrer dans la cuisine, une enveloppe à la main. Elle hésita avant de dire à sa sœur :

— Nous allons avoir de la visite, Florie.

Le choc

Au début du mois d'août, Clémentine se rendit chez les Gélinas. Même si Adèle se trouvait fort heureuse de revoir son amie, elle sentait un inconfort dans chacune de leurs discussions depuis son arrivée. De plus, Clémentine s'éclipsait souvent pour ne réapparaître qu'une heure plus tard en affirmant être allée marcher. Le soir du deuxième jour de sa visite, le drame qui se produisit chez les Gélinas expliqua enfin les tensions.

— ÉDOUARD, LAURENT! ON MANGE!

Quelques minutes passèrent avant qu'Édouard n'arrive dans la cuisine. En levant la tête, Adèle ressentit immédiatement un malaise. Édouard et son amie firent leur entrée dans la pièce, ensemble. Les regards fuyants de son frère et de son amie n'auguraient rien de bon. Florie, face à son comptoir, ne voyait rien. Elle épluchait ses patates en rageant contre la petite pluie qui s'amenait, alors que le lavage n'était pas encore sec.

— Hum, hum…

Le raclement de gorge de son frère avertit Florie qui se retourna. Adèle, elle, sentit son inconfort s'amplifier et se mit à parler sans arrêt afin d'éviter une confrontation. Elle remarqua les mains serrées de son frère et de Clémentine.

— Je ne peux pas imaginer qu'il va pleuvoir toute la soirée. Moi je pensais qu'on pourrait aller prendre… commenta Adèle à toute vitesse.

Ses mains moites se frottaient l'une sur l'autre.

Son frère la regarda pour la première fois depuis son entrée dans la cuisine. Il plaça son index sur sa bouche en s'avançant davantage. Même Laurent, assis dans la berceuse, cessa son mouvement pour porter son attention sur le couple. Édouard avait une attitude frondeuse, les épaules bien redressées. En plus, que faisait Clémentine à ses côtés ? Quelque chose se préparait. Comme d'habitude, Laurent préférait fuir et s'apprêtait à se lever lorsque les paroles de son frère bloquèrent son élan.

— Non, reste ici, Laurent. J'aimerais vous annoncer que Clémentine et moi allons nous marier avant la fin de l'année...

DANS LE PROCHAIN TOME INTITULÉ

Édouard

Chers lecteurs et lectrices,

Si la famille Gélinas vous a charmés, choqués par moments et fait rire dans d'autres, sachez qu'ils reviendront sous peu. L'annonce d'Édouard et de Clémentine sonnera-t-elle la fin de l'harmonie dans la maison de la côte Boisée ou Florie reviendra-t-elle à de meilleurs sentiments ?

Le mariage des deux amoureux nuira-t-il à l'ouverture de la beurrerie d'Édouard, qui espérait transformer un des bâtiments inutilisé sur la terre des Gélinas ? Le futur maître-beurrier devra-t-il reporter ce rêve ou même l'abandonner faute d'argent ?

Qu'en est-il d'Adèle et de sa profonde souffrance… saura-t-elle pardonner à celui qui l'a brisée ? Retrouvera-t-elle sa passion de vivre, son amour pour Jérôme, son goût pour l'écriture ?

Florie, qui se sent trahie par les projets de son frère Édouard, arrivera-t-elle à s'épanouir un peu ou continuera-t-elle à s'enfoncer dans l'amertume et le ressentiment envers ses frères et sa sœur pour qui elle a tout sacrifié ?

Finalement, ce cher Laurent, blessé par le départ, l'abandon de son frère adoré… que lui arrivera-t-il à ce jeune homme fragile et en colère ? Trouvera-t-il l'amour à son tour ?

Pardonnera-t-il à Édouard qu'il idolâtre tant, ou l'emprise de sa sœur Florie l'empêchera-t-il de le faire ?

Cette famille à la fois attachante et dysfonctionnelle poursuivra sa route parsemée d'embûches. De nouveaux personnages feront leur apparition; d'autres disparaîtront; mais à Sainte-Cécile la vie continuera, malgré la crise, dans la famille des Gélinas.

NOTES DE L'AUTEURE

P. 10 Citation prise sur le site Internet du village de La Minerve. http://www.municipalite.laminerve.qc.ca/nouvelles-menu/ historiquemenu

P. 17 Un incendie semblable a eu lieu au Laurier Palace à Montréal, le 9 janvier 1927. Le nombre de décès était plus élevé et les circonstances différentes, mais je me suis basée sur cette tragédie pour l'article du journal écrit par Adèle.

P. 72 Le divorce d'Ann et James Stillman a été considéré longtemps comme le procès du siècle. Accusation d'infidélités de part et d'autre, grosses sommes d'argent en jeu... il n'en fallait pas plus pour que les médias de l'époque (1920) s'emparent de l'affaire.

P. 73 Le meurtre d'Arthur Nantel a eu lieu en 1930. Son épouse, Maria Jolicœur fut acquittée, mais son amant de vingt-quatre ans fut condamné à la pendaison le 22 mai 1931.

P. 74 propos inspirés de M. Claude Lelièvre, professeur émérite d'histoire de l'éducation à l'Université Paris-Descartes.

P. 106 Les salaires des journalistes de cette époque semblent très variables.

P. 159 Maurice Descarreaux était surtout présent à la radio sportive dans les années 1950-1960.

P. 162 La première colonie ukrainienne était au Lac-Castagnier (proche d'Amos). Journal *La Frontière* vendredi 6 septembre 2013. Pour les immigrants juifs à Sainte-Agathe, certaines informations sont issues du livre *Sainte-Agathe-des-Monts : un siècle et demi d'histoire* par Serge Laurin.

P. 211 Ce chiffre de 7 % représente le nombre estimé de journalistes féminines en France, non pas au Québec où les données sont plus vagues.

P. 213 Chiffres approximatifs basés sur les données recensées en Abitibi.

P. 236 Les salaires des journalistes de cette époque semblent très variables.

P. 260 La rue Saint-Armand dans le village de Saint-Jovite n'existait pas réellement à cette époque.

P. 268 Entre 1841 et 1849, 4 lois sur l'éducation se suivront. Ce sont ces lois, en particulier celle de 1846, qui mèneront à ce qui fut appelé communément la *guerre des Éteignoirs* lors de laquelle les gens s'opposant aux législations scolaires étaient considérés comme des éteignoirs qui étouffaient la flamme du savoir.

P. 293 L'affiche originale retrouvée à Sainte-Agathe date de 1939. Toutefois, la présence juive dans ce village des Laurentides perturbait les gens dès l'année 1920.

P. 296-297 *Sainte-Agathe-des-Monts: un siècle et demi d'histoire*, par Serge Laurin.

P. 343 *Sainte-Agathe-des-Monts: un siècle et demi d'histoire*, par Serge Laurin.

P. 379 La grève des enseignants de Montréal a eu lieu en 1949. Pour le besoin de l'histoire, nous l'avons tout de même insérée.

P. 380-381 La grève au moulin du mont Valmont est un événement crée pour les besoins de l'histoire.

LISTE DES PERSONNAGES

(L'âge des personnages ci-dessous est
le leur au début de l'histoire)

Caron, Josette: *16 ans,* sœur de Marc-Joseph, travaille à l'hôtel du village.

Caron, Marc-Joseph: *23 ans,* propriétaire de l'hôtel du village et ami des enfants Gélinas.

Claveau, Maurice (*le père Claveau*): voisin des Gélinas.

Gélinas, Adèle: *20 ans,* fille cadette de Rose et d'Antoine Gélinas, journaliste au journal *Le Courrier* de Saint-Jovite.

Gélinas, Antoine: mari de Rose Gélinas et père de Florie, d'Édouard, d'Adèle et de Laurent.

Gélinas, Édouard: *23 ans,* fils aîné de Rose et d'Antoine Gélinas.

Gélinas, Florie: *27 ans,* fille aînée de Rose et d'Antoine Gélinas.

Gélinas, Laurent: *17 ans,* fils benjamin de Rose et d'Antoine Gélinas.

Gélinas, Rose : (1885-1922), mère de Florie, d'Édouard, d'Adèle et de Laurent.

Jackson, James : homme engagé du père Claveau.

Lafleur, docteur : médecin du village de Saint-Jovite et des environs.

Latraverse, curé : curé du village de Sainte-Cécile.

Lortie, Albertine : mère de Clémentine.

Lortie, Clémentine : *20 ans,* amie d'Adèle Gélinas, journaliste au journal *Le Courrier* de Saint-Jovite.

Lortie, Edmond : bébé, frère de Clémentine.

Lortie, Jules, Mathias, Victor, Nathan, Florent : frères de Clémentine.

Lortie, Hubert (*grand-pépère*) : grand-père paternel de Clémentine.

Lortie, Roméo : père de Clémentine.

Mademoiselle Alberte : tenancière de la pension de Saint-Jovite.

Marquis, Gérald : propriétaire-marchand du magasin général Marquis. Père de trois garçons et mari de Louisette Marquis.

Marquis, Louisette: femme de Gérald Marquis, marchande et mère de trois garçons.

Sénéchal, Jérôme: nouveau rédacteur en chef du journal *Le Courrier* de Saint-Jovite.

Stromph, Henry: ferblantier-forgeron de Sainte-Cécile, orignaire du Royaume Uni.

Trudel, Georgine: femme de Julien Trudel, médecin du village

Trudel, Julien: médecin du village de Sainte-Cécile et époux de Georgine.

Villemarie, Léo: *18 ans,* homme engagé chez les Gélinas, habite le village Saint-Damien.

Voynaud, Églantine: secrétaire du journal *Le Courrier* de Saint-Jovite.

REMERCIEMENTS

Un merci sincère à Isabelle Longpré, pour son travail attentif et ses conseils judicieux qui m'ont aidée à faire vivre Adèle, Florie, Édouard et Laurent.

Merci aux éditions Guy Saint-Jean qui me permettent de réaliser mon projet de vie par le biais de l'histoire des Gélinas.

MARQUIS

Québec, Canada

Achevé d'imprimer le 13 mars 2020

Imprimé sur Rolland Enviro.
Ce papier contient 100% de fibres postconsommation,
est fabriqué avec un procédé sans chlore
et à partir d'énergie biogaz.

100%

PCF

PERMANENT